# ROSIE UND DAS GEHEIMNIS DER SNOGARD

# ROSIE UND DAS GEHEIMNIS DER SNOGARD

OLIVIA MERRYDALE

*Bernd Nienkirchen*

TRAIGH BAN

Traigh Ban

Die Originalausgabe erschien 2023 unter dem Titel
"Rosie and the Secret of the Snogard" bei Traigh Ban
Chester, Großbritannien

© Eva Nienkirchen
Umschlagsillustration und Vignetten: Bernd Nienkirchen

ISBN (German paperback/deutsche Taschenbuchausgabe):
978-1-7391870-1-9

(ISBN (Hardcover) der deutschen Erstausgabe: 978-3-9826075-6-6)

© 2024 der deutschsprachigen Ausgabe:
Eva Nienkirchen
Traigh Ban, Chester, Großbritannien

Alle Rechte vorbehalten.

This German paperback edition was first published in 2024 by Traigh Ban, Chester, Great Britain

Illustrations Copyright © 2023 Bernd Nienkirchen
Text Copyright © 2023 Eva Nienkirchen
Translation Copyright © 2024 Eva Nienkirchen

Eva Nienkirchen has asserted her moral right to be identified as the author of this work in accordance with the Copyright, Designs and Patents Act 1988.

All rights reserved. No part of this publication may be reproduced, stored in a retrieval system, or transmitted, in any form or by any means without the prior written consent of the publisher, nor be otherwise circulated in any form of binding or cover other than that in which it is published and without a similar condition being imposed on the subsequent purchaser.

TRAIGH BAN 2024

Für Marc und meine Eltern, mit Liebe

# Contents

| | | |
|---|---|---|
| | PROLOG | 1 |
| 1 | DIE NICHTE DES KÖNIGS | 3 |
| 2 | HALBMONDKEKSE UND DAS WANDGEMÄLDE | 9 |
| 3 | DER SCHLÄFER IM GARTEN | 16 |
| 4 | DIE VERBORGENE TASCHE | 23 |
| 5 | DIE SORGEN KÖNIG EDMARS | 30 |
| 6 | DIE SEEHÖHLE | 35 |
| 7 | SPUREN IM SAND | 42 |
| 8 | DER UNBEFUGTE | 47 |
| 9 | DER EINST BEGEHRTESTE JUNGGESELLE | 51 |
| 10 | DER FREMDE IM GARTEN | 58 |
| 11 | EINE WEICHE LANDUNG | 63 |
| 12 | FRIDOLIN | 68 |
| 13 | FRAGEN, RÄTSEL UND KEINE WIRKLICHEN ANTWORTEN | 72 |
| 14 | DIE GEZEITENINSEL | 78 |
| 15 | DIE DRACHENPRINZESSIN | 86 |

| | | |
|---|---|---|
| 16 | FLIMMER DER VERGANGENHEIT | 90 |
| 17 | ECHOS UND TRÄUME | 96 |
| 18 | EIN BÜNDEL VOLLER ERINNERUNGEN | 99 |
| 19 | STUFEN UNTER DEN DIELEN | 104 |
| 20 | DALEY MEREDITH | 109 |
| 21 | DAS ZEICHEN, WELCHES ES NICHT GEBEN SOLLTE | 118 |
| 22 | ANHALTSPUNKTE UND GEHEIMNISSE | 124 |
| 23 | DER SCHLÜSSEL | 129 |
| 24 | DIE GESCHICHTE DES DRACHENFLÜSTERERS | 137 |
| 25 | DIE KÖNIGLICHE AUSSCHREIBUNG | 146 |
| 26 | DEN SPRUNG WAGEN | 150 |
| 27 | DIE SNOGARD | 157 |
| 28 | DER TEICHDRACHE UND DAS SCHLAFLIED | 170 |
| 29 | DIE AUFTRAGSARBEIT DES KÖNIGS | 176 |
| 30 | IN DEN SNOGARD | 179 |
| 31 | VERZWEIGUNGEN | 184 |
| 32 | AUF AUSSCHAU | 188 |
| 33 | HALBWINTERSCHLAF | 192 |
| 34 | WINTERSONNENWENDE | 195 |
| 35 | DER SILVESTERJAHRMARKT | 203 |
| 36 | ENTHÜLLUNGEN IN DEN FRÜHEN MORGENSTUNDEN | 214 |

| | | |
|---|---|---|
| 37 | GESCHENKE UND VORAHNUNGEN | 219 |
| 38 | VERSPRECHEN UND TREFFEN | 224 |
| 39 | SEELANDSCHAFTEN UND EIN GESICHT AUS DER VERGANGENHEIT | 230 |
| 40 | ABWÄGUNGEN UND ERKENNTNISSE | 239 |
| 41 | DER RUF DER HÖHLE | 244 |
| 42 | DIE UNTERBREITUNG DER DAME ROSAMUND | 250 |
| 43 | GRÜBELEIEN UND EINE ENTDECKUNG IN DEN SNOGARD | 257 |
| 44 | EIN WEITERES VERSPRECHEN | 262 |
| 45 | DIE FRÜHJAHRS-TAG- UNDNACHTGLEICHE | 266 |
| 46 | EIN ANFANG WIRD GEMACHT | 277 |
| 47 | DIE LEERE STELLE | 283 |
| 48 | GESPRÄCH IN DER ORANGERIE | 287 |
| 49 | ABWESENHEIT UND FAMILIENGESCHICHTEN | 294 |
| 50 | EINE ERINNERUNG VON VOR LANGER ZEIT | 302 |
| 51 | BLÜTEN UND GESPRÄCHE | 306 |
| 52 | HROS-LIND | 310 |
| 53 | DER SICH NÄHERNDE SOMMER | 317 |
| 54 | BÖSE ZUNGEN UND UNTERSTELLUNGEN | 320 |
| 55 | DAS BILDNIS DES KÖNIGS | 328 |
| 56 | DIE DAME ROSAMUND | 338 |
| 57 | DAS ENTSCHLÜSSELN DER ANHALTSPUNKTE | 352 |

| 58 | GESPRÄCH IN DER BIBLIOTHEK | 358 |
| 59 | DIE ANDEREN NACHFAHREN | 361 |
| 60 | DIE SOMMERSONNENWENDE | 368 |
| EPILOG | | 378 |

*Danksagung* 380

# PROLOG

Es war einmal...

Es gibt verschiedene Möglichkeiten, diese Geschichte zu erzählen. Wir könnten mit den Drachen beginnen und dem Unrecht, das ihnen vor langer Zeit zugefügt wurde. Dieser Ansatz würde es allerdings notwendig machen, sofort mit der ganzen Saga des Fluches, den die Narrenhaftigkeit des Königs, der Königin und der Prinzessin auf das königliche Haus herunter beschworen hatte, zu beginnen. Dann wären wir bereits inmitten unserer Geschichte und kämen wahrscheinlich nicht drumrum schon jetzt (welch schauerlicher Gedanke), an dieser furchtbar frühen Stelle, die Dame Rosamund einzuführen...

Eine weitere Möglichkeit bestünde darin, in der Zeit zurückzugehen und das schöne, im Norden gelegene Königreich mit der zerklüfteten Küstenlinie, den Seehöhlen und –vögeln, der alten verfluchten Ruine und der Drachenspitze, diese nadelförmig zulaufende Insel weit draußen in der See liegend, zu beschreiben. Es würde uns dazu führen, die kleine Küstenstadt mit ihrem Halbmondhafen, aber auch die hübschen Wiesen, kleinen Wälder und die große Anzahl verschiedenartiger Strände zu umreißen. Von dort könnten wir dann zur Geschichte des kinderlosen Königs und seiner Königin vordringen und der Erwähnung des ersten Drachenflüsterers, – so die Legende – der im Schloss geboren wurde, kommen.

Wir könnten auch einfach, ganz prosaisch, mit einem Tag im späten Frühling anfangen und mit König Edmar, der mit einigen Mitgliedern seines Haushaltes am Eingang seines herrschaftlichen Wohnsitzes stand und auf die Ankunft einer Kutsche wartete. Diese Kutsche sollte seine Nichte Rosalind, die kürzlich zu seinem Mündel ernannt worden war, in seine Obhut bringen. Der Zeitpunkt war äußerst ungünstig. Der König stand unter großem Druck, eine Lösung zu einem sehr komplizierten Problem zu finden. Es war dementsprechend kein guter Zeitpunkt, die Tochter seiner verwöhnten Schwester aufgehalst zu bekommen. Er hatte kurzzeitig in Betracht gezogen, sich aus dem Arrangement herauszuwinden, dies dann aber als unehrenhaft verworfen. Vor langer Zeit hatte er dem Vater des Kindes versprochen, sich um jedwedes seiner Kinder zu kümmern, sollte dies je nötig sein, und er stand dazu. Dennoch verursachte es ihm Unbehagen. In den Jahren, die inzwischen ins Land gegangen waren, hatte er weder seine Schwester noch seinen Schwager gesehen; seine Nichte war ihm nie vorgestellt worden. Außerhalb des Königs engsten Zirkels war es noch nicht einmal bekannt, dass das Kind überhaupt existierte und er hatte vor, es dabei zu belassen. Die Dinge waren bereits kompliziert genug.

Das Nachmittagslicht hatte gerade diese warme Beschaffenheit angenommen, die dem gelben Stein der Schlossfassade einen goldenen Ton verlieh, als in der Ferne der Klang von Hufen zu vernehmen war. Einen Augenblick später bog eine von vier Pferden gezogene Kutsche in die Auffahrt ein. Sie hielt an und König Edmar machte sich innerlich auf etwas gefasst.

# I

# DIE NICHTE DES KÖNIGS

Es war später, nachdem sie mit dem Abendessen fertig waren und gemeinsam im Salon saßen, dass König Edmar sich – mit einem Seitenblick auf seine Nichte – zum ersten Mal erlaubte, richtig über sie nachzudenken. Sie war seiner Schwester nicht einmal ansatzweise ähnlich; soviel stand fest. Es hatte ihn tatsächlich sehr verblüfft, als sich die Tür der Kutsche öffnete und dieses ziemlich schmächtige Mädchen zum Vorschein kam. Ihren schmuddeligen Teddybär an die Brust gedrückt, hatte sie sich mit großen grünen Augen, die genau wie die ihres Onkels Flecken von Haselnuss enthielten und grau umrandet waren, vorsichtig umgesehen. Sie hatte einen Wust von ziemlich kurzem braunem Haar, das nach überall hin abstand und ihre Kleidung bestand aus einem Paar abgetragener Stiefel, einer lose sitzenden Hose und einem dicken Pullover, der mindestens drei Nummern zu groß für sie war. Es hatte sehr viel Feingefühl und gutes Zureden bedurft, sie ins Haus zu bekommen.

König Edmar war sich noch immer nicht vollkommen darüber im Klaren, was genau er eigentlich erwartet hatte, aber er war zweifelsohne nicht auf ein kleines Mädchen mit einem so ernsten und verängstigten Gesichtsausdruck vorbereitet gewesen. Nach einem anfänglichen kurzen Blick hatte sie es vermieden, ihn anzusehen. Den ganzen Weg durchs Schloss hindurch war sie leicht hinter ihm zurückgeblieben und hatte ihren Bären so fest an sich gepresst, dass der Eindruck entstand, sie fürchtete, dass jemand versuchen würde, ihn ihr wegzunehmen. Der Bär hatte gewiss schon bessere Zeiten gesehen, aber mit ihm stimmte nichts, was sich nicht von jemandem, der sich auskannte, richten ließe. Der König machte eine geistige Notiz, Klara, der Näherin, Bescheid zu geben, von der bekannt war, dass sie bei vielgeliebten Plüschtieren wahre Wunder bewirken konnte.

Eine Sache jedoch, die König Edmar an verschiedenen Stellen auf dem Weg durch das Schloss und auch während der Mahlzeit aufgefallen war, war die Art wie sich seiner Nichte Blick mit regelmäßiger Wiederkehr und ohne ersichtlichen Grund an bestimmten Objekten festmachte. Abgesehen davon schien sie darauf bedacht, so wenig Aufmerksamkeit wie nur irgend möglich auf sich zu ziehen. König Edmar musste zugeben, dass die hochnäsige kleine Prinzessin, die er vom Hof seiner Schwester erwartet hatte, in mancherlei Hinsicht vielleicht einfacher zu handhaben gewesen wäre. Es wäre sicherlich weniger beunruhigend gewesen, als dieses kleine Mädchen, welches so eindeutig vernachlässigt worden war. Er versuchte noch immer, sie während des Weges zum Salon und dem sich anschließenden Nachtisch, so unauffällig wie möglich auszumachen, kam aber zu keinem wirklichen Schluss. Er sah, wie sie den Teelöffel, mit dem, in den Griff eingearbeiteten, kleinen Drachen, hoch hob und aufschreckte. Einen Moment lang war sie vollkommen gefesselt und als sie aufsah, enthielten ihre Augen einen Ausdruck voller Verwunderung. Der König starrte seine Nichte an, während Millionen von Gedanken und Fragmenten auf einmal durch seinen Geist rasten bevor sie sich fügten. Plötzlich war er sich zumindest einer Sache sicher.

„Ich bin gleich wieder zurück", sagte er zu ihr und eilte den Korridor zum fern entlegenen Flügel hinunter, während er sich fragte, ob er mit seiner Eingebung tatsächlich richtig liegen könnte.

Verschwommenes Morgenlicht strömte durch die Bleiglasfenster in das Zimmer hinein. Der Großteil der Vorhänge war die Nacht zuvor zugezogen worden. Einer aber war offen geblieben, um dem Mondlicht Zutritt zu geben und die Schatten zu verjagen. Das im Himmelbett liegende Mädchen schlief noch tief und fest. Die lange Reise am Vortag und die Ankunft im Schloss ihres Onkels hatten sie erschöpft. Für den Augenblick hielten das Zimmer – und das Schloss mit ihm – den Atem an. In der Luft lag eine seltsame Unruhe, gesprenkelt mit einer Andeutung von Möglichkeit. Es hatte ohne jeden Zweifel eine lange Zeit gedauert, bis die neue Bewohnerin des Zimmers ihren Platz eingenommen hatte. Jetzt erstmal war das Zimmer zufrieden, abzuwarten und zu schauen.

Die Amsel, die auf der niedrigen Mauer der sich draußen befindenden Terrasse saß, hatte allerdings andere Ideen. Ihr frühmorgendlicher Alarmschrei brach in Rosies Schläfrigkeit ein und weckte sie langsam auf. Sie öffnete die Augen, aufs Erste völlig verwirrt in Bezug darauf, wo sie sich befand und dann erinnerte sie sich an den Vortag. Sie streckte die Hand aus und ertastete die tröstliche Gestalt von Sir Rothügel, ihrem Bären. Auch er hatte gestern einen langen und seltsamen Tag gehabt. Sir Rothügel staunte vermutlich noch immer über seinen neuen Zustand von Sauberkeit. Nach dem gestrigen Abendmahl waren sowohl er, als auch Rosie, in ein Bad gesteckt worden. Aber während Rosie danach lediglich zu ihrem Zimmer geführt wurde, hatte man Sir Rothügel geflickt. Jetzt waren sowohl die beiden Ohren als auch der rechte Arm wieder ordentlich befestigt und heil.

Rosie setzte sich auf und sah sich um. Das Zimmer war geräumig, aber nicht zu groß. Von dem Himmelbett aus erhaschte sie durch das große Erkerfenster zur linken Seite einen Blick auf den Himmel. Das Erkerfenster war von einer honigfarbenen Täfelung gerahmt und enthielt einen sich die gesamte Breite entlangziehenden Fenstersitz, der mit zart geblümter – auf cremefarbenen Untergrund abgesetzten – Polsterung ausgestattet war. Ein Teil des Erkerfensters wurde von einem kleinen Schreibtisch mit dazugehörendem Stuhl eingenommen. Der untere Teil der ihr gegenüberliegenden Wand war ebenfalls getäfelt, während darüber eine hübsche, mit winzigen Blümchen verzierte, Tapete sichtbar war. Mehr oder weniger gegenüber von ihrem Bett befand sich ein kleiner, mit hellem Marmor umrandeter Kamin. Ein gemütlich aussehender Sessel und ein kleiner runder Tisch waren davor platziert. Rechts von ihr und den gesamten Platz auf der rechten Seite der Tür einnehmend, befand sich ein großer Einbauwandschrank. In der Ecke links der Tür deutete sich ein leeres Regal an.

Plötzlich hellwach, schob Rosie die Bettdecke zur Seite und stand auf. Trotz der leeren Feuerstelle war das Zimmer warm. Als sie um das Bett herumging, sah sie an dessen Fußende ein Liegesofa, auf welches sie sich setzte, um die Kleidung, die dort für sie bereitlag, anzuziehen. Jemand musste die Sachen, die sie bei ihrer Ankunft getragen hatte, gewaschen und geflickt haben, denn abgesehen davon, dass sie verschlissen waren, waren sie sauber. Dies verlieh ihr ein etwas besseres Gefühl, sie anzuziehen. Bevor sie zu ihrem Onkel geschickt wurde, hatte niemand im Haushalt ihrer Mutter sich große Gedanken um irgendetwas mehr gemacht, besonders nicht in Bezug auf die enttäuschende kleine Prinzessin. Ganz unten im Stapel fand sie etwas, das nicht ihr gehörte. Es war ein aus Wolle gefertigter Pullover, der sich sehr weich anfühlte. Als sie ihn hochhielt, sah sie, dass vorne in den ansonsten moosgrünen Leib ein Bild der See eingearbeitet worden war, mit sich im Hintergrund befindenden Inseln. Es schien zu flüstern. Einen Augenblick lang hatte sie den Eindruck, Wasser gegen Felsen plätschern und den Schrei von durch die Luft fliegenden Seevögeln zu hören. Dies gehörte auf gar keinen Fall ihr, aber es war genau ihre Größe und sie konnte nicht widerstehen, ihn anzuziehen. Noch immer erstaunt über die Lieblichkeit des Pullovers, ging sie zum Fenster hinüber und schaute nach draußen. In einiger Entfernung, nahe der Stelle, wo der Rasen zu enden schien und eine weite Sicht preisgab, sehr groß und ausgedehnt, stand eine riesige Zeder. In der Ferne, hier und da verstreut, waren noch mehr Bäume und noch weiter entfernt, begann sich alles erst ganz langsam aus dem Morgennebel herauszulösen.

In der Nähe vom Schloss, auf der linken Seite, war ein in eine hohe graue Mauer eingesetztes überwölbtes Tor, welches in einen dahinter liegenden Garten zu führen schien. Darüber erstreckte sich eine Pflanze und zu beiden Seiten des Eingangs saßen zwei große Steinfiguren. Sie vermittelten ihr fast den Eindruck, als bewachten sie etwas, aber das war natürlich eine alberne Idee. Stein konnte sich nicht bewegen. Sie starrte sie noch etwas länger an und hatte für einen Augenblick das verrückte Gefühl, dass eine der großen

Kreaturen ganz kurz den Kopf anhob und zurück starrte. Ihr Herz schlug laut und sie drückte Sir Rothügel ganz fest an die Brust.

Bevor sie sich jedoch hierüber den Kopf zerbrechen konnte, klopfte es an der Tür. Ein sehr heiseres „Ja...?", schaffte es aus ihrem Mund, aber das schien auszureichen, denn im nächsten Moment wurde die Tür von Maria, dem Dienstmädchen, das sie am Vorabend gebadet hatte, mit einem großen Tablett voller Essen und Trinken in der Hand geöffnet.

„Seine Majestät bittet um Verzeihung. Er musste sich einigen dringenden Geschäften widmen und wird erst zu Abend wieder zurück sein. Er hat die Köchin darum gebeten, Euch etwas zum Frühstück zuzubereiten und dann wird Frau Baird, die Haushälterin, Euch zum Einkaufen in die Stadt mitnehmen." Als Rosie nur verwirrt blinzelte, fuhr sie fort: „Na ja, viele Sachen habt Ihr ja nicht mitgebracht." Sie biss sich besorgt auf die Zunge, als sie bemerkte, wie sich bei Rosie, vom Hals bis in die Wangen hinauf, die Schamröte ins Gesicht stahl.

„König Edmar sagte, dass er nicht für Euch wählen wollte", hastete Maria voran, bestrebt darauf, sich aus dieser heiklen Lage, in der sie sich plötzlich befanden, zu befreien. „Also er meinte, dass es am besten wäre, wenn Ihr selbst gucken würdet, um zu sehen, was Euch gefällt." Rosie sah sie noch immer verblüfft an. „Du meine Güte, das kommt irgendwie alles ganz falsch raus", seufzte Maria. „Der Hauptpunkt hier ist, dass Frau Baird nach dem Frühstück mit Euch in die Stadt fahren wird." Maria strahlte Rosie, die noch immer bemüht war, die ganzen Bruchstücke von Information zu verarbeiten, an. Rosie hasste Einkaufen gehen. Aber wenn sie musste, so hoffte sie doch inständig, dass man ihr erlauben würde, wenigstens ein Kleidungsstück selbst auszuwählen. Expeditionen mit ihrer Mutter in der Vergangenheit hatten sie allerdings darin belehrt, in dieser Hinsicht keine großen Erwartungen zu haben.

# 2

# HALBMONDKEKSE UND DAS WANDGEMÄLDE

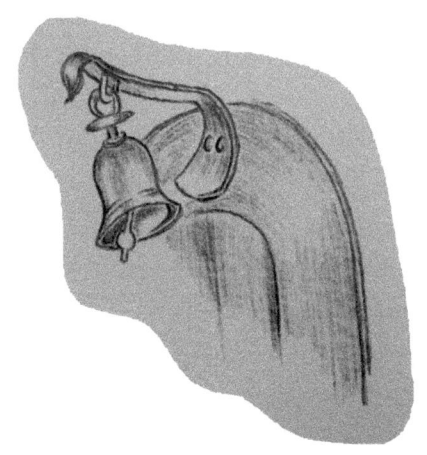

Am späten Morgen fuhren Rosie und Frau Baird in die Stadt. Von dem Fenster der Kutsche aus versuchte sie, soviel wie möglich zu erspähen: Schafe und Lämmer, grüne Felder, Hecken mit glänzend grünem Laub, ein blauer Himmel und – bei zwei Gelegenheiten – einen Blick auf die funkelnde See. Die Aufregung der Fahrt führte fast dazu, dass Rosie vergaß, wie unwohl sie sich etwas früher am selben Morgen gefühlt hatte.

Bevor sie sich auf den Weg gemacht hatten, war Frau Baird alle von Rosies Kleidungsstücken durchgegangen und hatte ihr gesagt, dass „die meisten aussortiert werden müssen, Liebes." Ihre guten Kleider, vor langer Zeit gekauft, bevor ihre Mutter jedwedes Interesse verloren hatte, waren ihr alle zu klein. Es machte nicht einmal Sinn, sie überhaupt anzuprobieren. Die meisten anderen Sachen waren ihr gegeben worden, während verschiedene Leute versuchten, die Dinge am Laufen zu halten, bis man herauskriegen konnte, was genau man mit ihr anstellen sollte. Schließlich hatten die Anwälte ein Dokument zu Tage gefördert, in welchem König Edmar zu ihrem Vormund ernannt wurde, sollte ihrem Vater je etwas zustoßen. Danach hatten sich die Ereignisse überschlagen und innerhalb einer Woche hatte man sie zu ihrem Onkel abgeschoben.

Die Kutsche bog um eine weitere Kurve und ein hoher, aus hellem Stein erbauter, Turm wurde in der Ferne sichtbar. Die Straße begann, sich abzuneigen. Indem sie den Hals verrenkte, konnte Rosie eine, in die Talsenke geschmiegte Stadt ausmachen und dahinter die Maste von Schiffen, die in einer leuchtend blauen See ruhten.

Nachdem sie durch das Stadttor hindurchgefahren waren, wünschte sich Rosie, dass ihre Augen überall zugleich sein könnten! Es gab soviel zu sehen: In allerart bunte Kleidungsstücke gekleidete Leute gingen umher und die Häuser sahen vollkommen anders aus, als alles was Rosie je gesehen hatte. Im Vorbeifahren erspähte sie eine Straße hinauf sogar eine Bank um einen großen Baum. Sie brannte förmlich darauf, an dem Türgriff zu drehen, um aus der Kutsche herauszukommen, aber sie war – mit elf Jahren – alt genug, um zu wissen, dass es keine gute Idee war, mitten in der Stadt aus einer fahrenden Kutsche zu springen. Endlich kamen sie zu einem Hofraum, der sehr eindeutig für Kutschen und wartende Pferde bestimmt war, und machten sich dann durch einen Bogengang auf den Weg in die Stadt und die dahinter liegenden geschäftigen Straßen.

Rosie war nie wirklich je in einer Stadt wie dieser gewesen.

Überall um sie herum waren Leute, die etwas kauften, verkauften oder sich lediglich Dinge ansahen. Einige von ihnen standen da und erzählten und – spannenderweise – schenkte niemand weder Frau Baird noch ihr selbst irgendwelche Aufmerksamkeit. Zu Hause, bei den geringen Anlässen, an denen es ihr erlaubt gewesen war ihre Mutter zu begleiten, hatte man immer den Weg für sie freigemacht, den ihre Mutter dann hochmütig herunter gerauscht war. Die Leute um sie herum hatten sich verbeugt oder zumindest den Kopf respektvoll geneigt. Üblicherweise kamen sie an einem Ort an, wo man von Rosie erwartete, dass sie stundenlang still saß, bis ihr der Rücken wehtat und ihr Sitz sich sehr ungemütlich anfühlte. Wenn sie sich dann aber auch nur regte, gab ihre Mutter ihr einen Blick, der Rosie mitteilte, dass es an dem Abend keinen Nachtisch oder Bediensteten geben würde, den man von seiner Pflicht entließ, um ihr eine Gutenachtgeschichte vorzulesen, wenn sie nicht sofort damit aufhörte, sich zu rühren.

Frau Baird, die des subtilen Wechsels von Druck an ihrer Hand gewahr wurde, blickte herab und sah, dass der angespannte Gesichtsausdruck vom frühen Morgen wieder auf dem Gesicht des Kindes auszumachen war. Es stimmte sie traurig und verursachte ihr ein unbehagliches Gefühl, das Mädchen so zu sehen. Glücklicherweise kamen sie, bevor sie zu lange bei diesem Gedanken verweilen konnte, beim Schneider an. Die nächsten anderthalb Stunden vergingen darin, Rosies neue Kleidung auszusuchen.

Der Einkauf war ein Kinderspiel und ließ Rosie in Verwunderung über die Neuheit der Sache zurück. Sie wurde für eine Bluse und ein Kleid mit Taschen, etwas das ihre Mutter ihr nie erlaubt hatte, gemessen. Frau Baird ließ sie ihre eigenen Farben auswählen und ermutigte sie sogar, ein Paar Hosen anzuprobieren, als sie sie davor verweilen sah.

„Warum nicht Mädel, du kannst in denen da schlecht auf Bäume klettern", sagte sie auf die Röcke und Kleider deutend. Rosie drehte sich der Kopf. Sie hatten den Laden letztendlich mit mehreren Kleidern und Röcken, mehr als einer Hose, Hemden, einem weiteren Nachhemd und genug Socken und Unterwäsche verlassen, sodass Rosie sich für lange Zeit keine Sorgen mehr machen müsste. Frau Baird hatte auch auf eine Strickjacke und eine Jacke bestanden, da die Abende trotz des baldigen Sommers noch immer ziemlich schneidend sein konnten. Schließlich kauften sie noch ein paar Schuhe, Sandalen und sogar ein paar Stiefel mit einem guten Profil bei dem Schuhmacher nebenan. Während Rosie mit einem neuen Paar Schuhe heraustrat, veranlasste Frau Baird die Neubesohlung ihres alten Paars. Nach der Vereinbarung, die Sachen zu ihrer Kutsche zu senden, machten sie sich wieder in die Stadt auf um, – wie Frau Baird es ausdrückte – „unsere Lebensgeister wieder zu erwecken."

Es war auf dem Weg durch die Stadt, dass Rosie herausfand, was für eine ausgezeichnete Gefährtin Frau Baird war. Es war ihr nie erlaubt gewesen, irgendwo zu verweilen. Ihre Mutter – oder in früheren Jahren ihr Kindermädchen – hatten sie immer angetrieben, sie fürs Trödeln ausgeschimpft („so unkleidsam für eine Prinzessin') und hätten sie auf gar keinen Fall dazu ermuntert, einen Schreibwarenladen oder ein Spielzeuggeschäft oder überhaupt irgendeinen Laden zu betreten, der auch nur etwas von geringstem Interesse für Rosie enthielt. Die Kopfsteinplasterstraßen schlängelten sich ohne ersichtbares Muster hier- und dorthin. Sie kamen durch zahllose schmale kleine Gassen, gingen Treppen hinunter und stiegen kleine sich windende Engen hinauf. Überall verstreut gab es Bänke und Bäume und Plätze, von Häusern und Läden umrahmt und dekoriert mit Pflanzkübeln und Hängekörben, die mit Blumen überquollen. Gerade als Rosie anfing, sich erschöpft zu fühlen, bogen sie auf einen weiteren geplasterten Platz ein. Dieser war von Gebäuden umgeben und man betrat ihn durch eine Art gusseiserne Struktur, die über den Eingang gewölbt war. Bunte Landblumen wuchsen in, vor den Häusern gelegenen, kleinen Gärten. Als sie durch den Bogen traten, nahm Rosie den Duft von herrlichem Gebäck wahr und entdeckte zu ihrer großen Freude, dass Frau Baird direkt auf das dem Platzeingang schräg gegenüberliegende Café zusteuerte. Die Glocke über der Tür gab ein hellklingendes Geläut von sich und Rosie befand sich auf einmal an dem gemütlichsten Ort, den sie je betreten hatte.

Es gab eine Theke, wo Eclairs, Halbmondkekse, mit Früchten, Nüssen und winzigen Blüten verzierte Kuchen und Torten und andere Delikatessen ausgelegt waren. Auf den Regalen dahinter befanden sich in leckeren und ordentlichen Reihen angeordnet allerlei Brotlaiber. Links führten zwei Stufen in einen Bereich mit pastellfarbenem Boden und satten buttergelben Wänden hinab, wo ein paar Tische und Stühle sehr einladend arrangiert waren. In einer Ecke, zu beiden Seiten von Bücheregalen flankiert, befand sich sogar ein Sessel mit einem kleinen runden Tisch davor. Am Nachbarstisch, dieser rechteckig, saß eine schlanke junge Frau mit herbstfarbenem rotem Haar über ein Skizzierbuch gebeugt und mit einem Stift, der sich flink über die Seite vor ihr hinweg bewegte.

„Guten Tag Frau Grün", hörte Rosie Frau Baird ein Gespräch mit der weißhaarigen Frau hinter der Theke anfangen, die Rosie an die netten Märchenpatentanten erinnerte, von denen ihr Vater ihr ab und an erzählt hatte.

Als sie sich langsam von dem Gespräch der Erwachsenen entfernte, fiel Rosies Blick plötzlich auf die Wand im hinteren Bereich des Cafés. Sie war fast vollkommen von einem Wandgemälde eingenommen. Was sie daran am meisten fesselte war, dass ihr die Szene bekannt vorkam. Sie zeigte das von Felsen umrahmte Meer, mit Inselgruppen im Hintergrund und durch die Luft flogen nicht nur Möwen und große weiße Vögel mit schwarzen Flügelspitzen, sondern auch ein riesiger blauer Drache. Während sie davor stand, hatte sie das seltsame Gefühl, fast in das Bild hineingezogen zu werden. Sie hörte wie das Meer gegen die, unterhalb der Klippen liegenden Felsen peitschte, vernahm den Ruf der Seevögel und das Schlagen der Flügel des Drachens, begleitet von – so hätte sie schwören können – dem Klang von jemanden, der vor Freude aufjauchzte.

In genau dem Augenblick geschahen plötzlich mehrere Dinge auf einmal, ohne dass sich wirklich feststellen ließe, was zuerst passiert war. Während sie dort stand, vollkommen gebannt, bemerkte sie die Form, der ganz weit im Hintergrund gelegenen Insel. Sie ragte, fast nadelhaftig, in den Himmel, war aber komplett mit grüner Vegetation bedeckt. Als sie heruntersah, wurde ihr gewahr, dass dieselbe Insel und in der Tat die gesamte Inselgruppe auch die war, welche auf ihrem Pullover dargestellt war. Ihr stockte der Atem und sie stieß ein kurzes Keuchen aus. Plötzlich kam ein Flüstern von dem Wandgemälde und auch aus der Luft um sie herum. Es war unmöglich, die Worte auszumachen, aber sie sandten einen Schauder durch sie. Sie trugen soviel Trauer und Bedauern in sich. Der in ihnen enthaltene Schmerz war fast körperlich. ‚Es war falsch!', war der einzige Satz, der klar und deutlich durch ihre Gedanken und scheinbar hinter ihr hin und her prallte. Sie griff nach einem Stuhl, um sich festzuhalten und als sie sich umdrehte, sah sie, dass die rothaarige Frau – ihre blauen Augen weit aufgerissen – sie mit so etwas Ähnlichem wie einem Wiedererkennen anstarrte.

Der Bann wurde gebrochen, als Frau Baird mit einem Tablett herüber hastete.

„Du armes Ding. Du musst dich ja nach dem ganzen Einkaufen schon der Ohnmacht nahe fühlen. Ich hätte dich nicht so lange alleine lassen sollen."

Rosie erlaubte ihr, sie zu einem gemütlichen Stuhl zu lotsen und nahm dankbar erst das Glas Wasser und dann die heiße Schokolade an. Auf dem Teller, den Frau Baird ihr vorsetzte, befanden sich einige der kleinen halbmondförmigen Kekse. Rosie biss in einen hinein und die feine Beschaffenheit mit einem Hauch von Zitrone und Vanille vertrieb jegliche Grübeleien über Geflüster aus ihren Gedanken. Sie wagte allerdings nicht, wieder zu der rothaarigen Frau hinüber zu sehen. Was auch immer gerade vorhin passiert war, war seltsam – fast unheimlich – gewesen und sie war sich nicht sicher, ob sie wirklich daran rühren wollte.

# DER SCHLÄFER IM GARTEN

Als Rosie ein paar Wochen später daran zurückdachte, gab es nicht viel, an das sie sich – von der Fahrt in die Stadt – detailliert erinnern konnte. Zuviel war in der Zwischenzeit geschehen; mit ihrer Führung durch das Schloss und seinem Grund und Boden – allein der Größe wegen schon vollkommen desorientierend – nur ein kleiner Teil des Ganzen. Es ist nicht leicht, sich in einem neuen Zuhause einzuleben, wenn man jung ist; besonders nicht, wenn man allein ist und die Erwartungen so vollkommen anders sind, als alles was man bisher kannte. Trotzdem er mit verschiedenen Dingen sehr viel beschäftigt war, bemühte sich Rosies Onkel dennoch, wenigstens eine tägliche gemeinsame Mahlzeit mit ihr einzunehmen. An den ersten paar Abenden war er sogar auf ihr Zimmer heraufgekommen, um sich nach ihrem Tag zu erkundigen. Auf dem, vom Schreibtisch herübergezogenen Stuhl sitzend verlief sich ihr Gespräch allerdings allmählich im Sande. Weder Onkel noch Nichte waren auf natürliche Weise gesprächig mit Leuten, die sie nicht gut kannten, und der Verwandtschaftsgrad brachte keine automatische Nähe mit sich. Letzten Endes ließen sie diese Art von Gesprächen, durch eine unausgesprochene, aber beiderseits verstandene Übereinkunft, wegfallen. Dies war eine Erleichterung für Rosie. Ihr Onkel schien einen Hang dazu zu haben, in seltsames Schweigen zu verfallen, als verliere er sich im Nebel, wurde orientierungslos und konnte keinen Weg zurück finden. Es schien, besonders dann zu passieren, wenn er versuchte, sich an die Vergangenheit zu erinnern.

Es gab allerdings eine Sache, die König Edmar seiner Nichte gegenüber vollkommen klarstellte: Solange sie bei ihm war, war das Schloss ihr Zuhause. Rosie war sich zuerst nicht wirklich darüber im Klaren, was genau dies bedeutete, aber nach der ersten Begegnung mit der Bibliothek wurde es offensichtlicher.

Zuhause hatte es zwei Bibliotheken gegeben: Die eine mit Papieren und Dokumenten übersäte, mit an die Wand gehefteten Karten, schwankenden Bücherstapeln, wo auch immer sich nur ein Platz anfand, war die Arbeitszimmerbibliothek ihres Vaters gewesen und die andere, mit wunderschön und elegant eingebundenen Büchern – mit Goldrand abgesetzt – auf prächtigen und kostspieligen Regalen und charmanten, mit ausschweifenden Blumendekor versehenen Tischen neben einer aus Sesseln und Sofas bestehenden Möbelgarnitur, gehörte ihrer Mutter. Der Boden war mit den luxuriösesten Teppichen ausgelegt. Die letztere Bibliothek war phänomenal und atemberaubend in ihrer Schönheit, aber meistens verschlossen, es sei denn ihre Mutter war geneigt, literarische Besucher zu unterhalten, die sie beeindrucken wollte. Rosie war es nie erlaubt, sich allein darin aufzuhalten. Selbst wenn man sie in die Bibliothek mitbegleitet hatte, war es ihr verboten gewesen, etwas anzufassen. Es war zwar nicht der Fall, dass sie in der Arbeitszimmerbibliothek ihres Vaters etwas hatte anrühren dürfen, aber seine Tür war immer offen, solange sie die Sachen so beließ, wie sie sie vorfand und ihn nicht störte, wenn er arbeitete.

Die große Bibliothek im Schloss ihres Onkels erinnerte sie auf unangenehme Weise an die ihrer Mutter mit dem Unterschied, dass die Bücher, wenn auch mindestens genauso schön eingebunden, den Eindruck erweckten, schon einmal das Regal verlassen zu haben und gelesen worden zu sein. Zusätzlich gab es in der Bibliothek ihres Onkels eine Art obere Galerie, die von zwei an gegenüberliegenden Enden befestigten Wendeltreppen erreicht werden konnte und sich die gesamte Länge der Bibliothek entlang zog. Die großen Fenster gewährten Aussicht auf die Schlossauffahrt. Kleinere freistehende Bücherregale befanden sich zwischen der Bücherwand und den Sofas und Sesseln, die deutliche Benutzungsspuren aufzeigten. In jedem der Fenster befand sich ein Fenstersitz. Rosie verspürte ein brennendes Verlangen, hineinzugehen und nachdem sie sich vergewissert hatte, dass die Luft rein war, trat sie ein.

Ihre Erkundung begann vorsichtig, mit einem Ohr in Richtung Tür für den Fall, dass die Einladung, sich wie zu Hause zu fühlen, die Bibliothek nicht mit eingeschlossen hatte. Sie fand eine Abteilung für Pflanzen und Naturgeschichte, große staubige Wälzer mit Namen von Leuten, die sich auf zahlreichen weiteren Bänden in derselben Reihe wiederholten, Bücher über Kunst und Geschichte und sehr viele andere Themen. Es war in dem Augenblick, als sie gerade versuchte herauszufinden, ob sich auf den kleineren Regalen etwas für sie lesetechnisch Interessantes befand, dass sie hinter sich ein Geräusch vernahm. Kurze Zeit später öffnete sich inmitten der Bücherwand eine Tür und ihr Onkel trat aus etwas, das so ungefähr wie eine Lagerkammer aussah, hervor.

Ihr Onkel erlangte die Fassung als Erster zurück. Während er auf einem Arm einen Stapel Papiere balancierte und mit dem anderen die Tür hinter sich zuzog, wagte er die Äußerung: „Hast du was Interessantes gefunden?"

Rosie nickte nur stumm, zu überwältigt um irgendetwas hevorzubringen und wunderte sich gleichzeitig, ob sie tatsächlich hier sein durfte. Etwas verlegen, aber scheinbar nicht im Geringsten unangenehm überrascht davon, sie dort vorzufinden, kam ihr Onkel herüber, um sich die Sache anzusehen.

„Stauden und Kräuter?", fragte er.

„Ja", brachte das dünne Stimmchen hervor, welches sich auf das vermeintliche Unwetter vorbereitete.

„In den Küchengärten gibt es Massen davon, wenn du Lust hast, sie dir anzusehen. Wir könnten jetzt nach unten gehen?"

Dies war auf eine so sanftmütige und liebe Art gesagt, dass Rosie nur nicken und schwach lächeln konnte.

„Du kannst das Buch draußen lassen, um später nachzuschlagen. Es wäre allerdings das Beste, wenn die Bücher im Haus blieben", sagte ihr Onkel in einem etwas ausgelasseneren Ton. Er legte seine Papiere auf einem der Tische nieder und winkte sie zu sich heran. Während sie die Korridore entlangschritten, erzählte er ihr von den Pflanzen, die sie hatten, von jemandem namens Cal, der viele davon zog und lieferte und von einer Dame mit einem unglaublichen Talent fürs Backen, deren Rosmarinbrot sie irgendwann die Tage einmal probieren müssten.

Er hatte nicht übertrieben. Die Küchengärten waren vollgepfropft mit Pflanzen. Von der Terrasse aus, wo sie ins Freie getreten waren, hatte ihr Onkel sie durch den Bogengang geführt und abwesend den

Kopf eines der steinernen Wächter getätschelt. Die Küchengärten waren von hohen Mauern umgeben und alle Beete waren ordentlich angelegt, sauber arrangiert und die Pflanzen mit Namensschildern versehen. Ihr Onkel hielt sie dazu an, ein Lavendelblatt zwischen den Fingern zu zerreiben und den Duft einzuatmen und dann gingen sie durch und nahmen weitere Geruchs- und Geschmacksproben. Am Ende war Rosie so heiter, dass König Edmar den Eindruck hatte, als hätte ein ganz anderes Wesen von ihrer schmächtigen Gestalt Besitz ergriffen.

„Such dir ein paar Blumen für dein Zimmer aus und ich finde eine Vase für dich und bringe sie dir hoch", schlug er ihr vor und das tat sie auch. „Wenn du mich jetzt entschuldigst, muss ich mich wieder den Papieren zuwenden" und damit nahm er seinen Abschied und überließ sie der Eigenerkundung.

Sobald er weg war, ließ sich Rosie auf einer im Schatten von Spalierobstbäumen gelegenen Bank nieder. Es war unglaublich gewesen. Mit ihres Vaters Hauptinteresse in Botanik war sie mit Pflanzen und Blumen um sich herum aufgewachsen, aber nie dazu ermutigt worden, welche in ihrem Zimmer zu haben. Es fühlte sich toll an. Sie fragte sich flüchtig, ob ihr Onkel sein Versprechen halten würde, beschloss aber, sich erst einmal keine Gedanken darüber zu machen. Das Gespräch auf dem Weg nach unten war das entspannteste gewesen, welches sie je mit ihm geführt hatte. Es war nicht nur, dass es ihm nichts ausgemacht hatte, sie in der Bibliothek vorzufinden, er schien sogar erfreut darüber und hatte sich nach ihren Interessen erkundigt. Er hatte ebenfalls einen unter dem höchsten Fenstersitz eingelassenen Schrank erwähnt, in dem sich eine Menge von Puzzeln befanden und ihr freigestellt, jedweden Tisch in der Bibliothek oder den Boden zu benutzen, um sie auszubreiten. Während sie in der warmen Sonne saß, stahl sich eine wohlige Art von Erschöpfung über sie und Rosie nickte ein.

Vogelgezwitscher und ein in einiger Entfernung vernehmbares

leises Klopfgeräusch weckten sie auf. Das durch die Blätter über ihr fallende getüpfelte Licht machte es ihren Augen leicht, sich anzupassen. Wieder hörte sie das Klopfen und ein seltsames Gefühl überkam sie. Es war schwer zu beschreiben, aber es war, als ob etwas tief in ihr sie zu sich rief, sie an sich zog und sie unwiderstehlich dazu brachte, sich zu erheben. Sie folgte dem Pfad zum hinteren Teil des Gartens und zu einer kleinen, schlichten, hölzernen Tür. Ohne darüber nachzudenken drehte sie am Knauf und versetzte ihr einen Stoß. Niemand schien diesen Weg, für lange Zeit benutzt zu haben. Unkraut war von innen gegen die Tür gewachsen und sie musste ihr einen ziemlichen Schubs verpassen, bevor sie eintreten konnte. Hinter der Tür waren die Überbleibsel eines weiteren Gartens. Dieser war von einer niedrigen Mauer umgeben, gegen die von außen her Ilex und Eibe wuchsen. Es fühlte sich still und melancholisch an. Ohne genau zu wissen warum, machte Rosie sich zum unteren Ende auf und kniete am Fuß einer riesigen Eiche. Ein Teppich aus späten blauen Glockenblumen bedeckte den Boden bei den Wurzeln, aber zwischen dem Wachstum ließ sich noch geradeso die Gestalt eines Geschöpfes ausmachen. Es war zusammengerollt, als schliefe es und ein wenig kleiner als eine ausgewachsene Katze. Es schien, aus Bronze zu bestehen. Die großen Augen waren geschlossen und die Schuppen, welche den Körper bedeckten, waren so sorgfältig gearbeitet, dass man beinahe den Eindruck hatte, dass es jederzeit aufstehen, gähnen und atmen könnte. Von dem was Rosie erkennen konnte, hatte sie die Skultur eines Teichdrachens vor sich, ein Geschöpf, das gelegentlich in den Gutenachtgeschichten ihres Vaters vorgekommen war. Es sah so aus, als hätte der Künstler denselben Geschichtenfundus geteilt. Nicht in der Lage zu widerstehen, streckte Rosie ihren Finger aus und streichelte den Kopf des kleinen Drachens. Eine Sekunde später sprang sie mit einem Aufschrei zurück. Für einen Augenblick hatte sie das Gefühl gehabt, als wenn ein Stromschlag ihren gesamten Körper durchliefe. Aber das war es nicht, was sie dazu brachte, so schnell wie möglich aus diesem Teil des Gartens davonzulaufen. Es war die Tatsache, dass es sich, als sie die Statue anfasste, nicht wie Bronze angefühlt hatte. Sie hatte anstelle dessen das Gefühl gehabt, ein lebendiges atmendes Geschöpf zu berühren, welches jederzeit aufwachen und sich träge strecken könnte.

Da sie wegrannte, sah Rosie nicht, wie das kleine Geschöpf seine riesigen Augen öffnete und sich schüttelte. Dies ist sehr schade, da Teichdrachen sehr liebevoll und neugierig – wenn auch etwas ausgelassen und ungestüm – sind und es von Natur aus sehr gern haben, wenn jemand etwas Wirbel um sie macht. Sie konnte ebenfalls nicht wissen, dass in dem Augenblick, in welchem sie der Stromschlag durchfuhr, ein Junge mit verwuschelten Haaren, der mit den Armen vor der Brust verschränkt und den Beinen überkreuz in den Pfad vor sich ausgestreckt auf einer Bank im versunkenen Garten gesessen hatte, urplötzlich aus dem Schlaf hochfuhr.

# 4

# DIE VERBORGENE TASCHE

Das Abendessen und das sich anschließende Bad waren an dem Abend eine etwas verhaltene Angelegenheit. Während des Essens hatte ihr Onkel sich große Mühe gegeben, Rosie in ein Gespräch zu verwickeln, aber so sehr sie sich auch bemühte, war es ihr einfach unmöglich gewesen, überhaupt nur irgendetwas beizutragen. Letzten Endes überließ er sie ihren Gedanken und in sie versunken, verbrachten sie eine stille, aber keine unangenehme Zeit. Es schien unnötig, ihrem Onkel gegenüber irgendwelche Erklärung abzugeben. Rosie fühlte sich einfach gelöst. Dies war für sie ein neues Gefühl.

Was sie allerdings verwirrte war, wie ihr gesamter Körper sich an die Berührung des Drachens zu erinnern schien. Anstelle des mulmigen Gefühls, hatte sie jetzt eher den Eindruck, sich bei der Flucht aus dem Garten etwas töricht benommen zu haben. Sie wünschte, dass sie sich das kleine Geschöpf mit den kurzen Beinen und dem schmalen Körper etwas genauer angesehen hätte. Na ja, sie konnte morgen immer noch einmal genau hinsehen.

Es war, als sie nach dem Bad auf ihr Zimmer kam, dass Rosie sich an die Blumen erinnerte, die sie früher am Tag im Küchengarten gepflückt hatte. Beim Eintreten entdeckte sie auf dem Schreibtisch eine kleine runde Vase, welche auf einem hübschen Zierdeckchen stand. Es war aus einem sehr feinen weißen Stoff gefertigt, der mit lauter winzigen rosafarbenen Rosen und blauen Sternhyazinthen bedeckt war. Daneben, mit einer kleinen Notiz versehen, lag ein Buch aus der Bibliothek: „Liebe Rosie, ich habe dir die Seiten, auf denen sich deine Blumen befinden, markiert, für den Fall, dass du etwas über sie nachlesen möchtest." Darunter befand ein kleines Zeichen. Rosie war darüber äußerst glücklich. Sir Rothügel an sich gedrückt, kletterte sie ins Bett und fiel fast sofort in einen tiefen Schlaf.

Es war später in der Nacht, weit nach Mitternacht, dass sie aufwachte. Bruchstücke von Träumen hafteten noch immer am Rande ihres Bewusstseins, mit Bildern von Blumen und Gärten, die sich langsam auflösten. Sie war sich nicht sicher, was sie geweckt hatte oder ob sie überhaupt richtig wach war, aber plötzlich hatte sie das eindeutige Gefühl, nicht allein zu sein. Sie spürte ganz klar, jemand anderes Gegenwart im Zimmer. Sir Rothügel fest an sich gedrückt und ohne, auch nur das geringste Geräusch von sich zu geben, lugte sie ganz vorsichtig unter ihrer Decke hervor. Was sie sah, brachte ihr fast den Atem ins Stocken.

Dort, in der Ecke des Zimmers, von dem durchs Fenster hell

einfallenden Mondlicht angestrahlt, kniete ein Junge. Sein Rücken war ihr zugewandt und er befand sich auf genauer Sichtlinie vom Bett. Es schien, als wenn er rasch an der Wandtäfelung herumwerkelte. Eine kurze Weile später war ein Klicken vernehmbar und ein Teil der Täfelung glitt zur Seite und enthüllte einen versteckten Hohlraum. Vorsichtig hob der Junge etwas von seiner Schulter herunter und schob es hinein, bevor er die Täfelung wieder zurückgleiten ließ. Nachdem er damit fertig war, stand er auf, durchquerte flink das Zimmer und schritt durch die Tür, die ohne ein Geräusch zu machen, hinter ihm zufiel. Rosie lag erst einmal vollkommen aufgewühlt da. Bevor sie jedoch versuchen konnte, sich irgendetwas daraus zusammenzureimen, schlief sie, noch immer total verwirrt, wieder ein. Es war am nächsten Morgen sehr spät, als sie endlich wieder aufwachte.

Auf leeren Magen kann man nicht gut nachdenken und die Ereignisse der vergangenen Nacht hatten Rosie richtig erschöpft. Sie aß eine große Schüssel Haferflockenbrei mit Früchten und zwei Rühreier, heruntergespült mit einer großen Tasse Tee. Danach fühlte sie sich bereit hoch zu gehen und ihr Zimmer in Angriff zu nehmen. Was letzte Nacht vor sich gegangen war, war sicherlich sehr bizarr gewesen, hatte aber höchstwahrscheinlich eine sehr logische Erklärung. Der Tatsache geschuldet, dass Frau Baird gesagt hatte, dass es außer ihr im Schloss keine Kinder gab, war Rosie sich sicher, dass all dies nur ein verrückter Traum gewesen sein konnte. Sie war nach allem, was ihr kürzlich zugestoßen war, im Grunde überwältigt gewesen und ihre Mutter hatte schon immer ihre allzu phantastische Vorstellungskraft missbilligt. Dennoch war sie entschlossen herauszufinden, ob es vielleicht doch ein Versteck in der Wandtäfelung gäbe. Es könnte sich als nützlich erweisen.

Die Täfelung schien sehr solide. Das wahllose Herumdrücken hier und dort gab absolut gar nichts preis. Sie klopfte die Oberfläche ab und obwohl es etwas hohl klang, tat es das an verschiedenen Stellen und nicht nur dort, wo sie den Jungen hatte knien sehen. Sie war daran aufzugeben, als ihr etwas auffiel. Der Großteil der Täfelung war schlicht, aber – gerade über der Leiste – den untersten Teil entlanglaufend, war eine schmale Reihe von Schnitzereien. Es machte keinen Sinn, dass sie so niedrig angebracht waren, da man sie dort kaum sehen konnte, aber sie waren dort. Sie lehnte sich zur genaueren Untersuchung vor. Die Verzierungen in der Ecke eines Paneels unterschieden sich deutlich von den anderen. Dort, inmitten der Massen von kniffelig geschnitzten Rosen, Blättern, Trauben und Schmetterlingen, schmiegte sich ein winziger Drache. Er erinnerte sie an den im Griff des Löffels, welchen sie am Abend ihrer Ankunft benutzt hatte. Ein leichter Schauer durchlief sie. Wie der Drache auf dem Griff am ersten Abend, schien dieser, ihr zuzuzwinkern. Für den Bruchteil einer Sekunde war es da und dann war es verschwunden. Einer plötzlichen Regung folgend, streckte sie die Hand aus und berührte den Drachen, der nach innen glitt und mit einem sanften Klickgeräusch versank. In demselben Moment glitt das Paneel reibungslos zur Seite und enthüllte denselben Hohlraum, den sie mitten in der Nacht flüchtig erblickt hatte. Verborgen im Inneren befand sich eine abgenutzte, braune Ledertasche.

Alte Gewohnheiten lassen sich schwer abschütteln. Deswegen war das Erste, was Rosie nach dieser Entdeckung tat, die Tür ihres Zimmers von innen zu verriegeln, um sicher zu gehen, dass niemand ohne ihre Einladung eintreten konnte. Dann nahm sie die Tasche an sich und setzte sich, im Schneidersitz, auf die Tagesdecke auf dem Bett. Als sie die Schnalle öffnete, hatte sie kurzzeitig den Eindruck, als bewegte sich die Tasche in ihren Händen leicht hin und her. Vorsichtig öffnete sie die Klappe und lugte hinein. Der gesamte Innenraum schien, von einem großen, rechteckigen, in besticktes Tuch eingewickelten Gegenstand, ausgefüllt zu sein. Darin versteckt war ein Stück altes Pergament. Als sie es vor sich hielt, konnte

Rosie ganz schwach die Wörter ‚Für den Nachfolger' oben auf dem Papier ausmachen. Darunter befanden sich seltsame Kratzer, die den Spuren von Vögeln glichen, als wäre eine ganze Armee von ihnen über das Papier marschiert. Ein wenig verblüfft, legte sie es zur Seite und wand den Gegenstand vorsichtig aus dem Tuch heraus, bis sie ein Buch in den Händen hielt. Also, das war interessant. Warum war es hier versteckt und nicht in der Bibliothek ihres Onkels?

Ein Muster von Regenbogenfarben, welches über den Einband spielte, lenkte ihre Aufmerksamkeit wieder auf es zurück. Dabei musste es sich allerdings um eine Sinnestäuschung gehandelt haben, denn der Einband, wenn auch nicht schlicht, hatte einen eindeutigen rotgoldenen Ton. Rosie atmete langsam aus. Mit einem leichten Kribbeln in den Handflächen schlug sie das Buch schließlich vorsichtig auf. Das Deckblatt war grünlich und bronzefarbend mit einem Muster aus Wassertropfen, welche ineinander zu laufen schienen, versehen. Es war mesmerisierend. Sie schüttelte ihren Trancezustand ab und blätterte flink zur Titelseite, die in klaren und deutlichen Buchstaben *Maris Buch von Drachen und ihren Zauberkräften* konstatierte.

Rosie runzelte die Stirn. Drachen? Zauberkräfte? Glaubte diese Person wirklich an Drachen und daran, dass sie Zauberkräfte hätten? Jedes Märchen konnte einem erzählen, dass sie Feuer spucken, fliegen und Drachengürtelrose verursachen konnten, aber Zauberkräfte? Eine riesige Welle der Enttäuschung stieg in ihr auf und drohte, sie mit Trübsal zu überfluten. Nach all der Aufregung der letzten Nacht, dann dem Herausfinden, dass ein Teil davon sogar wahr war, hatte sie nichts als diese lächerliche Sammlung von Vorgaukelungen in der Hand. Irgendjemand, wahrscheinlich dieser Mari, mochte das vielleicht als unterhaltsam empfinden, aber sie, Rosie, fühlte sich davon vollkommen auf den Arm genommen.

Als sie gerade dabei war, das Buch zuzuklappen, wurde sie sich im Augenwinkel eines Farbschimmers bewusst. Dort, gegen den Vorhang beim Fenster gelehnt, war der Junge mit den verwuschelten braunen Haaren. Er sah seltsam substanzlos und traurig bestürzt aus. Ein Schauer des Wiedererkennens durchlief sie. Dies war derselbe Junge, den sie vergangene Nacht gesehen hatte. In dem Augenblick fing er ihren Blick auf und hielt ihn kurz. Eine Sekunde später blinzelte sie und er war verschwunden.

In ihren Ohren rauschte es und ihr Herz schlug heftig. Sie hielt das Buch fest und versuchte, beruhigende Atemzüge zu nehmen und bis zehn zu zählen, wie ihr Vater es sie gelehrt hatte. Es war, als sie gerade bei sieben angekommen war, dass sie Flüstern und Gelächter aus dem Buch kommen hörte. Nicht mehr darum besorgt, dass sie es nicht verstehen konnte und auch gar nicht mehr im geistigen Zustand, sich darum zu scheren, blätterte sie die erste Seite entschlossen um und fand sich von Angesicht zu Angesicht einem Drachen gegenüber. Anstelle einen weiteren Schock zu erhalten, breitete sich ein Lächeln auf ihrem Gesicht aus. Die Augen des Drachens waren grün und von gutmütig aussehenden Fältchen umgeben und sein Gesicht sah aus, als lachte er. Ein warmes Leuchten strahlte von ihm aus. Hiervon abgelenkt, dauerte es eine Weile bis Rosie die kleingehaltene Bildunterschrift bemerkte: 'Onkel Alfred nach dem Preisgewinn der jährlichen Gartenschau.' Sie blinzelte. Eine Gartenschau? Während ihr verdutztes Gehirn noch immer versuchte, dem Ganzen, das sie gesehen hatte, einen Sinn abzugewinnen, übernahmen ihre Hände die Leitung und schlossen das Buch. Sie kletterte vom Bett herunter und verstaute das Buch, Pergament und die Tasche wieder in dem Hohlraum hinter dem Paneel. Wer auch immer dieser Mari war, und sie war sich ziemlich sicher, dass es sich um einen Jungen handelte, hatte offensichtlich eine sehr lebhafte Vorstellungskraft und beschlossen ein Buch über Drachen zu erfinden. Das Bild war allerdings von jemandem mit viel Zeichentalent gefertigt worden. Es hatte sich so echt angefühlt. Das Zimmer und das Rätsel des Buches hinter sich zurücklassend, machte sich Rosie auf den Weg in den Garten auf, um dort hoffentlich ihre Gedanken wieder etwas sortieren zu können.

# 5

# DIE SORGEN KÖNIG EDMARS

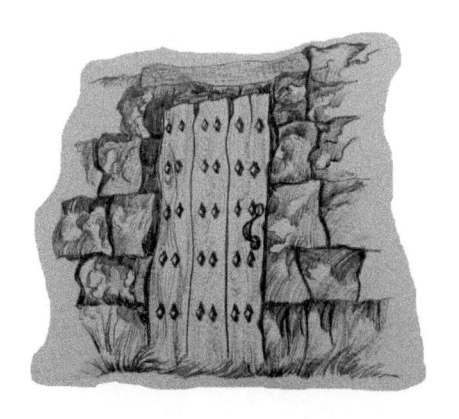

Von einem der oberen Fenster aus, sah König Edmar, wie seine Nichte sich in die Gartenanlagen aufmachte. Es war eigenartig, sie so losfegen zu sehen. Sie hatte sich seit ihrer Ankunft sehr verändert, oder vielleicht nicht wirklich verändert, sondern war eher mehr aus sich heraus gekommen. Er hatte seine Schwester nie gemocht und das Verhalten seiner Nichte, als sie zuerst angekommen war, vernachlässigt und fast zurückzuckend, hatte seine Abneigung nur wieder verstärkt. Er fragte sich, wie es seinem Schwager ergangen war. Seine Tante Eleanor hatte ihre Ansichten zu der Ehe, aber König Edmar selbst war zu der Zeit, als die Dinge arrangiert worden waren, zu unpässlich gewesen, um an irgendetwas, großes Interesse zu haben. Das war damals und jetzt begannen die Dinge, ihn einzuholen. Die Zeichen sprachen von allerhöchstens einem Jahr, bis seine Zeit um war. Ein Jahr, um das Rätsel zu lösen oder an ihm zugrunde zu gehen und es gab niemanden, der ihm den Weg zeigen konnte; niemanden, der die Verwickeltheit des Problems kannte. Schlimmer noch, es gab keine Aufzeichnungen oder Erinnerungen. Jedes Mal, wenn er versuchte, zu der Zeit davor zurückzugehen, gerieten die Dinge aus der Bahn und er traf auf eine dichte Nebelwand. Es war als bewache sein Geist etwas, welches er nicht bereit war freizugeben. Wenn er sich nur erinnern könnte, aber er wusste, dass es vergeblich war, es auch nur zu versuchen. Das Schloss hatte nie willentlich Geheimnisse preisgegeben, die es hütete und es schien als sei ihm ein Teil seiner Vergangenheit verschlossen. Letzten Endes würde geschehen, was geschehen musste und das Einzige, was er tun konnte, war Vorsichtsmaßnahmen in Kraft zu setzen, die dafür sorgten, dass es seiner Nichte danach weiterhin gut ging. Er sagte sich, dass ihm ein Jahr bliebe. Mit dem Gedanken im Kopf verschloss er die Tür zu seinen Gemächern, ging zu einer der Truhen auf der linken Seite hinüber und kniete sich nieder. Vorsichtig hob er die Materialien heraus, von denen er wusste, dass sie ihm helfen würden, zur Ruhe zu kommen. Während seine Hände methodisch vor sich hin arbeiteten, entspannte er sich nach und nach und wurde sogar etwas frohgemuter.

Rosie war inzwischen am Ende des Rasens angekommen und hatte die grasige Wiese, die dahinter lag, durchquert. Sie stand an eine Eberesche gelehnt, um sich etwas zu beruhigen, während sie wieder zu Atem kam, und war äußerst verärgert. Warum hatte der

Junge nicht angehalten? Sie hatte gesehen, wie er durch den Park lief und ihm hinterher gerufen. Er hatte sich sogar kurz umgedreht, bevor er einfach weiterlief und auf einmal spurlos verschwunden war. Wo in aller Welt war er?

Sie suchte, die sich vor ihr ausbreitende Aussicht ab und bemerkte dabei, wie das Land am Rande wegzufallen schien, konnte ihn aber nirgends sehen. Es war, als hätte er sich in Luft aufgelöst. Es war äußerst ärgerlich. Entweder wollte er mit ihr befreundet sein oder nicht. Rosie wünschte sich wirklich, dass er zu einer Entscheidung kam. Sie sah sich wieder um. Nichts um sie herum gab ihr irgendeinen Hinweis. Auf dem Rasen hinter ihr befand sich niemand und das Gras der Wiese war nicht wirklich hoch genug, als das sich dort jemand verstecken könnte, selbst wenn man sich auf den Boden legte. Schräg links von ihr lag ein zur Schlossanlage gehörendes Wäldchen und rechts, ein bisschen weiter entfernt, befand sich eine weitere Baumgruppe. Aber außer ihr selbst schien, hier niemand zu sein. Wieder ließ sich dieses seltsame Gefühl, dass etwas nicht stimmte auf ihr nieder. Sie wandte den Kopf erst in Richtung des Schlosswaldes, bedrohlich in seiner Schwermut, und dann zu dem kleinen Wäldchen zu ihrer Rechten. War es nur Einbildung oder machte der Wald rechts tatsächlich einen fröhlicheren Eindruck als der links? Sie war noch immer dabei, ihre Gedanken zu sammeln, als sie herunterblickte und ein seltsames Muster, so etwas wie Grenzmarkierungen, bemerkte, die dort wo sie stand, entlang zu laufen schienen. Sie bückte sich nach unten und berührte es. Es gab den Eindruck einer entweder sehr niedrigen Mauer oder eines leicht erhöhten Pfades. Sie fragte sich, ob er irgendwo hinführte. Der einfachste Weg war wahrscheinlich, dem Pfad in eine Richtung zu folgen.

Es dauerte länger, als sie dachte, zum Schlosswald zu gelangen. Sie hatte sich aufs Erste für diese Richtung entschieden, da es trotzdem es weniger einladend wirkte, näher war und sie das andere

Wäldchen immer noch zu einem späteren Zeitpunkt erkunden könnte. Irgendwas an dem Schlosswald zog sie an. Zusätzlich dazu, hatte sie endeckt, dass der seltsame Pfad ganz untrüglich dorthin führte.

Als sie bei den ersten Bäumen ankam, veränderte sich der Pfad. Von hier an war er teils mit grüngrauem Moos bedeckt, die Glasierung der bunten Ziegel kaum sichtbar. Nach einem kurzen Zögern machte sie sich in den Wald auf. Trotz des sich verdichtenden Unterholzes war der Pfad selbst leicht zu verfolgen. Er führte direkt durch einen schattigen Teil des Wäldchen, wo es schien, als bewegten sich Dinge zwischen den Bäumen. Rosie wagte es nicht, lange genug stehen zu bleiben, um auszumachen, worum genau es sich handelte.

An einer Stelle vernahm sie einen klagenden Schrei, aber er schien etwas weiter entfernt und mochte vielleicht nur der Ruf eines Vogels gewesen sein. Sie ging weiter, bis sie an einer Lichtung ankam. Auf der gegenüberliegenden Seite von der, wo sie angekommen war, befand sich eine in einer steinernen Mauer eingelassene rote Tür. Also gab es in diesem Wald tatsächlich etwas und dort, wo sich eine Tür befand, lag meistens auch etwas dahinter. Aufgeregt stürzte sie darauf zu und probierte die Klinke. Die Tür war verschlossen. Es wäre auch einfach zu gut gewesen, wenn sie sich ohne Schwierigkeit hätte öffnen lassen.

Rosie trat einen Schritt zurück und wandte ihre Aufmerksamkeit der Tür zu. Sie bestand aus dicken Holzbrettern und war rot gestrichen, wenn auch die Farbe an einigen Stellen abblätterte. Als sie sich wieder etwas annäherte, bemerkte sie ein kleines Schild mit abgenutzter Schrift, die dies zu ‚Leonoras Tor' erklärte. Sie versuchte, durch den Schlitz über der Tür zu gucken, sah aber nichts. Sie probierte noch einmal die Klinke aus, erst nach unten und dann nach oben, nur für den Fall, dass sie sich anderen Türen entgegengesetzt öffnete, aber sie blieb verschlossen. Dies war frustrierend. Was war der Zweck daran, eine Tür zu etwas, das verdächtig nach einem Garten aussah, zu entdecken, wenn man dann nicht durchkam? Sie erwog ihre Möglichkeiten. Die Mauer sah nicht sonderlich hoch aus und etwas weiter entlang befanden sich Risse zwischen den Steinen, die gerade groß genug waren, als dass ein kleinerer Fuß darin Halt finden könnte. Ganz langsam begann sie hochzuklettern. Einen Augenblick später zog sie sich triumphierend auf das obere Ende der Mauer. Sie stützte sich ab, spähte hinunter und kreischte los.

# 6

## DIE SEEHÖHLE

Weniger als fünf Minuten später brach Rosie auf einer Bank im Sträuchergarten zusammen. Sie hatte nicht einmal ansatzweise eine Ahnung, wie sie es geschafft hatte, so schnell und ohne sich zu verletzen von der Mauer herunterzukommen. Sie war ohne anzuhalten, Hals über Kopf, aus dem Wald gelaufen, um nur so viel Abstand wie möglich, zwischen sich und diesem Ding zu schaffen. Erst als sie ins Sonnenlicht hervorbrach, drehte sie sich um, um zu sehen, ob ihr irgendetwas auf den Fersen war. Zu ihrer großen Erleichterung war es das nicht. Dennoch war sie so schnell wie ihre Beine nur konnten, über die Wiese und den Rasen nach oben gerannt. Schließlich ließ sie den Kopf zwischen ihre Beine fallen, um wieder zu Atem kommen und brach dann, ohne Vorwarnung, in Tränen aus.

Es dauerte eine ganze Weile, bis Rosie ihre Fassung wieder halbwegs zurückerlangt hatte, aber nach viel Weinen und gründlicher Benutzung des Taschentuchs, auf das Frau Baird bestanden hatte, dass sie es bei sich trug, schaffte sie es. Es war einfach lächerlich! Sollte sie wirklich die gesamte Zeit hier damit verbringen, in Panik zu verfallen und wegzulaufen? Zum ersten Mal in ihrem Leben hatte sie die Möglichkeit, einen richtigen Ort zu erkunden und alles, was sie bisher getan hatte, war sich Sorgen zu machen, Angst zu haben und unsicher zu sein. Ihr Vater hatte sie immer dazu ermutigt, sich mehr zuzutrauen. Er hatte ihr gesagt, dass sie von einem vollkommen unerschrockenen Vorfahren abstammten. Rosie wäre eine totale Närrin, wenn sie sich von den Listen dieses Schlosses schlagen ließe! Entschlossen schüttelte sie den Kopf, setzte sie sich auf und überprüfte ihre Taschen, um das zusammengeknüllte Taschentuch einzustecken. Dabei streifte ihre Hand gegen etwas Grobes. An das Material ihrer Strickjacke geheftet, befanden sich drei Samenkapseln der Art, die sich zur Weiterverbreitung auf Träger verließ, indem sie sich in das Fell von Tieren, oder in diesem Fall, an das Material von Kleidung hefteten. Sie machte sie vorsichtig ab und untersuchte sie.

Ihre Farbe war sonderbar. Der äußere Teil, welcher sich anschmiegte, bestand aus etwas mit haarigen roten Fasern. Bei einer genaueren Überprüfung wurde ihr klar, dass jede von ihnen einen kleinen rundlichen Samen enthielt. Nachdem sie sie leicht zwischen den Fingern hin und her gerollt hatte, lagen schließlich drei kleine tränenförmige Tropfen in ihrer Handfläche. Sie waren golden, mit sattem Bronze und dunklem Grün gestreift. Rosie waren noch nie Samen wie diese untergekommen. Noch nicht einmal, die sehr ausgedehnte Sammlung ihres Vaters hatte etwas Ähnliches enthalten. Aufregung wallte in ihr hoch. Was, wenn sie etwas bisher Unentdecktes waren? Nach einem Moment dieser freudigen Erregung setzte jedoch Ernüchterung ein. Was, wenn ihr Onkel oder Frau Baird sie wegwarfen, so wie ihre Mutter es so oft mit Dingen getan hatte, die sie von draußen mit rein gebracht hatte? Sie wollte ganz und gar nicht, dass diese schönen Samen im Müll landeten. In Gedanken versunken ins Leere starrend, kam ihr plötzlich eine Idee. Hier gab es doch Gärten oder etwa nicht? In der Nähe der Küchengärten war ein Schuppen zum Umtopfen von Pflanzen. Sie hatte auf ihrer Führung durch das Schloss und seine Anlagen einen Blick hinein geworfen. Vielleicht gäbe es darin ja etwas, das keiner vermissen würde. Alles was sie brauchte war ein Topf und etwas Erde. Nachdem sie die Samen vorsichtig in der leeren Tasche ihrer Strickjacke verstaut hatte, machte sie sich auf den Weg.

Es war später am selben Abend, lange nach dem Abendbrot. Rosie saß an ihrem Schreibtisch – mit einem dunkelroten Topf auf einem Untersetzer vor sich – und blätterte ein weiteres Buch aus der Bibliothek durch. Mit der Erlaubnis ihres Onkels, sich in der Bibliothek mit was auch immer sie wollte zu bedienen, war sie mit einem Arm voller Bücher auf ihr Zimmer zurückgekehrt. Bisher hatte sie allerdings noch nichts zutage gefördert. Dies war vielleicht verständlich, da sie lediglich eine Beschreibung der Samen hatte und deswegen leicht etwas hatte übersehen können.

Aber in Bezug auf den Pflanzschuppen zum Umtopfen hatte sie richtig gelegen. Nach einer kurzen Suche hatte sie auf einem der hinteren Regale, ein paar äußerst staubige, aber bunte Töpfe von Rot, leuchtendem Orange und Gelb gefunden. Sie hatte beschlossen, ihre Samen in dem roten Topf gemeinsam in ein ordentliches kleines Dreieck zu pflanzen und die anderen Töpfe für später mitgenommen, für den Fall, dass sie sprossen und etwas mehr Platz bräuchten. Sie waren auf dem untersten Regal des fast leeren Bücherregals verstaut. Der Pflanzschuppen hatte mehrere Buchten voller Töpfe und Tische zum Arbeiten gehabt und es war nicht schwer gewesen, sich etwas Erde zu beschaffen. Jetzt blieb ihr nur noch abzuwarten, bis die Samen keimten.

Mit einem Seufzer legte Rosie das letzte Buch nieder; nichts. Es war nicht, dass sie wirklich erwartet hatte, eine Aufzeichnung zu finden, aber sie hatte dennoch gehofft. Während sie sich streckte, drehte sie ihren Kopf und ihr Blick fiel auf die Wandtäfelung. Vielleicht sollte sie doch noch einmal in Maris Buch schauen, nur für den Fall das es doch irgendetwas Nützliches erwähnte.

Eine halbe Stunde später war sie noch immer nicht wirklich vorangekommen, aber das machte nichts. Vor ihr ausgebreitet lag eine Karte, die sie genau studierte und mit der sie in kürzester Zeit mehr Entdeckungen machte, als sie es auf ihrer gesamten Schlossführung und der Suche in der Bibliothek getan hatte. Die Karte, welche sorgsam zusammengefaltet in den ersten paar Seiten des Buches aufbewahrt gewesen war, gab nicht nur eine Übersicht des Schlosses und seiner Anlagen, sondern zeigte auch die unmittelbare Umgebung bis hin und einschließlich der Küste an. Auf ihr eingetragen waren sowohl Straßen, Wege und Pfade, die den Zugang zu Stränden und Buchten zeigten, aber auch Sehenswürdigkeiten, begleitet von einer klaren Zeichenerklärung, die ihr half, die verschiedenen Symbole zu verstehen. Besonders einige Orte erweckten ihr Interesse. Sie faltete die Karte zusammen und verstaute sie in dem Fach der Tasche, welches dafür gemacht zu sein schien, bevor sie das ins Tuch eingewickelte Buch wieder in sein Versteck räumte. Morgen, beschloss sie, während sie die Bettdecke an sich zog und sich zum Schlafen auf die Seite drehte, würde sie die Küste erforschen.

Die Karte auf dem Fahrradlenker ausgebreitet vor sich versuchte Rosie, die Orientierung zurückzugewinnen. Bis hierher war alles relativ leicht nachvollziehbar gewesen. Sie überprüfte den vor ihr liegenden Abschnitt und hatte den Eindruck, dass die notwendige Abbiegung mit dem etwas überwucherten Pfad zu ihrer Linken, überein zu stimmen schien. Sie verstaute die Karte und machte sich auf den Weg. Aus dem hohen, neben der Straße gelegenen Gras heraus, verfolgte ein Paar großer grasgrüner Augen ihr Vorankommen. Dann nahm das kleine Geschöpf mit den vier kurzen Beinen die Verfolgung auf. Sie legte ihr Fahrrad in dem hohen Gras oben bei der Landzunge ab. Vor ihr schlängelte sich ein sandiger Pfad nach unten. Er führte zu einem, unter dem Sand hervorragenden Zutageliegen von dunklem Gestein, welches aus achteckigen schwarzen Felsblöcken bestand und ins Meer mündete. Nachdem sie vorsichtig dorthin hinuntergeklettert war, kam sie zu einem sehr schmalen aber eindeutigen Weg, der sich die gesamte Länge der Landzunge entlang zu erstrecken schien. In den Felsen, an Stellen nahe der See, waren vor langer Zeit mit einem Seil verbundene Haltegriffe eingelassen worden. Sie ging an diesen entlang und bemerkte, wie sich der Weg langsam anhob, bevor er sich an einem Felsenvorsprung ins Meer absenkte und dort auslief. Zur ihrer Linken winkelte sich der Pfad stark nach innen ab. Nach ein paar gleichmäßigen Atemzügen ging sie hinein.

Die Seehöhle war geräumig; in einiger Hinsicht größer als Rosie es erwartet hatte, aber in anderer Hinsicht auch kleiner. Sie konnte es nicht recht in Worte fassen. Die Decke, welche nahe des Eingangs von auf dem hellen Stein reflektierten Wasser glitzerte, war an einigen Stellen angedunkelt, während sie an anderen licht und unbedeckt war. Rosie schielte zu dem Weg zurück, den sie gekommen war. Es sah plötzlich sehr weit aus. Das Geräusch des Wassers in der Höhle war fesselnd, besänftigend, aber durch die sich wälzende See auch sehnsuchtsvoll und eindringlich. Es war, als wäre diese Höhle nicht nur ein Ort, sondern fast ein Eingang, ein Tor, zu einer anderen Welt. Auf eine bestimmte Art fühlte es sich an, als wenn die Wände, ohne überhaupt einen wirklichen Laut von sich zu geben, ihr etwas zuflüsterten. Etwas von dem sie und Rosie wussten, dass es wichtig war, aber ein Teilnehmer konnte es nicht richtig artikulieren und der andere konnte es nicht wirklich verstehen.

Sie hob die Hand gegen die Innenseite der Höhle und fühlte den glatten Stein unter den Fingern. Hier lauerte eine Geschichte; sie konnte es spüren, etwas Wichtiges war hier geschehen, im Nebel der Zeit vergessen, aber noch immer die Gegenwart beeinflussend. Es gab hier eine Verbindung, eine Bedeutung für ihr Leben, aber es war zu undurchsichtig, um es zu durchdringen. Es war verwirrend, faszinierend und äußerst irritierend zur selben Zeit. Sie blickte in Richtung der Öffnung der Höhle und zum Himmel hinauf. Vögel kreisten in der Ferne. Sie fragte sich, wie es wohl wäre, wenn ein Drache über den Horizont glitt. Für einen kurzen Augenblick sah sie es fast vor sich, ein riesiger blauer Drache, der anmutig durch die Luft wirbelte, dunkelblau vor dem hellblauen Himmel. Sie hing diesem Bild nach und plötzlich blitzte ein Auge mit einer geschlitzten Pupille vor ihrem geistigen Auge auf. Sie blinzelte. Es war so deutlich gewesen, dass sie aufschreckte. Vor langer Zeit einmal gab es Drachen...

Sie schüttelte den Kopf. Drachen. Nicht einmal hier am Meer gab es ein Entkommen von dem Wahnsinn des Schlosses. Wenn das der Fall war, warum war sie keine Prinzessin in einem der Märchen ihres Vaters, anstelle dieses kleinen Mädchens in burschikosen Sachen, von ihrer Mutter tüchtig missbilligt und vielleicht sogar nicht einmal gemocht, welches den halben Morgen geradelt war, um bei einer Seehöhle anzukommen? Mehr noch eine Seehöhle, die halbverstandene Sachen zuflüsterte? Was hatte sie dazu veranlasst, sie sich auf der Karte auszusuchen und dann diesem Pfad zu folgen? In Grübelei verloren, erhaschte sie einen Blick auf das klare Wasser auf dem Grund der Höhle, so klar, dass die Felsen darunter, blass und glatt, zu sehen waren. Das perfekte Wasser zum Schwimmen wäre da nicht die Tatsache, dass es fortwährend hin und her strömte, was garantieren würde, dass alles was sich in ihm befand, Gefahr lief, gegen die Felsen zu schlagen. Der Gedanke, wie flüchtig auch immer, brachte sie zum Schaudern und dann, als ihr klar wurde, dass sie bereits geraume Zeit hier drinnen gewesen war und zu frösteln begann, verließ sie die Höhle. Es war vermutlich eine gute Sache, dass sie bereit ziemlich weit entfernt war, als der Seufzer kam. Hätte sie ihn gehört, wäre sie eventuell in Panik verfallen. Es ist ebenfalls vernünftig anzunehmen, dass dies alle Aussichten auf zukünftige Besuche zur Höhle zunichte gemacht hätte. Es war wahrscheinlich auch äußerst hilfreich, dass Rosie nicht wusste, dass gegenüber der Stelle, wo sie gestanden und den Stein berührt hatte, sich jetzt ein Auge im Felsen öffnete und leicht blinzelte. Es war vermutlich ebenfalls am besten, dass sie nicht wusste, dass das bronze-grüne Auge mit einer geschlitzten Pupille ihren stetigen Fortschritt den Hügel hinauf, wo sie ihr Fahrrad aufsammelte, verfolgte. Es war ein Auge im Kopf eines ungesehenen Geschöpfes, welches all dies wirklich sehr interessant fand.

# 7

## SPUREN IM SAND

Die Karte hatte nicht nur die Seehöhle gezeigt, sondern auch einen Strand und eine Ruine. Als Orte waren Rosie alle drei vertraut: Aus Geschichten, die ihr Vater ihr erzählt hatte, als sie noch klein war. Es war auf einem Pfad, auf dem Rückweg von einer Seehöhle, dass er ihre Mutter getroffen und gewusst hatte, dass sie diejenige war, die ausersehen war, seine Frau zu werden. Auf eine Begründung gedrängt, hatte er lediglich gesagt, dass er es wusste.

In den letzten Jahren war diese Geschichte kaum mehr erzählt worden. Was Rosie anstelle dessen, hinter verschlossenen Türen, hörte, waren erhobene Stimmen, dann Geschrei, dann die Zertrümmerung von Porzellan, gefolgt von der unkontollierbaren – und nicht einmal ansatzweise damenhaften – aufheulenden Wut ihrer Mutter. Die Dinge hatten sich in den Monaten vor dem Verschwinden ihres Vaters und bevor sich ihre Mutter in ihre eigene Welt zurückzog immer mehr verschlechtert. Rosie hatte in der Bibliothek ihres Vaters Zuflucht gesucht und spielte fast geräuschlos hinter dem hohen Sofa versteckt, wo sie sich sicher fühlte.

Nahe der Ruine befanden sich auf der Karte seltsame Abnutzungsspuren, aber Rosie interessierte sich sowieso mehr für den Strand. Das Fahrrad den rauen Pfad entlangschiebend, kam sie auf der über dem Strand gelegenen Düne an. Zu ihrer Linken, in Richtung der Seehöhle, spritzte Wasser in einer Sprühwassersäule zwischen den dunklen Felsen auf. Zu ihren Füßen erstreckte sich ein langer Streifen weißen Sandes. Zu ihrer Rechten, auf einer Gezeiteninsel gelegen, befand sich ein gedrungener Turm und weiter hinten vage Umrisse einer Ruine. Durch die Flut war die Insel derzeit vollkommen vom Festland abgeschnitten. Vielleicht war es nur ihre Einbildung, aber sie bescherte ihr ein unheimliches Gefühl.

Während sie dies alles in sich aufnahm, erfasste sie einen Flimmer von Bewegung und hatte gerade noch Zeit, zu sehen, wie ein geschmeidiges Geschöpf sich vom Strand wegmachte und in das grobe Dünengras flitzte. Es hatte so ungefähr die Gestalt eines Otters, aber etwas an ihm war sonderbar, allein schon der Farbe wegen. In der Hoffnung, dass es ein paar Spuren hinterlassen hatte, ging Rosie den Pfad zum Strand hinunter.

Da gab es Spuren, sie war sich aber nicht sicher, dass es die eines Otters waren. Sie hatten ungefähr die richtige Größe, schienen aber nicht mit Schwimmhäuten versehen und die Klauen machten einen etwas zarteren Eindruck.

Der Abstand zwischen ihnen deutete weiterhin auf ein etwas kleineres Geschöpf hin. Es war rätselhaft. Indem sie den Spuren folgte, kam sie am Ufer an. Inmitten eines der feuchten Abdrücke, sah sie etwas durchschimmern. Als sie mit dem Finger schwach daran rieb, spürte sie etwas Hartes und Glattes. Vielleicht ein Kieselstein. Sie rieb etwas mehr von dem Sand zur Seite und es begann, Gestalt anzunehmen. Indem sie den Fingernagel unter den Rand schob, ließ sich das Ding geradeso etwas lösen und anheben. Sie wand noch etwas mehr daran herum, bis ein kleines Ploppgeräusch andeutete, dass der Gegenstand sich herausgelöst hatte. Triumphierend hob sie ihn hoch und starrte ihn an. Es handelte sich scheinbar um ein Schmuckstück, geformt wie eine Träne, und durchs Alter angelaufen.

Sie drehte es zur genaueren Untersuchung um und ließ es aus Überraschung fast fallen. Die Spitze war aus dem Kopf eines Drachens geformt, dessen Schwanzende sich an seinen Hinterkopf schmiegte, während sein darunterhängender Körper, wie ein Boot gestaltet war, das winzige runde Schilde an der Seite trug. Der obere und untere Zahn des Drachens waren in der Schnauze sichtbar und vermittelten den Eindruck, als lächle er. Das war es allerdings nicht, was Rosie ein inneres Zucken verursachte. Es war mehr, dass dieser Drache, wie der am Löffelgriff und der im Paneel, ihr auf eine freundliche und verschwörerische Weise zugezwinkert hatte. Sie starrte ihn an, aber die Bewegung war verschwunden. Vielleicht hatte es sich um eine Spiegelreflektion vom Wasser gehandelt. Was auch immer passiert war, sie wollte diesen kleinen Drachenbootanhänger unbedingt behalten. Er fühlte sich wie ein freundliches Gewicht in der Hand an und sie hatte das Verlangen, ihn mit sich herum zu tragen, als biete er Schutz. Außer ihr und ein paar Seevögeln war niemand hier. Keiner, den sie fragen konnte, aber es stand vollkommen außer Frage, dass sie diesen kleinen Drachen einfach wieder auf den Sand zurückfallen und da zurücklassen könnte. Nachdem sie ihn sicher in der Innentasche ihrer Tasche verstaut hatte, drehte sie sich um und verließ den Strand. Ein Paar grasgrüner

Augen sah ihr nach. Dann, Aufgabe erledigt, gähnte ihr Besitzer ausgiebig, rollte sich zu einem Kreis zusammen und schlief ein.

Zu dem Zeitpunkt, an welchem Rosie von ihrem Ausflug erschöpft, wieder im Schloss angekommen war und sich von dem Regal in der Speisekammer, welches Frau Baird für Mittagsmahlzeiten aufgefüllt hielt, bediente, befand sich eine rothaarige Frau auf dem Weg zum weißen Strand. Ihr Name war Lucinda Adgryphorus und sie würde bald Seeblickhaus in Besitz nehmen. Ein entfernter Verwandter hatte es ihr in seinem Testament hinterlassen.

Nachdem sie kürzlich die Abschlussausstellung ihrer Lehre hinter sich gebracht und den begehrten Titel „Meister der Künste" – mit Auszeichnung – verliehen bekommen hatte, freute sie sich darauf, eine Weile ganz für sich zu arbeiten. Das alte Haus stand auf einer grünen Anhöhe über dem Meer und war vom Landesinneren auf gute Entfernung hin sichtbar. Es war so gebaut, dass die Vorderseite der See zugewandt war, mit einem Blick auf die wasserspeiende Höhle links und der Gezeiteninsel mit den Überresten der alten Burg rechts. An ungetrübten Tagen konnte man die Inseln, sogar die weit draußen gelegene Drachenspitze, in der Entfernung sehen. Es war fast zwanzig Jahre her, seitdem Lucinda das letzte Mal hier gewesen war. Als sie jünger war, hatte sie vier Sommer in Folge bei ihrer Großmutter verbracht und sich ab und an mit dem Stadtgärtner Cal zu den königlichen Gärten aufgemacht. Es waren glückliche Zeiten gewesen. Jetzt war sie am Wendepunkt ihres Lebens. In diesem Teil des Landes zu arbeiten, würde es ihr ermöglichen, erst einmal eine Bestandsaufnahme zu machen, ohne sich gleich, kopfüber in ein neues Leben stürzen zu müssen. Trotz einer Anzahl von Bedingungen im Testament ihres Verwandten, wie beispielsweise mindestens ein Jahr lang, in dem Haus zu wohnen und ‚die Küste zu beobachten' – was auch immer das bedeutete – war die damit verbundene finanzielle Verfügung äußerst großzügig.

Lucinda war mit ihren Ausgaben nicht verschwenderisch, aber bestimmte Kunstmaterialien waren kostspielig. Sie hatte die volle Absicht, die Verschnaufpause weise zu benutzen und hoffentlich, eine Stammkundschaft in der Stadt aufzubauen. All die Details waren noch etwas unklar. Jetzt erstmal war das Haus endlich bewohnbar. Die Handwerker hatten alles zusammengepackt und sie war auf dem Weg für einen Moment der Stille, bevor sie vor dem Umzug für ein paar abschließende Nächte zum Haus ihrer Großmutter zurückkehrte.

Sie bemerkte die Spuren fast sofort und nahm kurzfristig, bevor sie den Gedanken wieder verwarf, an, dass sie die eines Otters sein könnten. So merkwürdig sie auch waren, interessierten sie jedoch die anderen Spuren, die eines Kindes, mehr. Trotz der Verlockung der Ruine und der nahe gelegenen Seehöhle, kamen einheimische Kinder selten hierher. Normalerweise schafften sie es bis zur Anhöhe, bevor sie von einer unerklärlichen Furcht ergriffen wurden und umkehrten. Es sah so aus, als wäre das Kind den Spuren des Geschöpfes bis zum Ufer gefolgt, bevor es den Strand wieder verließ. Es schien, als ob der Beobachtungsteil, auf den ihr Verwandter angespielt hatte, bereits begonnen hatte.

# 8

## DER UNBEFUGTE

Rosie war nach ihrem ersten Besuch zur Küste nicht gerade versucht, sehr schnell wieder dorthin zurückzukehren. Dass die Fahrt dahin erschöpfend war, spielte sicher mit rein, aber da war auch die quälende Sorge um den Anhänger. Was, wenn irgendjemand noch danach suchte? Sie hatte ihn nicht gestohlen, aber jemand mochte ihn wiederhaben wollen. Immer wieder untersuchte sie ihn, jetzt ganz poliert, und sagte sich auch ständig wieder, dass er offensichtlich schon so lange dort gelegen hatte, dass es sehr unwahrscheinlich war, dass der Besitzer zurückkehren und ihn wieder für sich in Anspruch nähme. Abgesehen davon, fühlte es sich so richtig an, wie er unter dem Schlüsselbein auf ihrer Haut ruhte, ein freundliches Gewicht, genau so wie sie es sich ausgemalt hatte. In einem Kästchen voller Krimskrams, welches ihr Onkel ihr an einem Regentag zur Durchsicht gegeben hatte: „Wenn dir etwas davon gefällt, behalte es ruhig", hatte sie eine feingearbeitete, aber solide kleine Silberkette gefunden, die das perfekte Gegenstück zu ihrem kleinen Drachenboot war. Sie gab darauf Acht, dass es möglichst immer unter ihrer Kleidung versteckt war. Obwohl sie nicht wirklich glaubte, dass es ihr mit ihrem Onkel so gehen würde, hallten ihr noch immer lebhaft die schweren Tadel ihrer Mutter in Bezug auf das Tragen von Schmuck an Tagen, wo hierfür kein Grund bestand, im Kopf herum. Ihre Mutter selbst war von dieser Regel allerdings ausgenommen gewesen.

Drei Wochen nach ihrer furchteinflößenden Begegnung auf der Mauer des verschlossenen Gartens und nachdem sie sich vergewissert hatte, dass die Luft rein war, wagte sie einen weiteren Ausflug in den Pflanzschuppen, wo sie ihre drei winzigen Keimlinge in einzelne Töpfe aufteilte. Es war unmöglich, festzustellen, was genau sie sein würden, aber ihre Wurzeln sahen äußerst vielversprechend aus und sie bildeten bereits ordentliche Klumpen von krummen Blättern. Rosie war ziemlich stolz auf diesen Erfolg. Sie war jedoch auf der Hut und behielt sowohl die Pflanzen, als auch den Drachenanhänger für sich. Eine Sache, die ihrer neugefundenen Freude allerdings einen leichten Dämpfer verursachte, war eine Entdeckung in dem zugewucherten Teil der Anlage, die gleich neben den Küchengärten lag. Nachdem sie sich herausgefordert hatte, zurückzukehren und sie nochmals anzufassen, war sie sehr betroffen gewesen, dass die Statue des Teichdrachens verschwunden war. Abgesehen davon, fühlten sich das Schloss und die oberen Gärten immer heimischer an. Dazu befragt, hatte ihr Onkel etwas vage gesagt, dass er glaubte, ein paar Dokumente dazu liegen gesehen zu haben, aber er führte es nicht näher aus. Rosie spürte, dass es höchste Zeit für sie war, etwas mehr über die Geschichte des Schlosses herauszufinden. Heute hatte sie – wieder einmal – vor, die Bibliothek zu durchkämmen.

Unterdessen hatte, abseits von neugierigen Blicken, im unteren Teil der Gärten, jemand Fremdes sich niedergelassen. Keiner bemerkte seine Ankunft. An einem Morgen gab es dort unten nichts als ein überwuchertes Gemüsebeet in einem heruntergekommenen Garten, der ein kleines saisonales Häuschen enthielt und am nächsten Tag konnte man aus dem alten Schornstein Rauch aufsteigen sehen, der sich sanft in Richtung Meer kräuselte. Über die nächsten Wochen hinweg hätte jeder, der neugierig genug war, das Kommen und Gehen zu beobachten, sehen können, wie die Gewächshäuser langsam wieder ihre alte Gestalt annahmen; auch wenn einige der zerbrochenenen Fensterscheiben durch merkwürdig bunte ersetzt wurden. Unter der alten Eiche türmte sich langsam ein Komposthaufen auf, dem gegenüber gepflegte Gemüsebeete Gestalt annahmen. Der beiläufige Beobachter hätte eventuell auch bemerkt, wie der Obstgarten im Nordwesten des Gartens sich langsam aus dem Unterholz schälte und die alten Bäume, von etwas totem Holz befreit, wieder begannen, ihre gediegene alte Form zurückzugewinnen.

Der neue Bewohner war inmitten des Sommers angekommen, eine merkwürdige Zeit und er war sich nicht sicher, warum er zu diesem Ort gekommen war. Er spürte, wie eine Trauer, die nur geradeso in Zaum gehalten wurde, hinter der alten Grenze lauerte. Etwas sagte ihm, dass er hier hingehörte, aber er war sich nicht darüber im Klaren, welche Form oder Gestalt seine Zukunft annehmen würde. Jetzt konzentrierte er sich erst einmal auf das Gärtnern, und besonders im Vergleich zu dem Boden, an den er gewöhnt war, bot sich dieser Ort wie jeder andere, vielleicht sogar besser an, um einen Anfang zu machen. Wichtiger jedoch war, dass er zum ersten Mal in seinem Leben, das Gefühl hatte, richtig wo hinzugehören.

# 9

# DER EINST BEGEHRTESTE JUNGGESELLE

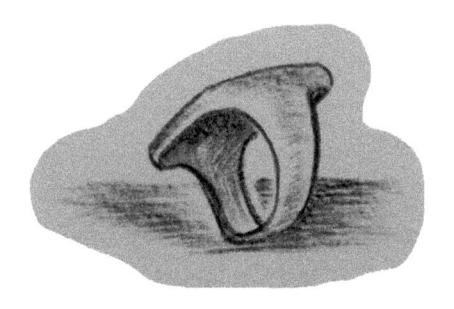

Es war Mitte der Woche. König Edmar war in geschäftliche Angelegenheiten verwickelt, Rosie war dabei, – ohne Erfolg – die Bibliothek zu durchforsten, der Unbefugte gärtnerte und in der Stadt, war Lucinda gerade dabei, eine kleine hölzerne Truhe durch den Torbogen eines mit Kopfsteinen gepflasterten Innenhofes zu tragen. Ein Korb mit Backwaren und eine Kiste mit Lebensmitteln war bereits sorgfältig verstaut. Sie schob die Truhe vorne unter die Sitzbank, stieg auf und ließ sich neben Cal nieder. Sie winkte ihrer, in der Tür des Cafés stehenden Großmutter fröhlich zu und dann setzte sich der Karren in Bewegung. Heute zog sie nach Seeblickhaus. Cal hatte Aufträge im Schloss und – da es selbst mit einem Anhänger am Fahrrad, zu mühselig gewesen wäre, ihre letzten Sachen so rüberzubringen – hatte sie das Angebot einer Mitfahrgelegenheit dankbar angenommen. Sie wusste auch, dass Cal neugierig war, das alte Haus zu sehen und es war lange her, dass sie eine Gelegenheit gehabt hatten, sich gegenseitig auf den neuesten Stand zu bringen. Also passte die Fahrt ihnen beiden gut in den Kram. Es gab besonders eine Information, die Lucinda hoffte, von ihm herauszufinden. Während sie in der Stadt Vorbereitungen für ihren Umzug getroffen hatte, waren ihr Gerüchte über den König ans Ohr gedrungen. Sie wusste von ihrer Großmutter, dass er bereits seit mehr als einem Jahrzehnt auf dem Thron war und ihm die Menschen im Allgemeinen sehr viel Respekt zollten. Die meisten seiner Untertanen waren zufrieden damit, wie er sich um des Landes Angelegenheiten kümmerte. Es war nicht die Herrschaft an der die Leute, wenn überhaupt, Anstoß nahmen, sondern eher die Tatsache, der mangelnden Auftritte des Königs und der Abwesenheit einer Königin und vermutlich noch mehr die eines Nachfolgers. Es gab Kinder, die sich nicht einmal erinnern konnten, ob sie den König je schon zu Gesicht bekommen hatten, so selten nahm er an großen öffentlichen Veranstaltungen teil. Es ging das Gerücht um, dass ein Fluch auf ihm lastete.

 Es war ein strahlender Tag mit blauem Himmel. Man konnte bereits sehen, dass die Sonne den Morgendunst wegbrennen und einen schönen Sommertag zurücklassen würde. Lucinda genoss die sanft vom Meer herüberwehende Brise. Am Abend hatte sie vor, auf der Bank, die den weißen Strand bei Seeblickhaus überschaute, zu sitzen und den Wellen zuzusehen.

 Ihre Gedanken kehrten zum König zurück. Während sie sich fragte, wie sie das Thema am besten anschneiden konnte, blickte sie zu Cal hinüber und bemerkte, dass er ihr einen scharfsinnig taxierenden Blick zuwarf.

„Ich vermute, Mädel, dass du die Gerüchte gehört hast", sagte er heiter, „über unseren König Edmar und den Fluch."

„War es wirklich so offensichtlich?"

Cal lachte in sich hinein und sagte: „Die Frage war dir von dem Moment an auf die Stirn gebrannt, als deine Großmutter nach dem Erwähnen seines Namens aufseufzte."

Mit dem Gefühl, dass sie auch gleich direkt damit rausrücken könnte, forderte sie: „Was ist passiert? Alles, was ich mitbekommen habe ist, dass der König einst der begehrteste Junggeselle war und dass die Leute jetzt, besonders die Mütter mit Töchtern im heiratsfähigen Alter so tun, als wären ihre Töchter noch einmal geradeso glimpflich davongekommen. Sein Reich ist wohlhabend, der Großteil der Straßen ist in gutem Zustand, der Handel blüht, Friedensverträge sind unterzeichnet und er ist bereits seit mehr als zehn Jahren auf dem Thron. Meine Großmutter sagt ebenfalls, dass er keine von den Allüren seiner Eltern und Schwester hat. Was also geht hier vor sich? Einige Leute sprechen über ihn, als wäre er heimgesucht oder dem Tode nah oder beides."

Cal betrachtete sie. Er hatte Amelias Enkelin immer gern gehabt, hatte sie im Café oder Garten ihrer Großmutter sitzen gesehen, fast immer mit dem Zeichnen beschäftigt. Sie mochte vielleicht von ‚auswärts' kommen, aber ihre Verbindung mit dem Land ging tief. Sie war greifbar. Es hatte ihn nicht im Geringsten überrascht, dass man sie zur Erbin von Seeblickhaus gemacht hatte. Es lag eine starke Unterströmung vor, dessen Ziel noch nicht deutlich war. Er hoffte nur, dass sie gut war.

Ihren Blick noch immer auf sich spürend – die Frage in der Luft – hielt er die Augen auf die Straße gewandt und erzählte ihr die Geschichte, die in der Stadt im Umlauf war.

Es war nicht wirklich der Fall, dass in den letzten Jahren keiner den König gesehen hatte. Er hatte einen Kreis von Ratgebern und Vorstehern, mit denen er in regelmäßigem Kontakt stand und die gelegentlich in seinem Namen agierten. Obwohl es zutraf, dass sein Reich friedlich und wohlhabend war, hatte der König selbst, seit dem ersten Jahr nach seiner Thronbesteigung vor mehr als einem Jahrzehnt, nicht mehr vielen öffentlichen Veranstaltungen beigewohnt. Manchmal sprachen die Leute noch von der aufwendigen Krönung und wie unglaublich ansehnlich, der junge König gewesen war. Besonders Frauen bekamen diesen fernen Ausdruck in den Augen, wenn sie sich an den atemberaubend schönen Kontrast zwischen seinem dichten, welligen, dunklen, kastanienbraunen Haar und dem Dunkelrot der königlichen Gewänder erinnerten. Einige, in Erinnerung an den Tag, begannen des Königs Augen, mit einem aufgeregten Gekicher in der Stimme zu beschreiben. Seltsamerweise stimmten aber alle darin überein, dass – obwohl prächtig – der König nicht gerade glücklich ausgesehen hatte. Er hatte zwar weder finster noch kühl vor sich hingestarrt, aber während der ganzen Zeremonie auch nicht wirklich gelächelt. Einige der Leute entsannen sich, dass es den Anschein hatte, als sei er extrem bestürzt gewesen, als man ihm die königlichen Insignien überreichte, als wäre es eine unermessliche Bürde. Beim Siegelring des Reiches, einem höchst kostbaren Objekt, gefertigt mit dem filigranen Muster eines in sich zusammengerollten Drachens, der einen perfekten Kreis formte, waren ihm fast Tränen in die Augen gestiegen. Der Drache, der in wechselnden Farbtönen aus brennendem Orange, Rot, Gelb, Grün und Blau leuchtete, war von einer durchsichtigen, angeblich unzerstörbaren, Substanz bedeckt, welche es dem Träger erlaubte, den Ring als Siegel zu benutzen, ohne dass das Bild irgendwelchen Schaden nahm. Es wurde als absolutes Meisterwerk der Kunstfertigkeit betrachtet und symbolisierte die Beständigkeit und den Wohlstand des Königreiches. Der König hatte seinen Schwur, das

Reich zu beschützen und dessen Gesetze, aufrecht zu erhalten mit schwerer Stimme abgegeben und die Feierlichkeiten waren mit einem zeremoniellen Bankett geschlossen worden. Die Weichen schienen gestellt, aber dann, ungefähr ein Jahr nach der Krönung und dem Beiwohnen des Königs an all den erlauchten Zusammenkünften, die seine Position ihm abverlangte, begann etwas schiefzugehen.

König Edmar, wie es einem jeden jungen, gut aussehenden Junggesellen mit einem Königreich aber ohne Auserwählter passieren würde, war wiederholt von den höchsten und edelsten Adligen seines Reiches eingeladen worden. Zusätzlich dazu hatten ihn Fürsten und Könige aus Ländern von Übersee in ihre Häuser eingeladen, aber zu einem Zeitpunkt hatte der König seltsamerweise begonnen, sämtliche Einladungen auszuschlagen. Davon nicht abgeschreckt, hatte es weiterhin wahrhafte Rundfahrten zum Schloss gegeben, bei denen zahllose Frauen höchst kleidsam vor den Toren des Schlosses auf und ab stolzierten, aber vergebens: Keine von ihnen wurde je in die Gegenwart des Königs gebeten.

Nach einer Weile waren einige Leute, inbesondere die Bellescombes – entfernte Verwandte der verstorbenen Königin – ein wenig ungeduldig geworden. Was war der Nutzen eines gut aussehenden und noch maßgeblich *ledigen* Herrschers, wenn dieser sich so offensichtlich als zu gut, für eine ihrer Töchter ansah? Eine bestimmte Gesellschaftsschicht, und zwar die mit unverheirateten Töchtern und den Töchtern selbst, begann das Verhalten des Königs, mit äußerstem Missvergnügen zu betrachten, als plötzlich die schockierendste Nachricht vom Schloss in den Städten und Dörfern des Reiches eintraf.

Es ging das Gerücht um, und man konnte beim Luftholen förmlich die Bestürzung vernehmen, als es sich in den Wirtshäusern und auf den Marktplätzen ausbreitete, dass auf einer unbesonnenen Reise ins Ausland (‚Das hat man nun einmal davon, wenn man sich in fremde Landstriche vorwagt!'), nicht lange nach der Krönung, ihr König verflucht worden war. Dies verbreitete sich wie ein Lauffeuer. Fragen wurden gestellt und endlich, am Höhepunkt der Spekulationen, erschien ein Herold des Schlosses.

Eine alte Hexe, zweifelsohne wütend darüber, dass der König sich geweigert hatte, sich mit ihrer warzigen Tochter zu vermählen, besonders da es in seinem eigenen Reich so viele Maiden der erlesensten Schönheit gab (so schön und erlesen, dass es unserem armen König unmöglich gewesen war, unter ihnen eine Wahl zu treffen), hatte ihren geliebten Herrscher mit einem grausamen Fluch belegt. Binnen weniger Monate nach dem Treffen war unser nobler und gut aussehender König, so verkündigte der Herold, gealtert und dem Greisentum verfallen. Es war ein grauenvoller Anblick, den der König seinen edlen Untertanen nicht mit Absicht auferlegen wollte. Die Bekanntmachung erklärte ebenfalls, dass die Hexe den König gewarnt hätte, dass sein Zustand auf jedwede Frau, die er zu seiner Braut auserkor, übergreifen würde. Mit schwerem Herzen hatte der König deswegen beschlossen, sein Los in Einsamkeit zu tragen. Man belegte den armen Herold mit Fragen und zahlreichen Vorschlägen, zu denen sogar Wahrsager herangezogen wurden, aber es nützte gar nichts. Und erst jetzt bemerkte man die Düsternis und die Schwermut, die über dem Schloss und seinen Anlagen zu hängen schienen. Man machte die Bemerkung, dass es an der Grenze des königlichen Grund und Bodens zu beginnen schien und es wurde demzufolge als gefährlich, ja sogar ungesund, angesehen, sich dem Schloss zu nähern.

Die Leute sprachen auf weise Art über den Fluch und beglückwünschten sich zu ihrem oder ihrer Tochter oder Nichte oder Mündels guten Entkommen. Einige der Mädchen, von denen so vielen versichert worden war, dass sie den König letztendlich an der Angel haben würden, waren sogar so kühn, voller Trotz zu behaupten, dass die ganze Sache des Königs eigenes Versehen war. Hätte er eine Frau gewählt, bevor er auf die Hexe traf, wäre hiervon nichts geschehen und er könnte noch immer sein gutes Aussehen zur Schau tragen. Es war in der Tat wahr, stimmten die Männer in den Wirtshäusern und die Frauen bei ihren Abendveranstaltungen überein, dass es die Unentschlossenheit des Königs gewesen war, der er es schuldete, dass er noch immer ein begehrenswerter Junggeselle war, als er auf die Hexe traf. Einige Mädchen, die ironischerweise Stunden damit verbracht hatten, vor den Schlosstoren auf und ab zu flanieren und ihr Haar sehr ziemlich auszuschütteln, behaupteten jetzt, dass sie sich nie wirklich für ihn interessiert hätten. Eine wies sogar darauf hin, dass eine Vermählung mit einem König, der so leicht das Missfallen einer Hexe auf sich zog, dazu hätte führen können, dass das eigene Kind bei der ersten öffentlichen Zurschaustellung verflucht werden könnte und was für einen Ärger einem das eingebracht hätte.

„Also, bleibt er abgesehen von Geschäften, die er in der Stadt hat, gelegentlichen Zeremonien oder Ernennungen zu bestimmten Posten, meist für sich", endete Cal. Darüber nachgrübelnd fragte Lucinda sich, was er ihr nicht erzählte. „Er mag zwar sehr alt aussehen, aber er ist fähig", brummelte er in das Schweigen, was sie jetzt umgab, hinein. Einige Dinge passten irgendwie nicht zusammen, aber er hatte auf eine so feierliche Art und Weise geendet, dass sie keine weiteren Fragen stellen wollte, besonders jetzt nicht, wo das Schloss in Sicht war.

Was er ihr nicht mitgeteilt hatte, betraf sein eigenes Unbehagen. Es war nämlich, dass er die Geschichte oder zumindest diese Version davon, nicht wirklich glaubte. Er hatte, ganz tief in sich drinnen das Gefühl, dass hier dunklere Kräfte am Werk waren und er konnte nicht umhin zu fürchten, dass dem König langsam aber sicher die Zeit davonlief.

# 10

# DER FREMDE IM GARTEN

Gleich nachdem sie das Schlosstor passiert hatten, bogen sie auf den etwas weniger förmlichen Weg ab, welcher sich vom Haupttor nach rechts hin abspaltete. Durch die Bäume der Allee zu ihrer Linken erhaschte Lucinda einen Blick auf die Schlossfassade, deren Mauerwerk in der Morgensonne golden glänzte. Cal hielt den Karren unterhalb der Küchengärten an und sie begannen mit dem Abladen.

Lucinda war mit diesem Bereich, so nahe am Schloss, nicht vertraut. Als sie jünger war, hatte sie ab und zu die Schlossanlage betreten, aber das hatte sich stets auf die unteren Gärten und den Park beschränkt. Sie brannte darauf, sich umzusehen, war sich aber bewusst, dass informelle Besucher höchstwahrscheinlich nicht ermutigt wurden. Der König maß der Ungestörtheit anscheinend viel Wert bei. In dem Moment kam Cal mit einer Kiste voller Gänseblümchen herüber.

„Könntest du diese vielleicht in den versunkenen Garten bringen?", fragte er. „Sie scheinen heute alle, ungewöhnlich beschäftigt zu sein."

Lucinda hatte überhaupt nichts dagegen. Sie war froh darüber, eine Möglichkeit zu haben, sich etwas umzusehen. Indem sie Cals Anweisungen folgte, fand sie den Garten mühelos. Es war, als sie bereits auf den Stufen, die in den Garten hinunterführten, stand und sich fragte, wo sie die Pflanzen am besten abstellen könnte, dass sie bemerkte, dass sich bereits jemand dort unten befand. Auf einer Bank saß ein Mann, die Beine locker überkreuz geschlagen vor sich ausgestreckt und die Arme hinter dem Kopf verschränkt. Sein Gesicht war der Sonne zugewandt. Ihr erster Eindruck war, der von jemandem mit weißem Haar, aber als sie näher kam, bemerkte sie, dass dies am Morgenlicht gelegen haben musste.

Er war ungefähr in ihrem Alter; mit Stiefeln, einer dunklen Hose und einem Pullover bekleidet, unter dem ein Hemdkragen hervorlugte. Trotz der Haltung seines Kopfes fiel ihm eine widerspenstige Haarlocke in die Stirn. Für ein geschäftiges Schloss gönnte sich dieser Mann sehr viel Muße. Als hätte er plötzlich ihre Gegenwart gespürt, ließ er die Arme fallen, drehte sich um und entdeckte sie auf der Treppenstufe.

„Oh, guten Morgen", begrüßte er sie mit einem breiten Lächeln. „Niemand hat mir erzählt, dass wir eine neue Gärtnershilfe eingestellt haben." Etwas an der Art, wie er sie begutachtete, in Kombination mit der belustigt gelüpften Augenbraue, brachte unglücklicherweise Lucindas Blut zum Kochen. Während ihrer Lehre waren ihr genug dieser Art Männer untergekommen, mit ihrem lässig gutem Aussehen, aber faul und ständig dabei, Annahmen über sie zu machen.

Sie hielt die Kiste fest und sagte: „Cal bat mich, diese hierher zu bringen. Er sagte, dass alle voll zu tun hätten", konnte sie nicht umhin, etwas spitz hinzuzufügen. Zu ihrer großen Überraschung war er davon vollkommen unbeeindruckt und brach anstelle dessen in Gelächter aus.

„Das haben sie immer", brachte er mit Tränen der Erheiterung in den Augen hervor. „Tatsache ist,", fügte er etwas nüchterner hinzu, während er zu ihr hinüberkam, „dass sie diesen Garten fürchten. Sie glauben, er sei verflucht", ergänzte er nachdenklich und beugte sich über die Kiste, um die Pflanzen zu inspizieren. Lucinda bemerkte einen fast sehnsüchtigen Ausdruck auf seinem Gesicht, während er die Gänseblümchen untersuchte, sanft ihre Blütenblätter berührte und ihre Konturen mit dem Zeigefinger nachzog. Für den Bruchteil einer Sekunde sah er so verletzlich aus, dass sie spürte, wie so etwas wie Mitleid in ihr hochwallte.

Bis er es verdarb, indem er sich zurücklehnte und kurz angebunden, auf eine Art, die sie so richtig verärgerte, sagte: „Na ja, ich vermute, wir werden sehen wie lange sie durchhalten."

Es bedurfte sehr viel Willenskraft, ihm die Kiste nicht zuzuschubsen. Es war lediglich der Gedanke, dass er sie fallen lassen könnte, und dass die Gänseblümchen dadurch zu Schaden kämen oder dass er sich beim König beschweren könnte, was Cal eventuell Ärger einbrächte, was sie dazu brachte, die Kiste mit unglaublicher Vorsicht auf der nächstgelegenen Bank abzustellen und fortzugehen. Noch immer innerlich brodelnd, machte sie keine Anstalten auf sein „Wiedersehen" zu reagieren und stakste weiter, zurück zum Karren.

Das zügige Tempo brannte das meiste ihrer Wut weg. Als sie wieder bei Cal ankam, hatte sie sich etwas beruhigt.

„Hast du da unten jemanden angetroffen?", fragte Cal mit so unschuldiger Miene, dass Lucinda wusste, dass er die Antwort kannte. „Ja", nickte sie verbissen.

„Er ist nicht so schlimm, wie er scheint", sagte Cal fröhlich, während sie auf den Karren kletterten. „Er bemüht sich sehr." Lucinda wagte es nicht, auch nur den Mund aufzumachen. „Er ist in der letzten Zeit fast jedes Mal beim versunkenen Garten am Ende des Rasens gewesen und er sieht immer gleichzeitig hoffnungsvoll und betrübt aus." Lucinda konnte nicht umhin, ein kleines Geräusch von sich zu geben, das einen leichten Ansatz von Hohn in sich trug. Cal lachte über ihren finsteren Gesichtsausdruck, setzte den Karren in Gang und sagte: „Wenn er dich zur Weißglut gebracht hat, würde ich es auf sich beruhen lassen. Alles andere bringt dir nichts und schadet nur dem Geschäft." Er gluckste kurz vor sich hin und sie verbrachten den Rest der Fahrt mit Schweigen.

Später am Tag, nachdem Cal abgefahren war, saß Lucinda draußen mit Blick auf den weißen Strand und versuchte, alles zu sortieren. Je mehr sie darüber nachdachte, desto weniger Sinn ergab es. Es war, als versperrte ihr gedanklich irgendetwas den Weg. Sie erinnerte sich an die Gärten und die Sommer, die sie bei ihrer Großmutter verbracht hatte und sogar an ein paar Ausflüge nach Seeblickhaus, aber es war, als ob sich ihr irgendetwas oder irgendjemand entzog. Cals Geschichte vom Fluch des Königs stimmte mit irgendetwas nicht überein. Es war nicht, dass sie den Berichten von König Edmars furchtbaren Greisentum keinen Glauben schenkte, sondern mehr, dass sie nicht wirklich den Eindruck hatte, dass die Schwermut, auf die Cal Bezug genommen hatte, so nahe in der Vergangenheit lag. Jetzt, wo sie darüber nachdachte, hatte sich die Anlage in Wirklichkeit in dem letzten Sommer, den sie bei ihrer Großmutter verbracht hatte, bereits anders angefühlt. Aber da gab es noch etwas, das tief in ihrem Gedächtnis vergraben lag. Na ja, sie wusste, dass, was auch immer es war, es durch verzweifeltes darüber Nachgrübeln vermutlich nur noch weiter vom Rand ihres Bewusstseins verdrängt werden würde. Jetzt plante sie, sich erst einmal darauf zu konzentrieren, ihr neues Zuhause in Besitz zu nehmen. Einige der Truhen, die sie mitgebracht hatte, bedurften der Durchsicht und sie hatte, in der langen Galerie oben ihr Atelier vorzubereiten. Abgesehen davon, hatte Cal ihr ein paar Kisten mit Pflanzen und Erde dagelassen, „um den Hof, ein bisschen aufzuheitern". Bei all dem zweifelte sie, dass sie sich bald – wenn überhaupt – langweilen würde.

# 11

# EINE WEICHE LANDUNG

Rosies Suche in der Bibliothek hatte wieder einmal nichts zu Tage gefördert. Sie war auf dem Zwischengeschoss in der Nähe der Tür gewesen, als ihr Onkel eingetreten und direkt, auf die Lagerkammer zu gegangen war, bevor die Möglichkeit bestand, ihn abzufangen. Was auch immer er darin gesucht hatte, war scheinbar gut versteckt, da es etwas dauerte, bis er wieder hervortrat und dann eilte er sogleich davon. Dies war bedauernswert, da sie ihn gern gefragt hätte, wo sie nachschauen könnte. Sie kletterte herunter und da sie nichts Besseres zu tun hatte, ging sie zur Lagerkammer hinüber. Der Mechanismus war versteckt, damit er die Bücherwand nicht verunzierte.

Nach langer Suche fand sie endlich den Hebel, der die Tür mit einem leisen Klicken öffnete. Mittlerweile hoffte Rosie – wider Erwarten – wenigstens, einen kleinen Raum vorzufinden, aber anstelle dessen stand sie lediglich der Lagerkammer der Bibliothek gegenüber. Stapel von Papier waren auf den schmalen Regalen aufgereiht. Es gab kleine Tintenfässer und Schreibutensilien und, in der Ecke etwas versteckt, sogar einen kleinen Eimer, Mopp und Besen. Der Boden war mit einem ziemlich heruntergekommenen kleinen Läufer bedeckt. Sie starrte die glatten Wände an und trat rückwärts wieder heraus. Es war als sie sich von Enttäuschung durchflutet umdrehte, dass sie wieder spürte, nicht allein zu sein. In der Nähe des Fensters, die Arme vor der Brust überkreuzt, stand der wuschelköpfige Junge und sah sie mit lebhaftem Interesse an. Bevor Rosie etwas sagen konnte, musste sie niesen. Als sie die Augen wieder öffnete, war der Junge verschwunden. Sie hatte sein Weggehen nicht einmal gehört.

An dem Abend holte Rosie wieder *Maris Buch von Drachen und ihren Zauberkräften* hervor, in der Hoffnung, vielleicht etwas Neues zu entdecken, aber es hatte sich nichts verändert. Nicht dass sie es wirklich erwartet hatte, aber sie war optimistisch eingestellt und man konnte ja schließlich nie wissen. Nach den ersten paar Seiten, die das Bild des Drachens beinhalteten, kamen ein paar mit Kratzern und Kringeln übersehene Seiten, ähnlich denen auf dem Pergament, das sie innerhalb der Umhüllung gefunden hatte. Die restlichen Seiten des Buches schienen, irgendwie zusammenzukleben. Mehrmals hatte sie sie sorgfältig untersucht, aber außer, jede Seite einzeln aufzuschlitzen, fiel ihr keine Lösung ein und irgendwie fühlte sich das, nicht richtig an. Sie seufzte und zog wieder die Karte zu sich ran.

Während sie sie genau untersuchte, bemerkte sie, dass einige Gebiete sich sehr deutlich abzeichneten, während andere den Eindruck erweckten, als habe jemand über sie rübergerieben und dabei die Linien verwischt. Da sie schon immer Rätselspiele gemocht hatte, versuchte sie zu sehen, ob es zwischen ihnen Gemeinsamkeiten gab. Sie konnte – oder auch nicht, je nach Standpunkt – drei Gebiete ausmachen: Die Ruine am Meer, der versunkene Garten fernab der Terrasse und der ummauerte Garten, dessen Mauer sie vor einigen Wochen versucht hatte zu erklettern. Von all diesen erschien der versunkene Garten am wenigsten betroffen, seine Umrisse am deutlichsten. Was sie allerdings bemerkte war, dass das Waldgebiet, welches sie bisher noch nicht erkundet hatte, einen weiteren ummauerten Garten zu enthalten schien. Auf der rechten Seite hatte es sich freundlicher angefühlt. Vielleicht war es an der Zeit, sich die Sache anzusehen. Mit dieser fest getroffenen Entscheidung schlief Rosie tief ein und erwachte erst, als das frühe Morgenlicht durch die Fenster strömte.

Sie war früh auf und nach einem schnellen Frühstück, bestehend aus dick gebuttertem Brot und Tee, sauste sie los. Der heutige Tag erschien ihr voller Möglichkeiten. Sie hatte ebenfalls einen Pakt mit sich abgeschlossen: Sollte irgendetwas Ungewöhnliches passieren, würde sie es einfach aussitzen. Als sie bei der Wiese ankam, flog eine Schwalbe an ihr vorbei. Sie blieb einen Augenblick stehen und beobachte sie beim Jagen, bis sie sich entschlossen zu dem unbekannten Pfad aufmachte.

Sie kam am Eingang des Wäldchens an und wie auf der anderen Seite änderte sich der Pfad hier etwas. Die Bäume waren allerdings anders. Die linke Seite hatte sich schattig angefühlt. Es hatte sie vielen Mutes bedurft einzutreten, während sich das Wäldchen auf der Rechten freundlich, fast einladend, anfühlte. Espen waren etwas entfernt entlang gepflanzt und ihr Rauschen fühlte sich gleichzeitig beruhigend und vertraut an, wie der Flug der Schwalbe. Es gab hier viele Bäume, die sich von Birke zu Erle und Buche, Weißdorn und Haselnuss, Ilex und Holunder erstreckten, durchsetzt von zahlreichen Heckenrosen, deren zartrosa Blüten sich im Blattwerk zeigten. Es gab noch weitere Bäume, deren Namen Rosie allerdings nicht kannte. Der Niedrigbewuchs war ein dichter Teppich aus Pflanzen, einige in Blüte und einige nicht. Hier und dort flogen Vögel oder Schmetterlinge umher und es war erfüllt von den Geräuschen und Gerüchen eines Sommermorgens. Auf dieser Seite war es angenehm, den Pfad entlang zu gehen. Er endete, wie der andere, an der Ecke einer Mauer, von der sie wusste, dass sie einen Garten umgab. Die Mauern waren hoch und ziemlich glatt. Diese könnte sie auf keinen Fall erklimmen. Sie machte sich auf die Suche nach einer Tür.

An den meisten Stellen berührte der Wald die Gartenmauer nicht. Der Ort, wo sie schließlich eine Tür fand, lag recht offen und ein alter – ziemlich überwachsener – Fahrweg führte zu ihr hin. Diese Tür, eher wie ein Schlosseingang mit einer rechteckigen Tür in einer riesigen Torauffahrt – war ebenfalls verschlossen, genau wie die andere es gewesen war. Rosie hatte damit gerechnet. Als sie auf der hinteren Seite des Gartens ankam, fand sie schließlich, wonach sie eigentlich gesucht hatte: Eine riesige Eiche, deren Stamm in der Mauer verkeilt war.

Ein paar Minuten später, nach viel Herumscharren und Kletterversuchen, schaffte Rosie es endlich, sich in die unteren Äste des

Baumes zu stemmen. Ihre Hände waren etwas wund, die Haare eine verheddderte Wust und ihre Sachen hatten sich tatsächlich als so gut verarbeitet herausgestellt, wie der Laden sie angepriesen hatte. Dies alles tat allerdings nichts zur Sache, da die Sicht auf den Garten, es mehr als wett machte. Er war riesig und von dem, was sie durch die Äste erspähen konnte, gut in Schuss. Es sah nach einem richtigen Schlossgarten der Art aus, der die Schlossbewohner gut versorgt halten könnte. Warum hatte ihr Onkel sie nicht hier mit hingenommen? Es bedurfte wahrscheinlich einer kleinen Truppe von Gärtnern, um ihn ordentlich zu halten. Sie bewegte sich auf dem Ast etwas weiter nach vorne, um mehr zu sehen, als es auf einmal einen Knacks und ein unerwartetes Absinken gab und sie sich im Fall befand.

Etwas stieß gegen die Wade ihres linken Beines. Sie bewegte sich behutsam und machte die Augen auf. Die Sicht auf den Garten war von hier aus zweifelsohne besser, mit sauber angelegten Gemüsebeeten, die sich direkt vor ihr ausbreiteten und Obstbäumen, die sich an der etwas entlegeneren Mauer abzeichneten. Aber sie schien ebenfalls, auf einem Komposthaufen zu sitzen. Dies war allerdings nicht das unmittelbare Problem. Von der rechten Seite des Gartens waren Schritte vernehmbar, die immer und immer näher kamen und es gab augenscheinlich keinen Ort zum Verstecken. Während Rosie sich noch immer im heftigsten Zwiespalt befand, wurden ihr die Dinge durch die Ankunft des Bewohners des Gartens aus der Hand genommen. Sie starrten einander konzentriert an. Es war schwer zu sagen, wer von beiden schockierter oder überraschter war.

# 12

# FRIDOLIN

Rosie blinzelte ungläubig. Vor ihr, und sie mit einem sehr ernsten Ausdruck in den großen grünen Augen ansehend, stand ein roter Drache. Und mehr noch: Er war dem Drachen aus *Maris Buch von Drachen und ihren Zauberkräften* wie aus dem Gesicht geschnitten. Ihr drehte sich der Kopf und ihre Hand ging zu ihrer Brust und berührte den kleinen Drachen um ihren Hals. Seine Gegenwart machte ihr Mut. Sie hatte keine Angst, sondern war lediglich vollkommen verwirrt und beschloss, darauf zu warten, dass der Drache den ersten Schritt machte.

Fridolin prüfte den Menschen vor sich. Von Beschreibungen her wusste er, dass es sich um ein Mädchen handeln musste. Er fragte sich, ob er in der Lage wäre, zwischen dem gefährlichen und dem normalen Typus zu unterscheiden. Er machte eine geistige Notiz von dem verwuschelten braunen Haar, den grünen Augen mit Flecken von Haselnuss, der einfachen Kleidung und der Tatsache, dass sie weder in Panik verfallen noch verachtend zu gucken schien und kam zu dem Schluss, dass sie vermutlich harmlos war. Also erkundigte er sich sehr höflich: „Sitzt du oft auf anderer Leute Komposthaufen?"

Dies ist wahrscheinlich ein guter Zeitpunkt, um etwas Grundlegendes klarzustellen. Es hat schon immer, und hoffentlich bleibt das so, Drachen gegeben. Genau wie es bei Menschen der Fall ist, sind einige hauptsächlich gut und einige schlecht, in den Augen der Menschen heißt das. Verrückte Amokläufe, begleitet vom Vertilgen der Bevölkerung und dem Abfackeln ganzer Landstriche, sind äußerst selten. Sie sind es einfach nicht wert. Um ehrlich zu sein, gibt es sehr viel schmackhaftere Dinge zum Essen als Menschen im Allgemeinen und Prinzessinnen im Besonderen und abgesehen davon, ernährt sich der Großteil der Drachenarten sowieso vegetarisch. Dieser Drache, dessen Name Fridolin war, gehörte zu der Art von Gärtnerdrachen und sie waren sehr gut darin; im Gärtnern und darin, Vegetarier zu sein.

Fridolin war vor ein paar Wochen aus den schroffen Bergen heruntergekommen, um dem, was man in seinen Kreisen als ‚Gartenruf' bezeichnet, zu folgen. Er war eines Tages aufgewacht und hatte schlicht und einfach gewusst, wohin er gehen musste. Die Gründe hierfür sind so mysteriös wie die der Vogelmigration, machen aber für die wenigen, die in Drachenkunde gelehrt sind, vollkommen

Sinn. In den letzten Jahrzehnten war diese Art von Anziehung allerdings fast gar nicht mehr vorhanden gewesen.

Die Gründe hierfür waren vielschichtig, aber die einfache Variante, die man Fridolin zur guten Nacht erzählt hatte, war die: Vor vielen Jahre hatte seine Sippe in einem Gebiet gelebt, das von Gärten umgeben war, aber man hatte sie ungerechterweise davongetrieben. Die ortsansässige Prinzessin hatte sich darüber beschwert, dass sie in ihren Gärten herumlungerten und behauptete, dass sie auf ihrer Mutter Rosen herumgetrampelt hätten. Dies war natürlich völliger Unsinn und die Prinzessin wusste das. Es war sie selbst gewesen, die den atemberaubendsten Rosenbusch – einen Tag davon entfernt, an einer Rosenschau teilzunehmen – plattgemacht hatte, indem sie bei der Rückkehr von einer Feier darauf gelandet war. Das Problem gestaltete sich darin, dass ihre Eltern nichts von dieser Feier wissen durften, da sie ihr ausdrücklich untersagt hatten, dorthin zu gehen. Die Prinzessin war demzufolge etwas in Verlegenheit geraten, eine Erklärung für den Schaden abzugeben und hatte es deswegen schleunigst auf die Drachen geschoben. Sie hatte sie sowieso nie gemocht und hatte dementsprechend noch nicht einmal Schuldgefühle darüber, sie so an den Pranger zu stellen.

Der König und die Königin, die ihre einzige Tochter verwöhnten und mit Nachsicht behandelten, hatten die notwendigen Befehle erlassen. Infolgedessen hatte man der gesamten Drachensippe, die schon so lange man sich auch nur erinnern konnte, in der Schlossanlage und seiner Umgebung gewohnt hatte, die Anweisung gegeben, zusammenzupacken und woanders hinzuziehen.

„Ansonsten...!", hatte der König mit einem bedrohlichen Ton und mit Hinweis auf seine Ritter in Rüstung gesagt. Nun Drachen und Ritter, besonders jene die schwere und sehr scharfe Schwerter tragen, passen nicht zusammen. Das weiß nun wirklich jeder und somit waren die Drachen in die weit entfernten Berge gezogen. Dort war Fridolin, aus einem roten Ei mit grünen Sprenkeln, geschlüpft und man erzählte ihm Gutenachtgeschichten, in denen wunderschöne Gärten, unschuldige Drachen und grausame und manipulative Prinzessinen vorkamen.

Diese ganzen Grübeleien hindurch hatte Rosie den Drachen eingehend studiert. Sie war von der Größe und dem Wuchs überrascht. Sie vermutete, dass er nicht viel größer war als sie. Seine Ankunft war nicht schwerfällig gewesen aber – aus menschlicher Sicht – hatte sein Bauch einen behaglichen Umfang und seine Haut feine rote Schuppen. Seine Augen waren so vertraut und sein Gesicht so freundlich, dass Rosie nicht umhin konnte, ihm ein schüchternes Lächeln zu geben. Zu ihrer Entzückung wurde es erwidert, wenn auch ein wenig zurückhaltend. Was nun?

„Der Ast brach ab", brachte Rosie schließlich hervor, während sie vage nach oben deutete und es ihr die ganze Zeit durch den Kopf ging, wie bizarr das Ganze war.

„Oh...", war die einzige Antwort bevor sie wieder ins Schweigen verfielen. Die Welt pendelte sich langsam wieder ein und Rosie wurde plötzlich bewusst, dass ihr Hintern begann, sich durch den Komposthaufen, auf dem sie noch immer saß, etwas feucht anzufühlen.

# 13

# FRAGEN, RÄTSEL UND KEINE WIRKLICHEN ANTWORTEN

Die Mittagszeit war schon lange vorüber, als Frau Baird Rosie vorfand, wie diese, bei einem großen Stück Pastete zulangte. Sie konnte sich nicht daran erinnern, das Mädchen je mit soviel Vergnügen, beim Essen gesehen zu haben. Ihr Haar war unordentlich und die Kleidung deutete auf einen, im Freien verbrachten Tag hin. Trotz der sauberen Hände, die sie sich scheinbar gewaschen hatte, bevor sie ihr Essen zum Tisch getragen hatte, umwehte ihres Herren

Schützling ein eindeutiges Lüftchen von Schmuddeligkeit. Ihre Augen allerdings, als sie hochblickte, waren aufgeweckt und leuchteten vor Freude. Es war schwer zu glauben, dass es sich um dasselbe Kind handelte, welches bei seiner Ankunft vor weniger als drei Monaten, ausgesehen hatte, als würde es sich am liebsten irgendwo verstecken.

Rosie lächelte und aß weiter und wusch schließlich die letzten Krümel mit etwas, aus dem Krug eingeschenkten Kräutertee herunter. Sie war gerade dabei aufzuräumen, als das Geräusch von Donner durch den Himmel riss. Bevor der Lärm überhaupt erst richtig über den Anlagen verhallt war, öffnete, der bereits äußerst unbehaglich aussehende Himmel die Schleusen und es begann, schwere Tropfen zu regnen. Drinnen verdunkelte es sich so sehr, dass Rosie dachte, ein Licht würde sich durchaus als nützlich erweisen, um sie nach oben zu geleiten. Draußen war es so elendig, dass sie ohne Zögern Frau Bairds Vorschlag, ein frühzeitiges Bad zu nehmen, annahm. Sie würde heute auf gar keinen Fall wieder nach draußen in die Gärten gehen.

An dem Abend, vom Tag eindeutig erschöpft, schlief sie früher als üblich ein. König Edmar fand sie auf einem der Sofas in der Bibliothek vor, verloren in der Welt des Schlafes und trug sie zu ihrem Zimmer, ohne dass sie sich auch nur einmal regte.

In der Nacht träumte Rosie. Eine wahrhaftige Flut von Bildern durchströmte ihren Geist. Als sie aber kurz vor Morgengrauen erwachte, war ein Paar großer grüner Augen das Einzige, woran sie sich noch erinnern konnte. Es war bei dieser Erinnerung, dass sie plötzlich hellwach war. Sie konnte sich nicht daran erinnern, wie sie letzte Nacht ins Bett gekommen war, aber ihr war klar und deutlich eingebrannt, was sie am Morgen getan hatte. Sie wusste ebenfalls, was danach für den heutigen Tag geplant worden war. Rasch schob sie die Bettdecke zur Seite und ging zum Fenster. Das Gewitter des Vortages schien die Luft, vollkommen geklärt zu haben und es sah nach einem vielversprechenden Tag aus.

Das Frühstück gestaltete sich an jenem Morgen etwas kniffeliger als sonst. Ihr Onkel war anwesend und Rosies Geist fegte umher. Sollte sie ihm von dem Drachen im Garten erzählen? Was, wenn er ihr nicht glaubte? Oder schlimmer noch, wenn er wollte, dass der Drache sich trollte. Rosie war mit der innerlichen Auseinandersetzung und dem ab und an aufsteigenden Zweifel, ob sie gestern tatsächlich stundenlang mit einem Drachen namens Fridolin gegärtnert hatte, so beschäftigt, dass sie nicht einmal mitbekam, dass ihr Onkel sie eingehend prüfte.

Mit der Tasse in der Hand machte er eine Bestandsaufnahme der Ruhelosigkeit und nervösen Energie von jemandem mit einem Geheimnis. Das Gesicht seiner Nichte schien zu strahlen und sie schien, vollkommen unentschlossen darüber, ob sie damit herausplatzen sollte oder nicht. Er machte eine geistige Notiz, sie und ihre Stimmungen etwas mehr, im Auge zu behalten. Fürs Erste aber, gab ihm nichts an ihrem Verhalten, das Gefühl, dass er ihr nicht einfach weiterhin freien Lauf lassen sollte, wie es in den letzten Wochen begonnen hatte, der Fall zu sein. Seine Tante Eleanor hatte stets darauf bestanden, dass Kinder ihren Freiraum brauchten und er hatte den Eindruck, dass Rosie bisher herzlich wenig davon gehabt hatte. Und ohnehin hatte er Geschäfte, um die er sich kümmern musste; Angelegenheiten und Entwicklungen, die langsam begannen, ihn mit Furcht zu erfüllen.

Sobald das Frühstück vorbei war und sie sich entziehen konnte, stürmte Rosie zu den Anlagen heraus. Sie vermied den versunkenen Garten und ging an der riesigen Zeder am Ende des Rasens vorbei, ohne den Jungen, überhaupt auch nur zu bemerken, welcher mit den Armen vor der Brust verschränkt gegen die zerfurchte Borke lehnte und sie eingehend beobachtete.

Ihr Schritt verlangsamte sich, als sie an der Grenze des Pfades ankam und sich auf den Weg durch das Wäldchen zu der linksgelegenen Ecke des Gartens aufmachte. Dort, versteckt unter einem

Vorhang blühenden Wuchses, befand sich eine kleine Tür. Sie drehte am Knauf und hörte wie sich auf anderen Seite der Riegel anhob. Nach einem Schubs öffnete sie sich und ließ Rosie in die Ecke des Gartens, nahe einer Lehnstruktur und dem kleinen steinernen Häuschen, welches sich etwas weiter unten gegen die Mauer schmiegte, ein. Sie ließ die Tür hinter sich zufallen und trat in den Garten hinaus, während sie begann, sich nach Fridolin umzusehen.

Der Boden war nass. Die Blüten und Blätter glänzten vom Regen. Hier und da brach sich das Sonnenlicht in einem der Tropfen, so dass er wie ein feines Juwel aufleuchtete. Sie traf Fridolin im Gewächshaus gleich neben dem Häuschen an, wo er gerade dabei war, Setzlinge umzutopfen und schloss sich ihm nach einem kurzen „Morgen" an. Für eine Weile arbeiteten sie schlicht kameradschaftlich Seite an Seite. Wie am Vortag war es so einfach, in einen guten Rhythmus zu fallen. Sie gingen die Setzlingsstiegen durch, ohne dass sie großartig reden mussten.

Das war am Tag zuvor eine der verblüffendsten Entdeckungen gewesen: Sie konnten einander verstehen. Nicht durch Zeichengabe, Gestikulieren oder Possenspiele, sondern lediglich durchs Sprechen. Es hatte sich überhaupt nicht davon unterschieden, wie sie mit Anderen im Schloss oder generell kommunizierte, abgesehen von ihrer Mutter, aber ihre Kommunikationsprobleme hatten nichts mit der Sprache, die sie sprachen zu tun. Eine weitere Entdeckung war gewesen, dass Fridolin ihre Gesellschaft, überhaupt nichts auszumachen schien. Nachdem sie sie vom Komposthaufen heruntergekommen und ihre ursprünglich beiderseits vorhandene Schüchternheit überwunden hatten, hatte er ihr eine Führung durch den Garten gegeben und ihr alles über die Pflanzen erzählt, die sich dort befanden und was als Nächstes, auf dem Plan stand. Was keiner von beiden erwähnt hatte, war wie genau sie jeweils hierher gekommen waren. Aber das tat gar nichts zur Sache. Wie sie es sich an jenem Morgen versprochen hatte, war Rosie die Dinge einfach locker angegangen.

Sich mit jemandem, so ungezwungen unterhalten zu können, war geradezu berauschend und sie wollte, dass es so weiterginge. Man konnte auch ganz klar sehen, dass Fridolin durch und durch ein Gärtner war. Die Art wie er über Pflanzen sprach, hier und da vorsichtig etwas anpasste, während er gnadenlos ein Unkraut herausrupfte, das im Begriff war, eine Pflanze zu bedrängen, waren ihr vertraut. Es machte ihr nicht im Geringsten etwas aus, dass er ein Drache und eigentlich betrachtet mythisch war. Es wäre einfach nur entzückend, einen Freund zu haben.

Das Unwetter der vergangenen Nacht hatte auf dem weißen Strand bei Seeblickhaus Spuren hinterlassen. Die See hatte gegen die Felsen gewütet, Schwaden von Gischt bei der wasserspeienden Höhle aufgeschäumt und Seetang und Seegut am Strand abgelagert. Mehrmals war Lucinda von Blitz und Donner geweckt worden; hatte den Wind um das Haus heulen und das Prasseln von Regen gegen die Fenster gehört. Für einen kurzen Moment war sie aufgestanden und hatte den Sturm, die sich hebenden Wellen und die Landschaft, welche in Bruchstücken weißen Lichtes sichtbar wurde, vom Fenster aus beobachtet. Einmal hatte sie sich sogar eingebildet, eine Kreatur aus der See auf den Strand kriechen zu sehen, aber beim nächsten Aufleuchten und Donnerkrachen erblitzte nur der bleiche Strand im Licht. Sie war ins Bett zurückgekehrt und hatte unruhig geschlafen, heimgesucht von Bruchstücken von Träumen, die sich ihr entzogen, sobald sie wieder ins Bewusstsein aufstieg. Sie erwachte vom Sonnenlicht, welches in ihr Zimmer strömte und mit einem unwiderstehlichen Drang zu malen.

Stunden später stand sie vor der vollendeten Leinwand und starrte sie an. Das Bild zeigte ein Meerespanorama und die Inseln, so wie sie an jenem Morgen aus von dem, in der langen Galerie gelegenen Atelier, zu sehen waren. Mit den verstreuten Inseln erinnerte es sie an das Wandgemälde, das ein früherer Besitzer des Hauses an die Wand im Café gemalt hatte, aber ohne den Drachen im Himmel. Was jetzt allerdings begann, ihre Aufmerksamkeit auf sich zu ziehen, war die Gischt von der wasserspeienden Höhle. Während sie gemalt hatte, war sie sich dessen nicht bewusst gewesen, konnte jetzt aber unmöglich davon wegsehen: Dort auf der Leinwand, inmitten des weißen Schaumes, der Gischt und dem Blau der See, löste sich ganz ohne Frage, die Form eines großen blauen Drachens aus dem Wirbel der Farben heraus. Was daran allerdings so beunruhigend war, gestaltete sich darin, dass – unverleugbar wie er in ihrem Bild vorhanden war, sich Lucinda absolut sicher war, ihn nicht wissentlich dort mit hineingebracht zu haben.

# 14

## DIE GEZEITENINSEL

Wenn sie, das Gesicht mit geschlossenen Augen der Sonne zugewandt, auf der Bank vor Fridolins Häuschen saß, konnte Rosie manchmal immer noch nicht richtig glauben, was für eine merkwürdige Wende ihr Leben in den letzten paar Monaten genommen hatte. Als man sie zu ihrem Onkel abschob, hatte sie keine Erwartungen gehabt. Es hatte einfach schon so lange keinen Raum mehr zum Denken gegeben. Als man endlich entschied, was mit ihr geschehen würde, war sie zu abgestumpft gewesen, um sich zu scheren. Ihren Vater schmerzlichst vermissend und an Sir Rothügel geklammert, als wenn ihr Leben davon abhinge, hatte sie vor langem aufgehört, ein Interesse an dem zu nehmen, was um sie herum geschah.

Es war dieses Schloss, mit dem seltsamen Besteck, den zurückhaltenden Bewohnern und dem freundlichen Gefühl, bewohnt zu sein, das sie hervorgelockt hatte. Es half auch, dass ihr Zimmer gemütlich und vor allen Dingen, ihres war. Sie hatte noch nie wirklich ein Zimmer so bewohnt, wie dieses. Es war fast, als hätte es sie zu seiner Bewohnerin auserkoren und hielt sie beschützt. Dies war natürlich albern, aber es war die einzige Weise, wie sie das, was ihr Vater als einen Zufluchtsort bezeichnet hatte, beschreiben konnte. Niemand hier störte ihre Sachen oder focht ihren Besitz bestimmter Dinge an. Die kleinen Blumentöpfe standen, wo sie sie platziert hatte und niemand hatte sie überhaupt dazu befragt. Ihr Onkel, den sie dieser Tage etwas seltener zu Gesicht bekam, forschte nicht nach, verhielt sich aber auch nicht, als langweilte sie ihn. Sie hatte eher das Gefühl, dass sie sich ähnlich waren, keiner von ihnen große Plauderer.

Mit Fridolin war es allerdings anders. Fridolin erzählte wahnsinnig gern. Nicht so sehr beim Arbeiten, aber ziemlich oft, wenn sie eine Pause machten. Im Verlauf der letzten Wochen hatte Rosie viel über seine Familie, die Reisen seiner Eltern, das Ruhestandstal seiner Großeltern, die Sehnsucht seines Onkels nach den alten Gärten und das endlose Stricken seiner Großtante Grismelda gelernt. Er hatte ihr ebenfalls viele Drachengeschichten erzählt, welche sehr häufig brutale Streit vom Zaun brechende Ritter und heimtückische und intrigante Prinzessinnen zum Inhalt hatten.

Letzteres bereitete Rosie Unbehagen, da sie technisch gesehen – aber „nicht dem Verhalten nach", wie ihre Mutter einwerfen würde – selbst eine Prinzessin war. Nie könnte sie allerdings eines jener garstigen Exemplare aus Fridolins Geschichten sein! Bevor sie ihn kennenlernte, war ihr nie der Gedanke gekommen, dass da, wo sie Monster hatten, die die heldenhaften Ritter besiegen mussten, die Drachen eventuell unangenehme Menschen hatten, die man schlagen musste, um den Sieg davonzutragen. In den meisten Geschichten taten sie dies aber leider nicht. Trotz der alles durchdringenden Schwermut war es dennoch eine faszinierend andere Art und Weise, die Dinge zu betrachten. Da gab es die Geschichte des gestohlenen Eis, wo ein goldenes Ei, das eine Prinzessin versucht, zu ihrer Sammlung von Schmuckstücken hinzuzufügen und dabei fast den Tod des Jungen darin herbeiführt, gerettet wird. Die Prinzessin wird von der Drachengürtelrose niedergestreckt, die ihre Schönheit verunstaltet, aber das Drachenjunge kommt auch nicht vollkommen unbeschadet davon. Das beste Ende, das man bei Drachengeschichten erlangte, war scheinbar, ein sich die Waage halten und Rosie ertappte sich häufig dabei, wie sie sich nach einem menschentypischen Märchenende sehnte; natürlich für die Drachen, versteht sich.

Sie hörte das Knarren der Tür und Fridolin näherte sich mit einem Tablett mit Keksen und zwei Gläsern Tee. Es hatte sie überrascht, wie sehr heimelig er war, ständig im Begriff, Tee zu machen oder Kekse hinzustellen und seine Fensterbretter waren mit kleinen Vasen voller Blumen dekoriert, die auf Zierdeckchen standen, für die normalerweise Großmütter bekannt waren. Unter seiner Anleitung entwickelte sie sich, ohne es zu bemerken, zu einem kleinen Teekenner. Heute hatten sie eine letzte Planungsbesprechung, bevor Fridolin vorhatte, sich am Tag danach zu ein paar Besorgungsgängen aufzumachen. In der Zeit, seit sie ihn kannte, hatte er das schon einmal getan und war mit einer Unmenge von Pflanzen, Keimlingen und einer riesigen Dose voller Halbmondkekse mit Zitronennote zurückgekehrt. Wie auch immer sie die Sache angegangen war, hatte er ihr nicht verraten, wie genau es ihm gelungen war, an all das heranzukommen. Er sprach nur in den weitläufigsten Begriffen von Beschaffungen bis ihr klar geworden war, dass sie aufgeben könne, da sie mit ihren Fragen nirgendwo hinkäme. Wohin er ging, war sein Geheimnis und er hatte offensichtlich vor, es dabei zu belassen.

Es war später am selben Abend, als sie sich wieder auf ihrem

Zimmer befand, dass Rosie sich bewusst wurde, dass auch sie etwas hatte, von dem Fridolin nichts wusste. Vielleicht sollte auch sie sich morgen eine Verschnaufpause von den Gärten erlauben. Laut Fridolin, der eine Antenne fürs Wetter zu haben schien, sollte es schön werden. Es war gegen Ende des Tages gewesen, dass er ihr noch eine weitere Geschichte erzählt hatte. Diese enthielt ausnahmsweise eine tapfere Prinzessin, die eine besondere Verbundenheit mit Drachen hatte. Sie war die einzige Tochter eines Königs und einer Königin, gefangen inmitten eines Totalkrieges zwischen Menschen und Drachen. Der Geschichte zufolge, war nur sie in der Lage, die Sprache der Drachen zu verstehen und war, als sie erfuhr, dass einer gefangen war, geradewegs in ein feuriges Inferno geschritten. Zu Rosies unermesslichen Enttäuschung war die Prinzessin natürlich in den Flammen umgekommen, aber – und hier begann sie, ein Gespür für die Drachenvariante eines guten Ausgangs zu entwickeln – ihr Tod hatte zu einem Abkommen zwischen den Menschen und Drachen geführt, das den hoch zerstörerischen Krieg zwischen den beiden Arten auf lange Zeit ein Ende bereitete. Hurra... Nicht, dass sie es Fridolin gegenüber erwähnte, aber manchmal spielte sie mit dem Gedanken, was für eine Geschichte, die von ihr und Fridolin wäre. Sie hoffte auf eine menschliche. Die eine Sache, die sie sich geschworen hatte, war die, nic jemals zuzugeben, dass sie eine Prinzessin war. Was wäre, wenn Drachenaberglaube sie ihres neuen Freundes beraubte? Es war das Risiko schlichtergreifend nicht wert.

Die Geschichte musste sich den Weg in ihr Unterbewusstsein gegraben haben, denn während sie schlief, träumte sie von einer alten Burg auf einer Insel inmitten der See. In ihrem Traum vernahm sie Klirren und Schreie und Gestöhne und die Hitze einer Schlacht und aus dem Getöse löste sich eine Stimme heraus, die immer und immer wieder wiederholte: ‚Helft mir Prinzessin, bitte helft mir.' In Schweiß gebadet erwachte sie im blassen Licht des frühen Morgens und wusste ganz genau, wo sie am heutigen Tag hin wollte.

In Seeblickhaus hatte auch Lucinda schlecht geschlafen. In den letzten Wochen, eventuell wegen des Umzugs, waren ihre Träume intensiver geworden. Letzte Nacht hatte sie von einem Jungen geträumt. In ihrem Traum hatte sie mit ihm, wie mit einem alten Freund gesprochen. Er hatte ein ansteckendes Lachen und schien von einer Art Lichtschimmer umrahmt. Lucinda sonnte sich in seiner Aufmerksamkeit, war gefesselt von den Geschichten, die er erzählte und vollkommen und unbestreitbar glücklich, bis die Szene sich veränderte. Ein Schatten, der sich vermutlich schon längere Zeit, auf sie zu bewegt hatte, berührte den Fuß des Jungen, sodass dieser erstarrte. Sein Mund öffnete sich wie im Schrei, aber kein Laut kam ihm über die Lippen. Vor ihren Augen war er, den Arm vor sich ausgestreckt, auf die Knie gesunken, als bringe er jemandem etwas dar. Eine, in einen Mantel gehüllte Gestalt war aus dem herumwirbelnden Nebelschatten hervorgetreten. Lange Finger hatten sein Handgelenk ergriffen und es nach oben gezerrt. Lucinda, durch den Schock erstarrt, hatte gesehen, wie die Augen des Jungen sich vor Schrecken weit öffneten. Der Schrei, der aus ihrer Kehle hervorgebrochen war, weckte sie auf. Desorientiert und so erschöpft, als sei sei eine Meile gerannt, war sie wieder eingeschlafen und wachte bis zum späten Morgen nicht wieder auf.

Rosie saß derweilen vor einer großen Schüssel voll von, mit Milch getränktem Müsli und plante den Tag. Sie hatte ihren Traum, einer Überdosis von Fridolins Geschichtenerzählen zugeschrieben und beschlossen, dass sie ein weiteres Mal den weißen Strand mit der Ruine aufsuchen würde. Der Anhänger, den sie dort auf ihrem Erkundungsausflug vor so vielen Wochen gefunden hatte, befand sich um ihren Hals. Dennoch hatte sie darauf geachtet, sich so anzuziehen, dass man ihn nicht sehen konnte. Nach dem Verstauen von ein paar Haferkeksen, einem Apfel und einer kleinen Wasserflasche machte sie sich zur Küste auf. Dieses Mal brauchte sie noch nicht einmal die Karte, um den Weg zu finden. Die Luft war klar, die Vögel sangen und sie konnte der jetzigen Sonnenwärme bereits entnehmen, dass es später ein heißer Sommertag sein würde. Nach einer scheinbar kürzeren Fahrt als letztes Mal kam sie bei der Anhöhe über dem Strand an und blickte zur Ruine hinaus. Sie befand sich auf der Insel, aber heute zeichnete sich geradeso ein schmaler leicht erhöhter Fußweg ab, der sich aus dem Felsenausläufer am Strand heraus wandte. Es herrschte Ebbe. Über ihre Schulter hinweg warf Rosie einen kurzen Blick zum weiß getünchten Haus, welches etwas hinter ihr lag, versteckte das Fahrrad im langen Gras und machte sich flink auf den Weg nach unten zum Strand.

In einiger Entfernung lehnte ein Junge gegen die Gartenmauer von Seeblickhaus. Die Augen weit aufgerissen, stand er wie angewurzelt da, nicht in der Lage, dem Mädchen auf dem Pfad nach unten zu folgen, selbst wenn er es gewollt hätte.

Die Ruine der altertümlichen Burg befand sich nicht weit vom Strand entfernt auf der Gezeiteninsel. Bei Ebbe war es möglich, dorthin zu gelangen ohne sich auch nur die Füße nass zu machen, aber man musste ein Auge auf die Zeit halten. Vom Haus aus lag sie auf der rechten Seite des Strandes, auf einem Felsen, dessen Vererdung im Laufe der Zeit ein wenig abgetragen worden war. Heutzutage wurde sie hauptsächlich von Seevögeln als Nistplatz genutzt. Sie ließen sich, in welchen auch immer noch vorhandenen Strukturen und in den Erdlöchern, die sie vorfanden, nieder. Der Ort hatte etwas an sich, was potentielle Besucher zu gleichen Teilen anzog und abschreckte. Er vermittelte ein Gefühl von Geschichte und ehemaliger Großartigkeit, deutete aber auch auf dunkle Taten hin. Zu einem Zeitpunkt, jetzt aus der Erinnerung verloren, war Blut von jenen Felsen und Burgmauern geströmt. Das Ganze trug den Anklang von Leid in sich, das sich tiefer erstreckte, als sich lediglich nur über die Struktur zu wölben. Man hatte das Gespür, als brütete es noch immer vor sich hin, als wartete noch immer etwas auf seinen Abschluss. Es erhallte noch immer mit dem Echo von etwas einst Schönem, nicht nur in Gestalt, sondern auch in seiner Wesenheit, das eines Tages korrumpiert worden war.

Die Wächter warteten mit angehaltenem Atem darauf, dass das Mädchen sich näherte und fragten sich, ob sie tatsächlich die unsichtbare Grenze überschritte. Früher in diesem Sommer waren sie plötzlich ihrer Gegenwart gewahr geworden. Aber selbst nach der ersten Regung war es, schwer zu beschreiben gewesen. Es war eine ungewöhnliche Mischung, welche ihnen so noch nie wirklich untergekommen war, Licht und Dunkel untrennbar miteinander verflochten. Es erweckte in ihnen eine brennende Neugierde. Ein Teil von ihnen hoffte darauf, dass sie den Wirkungskreis ihres Einflusses beträte und ein Teil von ihnen fürchtete, was ihr das antun könnte. Sie waren als Hüter dieses Ortes auserkoren, aber was wäre wenn sie – nur dieses eine Mal – ihren Fokus abgleiten und den Dingen ihren Lauf ließen?

Rosie starrte zu der Ruine hinüber. Ein Flüstern in der Luft schien sie davor zu warnen, die alte Anlage zu betreten. Aber auf demselbem Wind getragen, vernahm sie eine weitere Stimme und diese lockte sie an.

Oben bei Seeblickhaus, trat Lucinda, erst kürzlich angezogen und noch immer halb verfangen in den Träumen der letzten Nacht, auf die Anhöhe heraus, um die Morgenansicht des Strandes zu betrachten. Was sie dort unten sah, brachte fast ihr Herz zum Stillstand: Ein Kind befand sich auf dem Weg zur Insel der alten Ruine, scheinbar fest entschlossen, die Grenze zu überschreiten und einzutreten.

„Nein, bleib stehen!" In der noch kühlen Stille des Morgens hallte ihr von Panik erfüllter Schrei deutlich nach. Lucinda war sich nicht einmal bewusst gewesen, dass sie es hatte ausrufen wollen, bis der Aufschrei sie schon verlassen hatte. Den Fuß bereits in der Luft und kurz davor, von dem Pfad auf die Insel zu treten, drehte das Kind sich um und ein unheimlicher Schock des Wiedererkennens durchlief Lucinda.

In genau dem Moment, wo sich ihr Blick mit dem der Frau auf der Anhöhe traf, senkte sich Rosies Fuß nieder und versank, in welch auch immer dort lauerndem unsichtbaren Gebiet. Sie spürte ein scharfes Zerren, als hätte etwas tief in sie hineingegriffen und sie im Innersten angerührt. Den Bruchteil einer Sekunde später wurde sie in den äußeren Wirkungskreis der Ruine, der im Gras versteckt gelegen hatte, gerissen und die Welt um sie herum brach in Flammen aus.

## 15

# DIE DRACHENPRINZESSIN

Die Schlacht wütete bereits seit dem Morgengrauen. Die ganze Nacht hindurch hatte sie wach gelegen, diese Stimme, die ihren Namen rief, im Kopf, während sie ihr Warnungen zuflüsterte bis sie schließlich, in den frühen Stunden des neuen Tages, gefangen, mit dem qualvollen Schrei eines, in die Enge getriebenen Geschöpfes ertrank. Sie hatte nicht der Visionen, die ihre Gedanken bedrängten, bedurft. Sie wusste, was sie zu tun hatte. Es war die Umsetzung, die der schwierigste Teil war. Aber wenn sie es nicht versuchte, würde ihre Welt sich auf immer in Asche verwandeln und es würde keinen Ort mehr geben, an welchem man sich noch verstecken könnte.

Weder ihre Eltern, noch ihre Brüder, jene großen Kriegskreaturen, hatten dies je verstanden. Ihre Familie hatte eine andere Herkunft, als die, der Königreiche und Herzogtümer, die sie umgaben, aber dieses Wissen war ihnen abhanden gekommen.

In dem, der letzten Belagerung folgendem Chaos waren alle fähigen Männer an die Küste gezogen worden und niemand hatte daran gedacht, die Kronjuwelen zu bewachen. Mit Leichtigkeit, vielleicht zu viel davon, schlich sie sich hinein und fand in einem Schränkchen in der Ecke, wonach sie suchte. Sie benötigte keinen Schlüssel und bevor irgendjemand sie unterbrechen konnte, hatte sie eine Kette durch den Haltering des Anhängers gefädelt und ihn – unter dem Saum ihres Unterhemdes versteckt – um den Hals befestigt. Wärme durchflutete sie von dort, wo er an ihrer Haut ruhte. Vorsichtig darauf bedacht, nicht gesehen zu werden, verließ sie das Schloss über die verborgene Strecke und begann den langen Weg in Richtung Strand. Als sie sich ein letztes Mal umdrehte, bevor sich die Anlage ihrer Sicht entzog, sah sie die Spitze des neuen Baumes in der Nähe der Snogard und fragte sich kurz, ob sie dies je wieder, zu Gesicht bekäme.

Am Strand herrschte ein wildes Durcheinander. Die Burg auf der Insel stand bereits in Flammen, aber sie konnte es immer noch – wenn auch nur sehr leise – hören. Es kam auf der, mit Asche erfüllten Brise herüber. Ihren Blick von dem Kämpfen um sie herum abwendend, stürzte sie auf den Meerespfad zu. Für einen entsetzlichen Augenblick klammerte sich eine Hand an den Saum ihres Kleides und als sie sich losmachte, blickte sie kurz in die Augen eines verletzten Mannes, der zu sprechen versuchte. Sie kannte ihn, wusste, was er zu tun versuchte, aber sie beschleunigte ihre Schritte und ging weiter.

In dem Augenblick, als ihr Fuß den Grenzstein der Burg berührte, spürte sie es. Die Luft stank vor dunkler Magie, der Geruch war so stark, dass sie würgen musste. Bilder durchfluteten ihren Geist, verdrängten kurzzeitig jeden Gedanken, jede Selbstwahrnehmung. Sie war inmitten der Schlacht gefangen, tödlich und grimmig, die überall um sie herum tobte; bis alles, was blieb, nur noch Brand, Rauch, riesige schwarze Säulen von Feuer, das Knistern von Holz, welches daran war, vor Hitze zu bersten und der, sich steigernden Intensität des Feuers, die sie fast an den Rand der Ohnmacht brachte, war. Das letzte Quäntchen von Entschlossenheit herbeirufend, schob sie ihr Haar aus dem Gesicht und bewegte sich mit großer Mühe weiter zum Hauptinnenhof vor. Der verbrannte Geruch, das Stöhnen der Verwundeten und die panischen Schreie der Eingesperrten und in die Ecke Gedrängten überwältigte sie dort fast wieder. Schwerter klirrten, das Feuer toste und inmitten all diesem ertönte wieder die Stimme, jetzt mit inständiger Bitte, hell wie eine Glocke, und rief ihr zu:

„Helft mir Prinzessin. Helft mir zu entkommen!" Ihr Herz erstickte fast vor Mitleid. Desorientiert wartete sie darauf, dass der Ruf noch einmal kam. „Helft mir." Es wurde immer schwächer, erlaubte ihr aber noch gerade so, die Herkunft zu bestimmen.

Als sie den Kopf in die Richtung der Stimme wandte, bemerkte sie zum ersten Mal den Käfig am gegenüberliegenden Ende des Innenhofes und in ihm befand sich – die großen bronze-grünen Augen mit Trauer gefüllt – ein wunderschöner seeblauer Drache. Während sie sich gegenseitig fest in die Augen sahen, bewegte sie sich vorwärts, streckte die Hand aus und hob den Anhänger vom Hals an das Schloss des Käfigs, welches flimmerte. Ein leises Klickgeräusch löste es auf. Sie schwang die Tür auf und tat einen Schritt zurück.

Der Drache trat aus dem Käfig hervor und schüttelte die Flügel aus. Ihre vorherige Annahme, dass er ziemlich klein sei, war fälschlich. Seine Größe war durch den Käfig, von dem ihr jetzt klar wurde, dass er verwunschen gewesen sein musste, geschrumpft worden. Hinter ihr erschallte ein wütendes Gebrüll und der Drache rückte vor. Ein Feuerball schoss aus seiner Schnauze hervor und erwischte eine Kreatur mitten in die Brust, sodass sie durch die Luft und gegen die hintere Wand geschleudert wurde. Hinter sich vernahm sie ein Krachen und ein brennender Balken stürzte nieder, nahm die Überreste des Torbogens mit sich und riegelte den Innenhof vollkommen ab.

Bald würde alles von Flammen verschlungen sein. Ihr Körper würde diesen Temperaturen nicht länger standhalten können. Dies war das Ende. Und selbst, wenn das Feuer sie nicht umbrächte, würde die See es besorgen, indem sie sie entweder gegen die Felsen zerschellte oder sie ertrank. Es war zu spät, aus dem Brennofen, in den sich die Burg verwandelt hatte, zu entkommen. Der Drache war noch immer dort, also gestikulierte sie ihm wild zu, wies ihn an zu fliehen, wegzufliegen, aber er blieb einfach stehen, als überlegte er sich den nächsten Schritt. Langsam und mit großer Vorsicht, seine Glieder noch immer von der Einkerkerung steif, bewegte sich der Drache entschlossen auf sie zu. Er beugte ihr den schönen Kopf entgegen, in einer Geste, die sie von Pferden kannte und sie verstand, dass er sie dazu einlud, aufzusteigen und ihr damit eine Flucht aus dem Inferno anbot.

Es war zu diesem Zeitpunkt, dass die Ereignisse, die so gnadenlos durch Rosies Körper und Geist gerissen waren, sie einholten. Sie verlor das Bewusstsein und brach auf dem Meeresweg zusammen, während der Anhänger gegen ihre Brust pochte.

# 16

# FLIMMER DER VERGANGENHEIT

Von dem Moment an, als ihre Blicke sich trafen, war Lucinda überhaupt nicht mehr in der Lage gewesen, sich zu bewegen. Am

Fleck erstarrt, hatte sie beobachtet, wie sich die gesamte schreckliche Szene vor ihr entfaltete. Das Mädchen schien, fast in der Luft zu hängen, vorübergehend in der Zeit gefangen. Plötzlich löste sich die Starre und sie begann, hin und her zu zucken, wie eine Marionette in einer schlechten Aufführung. Dann – nach einer gefühlten Ewigkeit – verharrte sie reglos, den Arm ausgestreckt und vor sich hinstarrend, als sähe sie dort etwas für andere Unsichtbares. So verblieb sie für den Bruchteil einer Sekunde, bevor sie auf den Boden fiel. Durch einen glücklichen Zufall landete ihr Kopf auf der grasbewachsenen Neigung des Hügels, bevor ihr Körper langsam auf den Weg herunterrutschte, der bereits teilweise von der hereinkommenden Flut bedeckt war.

Lucinda atmete aus und war zwar erst kurzzeitig ohne Standvermögen, aber endlich in der Lage, sich zu rühren. So schnell wie möglich rannte sie den Hang hinunter und kniete sehr kurze Zeit später neben dem Mädchen. Die Haut ihres Gesichtes war aschfahl; ohne irgendwelche verbleibende Farbe. Hinter den Augen war, Bewegung zu vernehmen und dann brach ein Wimmern zwischen ihren Lippen hervor. Ein weiterer Schauder durchzog den gesamten Körper und wieder wurde sie sehr still. Panik breitete sich in Lucinda aus. Sie blickte sich nach möglicher Hilfe um. Als sie sich jedoch wieder zurückwandte, waren die Augen des Mädchens geöffnet. Ihr Atem, noch immer etwas rau, begann sich langsam zu normalisieren. Die grünen Augen mit ihren Flecken von Haselnuss und dem grauen Rand versuchten, eine tief in Lucindas Gedächtnis vergrabene Erinnerung zu berühren und plötzlich hatte sie die flüchtige Empfindung, etwas Älteres in jenen Augen zu erspähen, etwas, das viel älter war als das Mädchen vor ihr. Dann war es vorüber.

„Alles stand in Flammen", brachte das Mädchen erstickt hervor, während ihr Tränen aus den Augen über die Wangen rannen. „Sie waren alle ins Kämpfen verstrickt." Sie schloss die Augen und zog einen röchelnden Atemzug ein. „Und auch am Sterben, glaube ich", flüsterte sie.

Die Qual, die in jenen letzten Worten enthalten war, durchdrang Lucinda schmerzhaft. Wovon war sie Zeugin geworden? Und damit kamen ihr ungewollt Worte in den Sinn, die sie vor langer Zeit aus ihrem Bewusstsein verdrängt hatte: „Was sollte ihn in die Ruine getrieben haben, Liebes?" Mit dem Gefühl, dass ein Damm brechen und sie überwältigen würde, sollte sie es sich erlauben, jenem geistigen Pfad zu folgen, beschloss sie, sich auf die Gegenwart zu konzentrieren und schob vorsichtig den Arm unter den Rücken des Mädchens und half ihm, sich aufzusetzen.

„Kannst du aufstehen?", fragte sie und erhielt ein sehr leises „Ja" zur Antwort. Die Flut hatte sich bereits Teile des Strandes einverleibt und das Wasser stieg mit jeder Sekunde. Mit vorsichtiger Unterstützung und so langsam wie sie es wagte, geleitete Lucinda das Mädchen vom Strand und nach Seeblickhaus.

Es fehlte allem, was passiert war nachdem sie am Morgen vom Meeresweg abgekommen war, an Schärfe und zusätzlich hatte es eine etwas dunstige Beschaffenheit. Trotzdem hatte sich Rosie einem Wechsel ihrer Kleidung widersetzt und darin einen Kompromiss gefunden, es der rothaarigen Frau, die sich als Lucinda vorgestellt hatte, zu erlauben, sie in eine Decke einzuhüllen. Jetzt saß sie auf einem Stuhl mit einer Tasse milchig warmem Gewürztee in den Händen und einem großen Stück Walnuss- und Möhrenkuchen auf einem Teller vor sich. Es fiel ihr schwer, den Nebel, der sich auf ihr niedergelassen hatte, zu durchdringen.

„Nimm einen Schluck", wies eine ruhige Stimme sie an. Sie nahm einen Schluck und spürte, wie sich ein Gefühl der Wärme in ihr ausbreitete. Behutsam nahm sie einen weiteren Schluck und leerte langsam die Tasse. „Ich hole dir noch eine. Nimm einen Bissen vom Kuchen. Es wird deinen Magen beruhigen."

Lucinda wartete bis das Mädchen mindestens die Hälfte des Kuchenstücks gegessen hatte.

„Ich habe dich schon einmal gesehen. Im Café meiner Großmutter, wo du dir das Wandgemälde angesehen hast." Die Augen des Mädchens sahen sie an, aber es war schwer, den Ausdruck in ihnen auszumachen. „Ich weiß noch immer nicht, wie du heißt", endete sie sanftmütig.

„Ich heiße Rosie", es klang, als sei sie sich dessen nicht vollkommen sicher. Ein wenig später, aber ein bisschen stärker: „Na ja, eigentlich heiße ich Rosalind, aber nur meine Mutter nennt mich wirklich so." Lucinda konnte den Schmerz heraushören. Da war etwas in der Stimme des Mädchens, das an ihrem Herzen riss, ein Schmerz, der tief ging.

„Wohnst du bei ihr?"

„Nein!", dies kam so scharf hervor, dass es den Eindruck ergab, als versetzte sie diese Vorstellung in Schrecken. Sie hatte anscheinend das Gefühl, dass es einer Erklärung bedurfte und fügte freiwillig hinzu: „Ich wohne bei meinem Onkel." Lucinda sah ein kleines Lächeln über ihr Gesicht huschen. „Oder zumindest habe ich das bisher diesen Sommer." Lucinda hatte nicht vor, in die häuslichen Angelegenheiten des Mädchens zu spähen und es war für sie sowieso nicht von Belang.

„Hast du etwas dagegen, wenn ich dich Rosie nenne?" Das Mädchen lächelte sie an.

„Nein", sie verfielen in ein Schweigen, währenddessen eine jede ihren eigenen Gedanken nachhing.

Schließlich: „Möchtest du mir erzählen, was sich dort unten abgespielt hat?" und das Zögern spürend: „Nur, wenn du möchtest."

Rosie dachte darüber nach. Sie hatte nicht wirklich etwas dagegen, dieser Frau, Lucinda, davon zu erzählen. Es war eher, dass sie nicht wusste, wo sie anfangen sollte. Für einen Augenblick, während sie auf dem Meeresweg gestanden hatte, hatte sie den Eindruck gehabt, zurück ins Schloss befördert worden zu sein. Aber es war nicht dasselbe Schloss, wie jenes das sie kannte. Es hatte sich angefühlt, als wäre sie in der Zeit oder in eine Vision zurückgegangen. Es hatte sich gleichzeitig echt und unecht angefühlt, als wäre sie selbst zu jemand anderem geworden.

„Da war eine Schlacht", sagte sie schließlich. Lucinda hielt den Atem an, atmete langsam aus und wartete. „Sie kämpften am Strand und in der Burg", fuhr Rosie fort. „Die Wände waren von Flammen verdeckt und da waren viele Ritter und Soldaten. Der Rauch war so dicht, dass es schwierig war zu atmen oder, überhaupt etwas zu sehen. Es war furchtbar." Lucinda sah wie der Schrecken über ihr Gesicht glitt. Was um aller Welt war geschehen? „Da war ein Drache. Er war in einem Käfig gefangen. Ich...", sie stockte und nahm einen tiefen Atemzug. „Ein Mädchen ließ ihn frei. Und dann stürzten die Mauern des Innenhofes ein." Sie fing wieder, an zu weinen. Lucinda reichte ihr ein Taschentuch und wartete, während sie ihre Augen trocken wischte und sich die Nase schnäuzte. Die nächsten Worte waren so leise, dass sie Rosie bitten musste, sie zu wiederholen. „Glaubst du, dass das wirklich passiert ist?"

Die Frage hing zwischen ihnen in der Luft und einen Moment lang fürchtete Rosie, dass Lucinda ihr sagen würde, nicht einen solchen Unsinn zu erzählen, wie ihre Mutter es in der Vergangenheit so oft getan hatte. Das passierte allerdings nicht. Anstelle dessen legte Lucinda den Kopf schief, anscheinend in Gedanken versunken und sagte dann, während sie ihren Blick auffing: „Es hat auf der Insel seit mehreren Jahrhunderten keine Burg mehr gegeben. Soweit ich weiß, ist sie bereits seit drei- oder vierhundert Jahren eine Ruine. Die Leute glauben, sie sei verflucht...", ein kurzer Seitenblick auf Rosie „und vielleicht haben sie damit kein Unrecht. Sie sagen, dass sich dort seltsame Dinge abgespielt haben. Alles woran ich mich erinnern kann, ist eine Geschichte über einen Krieg zwischen diesem Königreich und einem anderen. Die letzte Schlacht, so wird behauptet, fand in der Burg, die jetzt eine Ruine ist, statt. Man sagt, dass Hunderte an jenem Tag ihr Leben gelassen haben, darunter auch die Söhne des Königs und der Königin und ihre einzige Tochter." Sie brach ab, als Rosie sich wieder die Augen tupfte.

„Erwähnten sie Drachen? Die Geschichten, meine ich", fragte sie sehr leise.

„Nicht dass ich mich erinnere." Sie verfielen wieder in Schweigen. Eine Erinnerung kam in Lucinda hoch und bevor sie sich davon abhalten konnte, platzte sie raus. „Sie behaupten, dass es im Schloss eine geheime Bibliothek gibt. Sie sagen, dass sie Dokumente von den ersten Anfängen des Reiches enthält." Sie schalt sich, als sie der Intensität von Rosies Interesse gewahr wurde. Sie sollte dem Mädchen keine Flausen in den Kopf setzen. „Niemand ist in den letzten Jahren überhaupt ins Schloss eingeladen worden. Man sagt, dass der König keine Gesellschaften abhielte. Diese Bibliothek ist vermutlich nur ein Gerücht", endete sie etwas lahm.

Danach sprachen sie nicht mehr viel. Schließlich hatte Rosie das Gefühl, dass sie gehen sollte und Lucinda hatte keine Wahl, als ihr zu erlauben, das Fahrrad einzusammeln und sie ziehen zu lassen. Rosie trat langsam in die Pedale während es in ihrem Kopf wirbelte. Die Erwähnung der Bibliothek tief in ihren Gedanken verwurzelt.

# 17

# ECHOS UND TRÄUME

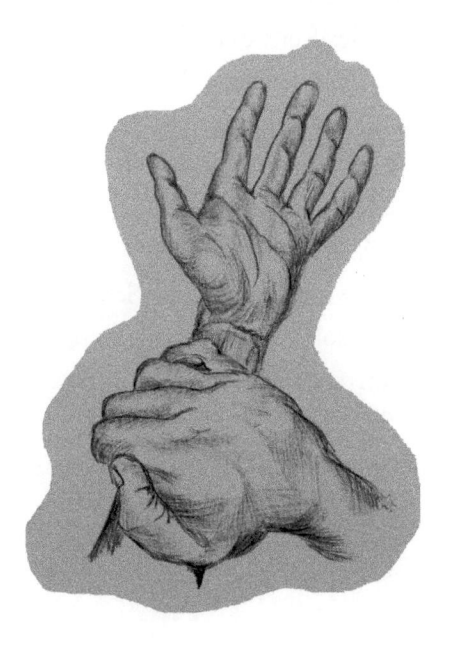

Während Rosie die Nacht glücklicherweise tief und fest und traumlos in ihrem Zimmer schlief, hatte ihr Onkel damit keinen Erfolg.

Trotz einer überwältigenden Müdigkeit, die ihn schon den gesamten Tag über beschlichen hatte, war König Edmars Nacht weit von Erholung entfernt. Er war schnell in den Schlaf gefallen, aber schon bevor er vollständig eingeschlummert war, hatten Bilder begonnen, seinen Geist zu bedrängen. Zu Beginn waren diese nicht beängstigend gewesen. Seltsam, ja, aber ohne Schrecken.

Er war im Begriff, ein Wäldchen zu durchqueren und betrat einen Garten. Gelächter erschallte von etwas ferner her und die neckende Stimme eines Mädchens rief: „Komm schon du Hasenfuß! Wir warten auf dich!" Verwirrt hatte er die Ecke umrundet und fand auf einmal ein seltsames Bild vor sich. Ein Mädchen saß, geschwind zeichnend, auf dem Rand eines Brunnens und aufmerksam über ihre Schulter herüber lugte ein Drache. Sie blickten zu ihm empor, aber bevor sie etwas sagen konnten, veränderte sich die Szene.

Er stand auf einer Anhöhe mit Ausblick auf einen Strand, rosafarbene Grasnelken in voller Blüte zu seinen Füßen. Seevögel kreisten weit auf dem Meer entfernt umher und auf der Gezeiteninsel, weiter vorne, befanden sich die Ruinen einer alten Burg. Während er dort stand, wehte eine Feder zu ihm herüber und kam bei seinen Füßen zum Liegen. Bevor er sie näher betrachten konnte, hörte er rechts von sich ein Zischen und fand sich in einem Paar großer grasgrüner Augen gefangen. Als er sich wieder der Feder zuwandte, bemerkte er, dass sie sich beinahe in eine schwärzlich grünliche Substanz aufgelöst und die Stelle, an der sie gelegen, zum Welken gebracht hatte.

Die Szene verlagerte sich wieder und er befand sich in einem Innenhof. Die geschwärzten Wände deuteten auf ein Feuer hin, welches dort vor langer Zeit gewütet hatte. Vor ihm standen die verbogenen Überreste eines Käfigs. Aus dem Augenwinkel flackerte eine Bewegung auf und er stand regungslos da, während eine schöne Frau anmutig den Innenhof betrat. Ihr Schritt war leicht, ihr Gewand erlesen, rabenschwarzes Haar wellte sich den Rücken fast bis zu der schlanken Taille hinunter und die Augen hatten einen sehr dunklen Ton von Grün, fast Schwarz, wie er ihn noch nie an einem lebenden Geschöpf gesehen hatte. Sie betrachtete ihn mit abschätzender Miene und beim Anblick ihres Lächelns, welches ihn wie versteinert zurückließ, durchlief ihn ein plötzlicher Schrecken. Sobald sie bei ihm ankam, streckte sie die Hand aus und ließ einen Finger von seinem Gesicht, den Hals und Arm entlang gleiten, bevor sie spielerisch die Innenseite seines Handgelenks hochdrehte. Ohne die leiseste Andeutung von dem, was sie vorhatte, senkte sie ihren Daumen herab und rammte ihn hart zwischen die Sehnen. Sein Schmerzensschrei brachte ein höhnisches Lächeln in ihr Gesicht und direkt vor seinen Augen begann auf der blassen Haut seines Armes, etwas zu blühen.

König Edmar erwachte mit einem hörbaren Atemzug und schnappte nach Luft, als hätte er gerade die Wasseroberfläche der See durchbrochen, nachdem er für lange Zeit unter Wasser den Atem angehalten hatte. Sein linker Arm war in die Luft vor sich ausgestreckt. Sein Herz raste; sein Nachthemd und die Bettdecke waren von kaltem Schweiß durchtränkt. Mondlicht schien durch die Stabkreuzfenster in das Zimmer und das Geburtsmal über dem linken Handgelenk pochte qualvoll. Vorsichtig legte er die Handfläche darüber und atmete tief durch. Langsam gewann das Zimmer wieder an Schärfe. Er stand auf, wechselte in ein frisches Nachthemd und zog einen warmen Morgenrock darüber an, bevor er sich in dem großen Sessel beim Kamin niederließ und, erschöpft, in einen jetzt zum Glück traumlosen Schlaf sank.

Einige Meilen entfernt, an einem weißen Strand, landete eine, in Seetang verhedderte schwarze Feder am Ufer an. Sie lag dort, im Mondlicht glänzend, bevor sie sich auflöste und nichts weiter als einen etwas dunkleren Fleck auf dem reinen Sand um sich herum zurückließ.

# 18

# EIN BÜNDEL VOLLER ERINNERUNGEN

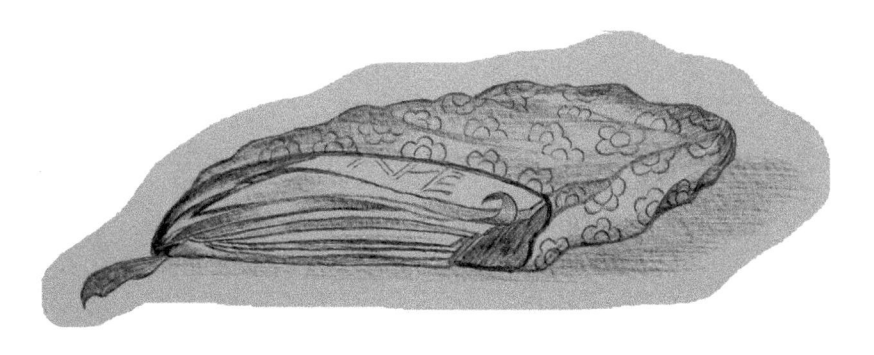

Rosie erwachte, als die Sonne ihre Nasenspitze berührte. Als sie sich dem Licht entgegenstreckte, bemerkte sie kleine Farbtupfer auf dem Schreibtisch. Voller Neugierde erhob sie sich und ging hinüber, um die Sache unter die Lupe zu nehmen. Alle drei ihrer Pflanzen hatten über Nacht, zu blühen begonnen. Die Blütenfarben passten zu den Töpfen, in die sie sie gesteckt hatte: Von einem Sonnengelb zu einem warmen Orange und schließlich zu einem leuchtenden Rot. Es war allerdings ihre Form – die an winzige Drachen erinnerte – die ihr Schwindel verursachte.

Eine Erinnerung von vor langer Zeit rastete ein. Sie saß auf dem Schoß ihres Vaters. Ein Finger bewegte sich über die Seite vor ihr und zog zart den Umriss einer Pflanze nach. ‚Man nennt sie die Drachenpflanze, Rosie', flüsterte ihr Vater ihr ins Ohr, als wollte er nicht, dass ihn jemand hörte. ‚Sie wird auch als Bannbrecher bezeichnet, aber ich habe nicht herausfinden können, warum. Sie ist allerdings unglaublich selten. Einige behaupten sogar, dass sie außerhalb der Vorstellungskraft der Menschen nicht existiere, aber eines Tages werde ich sie finden.' Er hatte sie danach angelächelt. Während sie sich gegen ihn lehnte, seinen Worten absolutes Vertrauen schenkend, war sie davon überzeugt gewesen, dass es ihm gelingen würde.

Eine Träne kullerte eine Seite ihres Gesichtes herunter. Sie blinzelte und zog vorsichtig die zarten Köpfe, die inmitten eines Klumpens von Blättern nickten, mit dem Finger nach. Vielleicht war es an der Zeit, Fridolin diesbezüglich einzuweihen.

Oben im Seeblickhaus hatte Lucinda unruhig, aber von keinen Albträumen geplagt, geschlafen. Sie wäre allerdings nicht davon überrascht gewesen. Nachdem Rosie gestern weg war, hatte sie Schwierigkeiten gehabt, sich zu irgendetwas niederzulassen. Somit hatte sie nach einem langen Spaziergang an der Küste entlang, wo sie die Seevögel und das Meer beobachtet hatte, beschlossen, einige der Dinge durchzugehen, die sie vor geraumer Zeit von ihrer Großmutter hierher mitgebracht hatte.

Als sie jedoch nach draußen sah, hatte etwas an der Ruine ihre Aufmerksamkeit auf sich gezogen und sie hatte statt dessen, den Skizzenblock zur Hand genommen und bis in die Nacht hinein fieberhaft daran gearbeitet.

Heute Morgen hatte sie endlich beschlossen, mit der Durchsicht zu beginnen. Die kleine hölzerne Truhe befand sich in einer Wandnische und war, seitdem sie dreizehn war, nicht mehr geöffnet worden. Während der Umlagerung nach der Umzugszeit hatten sich andere Dinge – kleine Läufer, Taschen – all die Sachen ohne derzeitigen Nutzen, aber zu voll von Erinnerungen, als das man sie hätte wegwerfen können, oben auf ihr angesammelt. Lucinda legte sie jetzt zur Seite und zog vorsichtig die Truhe, die sich als überraschend schwer herausstellte, hervor. Das Holz war wunderschön; dunkle Kirsche mit eingeschnitzten Mythenwesen. Sie lächelte und ließ den Finger über die Oberfläche gleiten und berührte sie sanft. Es gab Drachen und einen Greifen, aufwendig mit Blumen und Blättern und Früchten verwoben. Sie hatte vergessen wie unglaublich schön das Muster war, wie es vor Leben zu atmen schien. Es war ein seltsamer Gedanke, dass sie, über mehrere Jahre hinweg, nicht mehr das Verlangen verspürt hatte, die Truhe zu öffnen.

Es dauerte nicht lange, die Schließe zu lösen. Der Deckel ließ sich problemlos zurückklappen und brachte etwas loses Papier und den getrockneten Überrest einer Pflanze zum Vorschein. Teile von ihr, erinnerte sie an die Drachen von außen. Die Beschaffenheit war seltsam, aber sie konnte sich nicht daran erinnern, was für eine Pflanze es war oder wie sie überhaupt hierher gekommen war. Normalerweise konnte sie die Dinge innerhalb ihres Gedächtnisses sehr gut zuordnen, aber diesmal griff sie ins Leere. Sie legte die Pflanzenreste zur Seite und ihnen folgten die überschüssigen Papierbögen. Darunter, eingewickelt in ein weiches, cremefarbenes, mit zierlichem Blütenmuster besticktem Tuch, war das Bündel, an welches sie sich gestern beim Spaziergang erinnert hatte. Es enthielt einen Stapel unterschiedlicher Bilder, Zeichnungen und Aquarellen, die sie vor vielen Jahren angefertigt hatte. Da gab es eine Seehöhle, die sie bis zu diesem Zeitpunkt, wo sie sie vor sich sah, vergessen hatte. Die Erinnerung von einem Ausflug dorthin machte sich sachte bemerkbar. Es war einer der Lieblingsorte von jemanden, an den sie sich nicht mehr erinnern konnte, gewesen. Es gab eine Zeichnung von einem Garten mit Blumen, die in voller Blüte standen und eine weitere von demselben Garten mit ein paar Gestalten darin. Lucinda hielt kurz inne und nahm die Figuren zur Rechten etwas genauer in Augenschein, konnte aber keine Details ausmachen. Das nächste Bild führte fast dazu, dass ihr das gesamte Bündel aus der Hand rutschte. Dort, direkt vor ihr und in einem Stil ausgeführt, welcher ganz ohne Zweifel der ihre war, war ein dunkelblauer Drache, wie der im Wandgemälde des Cafés. Er blickte ihr direkt in die Augen mit einem Ausdruck, der neugierig und ganz klar und deutlich empfindungsfähig und intelligent war.

Sie brauchte eine Weile bis sie sich erholte. Wie war dieser Drache zwischen ihre Dinge geraten? Ihr Herz hämmerte noch immer. Nur um eine Sache zu nennen, benutzte sie für diese Art von Zeichnung nie Modelle, aber sie konnte sich keinen Reim darauf machen, wo sie einen Drachen hätte antreffen können; noch dazu ihn zu zeichnen, während er sie auf diese Art und Weise ansah. Es war Wahnsinn. Mit zitternden Händen und mehr als nur ein wenig aus der Bahn geworfen, legte sie das Bild beiseite und ging den Rest durch. Dort, fast am unteren Ende des Stapels, fand sie schließlich das Bild, von dem ihr jetzt klar wurde, dass sie danach gesucht hatte. Es zeigte einen Jungen. Nur sein Gesicht, Hals und ein Teil des Schlüsselbeins waren sichtbar. Ein Junge, dessen Gesicht sie vergessen hatte, bis der Blick in Rosies Augen ihn gestern kurz in ihren Gedanken hatte aufblitzen lassen. Bei seinem Anblick traf sie ein Schmerz in der Brust, der es ihr kurzfristig fast unmöglich machte zu atmen. Sie konzentrierte sich auf die Bildunterschrift. Links in die Ecke gequetscht waren die Worte ‚Mari, mit zwölf, am Tag des ersten Rittes'. Als sie den Blick aus seinen Augen auffing, erfüllte plötzlich ein Lachen ihre Ohren. Sein Lächeln war so breit und ansteckend. Es strahlte Freude aus. Es war, als hätte jemand in ihm ein Licht angemacht, das den gesamten Raum erleuchten konnte. Sie konnte nicht begreifen, wie sie das Lächeln oder ihn vergessen haben konnte. Ihre Lungen fühlten sich wieder merkwürdig an und ohne weiter nachzudenken, legte sie das Bild mit der Bildseite nach unten auf den Stapel. Hier war etwas, an dem sie nicht rühren wollte.

Ganz unten im Stapel fand sie eine Skizze, die sie als Vorläufer für ein richtig ausgefertigtes Bild erkannte. Von dieser Seite blickte ihr ein weiterer Drache entgegen, diesmal ein roter. Er sah sehr stolz und unglaublich glücklich aus. In einem Kästchen in der Ecke konnte sie eine Rose von der Art ausmachen, wie die Leute sie zu einer Gartenschau einreichten. Sie ging noch einmal die Bilder durch, um das fertige Bild zu Tage zu fördern, fand aber nichts. Seltsam, sie brachte die Dinge normalerweise zu Ende. Etwas dringender gestaltete sich allerdings die Frage, die sich ihr jetzt aufzwang: Warum um alles in der Welt hatte sie diese Gärten und Drachen gezeichnet, ohne sich überhaupt an etwas davon zu erinnern?

Sich langsam aus der Grübelei lösend, stand sie schließlich auf und streckte die bereits steifen Glieder. Als sie nach draußen sah, bemerkte sie, dass es wieder Ebbe war. Das war jedoch nicht alles.

Auf der Anhöhe, wo sie gestern gestanden und Rosie hilflos zugesehen hatte, stand ein Mann, der zur Ruine hinüberblickte.

Flink und anmutig machte er sich auf den Weg zum Strand hinunter und kniete nahe der Stelle, wo das Mädchen hingefallen war. Er streckte die Hand aus, um den Sand zu berühren, bevor er sie rasch wieder zurückzog, als hätte er sich verbrannt. Sein Blick schweifte über den Strand, als suche er nach etwas. Dann erhob er sich aus der Hocke und starrte in Richtung der wasserspeienden Höhle. Er verharrte so lange ohne Regung, dass Lucinda begann, es verstörend zu empfinden. Dann schrie, eine sich im Vorbeiflug befindende Raubmöwe auf und er schüttelte den Kopf, als käme er aus einem Trancezustand heraus.

Es war, als er vom Strand zurückkam und sich in die entgegengesetzte Richtung von Seeblickhaus entfernte, dass Lucinda glaubte, in ihm den ärgerlichen Fremden aus dem versunkenen Garten zu erkennen. Was um aller Welt hatte er, hier zu schaffen?

# 19

# STUFEN UNTER DEN DIELEN

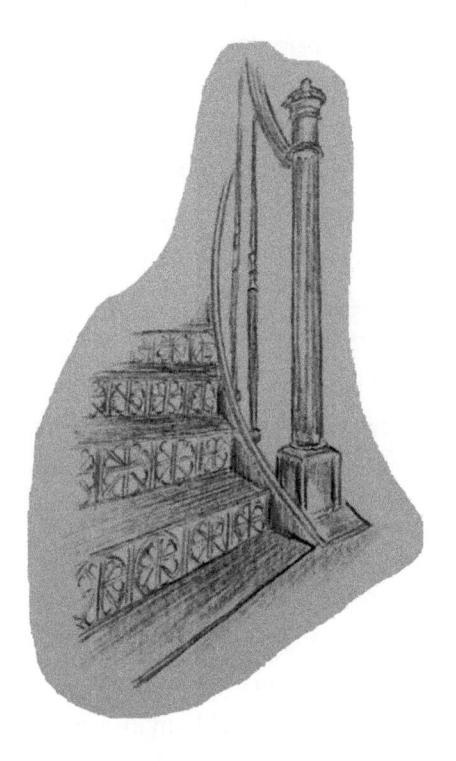

Ein Blick in das leere Frühstückszimmer sagte Rosie alles, was sie über das heutige Arrangement wissen musste. Während sie ihr

Frühstück in der Küche einnahm, erkundigte sie sich vorsichtig nach ihrem Onkel und erhielt – wie erwartet – ein „er ist gerade los, Liebes" zur Antwort. Damit war die Sache geregelt. Begierig wie sie darauf war, Fridolin eine ihrer Pflanzen zu zeigen, so wusste sie ebenfalls, dass sich eine Gelegenheit wie diese, nicht allzu schnell wieder anbieten würde. Wenn Ihr Onkel Zuhause war, bewegte er sich meist zwischen der Bibliothek hin und her und wenn er, wie Frau Baird es bestätigt hatte, weggefahren war, dann blieb er meist für den Großteil des Tages fort.

Also war Rosie gleich nach dem Frühstück wieder in der Bibliothek zugange und untersuchte die Regale nach irgendetwas Ungewöhnlichem. Nicht, dass sie dies nicht bereits schon zuvor getan hatte, aber heute war sie entschlossen, herauszufinden, ob an den Gerüchten, die Lucinda gestern erwähnt hatte, irgendetwas dran war.

Auf einmal wurde ihr bewusst, dass sie genau an der Stelle stand, wo sich vor ein paar Wochen der Junge befunden und sie angestarrt hatte und etwas fügte sich.

Langsam ging sie dahin, wo sich der versteckte Hebel der Lagerkammer befand und drückte ihn nach unten. Nach dem leisen Klickgeräusch öffnete sich die Büchertür. Von einem der Tische nahm sie eine Lampe und hielt sie hoch, um das Innere der Kammer zu beleuchten. Zu ihrer übermäßigen Enttäuschung war alles genau so, wie sie es beim ersten Mal vorgefunden hatte: Ordentlich mit Beständen bestückte Regale und der verblichene Läufer auf dem Boden. Warum also hatte sich ihr Onkel so lange hier drin aufgehalten? Er war groß. Dieser winzige Ort musste ihm Krämpfe bereitet haben. Wie beim letzten Mal untersuchte sie sorgfältig die Wände, fühlte über sie, um zu sehen, ob es vielleicht irgendwelche Lücken gab, die sie nicht bemerkt hatte. Nichts, sie waren vollkommen glatt. Die Gewissheit schwand und etwas unruhig und frustriert stampfte Rosie mit dem Fuß. Hier musste es doch irgendetwas geben! Und dann wurde es ihr klar. Sie beugte sich hastig nach unten und rollte den Läufer zurück.

Dort, auf dem Boden, von einem ganz schwachen Muster umrissen, befand sich eine mit einem Messinggriff versehene Falltür. Sie war auf solche Art eingesetzt, dass sie sich perfekt in die Farbe und Beschaffenheit des Holzes um sie herum einfügte. Aufregung überkam Rosie. Sie fasste nach dem Griff und gab ihm einen flotten Ruck. Die Tür war so, überraschend leicht anzuheben, dass sie fast ihr Gleichgewicht verlor und sich nur geradeso davon abhalten konnte, in die Regale zu purzeln. Ihr Blick fiel auf eine Wendeltreppe, die sich in einen mit buntem Licht durchfluteten Raum darunter wandte.

Sie zögerte einen Augenblick. Dann, während sie die Falltür offen ließ, richtete sie sich auf und zog die Tür der Lagerkammer so nahe heran, wie sie es wagte. Nach einem tiefen Luftholen wandte sie die Aufmerksamkeit wieder der Treppe zu und ließ ihren Fuß ganz vorsichtig auf der ersten Stufe nieder. Sie hatte erwartet, dass sie schwankte, aber sie bewegte sich keinen Zoll. Langsam, den Rücken nach außen gekehrt und sich in der Mitte festhaltend, kletterte sie in den Raum darunter hinab.

„Und? Was hast du vorgefunden?", fragte Fridolin neugierig, während er ihr den Keksteller zuschob. Es war am frühen Nachmittag und sie saßen im Garten. Fridolin hütete die Drachenpflanze auf seinem Schoß, als wäre sie ein Kronjuwel des Königreiches. Rosie hielt kurz inne, bemüht, die Gedanken zu sammeln. Der Raum unterhalb der Falltür war glanzvoll, geräumig und rechteckig gewesen; die Wände fast vollständig mit Büchern verdeckt. Es hatte dort eine lange Reihe von genau fünf Fenstern mit Mittelpfosten, deren oberer Teil mit buntem Glas versetzt war, welches eine Geschichte zu erzählen schien, gegeben. Durch sie war Licht in den Raum geflutet, welcher ein gemütliches Sofa mit einem Tisch und einer

Lampe und – in einer Ecke – einen ebenfalls mit Tisch und einer Stehlampe begleiteten Sessel enthalten hatte. Ein Ständer hinter dem Sofa schien Karten und Zeichnungen enthalten zu haben. Es war ziemlich verwirrend gewesen.

„Es ist schwer zu sagen", sagte Rosie. „Ich habe noch keine wirkliche Möglichkeit gehabt, mich richtig umzusehen." Sie seufzte. Es war schwierig, ihre Eindrücke in Worte zu fassen. Es hatte sich angefühlt, als sei sie an einem Ort, an dem gleichzeitig mehrere Schichten übereinander lagen. Es hatte sich angefühlt, als teilte sie den Ort, obwohl sie sich gleichzeitig sicher war, sich vollkommen allein dort zu befinden. Es ließ sich schwer erklären. Während sie einen Biss vom Keks nahm, wandte sie sich wieder Fridolin zu, der noch immer die Pflanze festhielt.

„So, hast du vor, mir davon zu erzählen?", fragte sie, während sie mit dem Finger darauf deutete. Fridolin legte die Stirn in Falten, als überlegte er, wo er anfangen sollte.

„Es gibt da eine Legende", seufzte er auf, sich des Grinsens bewusst, das sich bereits auf Rosies Gesicht ausbreitete, aber er schien darauf gefasst und fuhr davon unbeirrt fort.

Es handelte sich eher um die Art von Geschichte, die man an einem dunklen Abend um ein Feuer herum erzählte, als eine für einen Spätsommertag geeignete, während man kameradschaftlich Seite an Seite im Sonnenschein saß. Fridolin erzählte ihr von dem ersten Drachenflüsterer und seinem Drachengefährten. Er erzählte ihr ebenfalls von der Bösartigen, die das Königreich belauerte, versessen darauf, dass es ihr in die Hände fiel und von den magischen und beschützenden Eigenschaften der Drachenpflanze. Obwohl er sich des genauen Ursprungs nicht sicher war, wusste er, dass sie als Symbol für Drachen- und Menschenharmonie stand. Es war, als er bei dem letzten Teil ankam, dass sie die Augen weit aufriss.

„Also berichteten sie, dass die Pflanze auf immer verloren sei und dass der Ort, an welchem sie einst wuchs, nie wieder erwachen wird und dass die Bösartige schließlich die Zauberkraft der letzten, ihr versprochenen Seele einfordern und das Königreich stürzen wird."

Ein eisiger Schauder lief Rosie den Rücken hinunter, nicht wie die behagliche Sorte, die eine gute Spukgeschichte hervorrief, sondern ein Schauer echter Furcht. Einen Augenblick lang war sie wieder in der brennenden Ruine und stand vor dem Käfig, welcher mit einem grausigen grünlich schwarzen Licht pulsierte. Könnte es tatsächlich eine Bösartige geben? Was bedeutete all dies?

„Es ist lediglich ein altes Drachenmärchen", lachte Fridolin nervös auf, offensichtlich alarmiert von der Reaktion seiner Freundin. Rosie wandte sich ihm zu und – bevor sie die Nerven durch zu viel Nachdenken verlor – erzählte sie ihm von ihren ersten Tagen in den Gärten. Sie ließ nichts aus und am Ende wusste Fridolin, die Augen groß und rund, von dem kleinen Teichdrachen, der jetzt verschwunden war, dem unangenehmen Gefühl, welches Rosie bei dem versunkenen Garten überkam und – am wichtigsten – was sich ereignet hatte, als sie versuchte, über die Mauer des verwahrlosten Gartens zu klettern. Am Ende des Ganzen hatte sich der grobe Plan eines frühmorgendlichen Ausfluges in ihren Köpfen herausgebildet.

# 20

# DALEY MEREDITH

Den ganzen Morgen über verspürte Lucinda eine Unruhe. Seitdem der Fremde den Strand verlassen hatte, war sie in Grübelei verfallen. Und noch immer war sie zu keinem wirklichen Entschluss gekommen. Ein Teil von ihr wünschte sich, dass sie sich draußen befunden hätte, als er vom Strand zurückgekehrt war, um ihn herauszufordern. Ein anderer Teil von ihr war sich allerdings durchaus bewusst, dass es sich – trotz der Seeblickhausbedingungen, den Strand zu ‚beobachten' – um öffentlichen Grund und Boden handelte und es ihr infolgedessen nicht zustand, zu bestimmen, wer kam und ging. Es handelte sich bei der Sache ebenfalls um Neugierde auf ihrer Seite und sie hasste es, dass er sie auch nur im Geringsten interessierte. Nach mehreren erfolglosen Skizzierversuchen und als selbst eine Tasse, normalerweise beruhigenden Kräutertees, sie nicht zur Ruhe brachte, beschloss sie, sich in die Stadt aufzumachen. Ihr war gerade der Einfall gekommen, dass sie genauso gut, ein Gerücht über einen Buchhändler im älteren Teil der Stadt – nahe des Lieblingswollladens ihrer Großmutter – welches sie bisher als absurd abgetan hatte, nachverfolgen könnte. Plötzlich fragte sie sich, ob es in Abwesenheit der sagenhaften Schlossbibliothek, nicht vielleicht der beste Ort war, um zu beginnen, etwas Licht auf das Wirrwarr von Gedanken und Fragmenten in ihrem Kopf zu werfen. Kurze Zeit später befand sie sich auf dem Weg in die Stadt.

Während Rosie die Bibliothek im Schloss erforscht und mit Fridolin Pläne geschmiedet hatte, war ihr Onkel nicht müßig gewesen. Er war in der letzten Phase, die heutigen Aufträge, zu Ende zu bringen und begann bereits sehnlichst, an die friedliche Stille des Schlosses zu denken. An einem der Versammlungsorte hatte ein Spiegel in dem Salon, in welchem sie sich trafen, gehangen und er hatte einen Blick auf sein mit Falten übersehenes Gesicht, umrahmt von grauem fast schon weißem Haar, erhascht. Es war ein Schock zu sehen, wie sehr er gealtert war. Mit jedem Monat, der verging, verengte sich der Zeitrahmen. Es kostete ihn große Entschlossenheit, das Treffen durchzustehen, der Beratung zuzuhören und Pläne zu schmieden. Die Berechnungen legten alle dasselbe dar: Nach der Frühjahrs-Tagundnachtgleiche würden diese Art Streifzüge der Vergangenheit angehören müssen. Und der Mittsommervorabend, na ja sie würden sehen, ob sie ihn überschreiten könnten. Maßnahmen wurden getroffen und die ersten Vorschläge, im Falle ‚unerwarteter Ereignisse' wurden ihm zur Erwägung vorgelegt. Niemand im Raum mochte es, das Wort ‚Fluch' oder ‚mögliches Ableben' zu erwähnen, aber König Edmar war erfahren und praktisch genug, um zu wissen, dass Planung notwendig war. Soviel war er dem Reich und seiner Nichte schuldig. Es kam ihm seltsam vor, welch tiefe Zuneigung er dem Kind gegenüber empfand, aber er bemühte sich, etwas Abstand von ihr zu halten. Rosie hatte in ihrem jungen Leben schon genug Verluste erlitten, um nicht ohne Überlegung, zusätzlich etwas dazu beizutragen.

Mit dem Tag fast durch, war er gerade dabei, aus der Tür des letzten Geschäftes herauszutreten, als er hinter sich eine Stimme vernahm, die ihm das Blut in den Adern gefror und ihn dazu brachte, aus Erstaunen seine Packstücke fallen zu lassen.

„Na, wenn das mal nicht Seine Majestät höchstpersönlich ist", gab sie ausgedehnt und weich von sich. „Guten Nachmittag, Eure Hoheit, es ist lange her, dass wir aufeinander getroffen sind."

Die Stimme war seidig, unerwartet und voller Androhung. Es war eine Stimme, welche König Edmar unverzüglich erkannte. Sie führte dazu, dass ihm die Haare zu Berge standen. Obwohl er wusste, dass es nicht ratsam war, es zu lange hinauszuzögern, zwang er sich dennoch, seine Dinge aufzusammeln. Dann drehte er sich langsam zu der Frau um, die ein paar Schritte entfernt von ihm im Eingang des Durchgangs stand. Er hatte inbrünstig gehofft, sie niemals wieder zu Gesicht zu bekommen. Sie war schön, vielleicht sogar noch atemberaubender, als das letzte Mal, das er sie gesehen hatte und ihre Gegenwart fühlte sich genauso bedrohlich an, wie sie es damals getan hatte. Der Albtraum der vergangenen Nacht blitzte kurzzeitig in seinen Gedanken auf. Der Ausdruck in ihren Augen rief tief in seinen Knochen ein Frösteln hervor. Sie stand kerzengerade da und voller Verzweiflung suchte er gedanklich nach irgendetwas, das er sagen könnte, irgendeine Ableugnung, die er anbringen könnte, aber ihre Augen sagten ihm ganz deutlich, dass es ihm nichts bringen würde: Sie war wie eine Katze, die einen hilflosen, in die Enge getriebenen Vogel anstarrte, die Flügel unter den Tatzen mit Krallen gefangen, ohne irgendeine Hoffnung auf ein Entkommen. Als hätte sie seine Gedanken gelesen, umspielte auf einmal ein grausam höhnisches Lächeln ihre Lippen.

„Ungeachtet dessen...", sagte sie, mit einer Geste auf sein in der Kapuze des dunklen Umhangs verborgenen Haars und Gesichtes, „hoffe ich dennoch, dass Ihr nicht vorhabt, meine Intelligenz damit zu beleidigen, indem Ihr versucht, mich über Eure Identität anzulügen, gnädiger Herr?" König Edmars Mund wurde trocken und ihm brach der Schweiß auf der Stirn aus. Er richtete sich auf und warf die Kapuze zurück, während er sich ihr entgegen stellte.

„Meine Dame Rosamund", brachte er hervor, während er innerlich an dem leichten Bruch in seiner Stimme zusammenzuckte. „Es ist wirklich schon eine ganze Weile her."

Die Dame Rosamund lächelte; ein unangenehmes Funkeln in den Augen.

Dem Gerücht zufolge war der alte Buchladen, der Ort den jeder, der an Legenden interessiert war, aufsuchen sollte. Lucinda war sich nicht mehr sicher gewesen, ob sie noch immer dorthin fände. Es war Jahre her, seitdem sie das letzte Mal in diesem Teil der Stadt gewesen war. Sie erinnerte sich vage daran, ihn in einem Sommer erkundet zu haben. Es fühlte sich wie eine Lebenszeit entfernt an. Nachdem sie die sich umherwindenden Straßen durchquert, in Gassen, die nirgendwo hinzuführen schienen, eingetreten und Stufen rauf und runter gegangen war, was alles nur dazu ausgelegt schien, einen tiefer hineinzulocken, damit man sich darin verlor, fand sie ihn. Der Laden sah urig, aber gepflegt aus. Der Name „Merediths Bücherhandelszentrum" verlief über die Gesamtheit der Fassade oben und von innen kam ein warmer Lichtschein. Die Fenster, links und rechts der Tür, enthielten eine Schaufensterauslage alter Bücher, einige von ihnen in fremden Sprachen. Was allerdings ihre Aufmerksamkeit auf sich zog, war die Statue eines kleinen, in sich zusammengerollten Drachens in der Ecke eines der Fenster, der aussah, als würde er jederzeit aufwachen.

Ein leises Klimpern ertönte über ihrem Kopf, als sie die Tür aufschob und in das gedämpfte Innere trat. Hier umgab alles diese bestimmte Stille, die Ehrfurcht und eine Schüchternheit erweckte, als hätte man sein Erwachsenendasein hinter sich gelassen und sei zum Kindsein zurückgekehrt, was in Lucindas Fall, zu ihrem Erstaunen, ein schüchternes und zurückhaltendes Kind war. Ein vielschichtiger, aber keineswegs unangenehmer Geruch durchdrang alles. Langsam passten sich ihre Augen an und erlaubten ihr, zahllose Reihen von Büchern auszumachen.

„Kann ich Ihnen behilflich sein?", erkundigte sich eine angenehme Stimme.

Ihr Besitzer, Herr Daley Meredith, lehnte, ein Buch in der Hand, hinter einem großen hölzernen Ladentisch gegen ein Regal. Er war hochgewachsen, dünn und mit einer dunklen Hose und einem gut sitzenden Hemd, welches aus einem eher ungewöhnlichen Material gefertigt war, bekleidet. Trotzdem sein Haar kurz und grau war, sah er nicht sonderlich alt aus und die strahlend blauen Augen enthielten eine Art durchdringender Neugierde, die Lucinda selbst in dem kurzen Moment, in welchem sich ihre Blicke trafen, etwas aus der Fassung brachte. Ihn umgab eine Aura versteckten Wissens, welches er nicht einfach teilte. Sie räusperte sich, etwas verunsichert darüber, wo sie anfangen sollte. Sie hatte vorgehabt, sich nach Drachen zu erkundigen, aber es fühlte sich irgendwie nicht richtig an, mit dieser Frage so herauszuplatzen, da es als seltsam betrachtet werden könnte. Dennoch wusste sie, dass er darauf wartete, dass sie etwas sagte.

„Ich habe mich gefragt,...", zwang sie sich schließlich hervorzubringen, „...ob Sie Bücher über Drachen hätten."

Er lüpfte eine Augenbraue. „Drachen?", forschte er mit höflicher

Verwunderung nach. Aber es war die Art, wie er dies sagte, die Lucinda gegenüber ohne den geringsten Zweifel daran preisgab, dass er genau wusste, wovon sie sprach.

„Ja, Drachen", wiederholte sie mit einer Festigkeit, derer sie sich nicht gewahr gewesen war, sie zu besitzen.

„Und um welche Art von Büchern handelt es sich hier?", fragte er mit leichtem Spott, als hätte er ihren Ton nicht bemerkt. Er sagte nichts weiter und ließ das Schweigen sie umhüllen. Das Warten zog sich hin, bis sie es schließlich nicht mehr ertragen konnte und beschloss, den Sprung zu wagen. Wenn sie ihn nicht für sich gewinnen konnte, machte es überhaupt keinen Sinn, hier zu sein. Widerwillig erinnerte sie sich, dass es sich in der Vergangenheit, ab und zu, gelohnt hatte, die Karten auf den Tisch zu legen, wenn sie irgendeinen Fortschritt machen wollte.

Aus dem Rucksack zog sie ein Päckchen, welches mehrere Zeichnungen und Bilder enthielt, hervor. Sie trug das Bündel zum Tisch herüber und breitete sie langsam aus.

„Ich suche nach Büchern, die mir hierzu etwas Hintergrund geben könnten", sagte sie darauf hindeutend. Es bereitete ihr ziemliche Befriedigung zu bemerken, dass er nicht schnell genug war, sein wahres Erstaunen und die Neugierde zu verbergen, bevor er sich über die Bilder beugte, um sie genauer zu untersuchen.

Sie musste sich sehr zurückhalten, ihn nicht anzutreiben, da sie instinktiv das Gefühl hatte, dass dies ihrem Anliegen nicht zuträglich wäre. Also beschäftigte sie sich damit, ihn genau zu beobachten, während er vorsichtig die fertigen Zeichnungen, Bilder und Skizzen sichtete. Ihr flinkes Auge vernahm das Stirnrunzeln, registrierte aber auch seine Überraschung, während ihr Geist, damit beschäftigt war, festzulegen, welche Illustration welche Reaktion hervorbrachte. Es war der blaue Drache, dessen war sie sich sicher, der ihn, wie auch sie am meisten aus der Bahn warf. Nach einer Ewigkeit schien seine Untersuchung, sich dem Ende zuzuneigen.

Schließlich fixierte er sie mit einem diesmal taxierenden Blick, der sehr anders war als die hochmütigen uninteressierten Streifblicke von vorher.

„Liege ich richtig in der Annahme, dass Sie die Künstlerin sind?" Es war nicht wirklich eine Frage, mehr eine Feststellung. ‚Er weiß Bescheid', dachte sie ‚und mehr noch, er hat sie gesehen'. Ihr Mund fühlte sich trocken an. Sie hatte nicht damit gerechnet, ihre Vermutung so schnell bestätigt zu bekommen.

„Ja", sagte sie. Was gab es denn sonst, auch zu sagen?

„Wann wurde dies angefertigt?", fragte er, mit leicht heiserer Stimme, während er auf die Skizze eines sich – Stirn an Stirn – ineinanderlehnenden Jungen und Drachen deutete, die in wortlosem Gedankenaustausch schienen.

„Vor Jahren. Vielleicht zwanzig oder sogar mehr."

„Und dies?", fragte er mit gedämpfter Stimme – fast mit so etwas wie Schmerz, als könnte die Antwort zu sehr wehtun – auf eine Skizze von Rosie, wie sie mit weit aufgerissenen Augen hochsah, deutend.

„Gestern", antwortete Lucinda.

„Und das Kind?", das Beben enthielt mehr Erregung, als sein Körper in der Lage schien, in sich zu halten.

„Ein Mädchen aus der Gegend", sagte sie langsam.

„Ja?"

„Ich habe sie vor diesem Sommer noch nie gesehen, aber das hätte ich ja auch nicht." Sie blickte ihm in die Augen und las dort die Frage ab, ohne dass er sie überhaupt stellen musste. „Sie sah den Drachen in dem Wandgemälde im Café. Den Blauen, im Flug, und ich glaube, dass sie ihn hören konnte." Sie sah ihn, die Augen zumachen, als versuche er, etwas von sich zu drängen.

Die nächste Frage brachte sie aus der Fassung. Er zeigte auf das Bild der wasserspeienden Höhle.

„Waren Sie sich des Drachens bewusst, bevor Sie dieses Bild vollendet hatten?" Er sah sie unvermittelt an, die Augen - ein intensives Blau, und in dem Augenblick war sie sich sicher, dass sie richtig darin gehandelt hatte, herzukommen.

„Nein", sagte sie, während sie seinen Blick hielt. „Ich bemerkte ihn erst, als ich fertig war. Er schien, aus der Gischt hervorzukommen."

„War es aus einem Traum heraus gemalt?"

„Ja und nein...", sagte sie und wurde sich gewahr, dass mehr erwartet wurde. „Bilder treten in mein Bewusstsein. Das haben sie schon immer getan. Sie scheinen, meinen Geist zu erfüllen. Manchmal sind sie verschwommen und manchmal sehr deutlich. In der Tat so deutlich, dass ich mir manchmal die Frage stelle, ob sie etwas sind, das ich einst gesehen habe und das zu einem bestimmten Zeitpunkt wieder an die Oberfläche tritt, als wäre es eine Erinnerung, die sich plötzlich wieder anfindet."

„Und die Drachen?", erkundigte er sich höflich, aber Lucinda vernahm so etwas wie eine ehrfürchtige Stille in der Stimme.

„Ich hatte sie vollständig vergessen...", er wartete, „...bis vor Kurzem. Diesen habe ich vor ein paar Wochen gemalt, am Tag nach dem Sturm. Es war erst als es fertig war, und noch nicht einmal sofort, dass ich den Drachen bemerkte." Sie verstummte, da sie nicht wusste, was sie sonst noch hinzufügen könnte.

„Und jetzt glauben Sie, sich an sie erinnert zu haben; dass sie echt sind." Wieder war es keine Frage. Es war eine weitere Feststellung.

Als sie nach ungefähr einer Stunde wieder aufbrach, hatte sie ein, in ein weiches Tuch eingewickeltes Buch im Rucksack und ihr schwirrte der Kopf. Sie hatte tatsächlich ein paar Antworten erhalten, aber jede einzelne hatte ungefähr zehn weitere Fragen aufgeworfen. Anstelle der Sache auf den Grund zu gehen, hatte sie das Gefühl, sich immer weiter in etwas zu verstricken, das sie nicht einmal ansatzweise verstehen konnte. Sie hatte das quälende Gefühl von etwas Undefinierbarem irgendwo in ihrem Hinterkopf. Als läge etwas Wissenswertes ganz knapp außerhalb ihrer Reichweite und verhöhnte sie. Es war äußerst frustrierend. Sie traf in Bezug auf die Richtung, in die sie ging, keine klare Entscheidung. Sie hatte keinen Platz für Gedanken und es befand sich auch niemand in der leeren Gasse, bis sie plötzlich, von jemandem, der in sie hinein rannte, zu Fall gebracht wurde.

## 21

# DAS ZEICHEN, WELCHES ES NICHT GEBEN SOLLTE

Lucinda hatte nicht den geringsten Schimmer, wo er hergekommen war. Der Schock des Zusammenstoßes, mehr als der Aufprall, brachte sie ins Taumeln. Glücklicherweise hatte, wer auch immer es war, ein weiches Päckchen mit sich getragen, welches den Stoß abgefangen hatte.

„Es tut mir so leid."
„Was in aller Welt haben Sie sich dabei gedacht!", brachte sie, den Tränen nahe, wütend hervor; während sie versuchte, vom Boden aufzustehen, wo sie, nachdem sie das Gleichgewicht verloren hatte, ziemlich schmerzhaft gelandet war.
„Sind Sie verletzt? Bitte lassen Sie mich Ihnen helfen. Es tut mir wirklich unglaublich leid."
„Lassen Sie mich!" Noch immer aufgebracht und durcheinander, ignorierte sie die ausgestreckte Hand mitsamt den gemurmelten Entschuldigungen, die – genauso wie die Versuche, ihr hochzuhelfen – nicht aufzuhören schienen. Als sie sich endlich genug vom Schock erholt und ausreichend beruhigt hatte, erlaubte sie ihm, sie in eine aufrechte Position zu ziehen. Das Erste, was sie bemerkte, war sein fassungsloser Blick, der nicht auf ihr Gesicht geheftet war, sondern auf den Ring, den sie bei sich trug, seitdem sie klein war und der aus ihrem Hemd herausgependelt sein musste, als sie stürzte. Sie steckte ihn schnell wieder hinein. Er schien wie versteinert. Langsam wurde ihr bewusst, dass die Entschuldigungen aufgehört hatten und er verstummt war. Sie beäugte ihn für eine genauere Untersuchung und erhielt den zweiten Schock innerhalb von wenigen Minuten. Sie kannte das Gesicht und das dunkle Haar, welches es umrahmte, und dem erschreckten Ausdruck seiner grauen Augen nach – die noch größer wurden – hatte auch er sie erkannt.

„Ach je, was für einen Eindruck das macht", sagte er um Entschuldigung bittend, aber auch mit einem kleinen Lächeln, welches den Anschein erweckte, als versuche er, seine Verwirrung anzupacken aber auch gleichzeitig dazu diente, sie abzulenken. Sie verengte die Augen und verfiel in absoluten Unglauben, als sie sah, wie sein Lächeln sogar noch breiter wurde. Anstatt, sich noch einmal zu entschuldigen, lächelte er sie jetzt geradezu an, als wären sie alte Bekannte, die sich zufällig getroffen hatten und für einen kleinen Plausch stehengeblieben waren.

Sie tat einen tiefen Atemzug, teils, um sich zu beruhigen und teils, um ihm die Meinung zu geigen, als er erstarrte und intensivst über ihre Schulter hinweg, in die Richtung sah, aus der er gerade gekommen war. Sie vernahm ein hastiges und ziemlich angespanntes: „Ich bitte um Entschuldigung", bevor er sprichwörtlich in die Richtung, in welche er vor dem Zusammenstoß unterwegs gewesen war, losrannte.

Völlig perplex drehte Lucinda sich um. Da war niemand. Das einzig lebendige Geschöpf, das sie ausmachen konnte, war eine Krähe, dem Aussehen nach noch sehr jung. Abgesehen davon war die Gasse vollkommen verlassen.

Hohe Wangenknochen, eine gerade Nase und große graue Augen in einem attraktiven Gesicht, umgeben von einer unbändigen Wust von dunklem Haar, den Mund so geformt, dass er gleichzeitig einen verblüfften und wissbegierigen Ausdruck hatte. Lucinda starrte darauf herunter, dann – gewahr sich an einem öffentlichen Ort zu befinden – verdeckte sie schnell die Skizze, besorgt, erwischt zu werden. Sie hatte fast sofort, nachdem sie sich an den Ecktisch im großen Kaffeehaus gesetzt hatte, begonnen, daran zu arbeiten. Sie war verstört und sie mochte das nicht im Geringsten. Der Drang zum Skizzieren war überwältigend gewesen. Trotzdem das Café ihrer Großmutter näher lag, hatte sie absichtlich die Anonymität des großen Kaffeehauses beim Marktplatz vorgezogen. So wohlmeinend wie ihre Großmutter auch war, musste sie die Gedanken sortieren und das Bild aus ihrem Kopf und in eine Form bekommen, mit der sie leichter umgehen konnte. Es war komisch, dass sie sich am Morgen halb gewünscht hatte, einen Grund zu haben, mit ihm zu sprechen und jetzt dies. Sie verstand noch immer gar nichts. Ihre Hand flatterte kurz zu der Stelle nahe ihres Schlüsselbeins, wo der winzige Drachenring mit den Augen aus Serpentin an die Kette geschmiegt war, so wie er es seit dem Tag, als er zu eng für alle ihre Finger geworden war, getan hatte. Sie hatte sich Bestrebungen, ihn ihrer Erwachsenenhand anzugleichen widersetzt und sich statt dessen, dafür entschieden ihn, an einer Kette zu tragen. Bis heute hatte sie nie wirklich darüber nachgedacht. Jetzt fragte sie sich allerdings, wo genau er herstammte. Ob er – abgesehen von der Weiterreichung von Mutter zu Tochter – eine richtige Geschichte hatte oder ob er nur eines der vielen filigranen Stücke von Silberschmuck war, für die das Königreich berühmt war.

Sie schlang die Hände um den, während des Skizzierens fast kalt gewordenen Kaffee. Sie kam zu dem Schluss, dass es seine Augen waren, die ihr heute besonders aufgefallen waren. Bei dem ersten Treffen im Garten waren sie selbstbewusst und ein wenig neckend gewesen, aber heute hatten sie innerhalb weniger Sekunden zwischen Verlegenheit, unverhohlener Freude und Schrecken geschwankt. Sie waren auch sehr schön. Die Art von Augen, in denen man sich verlieren konnte, wenn man nicht Acht gab. Wenn man es noch genauer betrachtete, war seine Stimme auch keine Hilfe. Sie hatte einen leicht singenden Tonfall an sich, der ihr vertraut vorkam. Durch den weichen Rhythmus hatte sie sich fast musikalisch angehört. Lucinda schüttelte den Kopf. Sollte sie ihm jemals wieder über den Weg laufen, müsste sie definitiv auf der Hut sein. Sie würde ebenfalls dafür sorgen, dass die heutige Skizze unten auf dem Boden einer verschlossenen Truhe landete. Mit dem Gefühl, die Sache etwas besser im Griff zu haben, trank sie den Rest des Kaffees.

König Edmar war derweilen, noch immer zutiefst erschüttert von den Ereignissen des Tages, auf dem Rückweg ins Schloss. Sein Kopf lehnte gegen die Rückwand der Kutsche und der Rhythmus mit dem sie sich über die Straße bewegte, war besänftigend. Er war sich noch immer nicht vollständig darüber im Klaren, was eigentlich passiert war; nur dass er sich trotz des Schreckens, welcher ihn ergriffen hatte, gezwungen hatte, stillzustehen und ihres Vorrückens zu harren. Jede ihrer Bewegungen war kraftvoll, fließend, anmutig und vollkommen mesmerisierend gewesen. Selbst jetzt noch fühlte er sich machtlos; wie eine unglückselige, von einer Schlange umgarnte Beute. Sie war nahe genug an ihn herangetreten, dass er von ihrem Duft eingehüllt worden war und den Schimmer der weißen Zähne gesehen hatte. Als sie die Hand ausstreckte, hatte er das Gefühl bekommen, als begännen Teile von ihm, sich gegen die Einschränkung seines Körpers zu stemmen. Ein feingliedriger Finger war über seine Wange gestrichen und die kalte Berührung, in Verbindung mit ihrem süßlichen, aber abscheuerregenden Atem auf seinem Gesicht, hatten ihm Übelkeit verursacht. Es hatte solch großer Anstrengung bedurft, bei Bewusstsein zu bleiben, dass er fast gar nicht richtig wahrgenommen hatte, wie sie ihn am Kragen seines Umhangs gefasst und zu sich gezogen hatte. Seine Augen hatten begonnen, sich zu überschatten, als ein wutentbranntes Aufkreischen von Schmerz den Bann gebrochen hatte und er plötzlich – aus dem Festhaltegriff befreit – zurückgestolpert war, während sich der Nebel langsam gelichtet hatte. Die Dame Rosamund hatte da gestanden und auf ihre Hand gestarrt, und die vor ihr ausgestreckten, mit Bläschen übersähten Finger, mit einem Ausdruck völligen Unglaubens untersucht. Ihre Stimme, als sie wieder gesprochen hatte, war voller Bosheit, ein gequältes aber aufgebrachtes Zischen.

„Es mag Euch vorerst gerettet haben, aber das wird es nicht auf unbegrenzte Zeit hin tun. Ihr werdet mein sein."

Bevor sich König Edmar überhaupt auf eine Antwort besonnen hatte, war sie verschwunden gewesen. Eine Hand gegen die Wand ausgestreckt, hatte er so lange, wie er es gewagt hatte, gewartet, dass die Welt wieder an Schärfe gewann. Dann war er geflüchtet, darauf bedacht, so viel Abstand wie nur irgend möglich zwischen sich und jenen Ort zu bringen. Er hatte noch immer keine Ahnung, wie er es zu den Stallungen geschafft hatte.

Seine Finger, denen die Form und die Beschaffenheit vertraut vorkamen, zogen wieder den Rand des kleinen flaumigen Blattes nach, welches mit einer kurzen Nadel an der Innenseite des Kragens befestigt war. Er verstand jetzt einen Teil dessen, was geschehen war. Aber wo in aller Welt war das offensichtlich noch ziemlich frische Blatt hergekommen und wer hatte es dort befestigt? Was ihn jedoch mehr beunruhigte, war die Frage, warum die Dame Rosamund sich ihm genähert hatte. Seine Gedanken waren in Aufruhr. Die zugeteilte Zeit war noch nicht um. Hätte sie ernsthaft versucht, ihm heute etwas anzutun oder hatte sie ihn lediglich an die furchterregende Zukunft, welche vor ihm lag, erinnern wollen? Panik versuchte sich kurzeitig seiner zu bemächtigen, aber der Körper war zu ausgelaugt, um darauf zu reagieren. Die Augen wurden ihm schwer, dann schlossen sie sich und er fiel in einen unruhigen und erschöpften Schlaf.

## 22

# ANHALTSPUNKTE UND GEHEIMNISSE

Es war spät am Nachmittag. Rosie und Fridolin waren mit dem Ausstutzen der verwelkten Rosenblüten fertig, als sie bemerkten, dass ihr Glücksbläschen zu zerspringen drohte. Nach einer weiteren Tasse Tee auf der Bank vor dem Häuschen, während der Fridolin Rosie über jedes kleinste Detail ihres Gartenmauererklimmens ausgefragt hatte, waren sie bei der Tatsache hängengeblieben, dass – vor Rosies Beschluss, die Mauer zu erklettern – sie den Garten verschlossen vorgefunden hatte. Jetzt starrten sie vor sich in die Luft, nagten langsam an einem der frühen Äpfel und grübelten über die Sache nach.

„Irgendwo muss es einen Schlüssel geben", bot Fridolin schließlich an.

„Und er könnte sich überall befinden,", fügte Rosie dem Gedankengang folgend hinzu, „aber es ist ein riesiger Suchbereich. Wo würden wir überhaupt anfangen?", sie verfielen wieder in Schweigen.

„Wie wäre es mit der Bibliothek?"

„Vielleicht", gab Rosie ein wenig unsicher zu. „Ich fange heute Abend mit der Suche an." Sie stellte die Tasse ab, lächelte Fridolin an und ging ihm noch zuwinkend zur Gartentür.

Sie rannte zum Schloss hoch, nahm einen Umweg, um nach der verschwundenen Statue bei den Küchengärten zu schauen (noch immer nichts) und ging dann in den Topfschuppen, nur für den Fall, dass dort irgendwo ein paar alte Schlüssel herumhingen, aber da war nichts. Sie würde es, bevor ihr Onkel heimkehrte, noch einmal mit der Geheimbibliothek von heute Morgen versuchen. Der Ständer mit den Karten böte vielleicht einen Anhaltspunkt. Andernfalls würde sie mit einer systematischen Suche in den Büchern auf den Regalen beginnen. Das Problem damit war allerdings, dass sie nicht einmal wussten, ob der Garten einen Namen hatte. Rosie seufzte schicksalsergeben. Entschlossen, sich dadurch nicht davon abbringen zu lassen, stieg sie die Stufen in die verborgene Bibliothek hinunter.

König Edmars Finger ruhten noch immer auf dem Kragen und dem Blatt, als er aus dem Schlaf hochfuhr. Es war, als wäre eine kleine Ecke seines Geistes plötzlich über ein geringfügiges, zeitlich etwas zurückliegendes Detail gestolpert. Es war eines der Male, wo seine Nichte in der Bibliothek eingeschlafen war. Er hatte sie auf ihr Zimmer getragen. Auf dem Schreibtisch hatten drei kleine Töpfe mit winzigen Keimlingen gestanden. Gespannt, was sie da zog, war er, nachdem er sie ins Bett gelegt hatte, hinübergegangen, um sie zu untersuchen. Die Pflanzen waren ihm bekannt vorgekommen, aber er war nicht in der Lage gewesen, sie zu bestimmen. Als er die kleinen Blätter berührte, hatte eine verschwommene Erinnerung sich schwerfällig geregt, ohne dass sie jedoch richtig an die Oberfläche getreten war. Während er jetzt darüber nachdachte, begann er, davon überzeugt zu sein, dass das Blatt an seinem Kragen von einer der Pflanzen seiner Nichte stammen musste. Es gab nur eine Möglichkeit, diese Annahme zu überprüfen.

Das Schloss war bei seiner Rückkehr friedlich. König Edmars Schritte hallten durch die leeren Korridore. Er blieb vor dem Zimmer seiner Nichte stehen und klopfte sachte mit den Knöcheln gegen die alte Holztür. Es kam keine Antwort. Er klopfte noch einmal, wartete lauschend und drehte dann vorsichtig am Türknopf. Mit einem Raunen öffnete sie sich. Wie erwartet war das Zimmer leer. Er hatte seine Nichte nie davon in Kenntnis gesetzt, aber er wusste, dass verschlossen oder nicht – sich die Tür nur öffnen ließ, wenn der Bewohner nichts dagegen hätte. Er trat rasch ein, schloss die Tür geräuschlos hinter sich und schritt über den Fußboden auf den Tisch zu. Dort standen zwei kleine Töpfe, einer gelb und einer orange. Der dritte, wenn er sich richtig entsann – rot, war verschwunden. Er stieß einen scharfen Atemzug aus. Nicht nur, dass die Blätter genau mit dem an seinem Umhang übereinstimmten, die Pflanzen hatten zu blühen begonnen. Als er auf die winzigen Drachen starrte, die sich aus der Mitte der Pflanzen erhoben, wurde ihm schwindlig. Aus Furcht, davor ohnmächtig zu werden, ließ er sich schnell am Schreibtisch nieder und zog einen der Töpfe zu sich heran.

‚Bannbrecher', sagte eine Stimme in seinem Kopf. ‚Nicht dass dich das jetzt noch retten wird, wo sie dich verraten und verkauft haben.'

Er zuckte von dem in ihr enthaltenen Zorn, aber mehr noch von dem Anklang von Grauen, der dem Zorn unterlag, zusammen. Und dann hörte er ihn wieder, den erstickten Aufschrei von Schmerz, die Trostlosigkeit, die daher kam, dass selbst dies verloren war. Die Fragmente und schattenhaften Erinnerungen wegblinzelnd, fragte er sich, wo genau seine Nichte diese Pflanzen herhatte und warum – diese Frage schien von großer Bedeutung – sie in Blüte standen. Benommen stellte er die Pflanze wieder an ihren Platz zurück und stand auf, achtsam, alles genauso zu hinterlassen, wie er es vorgefunden hatte. Bevor er diese Entscheidung bewusst getroffen hatte, befand er sich auf dem Weg zur Bibliothek.

Der Ständer hinter dem Sofa hatte sich als eine wahrhafte Fundgrube entpuppt. Rosie starrte auf eine Zeichnung, von der sie annahm, dass es sich um den versunkenen Garten handelte, der auf der alten Karte, nur undeutlich zu erkennen war. Er war schön. In diesem Bild war seine Mitte keine leere überwucherte Kuhle, die sie das einzige Mal, dass sie sich in ihn hineingewagt hatte, gesehen hatte, sondern ein großer Teich, von Blumen und Büschen umrandet. Ein großes Paar grasgrüner Auge schaute aus dem Laub hervor. Sie fragte sich kurz, wann dies gezeichnet worden war. Der Ort, wie er jetzt war, rief ein Schaudern in ihr hervor und sie war höchst bedacht darauf, ihn zu vermeiden. Ein paar Karten und alte Ansichten des Schlosses und der Küste später fand sie endlich, wonach sie und Fridolin auf der Suche waren. Es war eine alte Karte der Anlagen, mit einem Datum von mehr als vor 300 Jahren versehen. Als untere Küchengärten und Pflanzschule markiert war jener Ort, an dem sie und Fridolin den Großteil ihrer Zeit verbrachten und direkt gegenüber davon, – durch eine dünne Linie, die gut der seltsame leicht erhöhte Pfad sein konnte, miteinander verbunden – war ein weiterer Garten, als *Snogard* gekennzeichnet. Rosie stockte der Atem. Snogard. Sie hatte dieses Wort schon einmal gehört. Hatte es mit Sorge am äußeren Rand ihrer Gedanken vernommen. Nur waren es nicht wirklich ihre Gedanken, in denen es widergehallt hatte. Es waren jene des Mädchens, welches sie in die brennende Burg begleitet hatte, gewesen. Das Geräusch von Schritten, die draußen vor einer Tür zum Stehen kamen, riss sie aus der Träumerei heraus und sie spürte den leichten Luftzug von einer sich öffnenden Tür.

## 23

# DER SCHLÜSSEL

König Edmar öffnete die Tür zur Flüstererbibliothek und trat ein. Noch bevor er die Tür hinter sich geschlossen hatte, konnte er die Veränderung in der Atmosphäre spüren und hatte kurzzeitig den Eindruck, nicht allein zu sein. Sorgfältig überprüfte er den Ort und schritt umher. Für einen Moment blieb er bei dem Tisch neben dem Sofa stehen, sein Blick angezogen von einer Zeichnung des versunkenen Gartens. Er hob sie hoch und untersuchte sie etwas näher. Das Becken, welches einst den Teich gebildet hatte, war noch immer da, aber das Leben, welches mit ihm kam, war verschwunden.

Er erinnerte sich wie er – nach seiner Thronbesteigung – mit dem Gedanken gespielt hatte, den Bereich wieder herzurichten. Aber wie so viele andere Pläne war er auf der Strecke geblieben, hatte der immer dringlicher werdenden Sorge ums Überleben Platz gemacht. Als er erneut über die heutige Begegnung nachdachte, bekam er wieder überall Gänsehaut. Vielleicht wäre ja ein Restaurationsprojekt ein gutes Gegengift. Wieder hatte er das Gefühl, als teilte jemand mit ihm den Raum, aber da war niemand. Er seufzte. Es brachte nichts, sich darum zu bemühen, die Geheimnisse des Schlosses zu durchdringen, wenn es keine Lust hatte, diese preiszugeben. Er musste die Dinge einfach so hinnehmen, wie sie waren. Nachdem er auf das Bücherregal, von dem er wusste, dass es die Bücher über Pflanzen enthielt, zugesteuert war, begann er mit der Suche.

‚Der Name *Bannbrecher* hat seinen Ursprung vermutlich in einem Missverständnis der Eigenschaften der Pflanze durch jene, die ihre Wirkung nicht aus erster Hand beobachten konnten. *Drachenpflanze*, der treffendere und auch umgangssprachliche Name – in Ableitung von der Blütenform – kommt der eigentlichen Sache näher. Es besteht die Annahme, dass die Pflanze, oft als Verwahrungsort von Drachenzauberkraft angesehen, als eine Art *Abschirmung* von der Kraft eines Zauberspruches oder Fluches agieren kann, als ihn tatsächlich zu brechen. Die Verwirrung mit dem *Brechen* eines Zauberspruches mag ursprünglich durch die Beobachtung entstanden sein, dass sich das Böse in Schach halten und, unter äußerst seltenen Umständen, eine bestimmte Wirkung rückgängig machen ließ. Dies heißt jedoch nicht, dass...', König Edmar brach inmitten des Satzes ab und schloss das Buch. Er rieb sich die Schläfe. Das erklärte die Reaktion der Dame Rosamund, sagte ihm aber noch immer nicht, wie das Blatt an seinen Kragen gekommen war. Er überlegte kurz, seine Nichte darauf anzusprechen, verwarf die Idee aber fast genauso schnell, wie sie sich auftat. Das Mädchen hatte ein Anrecht auf ihre Geheimnisse. Es war jetzt noch wichtiger als zuvor, dass sie in der Lage war, ihren eigenen Weg zu finden. Es machte keinen Sinn, es aus ihr herauszukommen. Vorsichtig stellte er das Buch an seinen Platz auf dem Regal zurück und verließ die Bibliothek.

Rosie lauschte aufmerksam in die Stille hinein. Was immer eben auch passiert war, war vermutlich nur eine der wunderlichen Eigenschaften dieser Bibliothek. Einen Moment lang hatte es sich angefühlt, als ob jemand Unsichtbares – oder eher da und gleichzeitig nicht da – den Raum mit ihr geteilt hatte. Sie schüttelte den Kopf und räumte die Zeichnung des versunkenen Gartens wieder in den Ständer zurück, während sie die Karte auf dem Schoß behielt. Sie hatte sich bereits dagegen entschieden, Dinge aus dieser Bibliothek zu entfernen, da sie sich sicher war, dass dies der Ort war, an den ihr Onkel von Zeit zu Zeit verschwand. Es wäre dämlich, unnötige Risiken einzugehen, da sie sich nicht vollkommen sicher war, ob sie eigentlich hier sein sollte. Also zog sie den Papierbogen und den Bleistift hervor, den sie sich auf dem Weg nach unten aus der Lagerkammer gegriffen hatte und begann mit der Aufgabe, sorgfältig den Grundriss des als ‚Snogard' gekennzeichneten Gartens darauf abzuzeichnen.

Das Abendessen war an jenem Abend eine weitere ruhige Angelegenheit. Nach ein paar zögerlichen Versuchen gaben sowohl Rosie als auch ihr Onkel jedwede Gesprächsversuche auf und sie beide drifteten in ihre eigenen Gedanken und ein wachsames, aber kein unangenehmes Schweigen ab. Ein Ablauf der Tagesereignisse ging König Edmar durch den Kopf und hin und wieder blickte er zu seiner Nichte und versuchte, ihren allgemeinen Zustand einzuschätzen. Er war sich dabei vollkommen darüber im Klaren, aber nicht im Geringsten aus der Bahn gebracht, dass sie anscheinend dasselbe tat. Keiner von ihnen wollte genauer nachhaken.

So kam es dann, dass beim Gutenachtsagen weder Pflanzen noch Bibliotheken Erwähnung gefunden hatten.

Zurück auf dem Zimmer, Abendbrot und Bad hinter sich, betrachtete Rosie wieder den Plan der ‚Snogard', während sie geistesabwesend ein Blatt einer der Pflanzen mit dem Finger nachzog. Morgen würden die beiden Pflanzen zu Fridolins Garten runtergehen, wo sie hofften, sie zu vermehren. Spannender als das aber war die Karte. Rosie konnte es kaum erwarten herauszufinden, was Fridolin dazu zu sagen hatte. Aber gleichzeitig kehrten ihre Gedanken zu dem Versuch, die Mauer zu erklimmen zurück. Was, wenn sie nicht hineinkämen? Oder was, wenn sich das Grauen wieder erhob und sie endgültig davon scheuchte? Und wieder erinnerte sie sich an die Tür, Leonoras Tor, die als Eingang der Gärten markiert und ganz eindeutig verschlossen war. Sie stieg ins Bett, zog Sir Rothügel an sich und schlief langsam ein.

König Edmar beschloss an jenem Abend, den Schlaf solange wie nur irgend möglich abzuwehren. Er hatte anfangs gehofft, dass er sich nach den Ereignissen des Tages bei einem langen heißen Bad entspannen könnte, aber es hatte die entgegengesetzte Wirkung gehabt. Er war hellwach und sein Geist hatte Bild um Bild aufgeworfen, bis er das Gefühl hatte, unter dem Ansturm zusammenzubrechen. Wieder und wieder hatte er das Gesicht der Dame Rosamund vor Augen und ein unkontrollierbares Schaudern bemächtigte sich seiner. Schließlich hatte er beschlossen, die Tür zu seinen Gemächern zu verbarrikadieren und sich in dem Sessel in seinem Privatsalon niedergelassen, um seiner großen Leidenschaft zu frönen: Dem Stricken.

Obwohl dieses Hobby keine Schande war, behielt er es für sich. Macht der Gewohnheit, vermutete er. Gelegentlich verspürte er eine tiefsitzende Missbilligung, wenn er die Nadeln aufnahm, aber er konnte sich nicht erinnern, wer eigentlich Einspruch erhoben hatte.

Manchmal tropfte ein Satz wie ‚von wie vielen anderen Prinzen ist dir bekannt, dass sie *stricken*?' wie Säure in seine Gedanken, als wäre es eine Warnung. Wer auch immer es ihm beigebracht hatte, war vermutlich aus dem Dienst entlassen worden. So sehr er sich auch bemühte, konnte er sich einfach an keine Zeit erinnern, zu der er nicht gestrickt hatte. Er war in dieser Hinsicht jedoch sehr diskret. Botengänge wurden, wann immer er selbst nicht dazu in der Lage war, nur von seinen zuverlässigsten Bediensteten besorgt und seine Kreationen waren heißbegehrt und hoch angepriesen. Er war einer von mehreren anonym beisteuernden Mitgliedern von „Verzaubertes Stricken", einem kleinen Wollladen in dem tiefen Wirrwarr, aus dem sich die Altstadt zusammensetzte. Manchmal fragte er sich aus Neugierde, wer seine Strickgefährten waren, aber er wusste, sich nicht danach zu erkundigen, da er selbst großen Wert auf die Geheimhaltung legte. Etwas an dieser Beschäftigung beruhigte seinen Geist. Die Griffigkeit der Wolle an den Fingern, das sanfte Klicken der Nadeln und das langsame Hervortreten eines festgelegten Musters, manchmal ein richtiges Bild, waren ihm ein Balsam. Er sah jetzt hoch und bemerkte, dass seine Finger eine Abbildung der Inseln bei Sonnenaufgang in zarten Tönen von rosa und blau gefertigt hatten. Bei nächster Gelegenheit müsste er wieder einmal die Küste aufsuchen. Nun hatte er erst einmal ausreichend an Ruhe gewonnen, um es mit Schlaf zu versuchen. Nachdem er die Materialien in einer großen Truhe in seinem Zimmer versteckt und sorgfältig verschlossen hatte, legte er sich hin und fiel fast umgehend in einen tiefen Schlaf.

Die Träume fanden ihn, sobald die Atmung sich einpendelte und sein Körper regungslos war. Er sah wieder das garstige Gesicht, wie es auf ihn zudrängte und den Unglauben in den boshaften Zügen. Mit all dem kehrte diese Stimme zurück, dieselbe Stimme, die er in seinem Kopf in Bezug auf die Rede von Drachenpflanzen vernommen hatte. Sie drang von der anderen Seite einer Tür herüber, der Tür zum Thronsaal. Sie durchbrach das aufgebrachte Gebrummel innen drinnen.

„Sie haben die Snogard versiegelt und ihr wisst, was das bedeutet." Seine Ohren konnten eine erzürnte Antwort ausmachen.

„Ihr werdet sie nie wieder öffnen können."

Noch mehr, lauter werdendes Gebrummel, aber die Stimme ließ sich nicht davon abschrecken.

„Ihr kanntet die Satzungen. Ihr wusstet, welche Folgen es haben könnte. Ihr wart euch der Möglichkeit der Zerstörung bewusst und dennoch seid ihr, für *dieses Wesen* da, einen Pakt mit *ihr* eingegangen." Die Stimme troff vor so eindeutiger Abscheu, dass er von der Tür zurückweichen wollte.

Eine andere Stimme, ebenfalls die einer Frau, aber schwächer, unterbrach sie und dann fuhr die vorherige Sprecherin fort.

„Einer von jeden, so die Legenden, und jetzt wird es keinen weiteren mehr geben." Was bedeutete das? Mehr Wortwechsel folgte, fast unmöglich auszumachen. „Wenn ich ihn jetzt mitnehme, wird der Zauberspruch ihm solange Sicherheit gewähren, bis er volljährig ist und den Thron besteigt. Ein Jahr und einen Monat danach, wird die Maske an der Stelle sein und dann hat er fast genauso viele Jahre, um einen Weg zu finden, ihn aufzuheben. Danach...", noch mehr Gemurmel und eine Antwort, gedämpft und voller Pein: „...ja, wenn es ihr gelingt, ihn an dem Tag ausfindig zu machen". Die Stimme brach ab, als sei es ihr unmöglich fortzufahren.

Er wollte aufschreien, in das Zimmer stürmen und Antworten verlangen, aber er konnte sich nicht rühren. Er war erstarrt, vollkommen regungslos und stumm, an dem Platz vor der Tür, während seine Gedanken umherkreisten.

Die Szene veränderte sich und er befand sich an einem Sandstrand und starrte aufs Meer hinaus, beobachtete die Wellen, die hereinkamen und den Schaum, wie er ihm entgegeneilte, bevor er im Sand versank. Der Klang der Wellen war besänftigend. Sein Blick fiel auf die unterschiedlichen Farben, das Anschwellen und Abebben der Wellen und er hörte das saugende Geräusch, welches die sich zurückziehende See auf den Kieselsteinen etwas zu seiner Rechten verursachte und darunter den Klang der wasserspeienden Höhle, der ab und an zur Linken zu vernehmen war.

Schließlich löste sich aus all diesem ein Gesicht heraus. Er erkannte die Augen, fühlte sich von ihrer Vertrautheit angezogen. Die Bilder verblichen und als er erwachte, blieb außer einer unerklärlichen Sehnsucht in ihm, nichts von ihnen zurück.

Rosie erging es in jener Nacht etwas besser. Ihre Träume waren voller Gärten und Drachen und Gelächter und Musik. Irgendwo spielte jemand auf einer Flöte, aber es klang weit entfernt, als würde es auf einer Brise herübergetragen. Sie sah zu Fridolin auf und bemerkte, dass die Musik von jenen anderen Gärten, den Snogard, deren Öffnung sie planten, kam. Ohne dass sie sich darüber abgestimmt hatten, verließen sie ihren Garten und gingen den Pfad entlang zu dem anderen. Als sie dort ankamen, versperrten ihnen dichte Hecken den Weg. Fridolin begann, auf sie einzuhacken, aber jedes Mal, wenn er irgendwo durchschlug, sprang neuer Wuchs hoch, der es ihnen unmöglich machte, sich zu nähern. Schließlich gaben sie auf und schielten in das grüne Dämmerlicht hinein. Zwei Gestalten schienen, sich bei der Tür herumzudrücken. Eine von ihnen war ein Drache, rot wie Fridolin, aber etwas größer. Die andere Gestalt war erst, schwer auszumachen, da sie nach vorne gebeugt war. Ein Erkennungsschauer durchdrang Rosie, als er sich aufrichtete und umdrehte. Er hatte verwuschelte kastanienbraune Haare, große Augen und vertraute Gesichtszüge. Mehr von Bedeutung jedoch war die Tatsache, dass er eine Ledertasche über die Schulter geschlungen trug, in die er etwas fallen ließ. Überrascht schnappte sie nach Luft. Als hätte er sie gehört, sah der Junge hoch und ihre Blicke trafen sich. Auf der Suche nach Fridolins Schulter, ungeschickt um sich tappend, begann, Rosie sich schwindlig zu fühlen.

In die Decke verfangen, wild um sich rudernd und noch immer vollkommen ohne Orientierung, wachte sie auf, während das Gesicht des Jungen, das dem ihren so ähnlich war, noch vor ihren Augen verharrte. Ihr Herz pochte, als hätte sie gerade ein Rennen beendet. Ungeduldig schob sie die Bettdecke zur Seite und bevor sie sich überhaupt erst richtig dazu entschlossen hatte, kniete sie bereits vor dem verborgenen Wandpaneel. Sobald es offen war, zog sie die Tasche heraus. In ihr befand sich nichts. Enttäuschung durchflutete sie, bis ihre Hände in Richtung des Buches zuckten. Der hintere Deckel hatte sich jedes Mal, wenn sie es gehandhabt hatte, ungewöhnlich dick angefühlt.

Vorsichtig auf dem Tisch ausgebreitet, öffnete sie es hinten und fühlte über die seidige Glätte des Inneneinbandes hinüber, bis ihre Finger darunter eine Form ausmachten. Mit angehaltenem Atem und sich innerlich bei dem Buch und all seinen Vorbesitzern entschuldigend, trennte sie die Ecke unten links auf. In sie geschmiegt befand sich ein eleganter Schlüssel, der in ihre Handfläche passte. Als sie ihn ins frühe Morgenlicht hochhielt, sah sie, dass der Hauptteil wie ein mit Pflanzen überwachsener Drache geformt war und dass diese die Zähne des Schlüssels bildeten. Auf der Brust des Drachens war ein filigranes Muster, von einem mit einem D umschlungenen S. Rosie stieß einen langen Atemzug aus. Wenn sie nicht vollkommen falsch lag, hielt sie in den Händen, wonach sie und Fridolin suchten: Den Schlüssel der Snogard.

# 24

# DIE GESCHICHTE DES DRACHENFLÜSTERERS

Das Frühstückszimmer war wieder leer, aber das passte Rosie gut in den Kram. Sie aß flink eine mit Butter und Konfitüre bestrichene Stulle, die sie mit einem Glas Milch runterspülte. Dann schnitt sie zwei Stücke von dem Gewürzkuchen in der Speisekammer ab und wickelte sie in Pergamentpapier ein, um Fridolin damit zu überraschen, der vor einer Weile mal erwähnt hatte, dem sehr zugeneigt zu sein. Ein kleiner Pappkarton, den sie unter dem untersten Regal hervorgezogen hatte, war genau richtig, um ihre

Pflanzentöpfe zu Fridolin herunterzutragen. Die Tasche über die Schulter geschlungen, war sie in weniger als einer Stunde nach dem Aufstehen auf dem Weg in die unteren Gärten. Die Sonne schien und alles hatte dieses frische Gefühl voller Möglichkeit. Sie musste sich sehr am Riemen reißen, nicht los zu hüpfen und dadurch, die Pflanzen umzukippen. So groß war ihre Konzentration, dass sie den Jungen, der gegen den Stamm der Zeder lehnte und sie aufmerksam und mit großem Interesse in den Augen beobachtete, wieder nicht bemerkte.

„Fridolin!", rief sie aus, sobald sie die Gartentür hinter sich zugemacht hatte. „Fridolin!", und kam damit – breit lächelnd und mit in den Augen tanzender Aufregung – vor der Bank zum Stehen. Sie hielt, kurzzeitig von Fridolin abgelenkt, der sehr zufrieden mit sich aussehend, zu ihr hoch grinste, inne. Neben ihm auf der Bank befanden sich drei kleine Töpfe, von denen ein jeder eine winzige rote Drachenpflanze enthielt. Die Pflanzen saßen genau im Zentrum und sahen gesund aus.

„Sie waren leicht zu trennen, da eine jede bereits einen eigenen Wurzelballen geformt hatte", sagte Fridolin auf Lässigkeit abzielend, aber mit viel Freude in der Stimme. „Sobald sie mit der Blüte durch sind, können wir einige von ihnen auspflanzen und sehen, ob sie einfach so kommen und einige für den nächsten Frühling zurückhalten. Ich würde ungern alle riskieren, aber ich glaube, dass es funktionieren könnte." Er lächelte sie, während er kurz von der Untersuchung der neuen Pflanzen hochblickte, wieder an. „Hast du was dagegen wenn ich...?", erkundigte er sich sehnsüchtig.

„Nein. Tu dir keinen Zwang an,", grinste Rosie, „aber diesmal gucke ich zu."

Fridolin stellte die fünf Pflanzen auf eine Stiege und trug sie zum Gewächshaus, wo er Rosie die Entwicklung der Wurzelballen derer, die sie gerade mitgebracht hatte, zeigte und auch sie teilte. Kurze Zeit später standen neun ordentliche, kleine Töpfe in einer Reihe auf dem obersten Regal des Gewächshauses und die Aufregung von vorher hatte sich wieder Rosies bemächtigt.

„Ich habe etwas gefunden", sagte sie in einem Ton, der sofort Fridolins Aufmerksamkeit erregte. „Es wäre aber, glaube ich, besser, wenn wir einen Tisch hätten."

Die Karte der Snogard lag mit ein paar Kieselsteinen, die sie daran hindern sollte, sich aufzurollen, beschwert auf Fridolins Esstisch. Rosies andere Karte aus der Tasche und die Verbindung zwischen diesem Garten und den als Snogard markierten, hatten sie bereits untersucht. Ebenfalls auf dem Tisch, und von Fridolin hin und wieder nervös beäugt, als sei er eine Bombe, die bald hochgehen könnte, befand sich der Schlüssel, den Rosie heute Morgen in Maris Buch gefunden hatte. Fridolin klammerte sich noch immer an eine Tasse Kamillentee, der bisher absolut gar nichts dazu beigetragen hatte, ihn auch nur im Geringsten zu beruhigen. Seine Augen waren groß und er schien, Schwierigkeiten mit dem Sprechen zu haben. Rosie wartete geduldig darauf, dass er sich aus was auch immer für einen Trancezustand, in dem er sich befand, herauslöste, während sie vage Vermutungen darüber anstellte, ob Drachen in Schockstarre verfallen konnten.

„Also, was meinst du?", fragte sie fröhlich, als ihrer Meinung nach genug Zeit verstrichen war. „Hast du jemals schon von einem Garten namens Snogard gehört?" und als er noch immer nicht reagierte, fügte sie mit einem neckenden Zwinkern: „Keine Drachenlegenden?", hinzu. Sie schreckte auf, als er plötzlich einen tief schaudernden Atemzug tat.

„Da gibt es eine", brachte er mit etwas schriller Stimme hervor. Rosie gab ihm ein freundliches Lächeln und einen forschenden Blick. Fridolin bereitete sich geistig vor, nahm einen tiefen Atemzug und fing an.

Es war eine Geschichte, die von Generationen von Drachen weitergegeben wurde und sie begann im ‚finsteren Zeitalter'. Im finsteren Zeitalter hatte zwischen Drachen und Menschen offener Krieg geherrscht. Eine jede Seite beschuldigte die andere, ihn angefangen zu haben und beide hatten Geschichten, des Verlustes und Leides zu erzählen. In Wirklichkeit hatte es seinen Ursprung in dem Aufeinandertreffen der beiden Arten in Bezug auf Gebiete, aber diese offenkundigen Gründe werden immer vergessen und anstelle eines Miteinanders, brach Krieg aus. Auf beiden Seiten stieg die Zahl der Opfer an. Es schien, als würde es nie ein Ende nehmen.

An diesem Punkt einer Erzählung, wenn Hoffnung verloren scheint und die Finsternis sich nieder senkt, tritt normalerweise ein charismatischer Anführer auf den Plan, aber nicht in dieser. Anstelle dessen verschlang eine Dunkelheit die Länder. Königreich um Königreich und Herzogtum um Herzogtum fiel und ließ Hoffnungslosigkeit und Verzweiflung und tote Drachen und Menschen hinter sich zurück.

Im Norden, am Meer gelegen, gab es allerdings ein Land, welches von all dem, was sich auf der großen Bühne der Welt abspielte, ziemlich unberührt war. Es war zu arm. Mit Böden, die nur armselige Ernten einbrachten und vom Fischfang und den widerstandsfähigsten Pflanzen lebend, hatte dieses Land nie die Aufmerksamkeit gieriger Menschen auf sich gezogen und die Drachen, die selbst fischen konnten, würden nie, trotz einiger sich im Umlauf befindenden Geschichten, Essbares aus dem Mund der Leute wegstehlen. Drachen sind ein stolzes Völkchen und die menschliche Idee von Sklaven oder Untertanen ist ihnen fremd. Am liebsten mochten sie es, wenn man sie in Ruhe ließ und in diesem Reich war es das, was die Menschen taten.

Der König und die Königin dieses Landes waren bescheiden und sanftmütig und hatten sich, seit langer Zeit nach einem Kind gesehnt. Die Königin hatte bereits drei Kinder, welche sie in sich getragen hatte, verloren und den König überkam diesbezüglich die Verzweiflung. Anders als andere Herrscher jedoch, blieb er seiner Frau treu und bereitete sich leise auf das Ende seines Geschlechtes vor. Eine Sache, die er jedoch, wie damals üblich, tat war das Meeresorakel, ein letztes Mal aufzusuchen. Das Orakel sagte einen Erben, wenn der wahre Herr des Landes sich zur Herbst-Tagundnachtgleiche zu den Untiefen, die der Drachenspitze vorlagen, herauswagte und als Mahlzeit den ersten Fang des Tages zurückbrachte, vorher. Trotz der Gefahr von Stürmen, machte sich der König am Vorabend der Herbst-Tagundnachtgleiche in einem Fischerboot allein, zu dem in der Vorhersage detaillierten Ort auf.

Die Drachenspitze war nicht nur der Ort, an welchem die Drachen fischten, sondern auch dort, wo gefährliche Felsen, wie scharfkantige Zähne, unter der Wasseroberfläche lauerten. Eine falsche Wendung würde eine klaffende Wunde in den Körper eines Bootes reißen und ihm und seiner Ladung zum Verhängnis werden. Von Anfang an war die See rau. Der König brauchte bis Mitternacht, um an dem Ort anzukommen, wo eine Strömung verlief, zu der Fische zum Fressen kamen und der Fang normalerweise gut war. Bei Sonnenaufgang, noch immer ohne Erfolg, setzte er sich hin und war gerade dabei, das Netz noch einmal für ein letztes aussichtsloses Mal auszuwerfen, als ihm – von oben – etwas in den Schoß fiel. Als er hinunterblickte, sah er, dass es ein riesiger Fisch, mit einer tief seeblauen Farbe war, dessen Flossen und Schuppen in einem schillernden Regenbogenmuster glänzten. Er lag in den letzten Zügen des Lebens und hatte ganz knapp unter der Rückenflosse Bissspuren. In der Ferne sah der König einen Drachen kreisen, bevor sich dieser in die See stürzte, um den verlorenen Fang wieder gutzumachen. Der König kämpfte mit einem Augenblick der Unentschlossenheit, bevor er sich auf den Weg zu seiner Frau nach Hause aufmachte.

Den ganzen Morgen hatte die Königin auf der Kaiseite besorgt auf die Rückkehr ihres Mannes gewartet. Sie erwartete nicht, dass er mit einem Fang zurückkam, da jeder der anderen Fischer mit leeren Händen heimgekehrt war. Sie wäre lediglich froh darüber, wenn er die See überlebte. Als der König also wiederkehrte, erschöpft, und mit einem leeren Netz, welches er den Fischern überreichte und den anscheinend leeren Weidenkorb aufnahm, bevor er ihr bedeutete, mit ihm zu kommen, begleitete sie ihn, ohne Fragen zu stellen. In der Küche des Schlosses zeigte der König seiner Frau den einzigen Fang des Tages. Er erzählte ihr jedoch nicht, wie er ihm zugefallen war. Der flüchtige Blick von Hoffnung und Verwunderung auf dem Gesicht der Königin brach ihm fast das Herz und somit machte er keine Anstalten, sie davon abzuhalten, den Fisch, als Frühstücksmahl zuzubereiten, während sie die Schuppen sorgfältig in einem tönernen Topf verwahrte.

Im darauffolgenden Frühling war es offensichtlich, dass die Königin wieder ein Kind erwartete und es war im Sommer, am längsten Tag des Jahres, dass sie einen gesunden, kleinen Jungen mit seefarbenen Augen zur Welt brachte. Um dieses frohe Ereignis zu feiern, ließ der König eine ausgedehnte Fläche zum Nordwesten des Schlosses, auf gerader Linie zwischen dem Schloss und der Drachenspitze, als Gärten einrichten und benutzte die Fischschuppen, um die Grenze abzustecken. Seine Frau nannte sie die Snogard.

Ihr Kind wuchs zu einem der lieblichsten Kinder, das je gesehen ward, heran, aber manchmal, in gelegentlichen Augenblicken der Freude oder Erregung, verfiel seine Sprache in eine Reihe eigenartiger Klick- und Zischgeräusche, die niemand verstand. Sie klangen nie verärgert, aber sie besorgten den König und die Königin ein wenig, denn wer wusste, was sich daraus ergeben mochte.

Mehrere Jahre lang geschah nichts Bemerkenswertes. Der Junge, mit den seefarbenen Augen, die von blau zu grau zu grün wechselten, wuchs heran und obwohl die Menschen nicht gerade verhungerten, war das Leben hart. In dankbarer Anerkennung des Drachengeschenkes hatte der König, innerhalb der Grenzen seines Reiches, die Jagd auf Drachen oder sie überhaupt, absichtlich zu verletzen, als ungesetzlich erklärt. Damit war eine merkwürdige

Harmonie über das Land gekommen, die dazu führte, dass bestimmte königliche Gebiete von einer Art Gärtnerdrachen besiedelt wurde, deren Geschick und Gartenerzeugnisse bei den Leuten des Königreiches bald hoch angepriesen wurden. Die Drachen waren großzügig, übermittelten die besten Methoden; die Erträge verbesserten sich und erlaubten es dem Land zu gedeihen.

Dies, wie es das fast immer tut, zog Neid auf sich. Aber es brachte ebenfalls die Aufmerksamkeit einer, die die dunklen Königreiche zu gleichen Teilen verehrten und fürchteten mit sich: Eine mächtige Zauberin, von der es hieß, dass sie ein Leben nach dem anderen lebte.

Rosie schauderte und blinzelte langsam, als kehre sie von weit her zurück. Fridolins Stimme war zu einem Flüstern geworden.

„Man sagt, dass sie ihre Zauberkräfte dazu nutzte, um das Leben aus Drachen und Menschen herauszuziehen. Je mächtiger ihr Opfer war, desto mehr Kraft gewann sie. Es gibt Geschichten,...", er schluckte, „die davon berichten, wie sie Drachen in vergifteten Käfigen gefangen hielt und ihnen so das Leben und die Zauberkräfte entzog. Ihre Wesenheit wurde langsam ausgesaugt, bis sie in ihr verdarb und sich verzerrte und zu ihrer finsteren Macht beitrug."

Rosie durchlief ein Schauder, während sich das Bild des im Käfig eingesperrten Drachens, von schwarzen und smaragdgrünen Dunstschwaden vollkommen umrankt, in ihrem Geist auftat. Als er fortfuhr, war Fridolins Stimme sehr leise.

„Eines Tages fing sie einen der mächtigsten Drachen, einen Drachenanführer und einer von jenen, die mit dem König des nördlichen Reiches den Frieden ausgehandelt hatten, in ihrer Verstrickung ein. Er saß in einem, mit einem einfachen Riegel verschlossenen Käfig, der um ihn herum immer kleiner wurde, als eine Stimme, die er unter all den Drachen noch nie gehört hatte, mit konzentrierter Dringlichkeit zu ihm sprach. ‚Sobald ich den Riegel anhebe und die Tür öffne, musst du heraustreten und sie umgehend in Flammen einhüllen.' Seine Augen verlagerten sich kurzzeitig zu der Frau, die ein paar Meter entfernt stand; die Haltung ein Ausdruck der Arroganz der übermäßig Selbstsicheren, ihr Rücken zum Käfig, als langweile es sie. Sie hatte, die von Kopf bis Fuß mit einem seltsamen Material ummantelte Gestalt nicht gesehen. Eine behandschuhte Hand streckte sich aus und wo sie hin griff, löste sich der krankhafte Rauch des Käfigs auf. Der Riegel hob und die Tür öffnete sich und der Drache trat hervor. Im selben Moment, wie er dies tat, spie Feuer aus seiner Schnauze hervor und umschloss die Frau vollkommen in helle Flammen. Ein schriller Schrei folgte und eine Säule von Rauch brach hervor und traf eine vorbeifliegende Raubmöwe direkt in die Brust. Sie drehte ab und flog davon, bis nur noch ein kleiner Fleck, am Horizont zu sehen war. Der Drache drehte sich um und sah zu seinem Erstaunen, dass ein junger Mann dabei war, die Überreste des Käfigs zu untersuchen. Es war der Sohn des Königs, mit einem Mantel aus dem Material der Drachenpflanze bekleidet, ein Geschenk der Gärtnerdrachen der Snogard an die Königin. Der Drache schritt herüber und – in einer Geste, so alt wie Drachen selbst – lehnte er seine Stirn – in dankbarer Anerkennung – gegen die des Prinzen."

Rosie war, während sie das alles verarbeitete, einen Augenblick lang still.

„Aber warum hat diese Frau nicht auf das reagiert, was er zu dem Drachen gesagt hat?"

„Weil er Drachensprache gesprochen hat", erklärte Fridolin geduldig. „Alles was sie hätte hören können, wären seltsame Geräusche und keine Worte gewesen."

„Aber...", Rosies Gehirn war ganz durcheinander. „Du gibst keine seltsamen Laute von dir", wies sie ihn hin.

Fridolin zuckte mit den Schultern. „Es ist eine Geschichte, Rosie."

„Ja", stimmte sie ihm zu und grinste ihn dann neckend an: „Gutes Ende, besonders für Drachen."

Plötzlich erregte etwas ihre Aufmerksamkeit. Fridolins Gesichtsausdruck von vorher, die Augen voller Verwirrung und groß und rund mit Besorgnis, rührten an einem tief in ihr sitzenden Unbehagen, ausgelöst, so wurde ihr jetzt klar, durch die Erinnerung an den Käfig.

„Das ist nicht alles, oder?", flüsterte sie.

„Nein", seufzte Fridolin. „Sie sagen, die Bösartige verschwand an jenem Tag nicht. Sie sagen, dass es ihr gelungen ist, in die Bande der Drachen und jenes Königreiches einzudringen. Man sagt, dass – sollten die Snogard je verschlossen werden – das Königreich gestürzt werden kann. Rosie...", er wandte sich ihr mit Dringlichkeit zu, auf die Linie der Karte deutend, die vom Schloss über die als Snogard gekennzeichneten Gärten bis hin zu dem Punkt der Drachenspitze verlief. „Was, wenn die Geschichten wahr sind. Was ist, wenn es sich um dieses Königreich handelt?"

# 25

# DIE KÖNIGLICHE AUSSCHREIBUNG

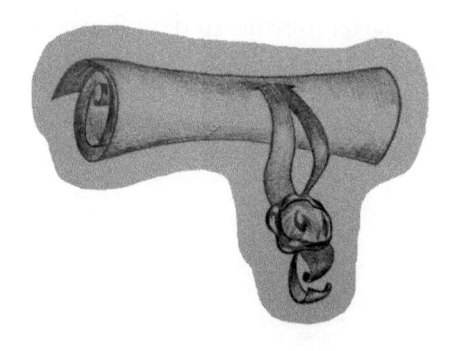

„Was werdet Ihr tun, Eure Majestät, wenn es beginnt, Euch gefangen zu halten?"

Die Worte seines Ratgebers kamen König Edmar, als er am Fenster stand und auf die Anlagen hinuntersah, wieder in den Sinn. Er fand sich jetzt damit ab, was er bisher bis zu einem gewissen Punkt hin – und bis zu dem grässlichen und um ehrlich zu sein, furchterregenden Treffen in der Stadt – verdrängt hatte: Sie befand sich dort draußen. Wenn er ihr nach der Frühjahrs-Tagundnachtgleiche auch nur die geringste Möglichkeit einräumte, würde sie einen Weg finden, um an ihn heranzukommen und die Zauberkraft der Drachenpflanze würde nicht ausreichen, sie in Schach zu halten.

Der Ruf der Zauberkraft in ihm war stärker gewesen, als er es sich je hatte vorstellen können. Hätte sie es gewollt – wäre sie nicht hinter einem höheren Preis, der erst nach dem dreizehnten Mittsommervorabend nachdem der Fluch in Kraft getreten war, der ihre sein könnte, hinterher – hätte sie den anderen Tag, was auch immer sie von ihm wollte, an sich reißen können. Er schloss die Augen und tat einen tiefen Atemzug; er hätte ihr nicht widerstehen können. Dieses Wissen beunruhigte ihn zutiefst. Eine Bewegung zur rechten Seite der Anlage zog seine Aufmerksamkeit auf sich. Der versunkene Garten kam ihm wieder in den Sinn. Er hatte sich schon immer zu ihm hingezogen gefühlt, war es – trotz des Gartens Schwermut – noch immer. Die Zeichnung in der Bibliothek hatte in ihm den ernsthaften Wunsch erweckt, ihn auf irgendeine Weise, wieder hergestellt zu sehen und wenn dies durch Pflanzen nicht möglich war, ließe er sich vielleicht auf eine andere Art verbessern.

Ein paar Tage später war Lucinda oben im Seeblickhaus gerade von einer weiteren vollendeten Leinwand zurückgetreten, als sie das Klopfen an der Tür hörte. Das bloße Geräusch vermittelte jenen merkwürdigen Sinn von Amtsgewalt, die sofortige Aufmerksamkeit verlangte. Sie seufzte und ging die Tür öffnen. Draußen stand ein, in der Amtstracht der königlichen Galerie gekleideter Bote, der ihr eine mit einem aufwendigen Siegel verschlossene Schriftrolle hinhielt.

„Eine Aufforderung an die Künstlerin des Seeblickhauses einen Vorschlag zur Verschönerung des königlichen Gartens zur Erwägung einzureichen." Er trat mit einem Getue von großer Wichtigkeit zurück, während er dem Brauch treu blieb, indem er sich leicht vor ihr verneigte. Lucinda nahm die Schriftrolle entgegen und untersuchte, darum bemüht, ihre Verwirrung zu kaschieren, sehr sorgfältig das königliche Siegel. Auf den ersten Blick glich es einem Blumenkranz, aber wenn man genauer hinsah, konnte man den schwachen Umriss eines in sich zusammengerollten Drachens ausmachen, der sich aus der Mitte hervorhob. Hatte man dies erst einmal bemerkt, musste man sich stark konzentrieren, um die Blumen wieder zu sehen, als wäre nur eines der Bilder auf einmal sichtbar.

„Ich danke Ihnen. Richten Sie bitte dem Kuratoren aus, dass ich den Vorschlag in der festgesetzten Zeit einreichen werde."

Er nickte ihr überlegen mit dem Kopf zu. Mit einem: „Ich werde Ihre Nachricht übermitteln", wünschte er ihr einen guten Tag und verschwand.

Mit einem leichten Zittern trug Lucinda die Rolle in die Stube, welche ihr als eine Kombination aus Arbeitszimmer und Bibliothek diente. Das Zusammentreffen mit dem Mann aus dem Garten des Königs vor ein paar Tagen hatte etwas in ihr entfacht. Es hatte dazu geführt, dass sie die letzten Tage fast ununterbrochen gearbeitet und kaum geschlafen hatte, da es ihr unmöglich gewesen war, den Drang zum Malen zu zügeln. Oben, an der Wand aufgereiht, standen drei Leinwände; in sie eingebettet war das Gefühl des versunkenen Gartens, wo sie den Fremden, dessen Porträt sicher und außerhalb ihrer Sichtweite ganz unten in einer Truhe verschlossen war, zum ersten Mal gesehen hatte. Nicht, dass dies half. Sie hatte sein Gesicht ein paar Mal vor Augen gehabt, während sie malte und das fertige Werk schien, etwas an sich zu haben, das jenseits menschlicher Erkenntnis lag. Es fühlte sich an, als sei etwas darin verborgen, das – wie der Drache aus der Gischt – sich ihr erst erschließen würde, wenn sie sich erlaubte, vollends in die Welt hineinzusinken.

Jetzt strich sie sorgfältig die Schriftrolle aus, sicherte sie mit ein paar, ihr als Briefbeschwerer dienenden Kieselsteinen und las. Die Sprache war einfach, höflich und das Anliegen sehr deutlich. Fünf Stellen im versunkenen Garten des Schlosses sollten – mit der Umgebung angepassten – Kunstwerken bestückt werden und das Recht, einen Vorschlag zu unterbreiten, der mit in Erwägung gezogen würde, wurde der Künstlerin von Seeblickhaus übertragen.

Eine Skizze des Gartens war mit eingeschlossen und eine Besichtigung des Ortes, vor Einreichung eines Vorschlages, ließe sich arrangieren. Lucinda schwindelte der Kopf. Dies war zu perfekt, zu passend. „Ein königlicher Auftrag", formte sie lautlos mit den Lippen, in dem Versuch es wirklicher zu machen. Wäre sie in der Lage, diesen für sich zu gewinnen, würde sicherlich mehr Arbeit folgen. Nicht dass, aufgrund des Königs Zurückgezogenheit, es vielen Menschen möglich wäre, die eigentlichen Werke in Betracht zu nehmen, aber das Wissen um ihr Vorhandensein würde sich herumsprechen und ihre Aussicht, von anderen engagiert zu werden, könnte sich dadurch sehr verbessern. Dies könnte ihr dann dabei behilflich sein, sich zu etablieren und hier an der Küste zu bleiben. Plötzlich drängten alle möglichen Bedenken auf sie ein. Das Schreiben enthielt keine Angabe, was für eine Art von Werk es sein sollte, noch gab es einen Hinweis darauf, ob eine Besichtigung des Gartens es mehr oder weniger wahrscheinlich machte, den Auftrag zu gewinnen. Als sie die Skizze untersuchte, bemerkte sie kleine Maßmarkierungen an den Stellen, wo die Kunstwerke installiert werden sollten. Es war draußen. Wandgemälde neigten über die Zeit hinweg zum Verblassen und dann fiel es ihr ein. Sie sah das Bild eines anderen Gartens vor sich. Mosaike! Wenn sie mit glasierten Steinchen arbeitete, würden die Mosaike – besonders an einer Wand oder auf einem Gestell befestigt, anstelle auf dem betretbaren Boden zu liegen – ein bleibendes Merkmal sein. Zu aufgeregt, um drinnen sitzen zu bleiben, griff sie sich ihre Jacke und ging zu einem raschen Spaziergang hinaus. Dieser sollte ihr erlauben, den Kopf freizubekommen ohne dass ihre Hände ständig darauf brannten, einen Stift und Skizzierblock aufzunehmen. Am Ende ihres Spaziergangs hatte sich eine Idee abgezeichnet, die bereit war, aufs Papier gebracht zu werden.

# 26

# DEN SPRUNG WAGEN

Rosie und Fridolin tranken im Garten Tee. Der Ertrag der Äpfel, Pflaumen und Birnen, den sie im Obstgarten geerntet hatten, lag ordentlich – und der Brauchbarkeit entsprechend, sortiert – in Kisten – aus. Rosie hatte sich nicht einmal die Mühe gemacht, Fridolin zu fragen, was er damit vorhatte. Ihr war aufgefallen, dass die Vorratskammer ziemlich gut bestückt war und dass winzige köstliche Schwarzejohannisbeertörtchen, kurz nachdem sie die Frucht geerntet hatten, in Erscheinung getreten waren. Sie beschloss, dass dies nichts zur Sache tat. Es war jedoch höchste Zeit, ein anderes Thema, welches ihr sehr am Herzen lag, wieder aufs Tapet zu bringen.

„Macht es wirklich etwas aus, um welches Königreich es sich in der Geschichte handelt?", fragte sie jetzt und öffnete damit wieder dieselbe kreisförmige Diskussion, in die sie sich, seitdem Rosie den Schlüssel zu jenen Snogardgärten entdeckt hatte, bei verschiedenen Anlässen immer wieder verstrickt hatten. „Vielleicht war es Mode, seinen Garten so zu nennen? Mein Vater hat mir erzählt, dass Menschen gerne die Reichen und Mächtigen imitieren. Vielleicht fand dieser Snogardname Anklang, als das Königreich aus der Geschichte gedieh." Aber sie konnte sehen, dass Fridolin nicht bereit war, sich darauf einzulassen.

„Aber die Pflanzen...", begann er wieder.

„Vielleicht kamen die aus der Mode und deswegen gibt es so wenige. Ach komm, Fridolin! Es gibt viele Sachen, die sich ändern. Meine Mutter hat immer zu mir gesagt, dass Mädchen nichts außer Kleidern trügen, aber ich habe in der Stadt viele Mädchen und Frauen in Hosen gesehen. Dinge ändern sich!", schrie sie vor Frust fast auf. Fridolin sah sie klug kalkulierend an und sie stöhnte innerlich auf, da sie wusste, welche Trumpfkarte er zu spielen gedachte.

„Und wie erklärst du dir die Drachen?"

„Tja, du bist hier", sagte sie etwas gereizt, und ruderte dann, als sie den Ausdruck auf seinem Gesicht wahr nahm, schnell zurück. „Ich meine, vielleicht leben an anderen Orten noch mehr, aber sie finden keine Erwähnung? Ich weiß es nicht", gab sie, schließlich kurzzeitig geschlagen, zu. Sie verfielen wieder in Schweigen, saßen da und nippten an ihrem Tee.

Nach einer Weile sagte Rosie: „Warum gucken wir uns die Sache nicht einfach mal an?" Sie spürte, dass Fridolin langsam mürbe wurde, wusste, dass er genauso begierig wie sie darauf war, zu sehen, was hinter jenen Mauern lag, genauso scharf darauf, wie sie hineinzugehen. Außerdem gab es hier sehr wenig, um ihnen weiterhin ordentliche Beschäftigung zu geben und somit glaubte sie, dass die Möglichkeit bestünde, ihn zu überzeugen.

„Wenn es sich um den Garten aus deiner Geschichte handelt,...", begann sie im pragmatischsten Tonfall, „...wäre es wahrscheinlich besser, wenn er offen wäre, um das Königreich zu beschützen, oder?" Ein kleines Zögern und leichtes Mürbewerden in Betracht auf ihre Schlussfolgerungen spürend, machte sie weiter, bevor sie zum letzten Schlag ausholte: „Und wenn es nicht der Garten ist, so ist es auf jeden Fall ein Garten, der vermutlich schon eine ganze Weile sehr vernachlässigt wurde und wir könnten ihn zum nächsten Frühling in Schuss bringen", endete sie fröhlich und ließ das sacken. Die Pflanzschulgärten waren ordentlich und gepflegt; dieser neue Garten bot neue Entfaltungsmöglichkeiten an. Wenn es eine Sache gab, von der sie sich sicher war, dass Fridolin ihr unmöglich widerstehen konnte, dann war es die einer gärtnerischen Herausforderung.

„Das ist interessant", kam Fridolins gedämpfte Stimme von irgendwo aus der Tiefe der Kapuze des Umhangs, für den sie sich entschieden hatten, falls irgendjemand sie sichtete. „Dieser Mauervorsprung scheint in den Pfad hinein zu führen." Er hatte Recht. Rosie fragte sich, warum ihr das nicht aufgefallen war. Sie folgten der schnurgeraden Linie des Pfades und gaben Acht, nicht das Haha hinunterzupurzeln, das auf der einen Seite herabfiel. Es war, als sie bei dem Wäldchen, das die Snogard umgab, ankamen, dass Rosie klar wurde, dass ihr leicht erhöhter Pfad im Wald weiterging. Der, den sie das letzte Mal hier, entlang gegangen war, zweigte sich von diesem ab. Sie folgten demselben Pfad, den Rosie das andere Mal genommen hatte. Alles war einfach, bis sie am Rand der Lichtung auf Seite des Gartens ankamen. Seltsame Dunstschwaden schienen, zwischen ihnen und der roten Gartentür in der Luft zu schweben.

„So war es beim letzten Mal nicht", sagte Rosie, etwas verunsichert, in einem verwirrten Ton. Fridolin tat einen Schritt nach vorne. Für einen Augenblick hatte es den Eindruck, als bewege er sich langsam voran, bis etwas sich zu biegen schien und ihn langsam – von der Tür weg – zurückschob. Rosie versuchte es als nächstes mit demselben Ergebnis. Es fühlte sich an, als versperrte ihnen etwas den Zutritt. In dem sie umgebenden Nebel, kurz bevor der Widerstand eingesetzt hatte, waren Stimmen zu vernehmen; die undeutlich flüsterten, ohne dass es ihr möglich war, Worte auszumachen. Sie starrten einander an. Aus Fridolins Gesichtsausdruck ließ sich eindeutig ablesen, dass seine Neugierde entfacht war. Er bewegte sich abseits des Pfades am Rand entlang zu der anderen Seite hin und versuchte, auf einem Umweg anzukommen. Das Ergebnis war fast dasselbe. Nur jetzt schien es, als zeichneten sich undeutliche Gestalten um ihn herum ab. Fasziniert begann Rosie, sich langsam aber entschlossen vorwärts zu bewegen. Je näher sie an die Tür herankam, desto lauter wurden die Stimmen und umso mehr hob sich der Schleier bis sie, in dem sie umgebenden Nebel begann, vage Züge auszumachen. Sie war ein paar Schritte von der Tür entfernt, als sie spürte, wie etwas ihr Vorankommen völlig blockierte und sie wegschob.

„Nicht erlaubt", flüsterte ihr eine Stimme ins Ohr. Ohne es zu beabsichtigen, stieß sie einen Schrei aus. Er hallte ohrenbetäubend durch die Anlagen und rüttelte ein geschmeidiges kleines Geschöpf, welches unter einem Ilexbusch in der Nähe geschlafen hatte, und jetzt zum Nachforschen herauskam, wach. Mit aufquellenden

Tränen von Schock und Wut in den Augen stolperte Rosie in Fridolin hinein. Er tätschelte ihr sanft den Rücken, bis sie sich beruhigte. Etwas bewegte sich knapp außerhalb ihres Sichtfeldes. Als sie hochblickte, sah sie geradeaus einen Flimmer von Bewegung bei der Gartentür. Das Sonnenlicht, in Verbindung mit den Tränen, spielte ihr offensichtlich einen Streich. Für einen kurzen Moment sah sie wieder den wuschelköpfigen Jungen. Er sah nicht zu ihr hinüber, wie es bei vorherigen Anlässen oft der Fall gewesen war, sondern hatte statt dessen den Rücken zu ihr. Das war alles relativ normal. Sie war damit vertraut. Was sie erstaunte war, dass es für den Bruchteil einer Sekunde, den Anschein hatte, als stünde er neben einem Drachen, dessen Rücken ihr ebenfalls zugewandt war. Sie blinzelte und alles was blieb, war ein seltsames Licht, welches sie und Fridolin, der noch immer den Arm um ihre Schulter hatte, umgab.

„Was, wenn wir es gemeinsam versuchen?", hauchte sie. Die Art wie Fridolin entschlossen ausatmete, sagte ihr, dass er gleichzeitig mit ihr zu demselben Schluss gekommen war. Sie umfassten des jeweils anderen Hand, atmeten tief ein und bewegten sich nach vorne. Fast unverzüglich waren sie von Stimmen und Flüstern, von Farben und unergründlichen Gestalten umzingelt.

„Geh weiter und lass nicht los!", spornte Fridolin sie durch zusammengeknirschte Zähne an. Was immer hier vor sich ging, machte auch ihm zu schaffen. Sie trieben einander voran, bis sie direkt vor der Tür standen. „Der Schlüssel!", brachte er zwischen zusammengebissenen Zähnen hervor, während seine Hand die ihre fast zerquetschte. Sie tastete nach dem Schlüssel und schnappte nach Luft. Scharfe kleine Finger hatten versucht, ihr den Schlüssel wegzuschnappen! Fridolin legte seine Hand beruhigend auf die ihre und zusammen, die anderen Hände noch immer verschlungen, brachten sie den Schlüssel nach vorne und steckten ihn ins Schloss. Er passte. Noch immer gemeinsam drehten sie ihn langsam und qualvoll um, bis sie ein sanftes Klicken hörten. Ein wütender, sich tief aus einer Kehle erhebender Lärm, brach aus dem Garten hervor und es klang, als rasten große Füße auf die Tür zu. Fridolin zog Rosie gerade noch rechtzeitig zur Seite, bevor eine riesige Kreatur aus dem Garten hervorstürmte, sich ihnen zuwandte und sie aus großer Höhe her anbrüllte.

Zur selben Zeit, in der Rosie und Fridolin sich auf die Tür zubewegten, war König Edmar in der Flüstererbibliothek, auf der Suche nach Hinweisen von alten Entwürfen, dabei verschiedene Papiere durchzublättern. Er hatte den Großteil des Morgens damit verbracht, die verschiedenen Vorschläge, die er erhalten hatte, auszuwerten. Den, der Bewohnerin von Seeblickhaus hatte er dabei bis zum Schluss aufgehoben. Der Tradition zufolge, wurden königliche Ausschreibungen meist nur unter den führenden Mitgliedern der städtischen Künstlergilde verteilt. Sie hatten Erstanrecht auf Vorlage und Ablehnung, aber er hatte sich davon losgesagt und anstelle dessen, auf Daley Merediths Anregung hin, dazu entschlossen, den Rahmen zu erweitern. Er war in Bezug auf die Künstlerin des altes Hauses an der Küste neugierig. Seine Erkundigungen hatten bisher eine nicht ganz greifbare Verbindung zur Stadt aufgetan und den Eindruck erweckt, dass sie ein wenig einsiedlerisch war. Letzteres scherte ihn nicht. Er war sich vollkommen darüber im Klaren, dass dies eine Sichtweise war, die viele Familien des Landes, bezüglich seiner Person ebenfalls teilten. Er vermutete, dass sie ihre Gründe hatte. Es war, was er bisher von ihrem Werk gesehen hatte, das seine Neugierde erregte. Es schien gleichzeitig präzise und verschwommen, als gäbe es mehrere Ebenen. Es faszinierte ihn in hohem Maße.

Es war in dem Moment, als er den Umschlag in der Hand hielt und dabei war ihn aufzuschlitzen, als es passierte. Eine gewaltige Woge erhob sich in ihm, wie ein in ihm aufheulender Sturm, der ein Kribbeln über den ganzen Körper hinweg und in den Fingerspitzen hinterließ. In der Luft vor ihm starrten zwei Augenpaare – eins mit Haselnuss gefleckt und eins in einem unvermischten Grün – mit Schrecken zu ihm auf. Dann war es vorbei. Mit rasendem Herzen, die Hand noch immer fest um den Umschlag geklammert, glitt eine kleine Skizze auf den Tisch vor ihm hinunter. Es war das Bild eines Drachens, der dem Betrachter entgegen sprang. König Edmar starrte es kurz an, bevor seine Knie nachgaben und er bewusstlos auf dem Boden zusammenbrach.

# 27

# DIE SNOGARD

Ein unglaublicher Lärm durchschlug das Wäldchen. Dann preschte die Kreatur nach unten und explodierte – mit einem Krachen, als breche ein riesiger Eis- oder steinerner Block entzwei – einen Zoll von ihren Gesichtern entfernt in eine Unzahl von Farben. Das Echo hallte in der Luft nach, etwas rauschte an ihnen vorbei und dann – ganz plötzlich – verstummten die Stimmen und das Geschnatter, welche sie bis zu jenem Zeitpunkt noch umgeben hatten. Das Farbenleuchten, die Formen verschwanden und sie standen lediglich vor einer schweren Holztür, die mit viereckigen Eisennägeln beschlagen war.

Rosie, noch immer sprachlos an Fridolin gelehnt, zitterte am ganzen Körper. Sie tauschten einen Blick und dann, ohne Absprache, als hätten sie dies die ganze Zeit über tun wollen, legten sie die Handflächen flach auf die Tür und drückten dagegen. Etwas hinter der Tür, vermutlich Pflanzen, die im Laufe der Zeit dagegen gewachsen waren, bot ihren Bemühungen Widerstand, aber nach mehr Druckanwendung, öffnete sich die Tür langsam knarrend und sie erhaschten einen Blick auf die Wildnis, die dahinter lag. Bevor jedoch einer von ihnen etwas sagen konnte, streifte ein kleines Geschöpf an ihnen vorbei in den Garten.

„Was war das?", quietschte Rosie, ohne es vorgehabt zu haben, überrascht auf.

„Sah für mich nach einem Teichdrachen aus", kam Fridolins gleichgültige Antwort. Rosie starrte ihn wortlos an. Dann begann, ihr der Kopf zu pochen. Als sie zurück zu Fridolin sah, bemerkte sie, dass er grinste. „Beeindruckend, oder nicht?" Sie tat, noch immer mit starrem Blick, einen Schritt zurück und versuchte zu sprechen, aber es kamen einfach keine Worte heraus. „Dies ist ohne Zweifel ein Drachengarten!", brachte Fridolin mit Jubel hervor. Ihre Stille in Augenschein nehmend, fuhr er fröhlich fort: „Rosie, dies ist die Art, wie sie sie bewacht haben." Ihr Gehirn versuchte, sich noch immer vom Schock zu erholen, während es gleichzeitig damit beschäftigt war, alles was um es herum los war, zu einem logischen Ganzen zusammenzufügen. „Jemand muss diesen Garten verschlossen haben", fuhr Fridolin verzückt fort. „Wir sind nicht die Ersten!" Nach wie vor verständnislos, spürte Rosie wie ihr plötzlich die Beine wegsackten. Bevor sie Gefahr lief umzukippen, setzte sie sich hin. Fridolin ließ sich auf dem Boden neben ihr nieder und zog ein Päckchen Kekse aus seiner Umhängetasche hervor. Zwei Tassen und eine Reiseflasche folgten und bevor sie es sich versah, saß Rosie mit einem Haferkeks in der einen und einem Tee in der anderen Hand da.

„Iss", ordnete Fridolin streng an und wartete bis sie gehorsam mit dem Knabbern begonnen hatte, dann: „Dies ist eine klassische Drachengartenschutzvorkehrung, Rosie."

„Es freut mich, dass es sich um ein vertrautes Konzept handelt", brummelte sie sarkastisch, was Fridolin nur zu einem breiteren Lächeln anregte.

„Es ist perfekt für uns!" Er wartete geduldig, bis sie mit dem Tee und dem Keks fertig war, bevor er sagte: „Na los, komm!", und sie aufgeregt in den Stand hochzog. „Lass uns, uns umschauen! Wir haben es uns verdient." Er zwinkerte ihr zu und sie musste lächeln, wenn auch nur schwach.

König Edmar kam, mit der auf dem Teppich ruhenden Wange und dem Hals in einem unangenehmen Winkel, zu sich. Einen Moment lang hatte er keine Ahnung, wo er sich befand. Dann, während er die Augen langsam auf das Tischbein richtete, stürzte das Bild der Augen und des Drachens wieder auf ihn ein. Vorsichtig, ums Gleichgewicht bemüht, setzte er sich auf. Sein Kopf tat weh und eine kurze Prüfung machte eine leicht schmerzhafte Stelle am Schädel ausfindig, wo er auf dem Boden aufgekommen sein musste. Eine leise Welle von Übelkeit in Paarung mit etwas Schwindel brach über ihn hinein und er lehnte sich gegen das Sofa und schloss kurzzeitig die Augen. Als er sie wieder öffnete, durchflutete sanft vor sich hin tanzendes Licht den Raum und in seinem Kopf vernahm er eine seltsame Melodie.

Er fragte sich, wie viel er wirklich abbekommen hatte. Die Noten verwandelten sich in eine Melodie, die er von irgendwoher kannte. Sie erinnerte ihn entfernt, an längst vergangene Zeiten und brachte einen Schmerz in der Brust mit sich. Tränen prickelten in seinen Augen. Das Gesicht eines Mädchens huschte durch seinen Geist.

Dann war es fort. Sein Kopf begann zu pochen. Er stöhnte und blieb wo, er war, auf dem Boden der Bibliothek, der Musik in seinem Kopf lauschend, während er regelmäßig ein- und ausatmete.

Das Betreten des Gartens erwies sich als sehr viel schwieriger, als sie angenommen hatten. Nach viel Schubsen schafften sie es nur, eine so große Lücke zu machen, um sich durchzuquetschen. Rosie fragte sich, wie es dem Ding möglich gewesen war, durch all dies durchzugallopieren.

„Magisches Trugbild", hatte Fridolin sachlich geantwortet. „Man muss aber eingestehen, dass, wer auch immer dies versiegelt hat, sehr eindrucksvolle Zauberkräfte zur Verfügung hatte. Die Art wie es uns von der Tür ferngehalten hat." In Reaktion auf Rosies gelüpfte Augenbraue fuhr er fort: „In der Drachenlehre von Zaubern ist es üblicherweise nur dieselbe Kombination von Ereignissen, die zu etwas geführt hat, die es auch wieder aufheben kann." Er verfiel stirnrunzelnd in Schweigen.

„Komm schon", sagte Rosie, deren Ungeduld und Verwirrung wuchs. Es war, als versuche etwas, ganz knapp außerhalb ihrer Reichweite, an ihrer Erinnerung zu rühren. „Da gibt es etwas, das du mir nicht erzählst", beharrte sie. Sein Gesichtsausdruck wurde zum Spiegel ihrer Verwirrung.

„Na ja, es ist diese Kreatur, die wir gerade sahen." Sie wartete. „Wir beide haben den Widerstand des Gartens gespürt, uns in seine Nähe zu lassen."

„Und?"

„Und wir haben es nur bis zur Tür geschafft, als wir zusammengingen." Wie sie bereits vermutet hatte, war ihm das ebenfalls aufgefallen. Sie hielt den Atem an. „Meine Theorie ist, dass du den Schutzmechanismus aktiviert hast, als du das erste Mal versuchtest, über die Mauer zu klettern." Er hielt die Hand hoch, um ihren Fragen Einhalt zu gebieten und sie musste die Lippen fest zusammenpressen, um sich vom Sprechen abzuhalten. Fridolin ging offenbar einem seiner komplizierten Gedankengänge nach. Es war am besten, ihn dabei nicht zu unterbrechen, auch wenn es ihr schwer fiel. „Aber ich denke auch, dass etwas in dem Garten, dich erkannt hat, da sich die Samenkapseln an dich geheftet haben."

„Aber ich bin vor diesem Sommer noch nie hier gewesen", brachte sie hervor, bevor sie sich davon abhalten konnte.

„Ich auch nicht", grinste er, „aber der Garten hat uns eingelassen..." Er ließ die Bedeutung der Worte zwischen ihnen einsinken.

„Also denkst du, dass es eine Verbindung gibt?", brachte sie mit großen Augen hervor.

„Etwas in der Art", gab er zu, „aber es muss nicht unbedingt direkt sein. Ich weiß von keinen Zauberern in meiner Familie."

„Ich auch nicht", murmelte sie, während sie an ihre Mutter dachte und sich bemühte, in Bezug auf ihren Vater nicht in Tränen auszubrechen. Ihr Onkel kam ihr auch nicht wie ein Zauberer vor. Er war gewiss sympathisch, aber er schien, nichts Besonderes an sich zu haben, es sei denn, man zählte seine Fähigkeit zu spüren, wenn sie etwas brauchte oder wenn sie es bevorzugte, dass man sie in Ruhe ließ. Ihr wurde auf einmal klar, dass sie ihn sehr mochte. Dies war merkwürdig, da sie vor diesem Sommer noch nicht einmal wirklich von seiner Existenz gewusst hatte. Ihre Mutter hatte nie erwähnt, woher sie kam, es sei denn, es handelte sich darum einen – meist negativen – Vergleich anzustellen in Bezug auf etwas, dem es ihrem Zuhause ermangelte. Na ja, näheres Daraufeingehen würde nicht helfen. Fridolins „Sollen wir einen Anfang machen?", brachte sie wieder zur Gegenwart zurück und sie nahm die Heckenschere, die er ihr hinhielt, entgegen. Kurze Zeit später waren sie bereits gut im Gange, die dichten Sträucher bei der Tür zu lichten und hatten damit begonnen, den Bogengang, der zum Herzen des Gartens zu deuten schien, in Angriff zu nehmen.

König Edmar hatte sich aus der Flüstererbibliothek heraus- und in den ihr gegenüberliegenden Fenstersitz geschleppt, wo ihn der junge Vorsteher kurze Zeit später fand. Er hatte es gehasst, dass man ihn auf dem Weg ins nahegelegene Musikzimmer stützen musste, aber es gab kein Drumrum. Stolz war unter diesen Umständen fehl am Platz und er war dankbar, als der junge Mann, nach kurzer Zeit, mit einem Tablett Proviant zurückkehrte. Er war ebenfalls dankbar, dass er kein Aufheben machte und ihn allein ließ, was ihm erlaubte, seine Gedanken zu sammeln.

Abgesehen von seinem Zusammenbruch und der Musik, die diesem folgte, konnte er sich nicht wirklich erinnern. Die Musik ging ihm noch immer durch den Kopf und er war erfreut, als er – nach ein paar Happen zu Essen und etwas zu Trinken – den ihm vertrauten Drang verspürte, die Musik auf dem kleinen Klavier in der Ecke des Zimmers auszuprobieren. Seine Tante hatte ihm das Spielen beigebracht und es beruhigte ihn, dass seine Finger, ohne große Umstände, die richtigen Noten auf den Klaviertasten fanden. Zu dem Zeitpunkt, an welchem Rosie und Fridolin endlich bei einem gepflasterten Rundbereich mit drei bogenförmigen Steinbänken – unter der wuchernden Wildnis kaum sichtbar – ankamen, hatte König Edmar bereits den Großteil der Melodie in einem kleinen Musikbuch notiert, entschlossen sie nicht wieder zu verlieren.

Rosie blinzelte nach vorne und zu den Seiten in das Halbdunkel. Sie und Fridolin saßen mit einem weiteren Keks und etwas mehr Tee, mit dem Rücken zur geschlossenen Tür, auf einer der bogenförmigen Bänke in dem wiedereröffneten Garten. Rosies Hand pochte und der Arm und Hals taten ihr weh. Es war harte Arbeit gewesen, so weit vorzudringen und es war abzusehen, dass Wochen von Arbeit benötigt waren, um diesen Garten überhaupt nur ansatzweise in Form zu bringen. Aber sie liebte es, hier zu sein. Das spätsommerliche Sonnenlicht strömte durch die Bäume außerhalb der Gartenmauern hindurch und alle möglichen Farben und Blumen rangen mit dem Gestrüpp. Es ließ sich allerdings nicht verleugnen, dass die Gärten sich in einem sehr verwahrlosten Zustand befanden und es viel Mühe bedurfte, sie so ordentlich, wie die Pflanzschulgärten zu bekommen.

„Es ist ein bisschen lästig", brachte Fridolin wie immer praktisch veranlagt vor, „dass die meisten unserer Arbeitsgeräte sich in dem anderen Garten befinden."

„Ich weiß", seufzte Rosie. Ihr war es in den Sinn gekommen, dass ein ständiges Hin und Her schließlich dazu führen würde, dass jemand sie entdeckte und – wenn sie richtig viel Pech hatten – man sie unter die Lupe nähme. Obwohl er so nett war, wie ein Erwachsener es nur sein konnte, war sie sich nicht ganz sicher, wie ihr Onkel auf Fridolin reagieren würde. Es war nicht so, dass sie dachte, dass er ihm wirklich etwas antun würde, er schien nicht der Typ dazu, aber was, wenn er ihn nicht hier haben wollte. Oder wenn er Einwände gegen ihn als ihren Gefährten erhob? In den letzten Monaten hatte Rosie sich so auf die, mit Fridolin verbrachten Tage gefreut, wie sie es bisher – vielleicht mit Ausnahme von einem der seltenen Forschungsausflüge mit ihrem Vater – auf sonst nichts getan hatte. Er war ihr Freund und sie hatte vorher nie wirklich einen Freund gehabt. Die Kinder, in deren Gesellschaft ihre Mutter sie gezwungen hatte, waren – gelinde ausgedrückt – furchtbar gewesen. Fridolin war freundlich, aufmerksam und voller Geschichten. Man kam so gut mit ihm klar und seine Begeisterung fürs Gärtnern war ansteckend. Ihr Blick fiel auf den Weg, der sich ziemlich scharf abwinkelte und in die ungefähre Richtung, der Gartentür zu deuten schien. Sie stand auf und schritt, vorsichtig Hindernissen ausweichend, den überwachsenen Weg entlang. Fridolin folgte ihr. Wo der Weg aufhörte, befand sich ein weiteres einen Halbkreis formendes gepflastertes Gebiet, dem entlang sich eine Art Lehnstruktur erstreckte. Es kam ihnen sehr bekannt vor.

„Denkst du...", fing sie an und hörte auf, als Fridolin ein leises Pfeifen ausstieß.

„Es ist genauso wie die Ecke in unserem Garten", brachte er heiser und mit leuchtenden Augen hervor.

In dem Schuppen fanden sie eine rostige Lampe, die sie entzündeten. Vor ihnen konnten sie einen oben gerundeten Eingang ausmachen, welcher von einer alten Holztür verdeckt war. Ihr Knauf ließ sich leicht drehen und sie öffnete sich mit einem leisen Knarren. Sie schielten hinein. Der Boden vor ihnen war frei von Hindernissen und schrägte sich sanft ab. Ein weiches Licht schien von den Wänden.

Fridolin gab voller Erstaunen ein leises Ächzen von sich und wandte sich Rosie zu: „Es muss ein Drachentunnel sein", brachte er ehrfürchtig hervor. „Ich habe von besonderen unterirdischen Verbindungsgängen gelesen, welche Gärten und Wohnräumen zum Schutz dienen. Es ist hauptsächlich ein Zug von Gärtnerdrachen, aber wenn ich richtig liege,..." „...führt er vielleicht zu unserem Garten", schloss Rosie aufgeregt für ihn ab. Hinter ihnen war ein Hasten, von Klauen zu vernehmen. Ein kleines Geschöpf rempelte in Rosies Hacken und streifte, beim Davonsausen, an ihr vorbei. Sie blinzelte verwundert.

„Wieder dieser Teichdrache", seufzte Fridolin. „Sieht so aus, als hätten wir einen aufgesammelt." Rosie stand wie angewurzelt da. Abgesehen von der Farbe hatte das kleine Geschöpf genauso wie die Statue in jenem wilden Garten ausgesehen, die ihr vor ein paar Monaten den elektrischen Schock verpasst hatte, dann aber verschwunden war, als sie wieder hingegangen war. Den Faden von ihrem Schweigen aufnehmend, fuhr Fridolin fort: „Ich vermute, der hängt uns jetzt an, aber es könnte schlimmer sein." Als sie noch immer nicht antwortete, pikste er ihr spielerisch in die Seite. „Meine Tante war einst mit einem Teichdrachen bekannt; er schäumte vor Zauberkraft fast über, aber ohne irgendeine Möglichkeit, sie zu kontrollieren. Sie sind ziemlich selten, aber man sagt ihnen nach, dass sie leidenschaftlich ergeben sind. Wenn sie dich sympathisch finden, können sie richtige Vorzüge mit sich bringen, da sie ein wirkliches Talent dazu haben, Zauber ausfindig zu machen, auch wenn sie nichts damit anfangen können. Die Zauberer der alten Zeit träumten davon, sich ihre Zauberkräfte zu Nutzen zu machen, aber es ist ziemlich schwierig. Sie gelten, als fast unmöglich zu erziehen." Er lachte leise in sich hinein. „Lass uns sehen, wo das hier hinführt" und er zog Rosie mit sich in den Tunnel hinein.

Ein leises Klopfen kam von der Tür des Musikzimmers. Sie öffnete sich und ein Diener trat ein.

„Eure Majestät? Herr Meredith ist hier", sagte er. König Edmar nickte zur Bestätigung.

„Sehr gut. Geleite ihn hierher. Sorg bitte dafür, dass in einer Stunde eine leichte Mahlzeit in der Bibliothek aufgetragen wird." Der Diener verneigte sich und ging. Kurze Zeit später trat ein dünner Mann mit grauem Haar und stechend blauen Augen ein. Sie schüttelten einander zur Begrüßung die Hand und König Edmar spürte sofort, dass er eingehend überprüft wurde. „Mir war vorhin etwas schwindlig", sagte er, in Antwort auf die unausgesprochene Frage. „Nichts das mir Sorge bereitet", behauptete er in Gegenwehr zur gelüpften Augenbraue des Freundes.

„Was ist passiert?"

„Lass uns rübergehen und dort reden", sagte er, indem er ihn aus dem Musikzimmer heraus und in die Flüstererbibliothek führte. „Ich bin zusammengebrochen", sagte er schnell, „inmitten der Prüfung der Vorschläge."

Ein scharfer Atemzug folgte dieser Aussage. „Ist vorher irgendetwas geschehen?"

„Das ist es, was mich ein wenig beunruhigt", gab er langsam zu und berichtete, woran er sich erinnern konnte.

„Eine Woge, sagst du? Als hätte etwas von dir Besitz ergriffen?"
Er dachte darüber nach und dann, langsam: „Nein, mehr als erhebe sich etwas in mir. Es fühlte sich an, als würde etwas in mir auf etwas anderes erwidern." Und dann kaum hörbar: „Es war auch nicht das erste Mal. Es ist mir etwas früher in diesem Monat in der Stadt passiert, aber nicht so stark wie heute." Die blauen Augen bohrten sich jetzt förmlich in die seinen. „*Sie* war dort...", ein weiterer scharfer Atemzug, „an dem Tag in der Stadt. Ich weiß, dass sie mich noch nicht anrühren können sollte, aber ich schwöre, dass sie dort war." Daley Merediths Hand umklammerte den Tisch.

„Hat sie irgendetwas getan?", flüsterte er, die Stirn in Sorgenfalten gelegt.

„Sie spielte mit mir, versuchte, mich an sich zu ziehen." Bei der Erinnerung schüttelte er sich.

„Und?", forderte der Freund.

„Ich spürte wie meine Zauberkraft ihr gehorchte, als verlangte es ihr, sich ihr anzuschließen. Es war als würde ich langsam geleert, ausgelöscht, getilgt", flüsterte er.

„Und dann hörte es auf?", fragte Daley Meredith ungläubig.

„Sie verbrannte sich sich an etwas an meinem Kragen und ging. Wird das aber sein, was passiert, wenn sie mich zwischen der Frühjahrs-Tagundnachtgleiche und dem Mittsommervorabend erwischt?" Er sah auf und fand die Antwort im Gesichtsausdruck des Freundes. Die Blässe sprach Bände und für eine Weile sagte keiner von ihnen ein weiteres Wort.

Die Wände des Tunnels waren vollkommen glatt und glänzten in einem weichen gelben Licht, welches die Lampe überflüssig machte. Sie konnten ohne Probleme nebeneinander hergehen und der Boden war frei von Schutt. Nachdem es sich nach einem langen Spaziergang angefühlt hatte, bemerkten sie, dass der Boden sich, wie auf der anderen Seite, leicht nach oben hin wandte. An dem

Ende befand sich ebenfalls eine Tür, aber Rosie konnte keinen Teichdrachen ausmachen. Fridolin deutete auf eine kleine Lücke im unteren Teil der Tür und ihr wurde klar, dass er diesen Weg nach draußen genommen hatte. Sie drückten die Klinke herunter und schoben. Die Tür öffnete sich mit Leichtigkeit und sie schritten durch einen Bogengang in die Pflanzschulgärten, deren Beete sich ordentlich vor ihnen erstreckten. Sie blinzelten vor Erstaunen.

„Und du glaubst, dass deine Nichte das Blatt dort befestigt hat?" Sie saßen im hinteren Teil der Bibliothek, nippten aus Bechern, Essen auf dem Tisch zwischen ihnen angerichtet.

König Edmar nickte: „Ich sah später am Tag in ihrem Zimmer zwei Pflanzen, obwohl ich mir ziemlich sicher bin, dass sie ursprünglich drei hatte und bevor du fragst, nein, ich habe sie nicht und ich werde sie auch nicht dazu befragen."

„Den Vorschlag hatte ich dir gar nicht unterbreiten wollen", kam die besänftigende Antwort, bevor sie wieder ins Schweigen verfielen. „Also, wofür hast du dich in Bezug auf den versunkenen Garten entschieden?" Sie hatten die Vorschläge vorhin untersucht.

„Seeblickhaus", kam die unverzügliche Antwort. „Du sagst, dass du sie getroffen hättest?", fragte König Edmar neugierig. „Was war dein Eindruck?"

Daley Meredith lachte: „Eine interessante Frau." Er nahm einen Schluck, um seine Gedanken zu sammeln, bevor er fortfuhr: „Hält sich bedeckt, ist wissbegierig und offensichtlich sehr begabt." Er hielt kurz inne, bevor er hinzufügte: „Ich glaube, dass sie sie getroffen hat. Du könntest sie nicht so darstellen, wie sie es tut, ohne sie zu kennen." König Edmars Kopf schnellte hoch.

„Sollte es sie geben", sagte er zweifelnd.

„Wir sind mit dieser Sache schon durch, Edmar", sagte der Freund entnervt. „Welche Zauberei auch immer Eleanor bei dir zur Wirkung gebracht hat und wir wissen, dass dabei etwas fehlgeschlagen ist, stehe ich dazu, wenn ich dir sage, dass Drachen mindestens genauso wirklich sind, wie *sie* es ist." Das Erschaudern des Freundes außer Acht lassend, fuhr er fort: „Du kannst dich lediglich nicht erinnern. Drachen sind echt", schloss er mit Nachdruck, ohne sich, um das darauffolgende Schweigen zu scheren, ab. „Und, wenn du dich für den Garten für Seeblickhaus entschieden hast, sag mir eines...", er machte eine Pause und König Edmar glaubte, zu wissen was kommen würde und er hatte Recht. „Was hast du in dieser Skizze als Erstes gesehen?" Daley Meredith wartete nicht auf die Antwort, da der Gesichtsausdruck des Freundes ihm alles verriet, sondern fuhr ohne Unterbrechung fort: „Wenn du den Drachen auf dich zukommen sahst, sind sie echt. Du bist nur im Moment, aus welchen Gründen auch immer, ihnen gegenüber blind. Die Künstlerin, von Seeblickhaus oben, sagte zu mir, als sie den Tag bei mir vorbeikam, dass sie erst wieder damit begonnen hatte, sich ihrer zu entsinnen. Und ich wette, das steht auch irgendwie mit der Dame in Verbindung." Er hielt sofort inne, als er den Blick, den der Freund ihm zuwarf, auffing, und schloss vorsichtig ab: „Sie glaubt, dass es sie gibt und das ist es, was dir hier fürs Erste Sicherheit gewährt."

Es dauerte lange, bis wieder einer von ihnen sprach. Bis: „Das habe ich nicht mitbekommen", aber König Edmar schüttelte nur auf so schmerzhafte Weise den Kopf, dass Daley Meredith wusste, dass es besser wäre, nicht nachzuhaken. Er fragte sich allerdings, als er schließlich seine Bücher und Papiere zusammen sammelte, ob er tatsächlich die Worte: „Ich glaube nicht, dass der Zauber eine Wirkung auf sie hat", aus König Edmars Mund vernommen hatte und wenn ja, wunderte er sich, auf wen sie sich bezogen.

„Es hatte geklemmt", sagte Fridolin zum x-mal, während Rosie nickte und abwesend seine Hand tätschelte. Sie saßen wieder auf der Bank vor dem Häuschen, während Fridolin noch bemüht war, die Ereignisse das Tages zu verstehen.

„Na, das löst das Problem wie wir die Schubkarre hin und her bewegt bekommen", sagte Rosie fröhlich. „In den Tunnel passen wir und die Schubkarre mit Leichtigkeit rein. Es fällt auch viel weniger auf. Wir müssen nicht mal das Haupttor benutzen. Was ist allerdings mit der Tür?", fügte sie nachdenklich hinzu. Ein tiefer Atemzug neben ihr deutete an, dass Fridolin langsam aber sicher wieder zu sich kam.

„Wir machen die Tür zu, aber verschließen sie nicht?"

„Haben wir die Tür zugemacht?" Obwohl sie sich ziemlich sicher waren, das getan zu haben, beschlossen sie, auf Nummer sicher zu gehen und noch einmal zurückzugehen, um die Sache zu prüfen. Die Tür war zu. Sie öffneten sie, nur um sicher zu stellen, dass sie sich nicht auf geheimnisvolle Weise wieder versiegelt hatte, was nicht der Fall war und machten sie zu. „Ich werde den Schlüssel heute Abend wieder in sein altes Versteck legen", beschloss Rosie.

Sie kehrten in die Lehnstruktur zurück, zogen die Tür hinter sich zu und machten sich dann wieder zu den Pflanzschulgärten auf. Es war ein aufregender Tag gewesen, aber jetzt klang die Aufregung langsam ab. Eine große Müdigkeit senkte sich auf sie beide und kurze Zeit später machte Rosie sich auf den Weg ins Schloss, ausgelaugt, aber zufrieden damit, wie der Tag verlaufen war. Von seinem Platz unter der Zeder und mit einem Strahlen in ihnen, folgten ihr die Augen des wuschelköpfigen Jungen.

# 28

## DER TEICHDRACHE UND DAS SCHLAFLIED

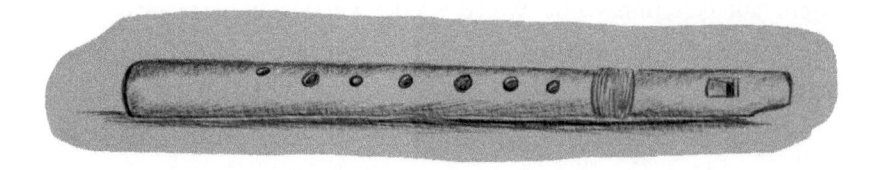

Der Herbst kam in jenem Jahr schnell. Einen Tag gingen Rosie und Fridolin durch die spätsommerliche Hitzewiederholung fast ein und am nächsten, gab Rosie ein Frösteln zu verstehen, dass ein Hemd allein, jetzt nicht mehr ausreiche, wenn sie, ohne die Kälte zu spüren, durch den Tag kommen wollte. Wind und Regen setzten ein – und wechselten sich mit unberechenbarer Sprunghaftigkeit mit sonnigen Tagen ab – während die Fensterscheiben des Schlosses regelmäßig mit Regentropfen besprenkelt waren. Es gab ein paar spektakuläre Regenbögen und Rosie und Fridolin bekamen Übung darin, sich regelmäßig in der Lehnstruktur der Snogard unterzustellen, wann immer ihre Arbeit von einem weiteren unerwarteten Schauer unterbrochen wurde.

Oben bei Seeblickhaus brachten die Strömungen und Herbststürme alle Arten von Strandgut von der See mit sich und Lucinda fand Stücke von Bernstein und Seeglas inmitten riesiger Büschel von Seetang, welche die Flut am Strand ablagerte. Die Fensterbretter des Hauses füllten sich mit verschiedenen Muscheln, Kieselsteinen und vielfarbigen Stücken undurchsichtigem, von der See geschliffenem Glas. Einen Tag lieferte Cal eine Anzahl von Kisten mit Konfitüren, Eingewecktem, Päckchen mit Tee und Keksen, um ihre Speisekammer aufzufüllen. Die Tage, zu Beginn kaum wahrnehmbar, verkürzten sich und das Licht an der Küste veränderte sich. Dunkle stürmische Himmel, gegen die sich, mit durch die Wolken brechenden Lichtstrahlen des goldenen Sonnenlichtes erleuchtet, Seemöwen blendend weiß abhoben, beherrschten die Küste. Die meisten anderen Seevögel waren bis aufs nächste Jahr zu den Ozeanen und ihren Winterquartieren zurückgekehrt. Das Gras an der Küste hatte das ermüdete Aussehen eines zu Ende gekommenen Sommers und Lucinda begann, sich zusätzliche Schichten anzuziehen, damit der Wind nicht durch sie hindurchwehte.

König Edmar ließ seine Nichte wieder in die Stadt mitnehmen, dieses Mal, um sie mit wärmeren Sachen auszustatten. Es amüsierte ihn ausgesprochen mit was für einer Sammlung praktischer Kleidungsstücke sie heimkehrte. Ein Stück, von dem Frau Baird ihm mitteilte, dass „wir überall, danach suchen mussten, Eure Majestät, weil das Mädel sich schlicht und ergreifend weigerte, die Stadt ohne eine zu verlassen", war eine tiefrote Baskenmütze, die Rosie an kalten und windigen Tagen aufsetzte, und deren satte Farbe ihm bekannt vorkam. Mit merkwürdigem Vergnügen beobachtete König Edmar ihre kleine Routine, die daran bestand, ihr Haar hochzudrehen, die Baskenmütze vollends über die Ohren zu ziehen und sämtliche losen Strähnen darunterzustopfen, bevor sie in die Gärten losstürzte. Womit auch immer sie dort unten im Gange war, es hielt sie beschäftigt und strapazierte – laut Frau Baird – stark die Kleidung, aber er hatte nicht vor, sich einzumischen. Seine Nichte erschien ihm gesund und glücklich und das war mehr, als er je gehofft hatte, ihr geben zu können. Er fragte sich, wie die Dinge nächstes Jahr um diese Zeit für sie stehen würden. Dann hörte er auf. Es war zu diesem Zeitpunkt, mit Mutmaßungen nichts zu erreichen.

Rosie und Fridolin hatten mit den neuen Gärten, alle Hände voll zu tun. Die ersten paar Tage und Wochen waren ein von ihnen – mit aller Art von Scheren, Heckenscheren, sogar Sägen und anderen Utensilien bewaffnet – geführter Kampf gegen die überwucherten Wege, grünen Tunnel und Spazierwege gewesen. Sie hatten, an Rosies Plan orientiert gearbeitet und langsam begann, ein ungefähres Muster der ehemaligen Gärten hervorzutreten.

Es war ein paar Tage nachdem sie mit der Arbeit an dem den Teich umgebenden Gebiet begonnen hatten, an einem warmen Tag, dass Fridolin ihr sehr leise aus dem Mundwinkel zuflüsterte: „Lausche nach dem Rascheln zur Linken, aber sieh noch nicht hoch. Er spioniert uns wieder nach." Rosies Herz begann vor Aufregung, höher zu schlagen. Sie hatte gehofft, einen weiteren Blick auf den Teichdrachen zu erhaschen, seitdem er sich an ihnen vorbei in die Gärten gedrängelt hatte. „Mach einfach mit dem weiter, was du gerade tust und ich reiche dir die Heckenschere, wenn er nahe genug heran ist, dass man ihn sehen kann." Sie versuchte, sich auf das Unkraut vor ihr zu konzentrieren, während sie auf Fridolins Zeichen wartete.

Ein sehr sanftes Kräuseln durchzog die hohen Gräser zu Rosies linker Seite. Jemand Verborgenes, den Bauch ganz nahe an den Boden gepresst, robbte sehr vorsichtig und grazil über einen breiten Teil des Gartens auf dem Weg zum Teich dahin. Die Ohren am Kopf angelegt, die großen grasgrünen Augen weit geöffnet und die kleinen Vorderpfoten vor sich ausgestreckt, um das vor ihm liegende Gras zu teilen, hob der Teichdrache langsam die Schnauze und schnüffelte sorgfältig die Luft. Da war es wieder: Der Geruch von etwas vollkommen grässlichem, sehr viel stärker von etwas regelrecht verlockendem überlagert. Er schnüffelte noch einmal, während er sich bemühte, sich der Anziehungskraft zu widersetzen, ja, kaum bemerkbar unter dem verführerischen Duft von *Zuhause* war ein leicht penetranter Geruch von *Prinzessin*. Der Teichdrache verharrte in aufmerksamer Beobachtung. Der Zweibeiner bewegte sich und strich sich die Haare aus der Stirn. Plötzlich drehte er sich um, als hätte er etwas entdeckt. Der Teichdrache, an die Stelle geheftet und hilflos zusehend, bemerkte wie sich sein Blick verlagerte, bis er direkt auf ihn gerichtet war. Und unmittelbar verlor der Teichdrache sich in einem Augenpaar. Ein Augenpaar, von dem er sich nie erlaubt oder erträumt hätte, es je wieder, an diesem Ort zu sehen. Ohne Vorwarnung entwich ihm ein Schniefen. Er blinzelte und der Moment war vorüber. Bevor der Zweibeiner reagieren konnte, drehte der Teichdrache sich um und floh in die verworrenen Tiefen des Gartens.

Rosie atmete langsam ein und aus, während der auf ihrer Brust ruhende Anhänger glühte und strengte sich heftig an, die Tränen zurückzuhalten.

„Was ist los?", sie fühlte, wie Fridolin ihren Ärmel berührte. „Hast du ihn gesehen?" Sie wandte sich ihm mit in den Augen glänzenden Tränen zu.

„Ja", brachte sie mit vor Rührung erstickter Stimme hervor. „Ich sah ihn, Fridolin, aber in dem Moment, wo ich ihm in die Augen sah, hatte ich das Gefühl, als kenne ich ihn." Fridolin legte den Kopf schief und mehr Ermunterung brauchte sie nicht. „Ich hatte das Gefühl, als sähe ich jemanden, den ich vor langer Zeit einmal kannte, den ich aber vergessen hatte. Und sein Kopf...", sagte sie, während sie sich bemühte, etwas unter ihrem Pullover hervorzuziehen, um es Fridolin vor die Augen zu halten, wo es – das Nachmittagslicht einfangend, und Schockwellen durch Fridolin sendend – hing, „erinnerte mich hieran." Fridolins erstaunte Augen waren auf den Gegenstand vor ihm fixiert.

„Wo hast du das her?", brachte er mit erstickter Stimme hervor.

„Ich habe es vor ein paar Monaten am Strand gefunden." Das Anstarren ging weiter. Drachen konnten auf jeden Fall in Schock verfallen, wie Fridolin dieser Tage so regelmäßig unter Beweis stellte. „Es gibt da in der Nähe eine alte Ruine und eine wasserspeiende Höhle. Ich...", sie hielt inne, die Erinnerung an ihr Eintreten in die Burg und das Echo des Wortes Snogard kam wieder hoch, dann hastete sie weiter: „Ich sah eine Bewegung unten am Strand und ging runter. Da waren Fußspuren im Sand und als ich sie näher untersuchte, hatte eine von ihnen dies in der Mitte."

Sie hielt wieder inne, während sie ihre Gedanken zu dem Moment zurückschweifen ließ. Das Geschöpf, welches sie gesehen hatte, bevor sie den Anhänger fand – fiel ihr plötzlich ein – hatte genau denselben blaugrünen Körper wie der Teichdrache eben gehabt! Fridolin sah noch immer vollkommen verloren aus, als sei sein Gehirn dabei, in Blitzesschnelle die großen Puzzlestücke, in das von ihm bevorzugte ordentliche Ganze zu sortieren.

„Es hat sich freundlich angefühlt", sagte Rosie jetzt. „Ich hatte das Gefühl, es zwinkerte mir zu." Fridolins Kopf schoss an dieser Stelle hoch und Rosie erschreckte sich über den unergründlichen Ausdruck in seinen Augen. Es gab den Eindruck, als wolle sich etwas sehr Altes der Welt mitteilen.

„Es zwinkerte?", wiederholte er heiser.

„So hat es sich angefühlt,", plapperte Rosie, „es war wahrscheinlich nur ein Streich vom Licht", verliefen sich ihre Worte unsicher im Sande.

„Darf ich?", Fridolin deutete auf den Anhänger. Rosie machte ihn vorsichtig ab und reichte ihn ihm. Er starrte ihn lange an, drehte ihn um, hielt ihn gegens Licht, bevor er ihn ihr zurückgab. Erst als Rosie ihn wieder um den Hals befestigt hatte, sprach er: „Das Material ist sehr selten." Sic wartete. „Es ist Silber, aber wenn ich mich nicht sehr irre, enthält es Silber der alten Drachenminen. Es würde so, wie du es beschreibst, nur auf Drachen oder Menschen mit einer starken Verbindung zu Drachen reagieren", staunte er, während er den Kopf schüttelte, als versuche er, seine Gedanken zu klären. Rosie war für einen Moment still. Dann begann sie, ein paar Bruchstücke einer Melodie zu summen und sah, dass ihre Eingebung richtig war, als Fridolins Kopf wieder hochschnellte und er sie anstarrte.

„Wo...?", begann er, aber sie kam ihm zuvor.

„Ich habe es eben gerade gehört, als meine Augen auf die des Teichdrachens trafen. Ich hörte die Melodie, als spielte jemand sie hier auf einer Flöte." Sie zögerte, bevor sie es betonte: „In genau diesem Garten."

Was sie ihm allerdings nicht erzählte, war, dass sie die Melodie erkannt hatte, und sich beim Hören die Stimme ihres Vaters mit der Flöte vermischt hatte. Es war sein Schlaflied für sie gewesen, wann immer sie quengelig oder krank oder nicht in der Lage, einzuschlafen gewesen war. Sie erzählte ihm ebenfalls nicht, dass sie dieselbe Melodie vor zwei Tagen im Schloss hatte erklingen hören. Fridolins nächste Worte brachen in ihre Tagträumerei ein.

„Es ist ein altes Drachenschlaflied." Es war eine lange Zeit – und eine ganze Reiseflasche wärmenden Ingwertees und einer ganzen Packung Kekse später – bevor sie wieder fähig waren zu sprechen.

# 29

## DIE AUFTRAGSARBEIT DES KÖNIGS

Seitdem sie, die am Morgen eingetroffene Depesche geöffnet hatte, bewegte sich Lucinda wie benommen umher. Sie hatte das Schreiben mit Unterbrechungen wieder und wieder aufgenommen und war sich noch immer nicht wirklich sicher, ob es tatsächlich sagte, was sie bei jedem Wiederlesen dachte.

In sehr genauen Auflagen übersichtlich dargelegt waren die Kosten, die Remuneration, der Betrag der Vorauszahlung, die Materialien, eine Liste von zu benutzenden Anbietern und Lieferanten, bestimmte Bedingungen, aber auch ein atemberaubendes Ausmaß an Freiheit, wenn es dazu kam, ihren Vorschlag in die Praxis umzusetzen. Die Benachrichtigung war eine klare Zusammenfassung, die in praktischen Begriffen genau erklärte, was ihre Unterbreitung an den König in theoretischen und künstlerischen Begriffen gewesen war. Sie respektierte jeden ihrer Vorschläge und vervollständigte sie auf so geschickte Weise, dass sie den Garten schon fast vor sich sah, als wäre er bereits Wirklichkeit. Sie hatte einen großen Drang, sich zu kneifen. Ein Teil der auferlegten Bedingungen war eine Bestandsaufnahme im versunkenen Garten zur Wintersonnenwende.

Während sie darüber nachgrübelnd aus dem Fenster sah, erregte eine Bewegung am Strand ihre Aufmerksamkeit. Es war eine Schmarotzerraubmöwe – eine der dunkleren Nebenformen – schön und geschmeidig, die sich auf dem Weg ins Inland befand, als sie plötzlich jäh zur Seite wegdrehte, als stünde sie kurz davor, auf eine unsichtbare Mauer zu treffen. Lucinda dachte, ein smaragdgrünes Aufblitzen am Auge wahrzunehmen, bevor sie sich wieder der See zukehrte. Eine Gänsehaut lief ihr über den Arm. Dieses Aufblitzen von Grün. Ohne erfindlichen Grund förderte es eine Erinnerung an ein blasses abgehärmtes Gesicht zu Tage. Es war das Gesicht eines Jungen, die Augen groß, verängstigt, aber auf verbissene Art entschlossen.

„Du kannst dort nicht hingehen!", hörte sie ihre eigene Stimme vor Verzweiflung drängen. „Sie ist verflucht! Du hast mir von den grünlichen Dunstschwaden in den Herbstnebeln erzählt."

„Mir bleibt vielleicht keine Wahl." Die Worte verhallten in ihren Gedanken und in dem Moment war alles, was sie sehen konnte, der Strand und die See und die alte, von der Flut umgebene Ruine. Ein Beben durchlief sie. War dies etwas, das sie beobachten sollte?

Vögel, die abdrehten, als wenn eine unsichtbare Grenze sie mit Kraft davondrückte? Und woher war das Gesicht ihres Freundes gekommen? Wo, sollte er noch am Leben sein, befand er sich jetzt? Hatte er die Ruine trotz ihrer dringenden Bitte betreten? War das der Grund, warum er später in dem Sommer nicht mehr da war? War das der Grund, warum er sie, trotz seiner Versprechen, trotz ihrer gemeinsamen Pläne, verlassen hatte? Tränen rannen ihr die Wangen hinunter und sammelten sich in der Kuhle beim Schlüsselbein, lange bevor es ihr gelang, sich von der Ruine, dem Bild des Jungen und dem in ihr Gedächtnis eingebrannten Auge der Schmarotzerraubmöwe, loszureißen.

Es dauerte eine Weile, sich zu sammeln, bevor sie in der Lage war, in die Stadt aufzubrechen, um eine Bestandsaufnahme von dem zu machen, was die in der offiziellen Auftragsgabe des Königs festgesetzten Lieferanten zu bieten hatten.

# 30

## IN DEN SNOGARD

Rosie und Fridolin wussten, dass sie gegen einen engen Zeitplan arbeiteten. Laut Fridolin mussten sie das Fenster der nächsten Wochen ausnutzen, um ihre Blumenzwiebeln zu setzen, damit sie für den kommenden Frühling bereit waren. Warum das der Fall war, wussten sie nicht, aber sie hatten beschlossen, dass der Garten zur Frühjahrs-Tagundnachtgleiche und vielleicht sogar bis zur Sommersonnenwende ihr absolutes Geheimnis bleiben würde. Nicht, dass sie sich wirklich jemanden anzuvertrauen hatten, aber – zur Sicherheit – wurde alles sich Hin- und Herbewegen weiterhin mithilfe des Tunnels bewältigt. Sie hielten, was sie sichteten, in einem großen in Leinen eingebundenen Skizzierbuch fest. Dies hatte, nicht lange nach dem Ausflug in die Stadt zur Neuausstattung mit Kleidern, auf dem Tisch in Rosies Zimmer gelegen und war in derselben tiefroten Farbe wie ihre Baskenmütze gebunden. Es hatte sich als der passende Ort entpuppt, um ihren Fortschritt festzuhalten. Sie verwahrten es in Fridolins Häuschen in derselben Ecke wie ihr Samenlagerbehältnis. Ihre Sammlung hatte mit Pflanzen wie Hornveilchen etwas früher im Sommer begonnen, aber – mit dem dahinschreitenden Herbst – verbrachten sie mehr und mehr Stunden, über Tage und Wochen verteilt, um ihre Bestände aufzubauen. Sie beschrifteten alles sorgfältig, getrennt nach Farben, Einjahrespflanzen, mehrjährigen Pflanzen, Blumenzwiebeln und entsprechend der besten Saatzeit angeordnet. Rosie hatte sogar Samen von den Küchengärten beigesteuert, welche sie mithilfe des Buches, das ihr Onkel ihr vor so vielen Monaten aufs Zimmer gelegt hatte, bestimmte.

„Wir haben zum perfekten Zeitpunkt Zutritt erhalten", sagte Fridolin glücklich bei einer Tasse Tee. „Es gibt uns die Möglichkeit, die mit Glyzenien umrankten Spazierwege zu stutzen, die Kletterrosen in Form zu bringen und lässt uns hoffentlich auch mit dem Rosengarten einen Anfang machen;", er zeigte auf ihre provisorische Karte, „um ihnen eine leichte Winterstutzung zu geben bevor wir zur Verjüngung im Frühling ausholen."

Er grinste, zufrieden mit ihrem Fortschritt und in sehr froher Erwartung auf das, was vor ihnen lag. Rosie aalte sich in seiner Begeisterung. Sie lehnte sich leicht zurück und streckte ihr Gesicht der Sonne entgegen. Das Nachmittagslicht hier drinnen war wunderschön. Es gab den Eindruck, verstreuter und freundlicher als anderswo zu sein. Ein Rascheln zu ihrer Linken gab ihr zu verstehen, dass der Teichdrache in der Nähe war. Er hatte ihr Vorankommen stetig und mit Neugierde verfolgt und hatte sich Stück für Stück näher an sie angepirscht. Sie hätte ihn gern liebkost. Seine Haut schien so samtig. Seine Farbe verwirrte sie allerdings. Vor ein paar Tagen war sie in der Bibliothek über ein verborgenes Buch gestolpert. Es enthielt eine Beschreibung von Teichdrachen und machte viel Wirbel um ihre grün-bronzene Farbe, aber dieser hier war eher bläulich-grün mit leicht silbernen Streifen.

„Warum hat er deiner Meinung nach diese Farbe?", sinnierte sie mit lauter Stimme und mit Fridolin im Visier, der die Frage ohne Zögern aufgriff.

„Ich würde sagen, dass er entweder im Ei an Unterkühlung gelitten oder dass ihn ein dunkler Zauber berührt hat." Sie lüpfte fragend eine Augenbraue. „Es gibt Geschichten von Eiersammlern", sagte er. „Die Eier von Teichdrachen haben eine wunderschöne mit grün durchzogene goldene Farbe. Sie waren hochangepriesen, bis der Sammelbann für Eier in Kraft trat. Nicht, dass das einige davon abhielt", fügte er düster hinzu. Rosie machte der Gedanke daran, dass diese schönen Geschöpfe in den, in einem Glaskasten ausliegenden Eiern starben, traurig.

„Also mag er vielleicht an Unterkühlung gelitten haben?"

Fridolin nickte und murmelte: „Oder schlimmer...", im Flüsterton vor sich hin. „Zeit wieder anzufangen", sagte er einen Moment später und sie kehrten zur Arbeit zurück.

„Du meine Güte!", stieß Fridolin zum wiederholten Mal hervor, während Rosie nur stumm mit dem Kopf schüttelte, den Mund noch immer offen, aber mit Worten, die ihr in der Kehle feststeckten. Es war der entmutigendste Anblick, den sie bisher angetroffen hatten.

„Es wird Tage dauern, das zu lichten", brachte sie mit einem Stöhnen hervor, als sie schließlich die Stimme wiederfand. Sie traten näher. Nachdem sie den Großteil des Nachmittags damit verbracht hatten, sich durch einen weiteren von Kletterpflanzen überwucherten Tunnel durchzuarbeiten, waren sie endlich dort angekommen, was auf der Karte als Mittelpunkt des Gartens angezeigt war und wo sich der alte Brunnen befand. Nur, dass kein Brunnen sichtbar war. Anstelle dessen befanden sie sich einem wild verwucherten Durcheinander von Kletterpflanzen, Brombeeren, Rankengewächsen und verschiedenfarbigen Blättern in Grün- und Brauntönen gegenüber. Hier und dort versuchte ein schüchterner Farbtupfer, einen mutigen Ausfall zu machen, aber was auch immer sich dahinter befand, war völlig verborgen.

„Es ist wie in einem Märchen", sagte Rosie nachdenklich und hielt plötzlich inne. Etwas entfernt, mit verschränkten Armen gegen die Wand gelehnt, sah der wuschelköpfige Junge zu ihr hinüber. Fridolin folgte ihrem Blick und schnappte nach Luft, sodass Rosie dachte, er hätte ihn ebenfalls gesehen. Aber als sie sich ihm zuwandte, hörte sie ihn klar und deutlich: „So viele davon", aushauchen und verstand, dass etwas anderes seine Aufmerksamkeit erregt hatte. Als sie wieder hin sah, war der Junge – wie bei früheren Gelegenheiten – verschwunden, aber was sie sehen konnte war, dass das gesamte Gebiet von Drachenpflanzen in Beschlag genommen war. Einige von ihnen waren so riesig, dass es den Anschein eines kleinen Dschungels aus Grün, Orange, Gelb und Rot ergab, mit vereinzelten Exemplaren, die sich auf der Mauer angesiedelt hatten. Sie unterzog das Gebiet einer genaueren Überprüfung.

„Ich denke...", brachte sie zaghaft auf die Mauer deutend hervor, „...ich denke, das ist die Stelle, an der ich, an dem Tag, als ich die Samen bekommen habe, hochgeklettert bin." Fridolin nickte. Sie standen wie versteinert da, bis ein kleines Raschelgeräusch ihre Aufmerksamkeit gerade rechtzeitig auf sich zog, um den Schwanz des Teichdrachens im Gestrüpp vor ihnen verschwinden zu sehen. Ohne die Notwendigkeit einer Besprechung nahmen sie jeweils ihre Gartenscheren auf und begannen mit der Arbeit.

# 31

## VERZWEIGUNGEN

König Edmar träumte wieder; auf lebhafteste Weise. Es war den Sommer über mit größerer Regelmäßigkeit passiert, aber dieser Traum war anders. Ausnahmsweise enthielt er kein Grauen. Er befand sich in den Anlagen, unwiderstehlich zu den unteren Gärten hingezogen, einen Bereich, den er im Wachzustand nie aufsuchte. Er kam kurz bei dem Auslieger des alten Hahas zum Stehen und wandte sich dann nach links und folgte dem undeutlichen gepflasterten Pfad. Die Tür zum Königinsgarten war offen und er trat ein. Das, durch die Bäume herum einströmende, Licht gab allem einen weichen Glanz.

Etwas streifte seine Beine. Ein kleiner Kopf stupste ihn spielerisch an und er bemerkte einen kleinen Drachen, nicht viel größer als eine junge Katze und von einer schönen satten bronze-grünen Farbe, der sich ihm um die Beine wand. Ihre Blicke trafen sich und König Edmar konnte nicht widerstehen, ihn hochzuheben und – den Drachen auf dem Arm – schritt er durch einen grünen, vollständig mit in voller Blüte stehenden Blumen bewachsenen, Tunnel hindurch. Er hielt inne, als er bei einem mit Bänken umgebenen Rundbereich ankam, unsicher in Bezug auf den nächsten Weg, als ein heimelig aussehender Drache sich ihm von der Seite näherte und ihn behutsam in einen anderen Teil des Gartens lenkte. Er erwachte verwirrt mit dem Nachhall eines: „Komm schon, Schätzchen", in den Ohren und dem Gefühl von Wärme um seine Schultern, als hätte man ihn gerade erst losgelassen. Daley Merediths Worte „Drachen sind echt", kamen ihm wieder in den Sinn. Aber es machte nichts aus, was Daley dachte; König Edmar ließ sich nicht von Träumen leiten.

Am Vorabend seiner Krönung war er zum letzten Mal in dem Teil der Anlage gewesen. Es war unmöglich gewesen, sich der Tür auf dem Pfad auch nur zu nähern, ohne dass Klauen an ihm zerrten, großartiges Geheul seine Ohren erfüllte und ihm etwas vollkommen den Weg versperrte. Er machte die Augen zu und versuchte, die Szene seines Traumes wieder einzufangen. Nicht, dass er Daley davon berichten würde, aber er spürte noch immer das freundliche Gewicht des kleinen Drachens in den Armen, die großen grasgrünen Augen auf ihn gerichtet und die Berührung des alten Drachens, als er ihn zielbewusst vor sich her schob, als hätte er getrödelt und musste von jemandem vorangebracht werden. Er seufzte wehmütig, bevor er sich umdrehte und wieder einschlief.

Rosie und Fridolin hatten sich für ein Projekt entschlossen. Sie waren hin und her gerissen, einerseits etwas im Zweifel und andererseits gleichzeitig sehr stark davon eingenommen. Das Zutagefördern des Brunnens hatte ihnen den Atem genommen. Sie lehnten sich an einander, während sie sich von dem Schock erholten.

„Wie kann sie noch immer so unbeschadet sein?", fragte Rosie wieder und wieder, während sie noch immer mit Bewunderung vor der Darstellung standen.

„Sie sehen wie der Drache und der Prinz aus der Geschichte aus", hatte Fridolin ehrfürchtig gehaucht. Und das stimmte. Die Statue war die eines sich gegenüberstehenden Jünglings und eines Drachens, deren Köpfe einander in einer Geste von Respekt und Einheit zugewandt waren.

Es war jenes Bildnis und die Geschichte, gepaart mit der Entdeckung, dass ein Teil der Snogard von mehr Drachenpflanzen, als sogar Fridolin wusste, was damit anzufangen, überwuchert war, welches die Idee, den Mantel des Flüsterers nachzuahmen, erstmals auf den Plan brachte. Diese Beschäftigung wäre für die kältere Jahreszeit bestens geeignet. Infolgedessen hatten sie beschlossen, so viele Fäden wie nur irgend möglich aus den zahllosen Strünken mit denen sie konfrontiert waren, zu gewinnen. Sie einzusammeln war schwere Arbeit. Sie mussten so nahe wie möglich am Boden geschnitten werden, um ihnen Strünke einer guten Länge zu geben. Dann mussten sie für ein paar Tage eingeweicht werden, bevor sie in Pyramiden aufgestellt und schließlich weichgeklopft wurden, um den Außenteil der Pflanze loszuwerden und so, an die Fasern heranzukommen. Es hatte sich um einen weiteren schweren Akt gehandelt, sie auszukämmen und auf Spulen zu spinnen.

„Wenn wir sie mit anderen Stoffen vermischen, sollten wir genug für eine Art Deckmantel oder Umhang bekommen", hatte Fridolin mit einem glücklichen Seufzer hervorgebracht.

Einige der alten Blumenbeete, die sie freilegten, waren zu nichts mehr gut und sie erklärten sie somit zu Blumenzwiebelbeeten, die im Frühling dann mit einjährigen Pflanzen weiter aufgestückt werden würden. Sie brauchten mehrere Tage, um das zu bewältigen. Das Gebiet, um das sie am meisten bestrebt waren, war der alte Rosengarten, der laut ihrer Karte, eine mögliche Fundgrube darstellte. Und somit schritt langsam alles zur Herbstmitte vor.

## 32

# AUF AUSSCHAU

   Der Laden enthielt alles, wonach ein Künstlerherz sich sehnen konnte; er reichte von einem Kellergeschoss voller Leinwände, in allen möglichen Größen und Beschaffenheiten und Mosaiksteinen in allen nur vorstellbaren Farben, bis in einen vierten Stock hinauf. Auch wenn es hauptsächlich von hier war, wo die Künstler der Gilde ihre Materialien her bezogen, hatte Lucinda, als Außenseiter, noch nie einen Fuß an den Ort gesetzt. Es brachte sie deswegen in hohen Maße aus der Fassung als, ein paar Tage nachdem sie den Auftrag des Königs offiziell angenommen hatte, sie beim Betreten des Ladens von dem Mann, der hinter dem Ladentisch hochsah, und sie breit anlächelte mit einem: „Ah Meisterin Adgryphorus! Uns wurde Mitteilung gemacht, Sie bald zu erwarten", begrüßt wurde. Wie hatte er sie erkannt? Für einen kurzen Augenblick regte sich ihre alte Schüchternheit wieder. Sie hatte nie gern im Rampenlicht gestanden und hatte – trotzdem ihr rotes Haar in dieser Gegend ungewöhnlich war – keinesfalls damit gerechnet, sofort erkannt und mit Namen angesprochen zu werden. Aber das Auftreten des Mannes war so angenehm und beflissen gewesen, als er sich mit: „Herr Fortiscue, zu Ihren Diensten" und „bitte erlauben Sie mir Sie zu den Leinwänden zu geleiten, die wir auf Majestäts Auftrag hin, bestellt haben", vorstellte, dass ihre Befangenheit sich auflöste und sie sich bald entspannte.

Viel später am Tag, gemütlich in der Nische des Ateliers der langen Galerie niedergelassen, saß sie da und blickte auf die See, deren Wasser um die Felsen sprudelte und sich in der Gischt dabei von weißem Schaum zu türkis- zu dunklem Blau verwandelte. Diese mesmerisierende Sicht vermischte sich langsam mit Bildern von Leinwänden, Pinseln, Farben und aller Art Materialien, die sie für ihre anstehende Arbeit an den Präsentationsleinwänden ausgewählt hatte. Der Schwindel, den die schiere Vielfalt der Auswahl hervorgerufen hatte, fühlte sich noch immer berauschend an. Die Lieferung war für die nächsten paar Tage angesetzt und danach würde sie sich vollkommen in dem Werk verlieren können.

Was sie allerdings ziemlich umtrieb, war die Tatsache, dass – während sie in der Stadt war und besonders als sie Besorgungen in der Nähe des Lieblingswollladens ihrer Großmutter, der bei „Merediths Bücherhandelszentrum" lag, tätigte, sie nach dem Fremden Ausschau gehalten hatte. Ihr Bauch hatte sich jedes Mal seltsam überschlagen, wenn sie jemanden sah, der ihm ähnelte, nur um dann, dieses Senkgefühl zu bekommen, wenn es offensichtlich wurde, dass es sich nicht um ihn handelte.

Sie konnte es nicht verstehen. Alles, was er bisher getan hatte, war sie entweder zu verärgern oder sie umzurennen. So vertieft war sie in diese Grübeleien, dass sie ihn erst gar nicht bemerkte, als er von der Seite der wasserspeienden Höhle herbei kam. Sein Mantel, die Hose und Stiefel waren dunkel, ähnlich dem, was sie ihn bei vorherigen Anlässen hatte tragen sehen. Seinen geschmeidigen Bewegungen war zu entnehmen, dass er mit dieser Art Küste vertraut war. Es beunruhigte sie, dass er aus dem Nichts zu kommen schien, wenn sie gerade dabei war, an ihn zu denken und mehr noch, dass er sofort ihre volle Aufmerksamkeit hatte. Sie war froh, dass sie noch keine Lampe anhatte. Es war unwahrscheinlich, dass man sie bemerken würde und sie konnte ihn dementsprechend einfach nur beobachten. Sie interessierte sich für das, was er tat. Ihr Instinkt sagte ihr, dass er bei der Seehöhle gewesen war, vielleicht sogar in ihr. Warum er den heutigen Tag dafür wählen würde, war ihr unverständlich. Für den Großteil des Tages war es windig gewesen, was den Weg trotz Ebbe heikel gestaltete. Wie beim letzten Mal ging er zum Strand hinunter und blickte zu der alten Burgruine, versuchte aber nicht, den Meeresweg zu betreten. Nach einem kurzen Zögern streckte er seine Hände aus, die Handflächen abgewinkelt, als überprüfe er die Luft auf Widerstand. Diese bizarre Vorstellung zog sich eine ganze Weile hin, bis er sich schließlich umdrehte und die Anhöhe wieder heraufkam. Ihre Augen folgten ihm bis zu dem wartenden Pferd und blieben an ihn geheftet, bis sich er sich in der Ferne verlor.

Wäre sie nicht zu verwirrt gewesen, wäre ihr vielleicht aufgefallen, dass die Stelle, an der er mit diesen seltsamen Bewegungen begonnen hatte, der Ort war, wo sie vor nicht allzu langer Zeit die Schmarotzerraubmöwe hatte abdrehen sehen. Hätte sie genauer hingesehen, wäre ihr vielleicht auch die Dreizehenmöwe aufgefallen, die aus dem Nichts gekommen war und – ohne Erfolg – versuchte, in der Nähe zu landen und den kleinen Funken von Smaragdgrün, den der Flügel abgab, als sie mitten in der Luft wendete.

# 33

# HALBWINTERSCHLAF

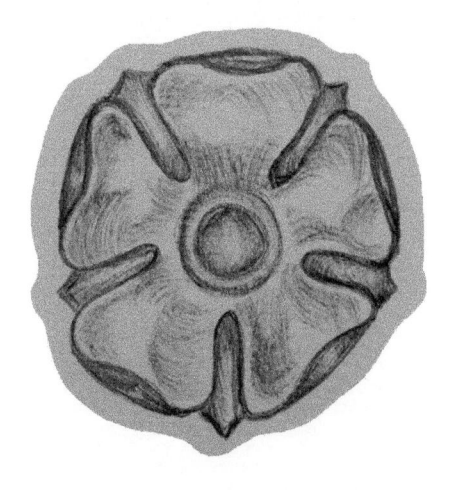

Im späten Herbst wurde das Gärtnern immer kniffeliger. Das Wetter wechselte zwischen tagelangem Regen, der den Boden sumpfig und glitschig machte, und herrlichem Sonnenschein und frischen frostigen Morgen mit zartrosa und hellblauem Himmel, in dem die Farben aussahen, als hätte man sie sorgfältig ineinander verwischt. Die Pflanzschulgärten und die Snogard – mit Ausnahme des Rosengartens, welchen sie beschlossen hatten, für später im Winter oder früh im Frühling aufzuheben – waren ordentlich und bereit für den Winter. Rosie und Fridolin verbrachten viel Zeit in Fridolins Häuschen, wo sie lasen, redeten, über Plänen für die

Gärten im nächsten Jahr brüteten, am Drachenpflanzenumhang arbeiteten, schnitzten oder strickten. Letzteres hatte Fridolin, als er klein war, von einer Großtante gelernt und er brachte es Rosie bei, die einen Schal für Sir Rothügel begonnen hatte.

Im Schloss, an jenen Tagen, wo es zu nass oder dunkel war, um sich groß rauszuwagen oder am Abend, verbrachte Rosie die meiste Zeit beim Spielen in der langen Galerie oder in der Bibliothek. Auf dem Schreibtisch in ihrem Zimmer standen wieder drei Drachenpflanzen. Daneben lag eine kleine klobige Rose, die Fridolin für sie geschnitzt und angemalt hatte. An einem Tag hatte sie bei der Rückkehr von den Gärten eine sehr schöne dicke, über den Arm des Sessels beim Kamin gefaltete Decke gefunden, die sie mindestens zweimal um sich herumwickeln konnte. Die Schlossbibliothek hatte einen guten Bestand von Puzzeln und sie verbrachte viel Zeit damit, einem Karton voller kleiner Teile ein großes Ganzes zu entlocken. Manchmal gesellte ihr Onkel sich zu ihr und sie verbrachten den Abend damit, Tee zu trinken und sich gegenseitig verschiedene Teile für die Gebiete, an denen sie jeweils arbeiteten, herüberzureichen. Sie sprachen selten.

In letzter Zeit war Rosie allerdings schlimm versucht, ihren Onkel zu fragen, ob es ihm gut ging. Er erschien ihr mehr und mehr ermüdet, aber er hatte immer ein Lächeln für sie parat und eine wahrhaftige Gabe, sie von jeglicher ernsthaften Überprüfung seiner Person abzulenken.

Und so ging die Zeit langsam auf den Winteranfang zu. Das Schloss wurde für die Festzeit dekoriert und Kränze aus immergrünen Zweigen zierten die verschiedenen Räume, Flure, Dielen, Korridore und Fensterbretter. Auf der Terrasse wurden riesige steinerne, mit Schneerosen gefüllte Pflanzkübel in Vorbereitung auf die Wintersonnenwende aufgestellt und als sie eines Nachmittags aus den Gärten zurückkehrte, fand Rosie einen wunderschönen

Mistelzweig, dessen weißliche Beeren im Sonnenlicht glänzten, in ihrem Fenster hängend vor.

# 34

# WINTERSONNENWENDE

Oben in Seeblickhaus näherten sich die großen Leinwände ihrer Vollendung. Laut der Bedingungen des Auftrags sollten sie

– kurzfristig, sodass sie nicht zu Schaden kamen – am Tag der Wintersonnenwende vor Ort im versunkenen Garten installiert werden. Lucinda war zu gleichen Teilen aufgeregt und besorgt. Die königliche Galerie würde dieselben Gemälde zur Sommersonnenwende in der Stadt ausstellen und sie wusste, dass ihre zukünftige Karriere als Künstlerin sehr gut von ihnen abhängen könnte.

„Seine Majestät hat Ihnen einen großen Gefallen getan", war das, was sie am häufigsten zu hören bekam, wenn sie jemandem von der Gilde über den Weg lief. Normalerweise folgte dann – sehr weit ausgedehnt, falls es sich um einen ehemaligen Mitbewerber handelte ein – „Ich hoffe doch, dass sein Urteil...", dies gesagt, während die Augen von Kopf bis Fuß über sie hinweg glitten, „nicht schwerwiegend an die falsche Stelle gesetzt war." Häufig wurde dies von einem kühl überlegenen anzüglichen Ausdruck begleitet, der sie mit einem unangenehmen Gefühl und etwas fassungslos zurückließ.

Trotz der Tatsache, dass es sich so offensichtlich um saure Trauben handelte, war es dennoch verletzend. Es löste einen leichten, tief im Hinterkopf sitzenden, Zweifel aus. Was, wenn dem König nach seiner ursprünglichen Begeisterung, das Ergebnis nicht zusagte? Was, wenn er sich nach der Wintersonnenwende entschloss, ihr den Auftrag zu entziehen? Es gab nichts, was sie dagegen unternehmen könnte. Im Prinzip sollte, solange sie die ihr auferlegten Bedingungen erfüllte, alles in Ordnung sein, aber man konnte nie wissen. Weitermachen und den ersten Abschnitt, hinter sich zu bringen, war die einzige Option. Also arbeitete sie oben in ihrem Atelier weiter, umgeben von den Herbststürmen und der rauen Schönheit der See.

Den Tag, an dem sie die letzte Leinwand vollendete, befand sich ein seltsamer Vollmond im Himmel über der See. Er glich nichts, was sie je zuvor gesehen hatte: Geisterhaft blass und so groß wie die Sonne, ließ er sich im fahlen Licht des frühen Morgens ausmachen. Es war, während sie dies in sich aufnahm, dass sie ihn bemerkte, wie er auf den Felsen zur Linken saß, die Arme fest um die Knie geschlungen, entweder in dem Wogen der See gefangen oder tief in Gedanken verloren. Er schien gleichzeitig an der Stelle verankert und völlig verloren, in vollkommener Unkenntnis davon, wie die Brise sich in seinem Haar verfing und es hierhin und dorthin wehte. Lautlos wich sie vom Fenster zurück und stahl sich in den Schatten, da sie nicht den Wunsch hatte, in sein Alleinsein einzudringen.

Später in dem Monat stand Rosie früh auf und rannte – ohne das Frühstückszimmer zu überprüfen – zu Fridolin hinunter. Der Boden war, wie vor ein paar Wochen zu der Zeit, als ein seltsamer Mond noch in den frühen Morgenstunden am Himmel sichtbar gewesen war, mit Raureif bedeckt. Sie hatten bereits zu Beginn ihres Drachenpflanzenprojektes beschlossen, dass der kürzeste Tag im Jahr, wenn die Zauberkräfte – so man denn an sie glaubte – sich auf dem höchsten Stand der Jahreszeit befanden, der passendste Tag war, um den ‚Drachenmantel' zu vollenden. Es war vielleicht etwas grandios, es als Mantel zu bezeichnen, wenn es sich eigentlich mehr um einen Umhang mit einer Kapuze handelte, aber sie mochten die Art, wie es das Bild der Zeiten des ersten Drachenflüsterers und seiner Rettung des Drachens, heraufbeschwor. Wie Fridolin regelmäßig betonte: „Nur weil es so eine gute Geschichte ist, heißt es noch lange nicht, dass sie nicht wahr ist."

Was Rosie nicht wusste, war dass Fridolin sehr danach trachtete, den Umhang bereitliegen zu haben. Es hatte seinen Ursprung in einem Verweis, auf den er vor mehreren Wochen beim Lesen gestoßen war. Es handelte sich um eine beunruhigende Bezugnahme auf ein wichtiges Ereignis mit „Klecks Klecks – Drache – Klecks Klecks – Flüsterer – Klecks Klecks – Prinzessin' und in Anbetracht ihrer Nähe zum Schloss war er immer mehr in Sorge um seine junge Freundin geraten. Drohte Rosie von einer Prinzessin Gefahr? War vielleicht zu diesem Zeitpunkt eines jener boshaften Geschöpfe dort ansässig? Was, wenn sie mit dieser Zauberin verwandt war? Und was, wenn Rosie, die so oft in diese allgemeine Richtung hin verschwand, ihr in die Hände fiel? Er hatte ihr bereits das Versprechen abgenommen, sich von der Burgruine, dem versunkenen Garten und der Küste im Allgemeinen fernzuhalten, aber er war dennoch weiterhin besorgt.

Da sie jedes Mal, wenn er es ansprach, ein wenig gespottet hatte, erwähnte Fridolin es dieser Tage selten, aber er fragte sich noch immer, ob es in Rosies Abstammung nicht doch Zauberkräfte gab. Das Verhalten des Teichdrachens deutete dies zumindest an. Trotz der hohen Unberechenbarkeit neigten Teichdrachen dazu, sich zu Zauberkraft hingezogen zu fühlen. Sie harmonierte mit ihnen und Fridolin war aufgefallen, wie der ihre ihr regelrecht nachstellte. Die meiste Zeit hielt er sich im Verborgenen, aber er war dennoch fast täglich da, wenn sie in den Snogard arbeiteten. Er lugte aus dem Gras hervor und versteckte sich rasch, sobald Rosie ihm nahe kam. Und jemand, der einen Teichdrachen anzog, mochte in Umkehr auch, dunklere Mächte anziehen und demzufolge interessierte sich Fridolin für den Mantel. Er konnte seinem Träger Schutz gewähren und Fridolin war bereit, ihn über Rosie rüber zu werfen, sollte dies je notwendig sein.

„Er ist mir viel zu groß", beklagte sich die dumpfe, aus den tiefen Falten des Stoffes kommende Stimme etwas später am selben Tag. „Es ist mehr als genug Platz für uns beide hier drunter."

Rosie hatte Recht. Das Endergebnis, mit der weiten Kapuze und der Silberschnalle, war groß genug, dass sie beide mit Leichtigkeit darunter passten. Sie war absichtlich grummeliger als üblich, da sie irgendwie das Gefühl hatte, dass Fridolin es – aus welch unerfindlichen Gründen auch immer – gern hätte, wenn sie ihn trüge und dazu würde es auf gar keinen Fall kommen. Selbst ihr Onkel, der ihr als sehr hochgewachsen vorkam, würde vermutlich nur geradeso in der Lage sein, den Saum vom Boden abzuheben. Es war allerdings ein schönes Stück der Kunstfertigkeit und es hatte sich der Mühe gelohnt. Die Drachenpflanzenfäden gaben dem ansonst grünen Umhang ein rotgoldenes Aussehen und er fühlte sich sehr leicht, aber gleichzeitig unglaublich behaglich an. Sie wechselten sich mit dem Anprobieren ab, bevor sie ihn weghingen und sich anderen Dingen zuwandten.

Oben am Schlosseingang hatte der Morgen unterdessen sehr geschäftig begonnen. Die Wagen von Seeblickhaus waren eingetroffen und ihr Inhalt entladen worden. Unter Lucindas Anweisungen hatte man die Leinwände auf, die dafür vorgesehenen Staffeleien montiert und sie beschäftigte sich mit ein paar letzten Anpassungen. Das Endergebnis überwältigte sie fast. Die Aufstellung, obgleich derzeit in Öl, erzeugte eine geheimnisvolle Atmosphäre und erzählte die vorgeschlagene Geschichte auf eine Art, die sie bei der Erstellung des Vorschlags vorausgeahnt hatte, die aber in der Wirklichkeit gesehen, etwas Unruhe mit sich brachte. Im Unklaren darüber, was sie als nächstes tun sollte, da die einzige Weisung jene gewesen war, die Werke zur Ansicht zu installieren und ihre Rückgabe, am darauffolgenden Tag zu erwarten, verweilte sie ein wenig. Etwas am, im unteren Teil des Gartens, dem Eingang gegenüber, platzierten Mittelstück erregte ihre Aufmerksamkeit. Die Art, wie das Licht auf das den Garten umgebende Blattwerk fiel, erschuf eine ziemlich verblüffende Wirkung und gab ihr eine Idee, wie sich das letzte Mosaik verbessern ließe. Nachdem sie einen Skizzierblock aus der Tasche gezogen hatte, war sie so davon in Anspruch genommen, das Wechselspiel des Lichtes auf dem Entwurf einzufangen, dass sie die sich nähernden Schritte gar nicht bemerkte. Es war, als sie fertig und dabei war den Skizzierblock wegzuräumen, dass sie sich umdrehte und ihn bemerkte, wie er sie mit großem Interesse beobachtete.

„Guten Morgen", sagte er auf angenehme Weise und kam herüber. „Ich hatte gehofft, bei der eigentlichen Aufstellung anwesend zu sein, aber dies war eine völlig unerwartete Freude,", ein erwartungsvolles Lächeln umspielte seine Lippen bevor es sich, offensichtlich endlich des etwas finsteren Ausdrucks auf Lucindas Gesicht gewahr, verflüchtigte, „die Künstlerin bei der Arbeit zu sehen. Ich hatte angenommen, bis zum Frühling darauf warten zu müssen." Er lächelte wieder, jetzt ein wenig durcheinander; als ihm klar zu werden schien, dass sie offenbar mehr als nur ein wenig aus der Fassung gebracht war.

Seine plötzliche Gegenwart, das recht strahlende Lächeln und der unergründliche Ausdruck in seinen Augen, die dunkler zu sein schienen, als es ihr in Erinnerung war, brachten sie in Verlegenheit und dies machte sie unglücklicherweise energisch. Noch immer damit beschäftigt, herauszufinden, ob er es ernst meinte, verengte sie die Augen.

„Hat König Edmar dich geschickt?", brachte sie mit etwas mehr Schärfe als beabsichtigt hervor und sah wie er, mit tiefer Verwunderung, einen Schritt zurück tat. Nach einer kurzen Pause, gefolgt von eingehender Begutachtung, klärte sich sein Gesichtsausdruck sichtbar auf.

„Oh, du meinst, hat König Edmar mich geschickt, um Nachforschungen über dich anzustellen?"

„Ja", brachte sie etwas knapp hervor, noch immer nicht sicher, ob er im Begreifen etwas langsam war oder sich absichtlich begriffsstutzig gab. Sein nächster Kommentar entschied die Sache für sie noch immer nicht und verärgerte sie ziemlich.

„Nein", lächelte er, als wäre er über etwas höchst erfreut. „Er hat mich nicht geschickt. Ich habe mich selbst geschickt." Zu entgeistert, hierauf irgendetwas zu erwidern, starrte Lucinda ihn einfach nur an. „Würde es dir etwas ausmachen, wenn ich mir das ansehe?", fragte er, nachdem sich dies etwas hingezogen hatte. Aufgeben schien keine Sache zu sein, die ihm zufiel, noch schien, angefunkelt zu werden, ihn abzuschrecken. Er zeigte auf den Skizzenblock und wieder vernahm sie diesen sehnsuchtsvollen Ton in seiner Stimme, gepaart mit derselben Verletzlichkeit, die ihr schon beim ersten Treffen aufgefallen war. Bevor sie also ihre Meinung ändern konnte, öffnete sie den Block und überreichte ihn ihm. Einige Sekunden später war er vollkommen in die Untersuchung vertieft, bis sich seine Augen vor Schock weiteten. Er erholte sich rasch, schüttelte den Kopf und gab ihr vorsichtig den Block zurück. Es hatte den Eindruck, als wäre er meilenweit entfernt.

Bevor sie sich davon abhalten konnte, platzte sie neugierig heraus: „Was hast du gesehen?"

„In deiner Skizze?", fragte er abgelenkt, als wäre es nicht offensichtlich.

„Ja", beharrte sie. Seine Antwort war gemessen, als wäge er ab, wieviel er enthüllen sollte.

„Ich dachte, dass ich einen Drachen sah,", sie wartete, „verborgen im Blattwerk nahe des Bodens. Aber die gibt es natürlich nicht und", er verstummte, bevor er mit, „es war wahrscheinlich nur meine Einbildung", abschloss.

Sie spürte wie er außer Reichweite schwand. Seine Augen hatten sich während des Sprechens überschattet. Für einen Augenblick hatte sie das Gefühl, einen smaragdgrünen Schimmer in ihnen wahrzunehmen, aber dabei musste es sich auf jeden Fall um einen Streich des Lichtes gehandelt haben, denn als sie wieder zu ihr aufsahen, waren sie grau und er fuhr sich verwirrt mit einer Hand durchs Haar.

Dann, als wäre nichts Ungewöhnliches vorgefallen, kam er aus diesem merkwürdigen Trancezustand heraus, nahm ihre Hand und gab ihr einen leichten Kuss, als wäre er ein Höfling der alten Zeit. Es sandte ein Prickeln ihren Arm und Körper hinunter.

„Danke, dass ich das sehen durfte. Es war faszinierend." Dann drehte er sich ohne ein weiteres Wort um und ging, sodass sie völlig verblüfft und aufgewühlt zurückblieb.

# 35

# DER SILVESTERJAHRMARKT

Die Jahreszeiten haben die Angewohnheit, durcheinander gewürfelt zu werden. Schnee folgte dem Regen, bedeckte den Boden und hüllte alles in gedämpfte Stille. Er hielt Rosie, trotz ihres Entschlusses, mindestens einmal am Tag rauszugehen, im Schloss gefangen. Es gab Tage, an denen es ihr unmöglich war, zu Fridolin zu gelangen und sie streunte durchs Schloss, während sie voller Ungeduld darauf wartete, dass die Wege und Straße geräumt wurden. Über eine Woche lang war es unmöglich, sich den Pflanzschulgärten durch die Anlagen hindurch zu nähern und sie war gezwungen, die Straße entlang zu stapfen und über Umwege hin zu kommen. Der Zugang zu den Pflanzschulgärten von der Seite war in keiner guten Verfassung, aber wenigstens nutzbar. Ihrer Vermutung nach war es auf diesem Weg, dass Erzeugnisse kamen und gingen. Nachdem sie mit Sir Rothügels etwas knubbeligem Schal fertig war, hatte Rosie – selbstverständlich unter Fridolins Anleitung – begonnen, ein kleines Holzstück in die Form eines Drachenpflanzenblattes zu schnitzen, als Neujahrsgeschenk für ihren Onkel. Wenn es fertig war, hatten sie vor, es in dem Saft der verblühten Blütenköpfe einzuweichen, damit es eine herbstliche Farbe annahm.

„Und es bot früher wirklich Schutz vor Zauberinnen?", fragte Rosie wieder begierig. Fridolin grinste. Es war eine ihrer Lieblingsgeschichten. Die, in der das furchtlose Mädchen, die Zauberin mit einem kleinen Holzzeichen in Schach hielt, bis sich die Gelegenheit bot, den Drachenpflanzenmantel über ihren bewusstlosen Freund auszubreiten, der den Zauber von ihm hob und ihn wieder zum Leben erweckte.

„Ich bin mir noch immer ganz sicher, dass sie eine Mund-zu-Mund-Beatmung gemacht hat", beharrte Rosie und eröffnete damit wieder eine ihrer Kreisdiskussionen.

Und tatsächlich rollte Fridolin bereits mit den Augen. „Aber natürlich. Das fehlt ja auch noch, wenn du vergiftet worden und auf dem Boden zusammengebrochen bist; jemand, der dir den Mund verschließt. Du würdest ersticken."

„Du begreifst einfach das Konzept nicht", protestierte sie. „Mit der Art von Kussbeatmung bläst du Luft in die Lungen und belebst sie." Sie konnte allerdings sehen, dass er nicht überzeugt war und ließ das Thema fürs Erste fallen. Sie liebte diese Art von Diskussionen und währenddessen verwandelte sich ihr Blatt langsam in eine kleine Kostbarkeit, die Holzfasern durch vorsichtiges Schmirgeln geglättet.

Rosie und Fridolin waren nicht die Einzigen, die Pläne für Neujahr schmiedeten. Seit der Wintersonnenwende hatte sich des Königs Rat etliche Male im Schloss und in der Stadt getroffen, um die Pläne für das Neujahrsfeuerwerk und auch die langsame – hoffentlich kurzfristige – Verlegung ihrer städtischen Sitzungsorte zum Schloss auszuarbeiten, die vor der Frühjahrs-Tagundnachtgleiche stattfinden sollte. Es war eine Notwendigkeit, die keiner von ihnen mochte, die sie aber alle für unausweichlich hielten und obwohl darüber, zumindest in des Königs Gegenwart, nicht gesprochen wurde, spürten sie doch alle, das sich Verdichten des Fluches. Sie fragten sich, ob zur Sommersonnenwende, außer den Augen, mit ihrem grauen Rand um die seegrüne mit Haselnuss gefleckte Iris, noch etwas von dem Mann, den sie kannten, übrig sein würde. Mit jeder Woche und jedem Monat der verging, wurden sie intensiver. Sein Haar wurde langsam schneeweiß und er hatte Ringe unter den Augen, die sich durch keine Rast lindern ließen.

Sie hätten sich allerdings nicht darum bemühen müssen, ihr Mitleid zu verbergen. Die verschmähten Frauen des Adels und ihre Mütter machten keinerlei Anstalten, ihr Mitleid und in einigen seltenen Fällen, ihre Verachtung zu verheimlichen. König Edmar spürte ihre Blicke auf sich, hörte das Flüstern ihm nachfolgen, weigerte sich aber, sich schon jetzt zu verstecken. Die einzige Frau, deren Blick und Hohn er fürchtete, war die Dame Rosamund; mit allen anderen konnte er umgehen. Er hatte gehofft, einen flüchtigen Blick auf die Künstlerin, Lucinda Adgryphorus, zu erhaschen, aber sie befand sich nicht in der Nähe. Die von ihr vorgeschlagene Arbeit im versunkenen Garten, war, abgesehen von Rosies Aufblühen, die einzige Aussicht, die die drei Monate des Eingesperrtseins im

Frühling erträglich machte. Er freute sich auf die Entstehung der Mosaike, hielt es aber fürs Beste, sich von Lucinda Adgryphorus fernzuhalten. Sie hatte etwas Frappierendes an sich, das seine Neugierde erweckte, ihn aber auch sehr durcheinander brachte.

„Also mit der Absprache zum Feuerwerk und dem Markt, der bis Mitternacht im Gange bleibt, ist die einzige Sache, die wir noch zu besprechen haben, der Aussichtsort Eurer Nichte", brach Ratsherrin Hargreaves' Stimme in seine Grübelei ein. Er sah zu ihr hoch. „Seid Ihr noch immer der Meinung, dass sie hingehen sollte?", erkundigte sie sich noch einmal und einen Augenblick lang fühlte er sich wie eines jener Kinder, die sie vor vielen Jahren unterrichtet und herausgefordert hatte, ihre Meinung zu hinterfragen. Er gab ihr ein Lächeln und ihr Gesichtsausdruck wurde fast sofort sanfter. Sie und seine Tante Eleanor waren seit ihrer frühesten Kindheit an befreundet gewesen, eine auf beachtliche Weise so eindrucksvoll wie die andere. Ihn überkam der Gedanke, dass es eventuell jener Zug war, den er auch an der Künstlerin von Seeblickhaus faszinierend fand: Diese Ader von Unabhängigkeit und Trotz, die einer, eher von Männern dominierten Welt die Stirn bot.

„Ja", bestätigte er. „Ich glaube, dass ihr die Möglichkeit eingeräumt werden sollte, es zu sehen. Man kann es vom Schloss aus nur hören," er hielt kurz inne, „ich würde sie ungern dieses Vergnügens berauben." Es gab gemurmelte Zustimmung, aber er spürte ebenfalls die in der Luft hängende Frage bezüglich der Besonnenheit dieses Kurses. „Meine Nichte hat verschiedene Arten der Vernachlässigung und Misshandlung erfahren…", fuhr er leise fort, und spürte die Wirkung der Worte, als die Anwesenden sich seiner Schwester erinnerten, „und ich möchte, dass sie sich einbezogen und sicher und", er zögerte bevor er leise hinzufügte, „wertgeschätzt fühlt." Als er hochblickte, waren es seltsamerweise Daley Merediths sowie Ratsherrin Hargreaves' Augen die glänzten. „Ich habe vor, sie von Frau Baird begleiten zu lassen. Sie hat mein volles Vertrauen und mit so vielen Nichten und Neffen, wie sie in alle Winde verstreut hat, wird niemand einem Kind in ihrer Obhut auch nur mehr als beiläufige Beachtung schenken." Sie stimmten dem kopfnickend zu und das Treffen war bald zu Ende. Bevor er ging, zog Daley Meredith ihn zur Seite.

„Sie ist in der Nähe von Seeblickhaus gesichtet worden," König Edmars Herz schlug sofort wie wild, „aber es hat den Eindruck, als sei die alte Schutzlinie wieder intakt. Frag mich nicht, wie das möglich ist, aber mit großer Wahrscheinlichkeit, wird sie nicht versuchen, von der See aus, an dich heranzukommen."

Mit viel Mühe hielt Daley sich davon ab, dem Freund zur Vorsicht zu raten. Er wusste, wie die Dinge standen und das Ausmaß der Herausforderung und kannte somit auch, die völlige Zwecklosigkeit jener Worte.

„Ich gehe zu einem Jahrmarkt!", schwärmte Rosie an Silvester, während sie durch Fridolins Häuschen tanzte und in ihrer Begeisterung fast Dinge zu Fall brachte. Niemals in ihrem ganzen Leben war es ihr erlaubt gewesen, zu einem Jahrmarkt zu gehen und besonders nicht zu einem, der bei Sonnenuntergang begann und sich bis Mitternacht hinzog. „Mein Onkel sagt, dass es ein Feuerwerk geben wird und", sie hielt die Hand hoch, um Fridolins düsteren Vorhersagen, von denen sie sich sicher war, dass sie bald anstünden, Einhalt zu gebieten, „er hat mir einen Geldbeutel mit Taschengeld gegeben." Triumphierend hielt sie einen kleinen roten Beutel in die Luft. „Mein Onkel hat gesagt, dass ich, was auch immer ich heute nicht ausgebe, für meinen nächsten Besuch in der Stadt behalten kann. Oh Fridolin,", grinste sie verzückt, „ist das nicht wunderbar?", aber ihr Freund sah nicht sehr überzeugt aus. Wenn überhaupt, hatte er eine Furche auf der Stirn, die sie in der Ausprägung nicht mehr gesehen hatte, seitdem sie ihm von der Burgruine bei der See erzählt hatte. „Was ist los?", fragte sie ungeduldig und spürte, wie ihre Hochstimmung langsam abzuebben begann. „Freust du dich nicht für mich? Oh, ich wünschte mir so sehr, dass du auch mitkommen könntest." Als er noch immer nichts sagte, fing sie an, mit dem Fuß rumzuklopfen. Mit den Händen an der Hüfte, den Kopf geneigt und mit finsterem Blick sah sie auf so komische Weise gebieterisch, aber gleichzeitig so verletzlich aus, dass Fridolin sich sehr bemühte, seine Vorurteile zu überwinden.

„Du versprichst mir, dass du auf dich Acht gibst?"

„Natürlich!", sagte sie, während sie die Augen verdrehte.

„Und, dass du bei dieser Frau Baird bleibst?"

„Die ganze Zeit! Du liebe Güte Fridolin, selbst mein Onkel ist entspannter als du!", brachte sie frustriert hervor. „Was war das?"

„Er lässt dir ziemlich viel Freiraum", kam die dahin gebrummelte Antwort. Rosie brach in Gelächter aus.

„Was?", fragte er etwas störrisch.

„Na ja, es ist nur genau der Zug, in seinem Sich-um-mich-kümmern, der es uns erlaubt hat, hier unten zu tun und zu lassen, was wir wollen. Stell dir vor, er würde wissen wollen, wie genau ich meine Zeit verbringe und, von größerer Bedeutung, mit wem?", betonte sie, während sie die Augenbraue lüpfte. Sie wusste ganz genau, dass sie ihn damit in die Enge getrieben hatte. Der resignierte Seufzer, der folgte, gab ihr zu verstehen, dass es keine weiteren Einwände mehr geben würde. Statt dessen ging er zu einer kleinen Truhe hinüber und zog ein, in braunes Papier gewickeltes und mit einer Schnur verknotetes Päckchen hervor.

„Das wollte ich dir morgen geben, aber es wäre mir lieber, wenn du es schon jetzt hast."

Das Päckchen fühlte sich leicht an und als sie es öffnete, kam das schönste rote wollene Schultertuch, in derselben Farbe wie ihre Baskenmütze, aber mit den unverkennbaren rotgoldenen Fäden der Drachenpflanze durchzogen, zum Vorschein. Sie stieß einen Seufzer der Bewunderung hervor. Dann ging sie auf Fridolin zu und gab ihm, bemüht, die Tränen in ihren Augen vor ihm zu verbergen, eine feste Umarmung.

„Danke", flüsterte sie.

„Ich möchte, dass du es heute Abend umtust. Wickel es dir wie eine Kapuze um die Schultern. Ich würde mich dabei besser fühlen", fügte er etwas verlegen hinzu, nachdem sie sich voneinander getrennt hatten.

„Das werde ich", lächelte sie und ließ ihre Finger wieder über das schöne weiche Material gleiten und gab Fridolin noch eine Umarmung. Als sie später ging, spürte sie seine Augen den ganzen Weg zur Gartentür, wo sie sich umdrehte und ihm fröhlich zuwinkte, auf sich. Auf dem Weg zum Schloss hatte sie ebenfalls das Gefühl, beobachtet zu werden, aber dieses Mal handelte es sich nicht um Fridolin. Es war der wuschelköpfige Junge, dessen große Augen fast ein Spiegel von Fridolins waren, der ihr nachsah, bis sie an den Terrassenstufen ankam und ins Schloss einkehrte.

Rosie und Frau Baird saßen in einer unauffälligen Kutsche. König Edmar hatte des weiteren darauf bestanden, dass ihre Kleidung – zwar noch in gutem Zustand – schon augenfällig etwas abgetragen war, damit sie und Frau Baird weniger auffielen.

„Es ist nicht unser erster Ausflug in die Stadt", hatte sie in einem seltenen Anflug von Schmollen gebrummelt, obwohl dies mehr mit Fridolins Aufhebens von vorher, als mit ihrem Onkel zu tun hatte. Frau Baird hatte nur gelacht.

„Du bleibst dicht bei mir und lässt dich nicht zu sehr ablenken", sagte sie jetzt, als sie sich dem Stadttor näherten. „Um elf Uhr wird es einen Umzug geben und das Feuerwerk beginnt um Mitternacht." Sie prüfte, ob Rosie ihr zuhörte. Zufrieden damit, dass sie es tat, fuhr sie fort: „Sollten wir jedoch aus irgendeinem Grund voneinander getrennt werden, möchte ich, dass du im Freien bleibst und zu dem großen Kaffeehaus am Stadtplatz kommst." Rosie nickte zustimmend und als sie hörte, dass sie fast da waren, entfaltete sie das, auf ihrem Schoß ruhende Schultertuch und wand es sorgfältig um die Schultern.

„Meine Güte,", sagte Frau Baird, als sie aus der Kutsche stiegen, „sieh dir an, wie das Tuch das Licht einfängt! Ich werde dich ohne Schwierigkeiten in der Menge sehen können." Sie hatte Recht. Das Lampenlicht gab den Fasern der Drachenpflanze in ihrem Tuch einen sehr zarten Schimmer, wie Glut.

Sie gingen los und verbrachten eine großartige Zeit auf dem Jahrmarkt. Frau Baird gab Rosie ausreichend Zeit, die verschiedenen Stände zu untersuchen und verschiedene Arten, von Essen und Trinken zu probieren. An einem Pflanzenstand kaufte Rosie eine Auswahl von Samen und eine Tüte mit Blumenzwiebeln, an die sie sich in Fridolins Sammlung nicht erinnern konnte und von denen des Verkäufers Beschreibung ihr versicherte, dass sie den gesamten Frühling über prächtig wären. Sie kaufte ebenfalls ein braunes Lederband für ihr geschnitztes Blatt. Fridolin hatte an beiden Enden vorsichtig zwei kleine Löcher reingebohrt, so dass es möglich wäre, es an Kleidung zu nähen. Mit dem Band könnte ihr Onkel es, wenn er wollte, an sich tragen.

Die Zeit verging schnell und bevor sie es sich gewahr wurden, kündigte sich bereits der Klang von Trommeln ein wenig die Straße hinauf an und ein Festzug, bestehend aus Menschen mit Laternen und in wunderschöne Kostüme – von Fischen, Booten, aber auch Einhörnern, Drachen und Greifen – gehüllt, kam auf sie zu.

Es war in dem Moment, dass es passierte. Eine Menge von aufgeregten Kindern drängelte sich vor und Rosie hatte keine andere Wahl, als sich mit ihnen entlang zu bewegen oder das Risiko einzugehen, hinzufallen. Die Menschenmenge schob sie vor sich her und als es ihr endlich gelang, sich einen Weg aus der Menge zu bahnen, befand sie sich in einem anderen Teil des Jahrmarktes, getüpfelt mit hier und dort verstreuten Zelten und von Gauklern und Frauen in den fremdländischsten Kleidern, die sie je gesehen hatte, umgeben. Sie zog ihr Tuch enger um sich herum und versuchte, den hohen Turm auszumachen, von dem sie wusste, dass er sich dem großen Kaffeehaus gegenüber befand, als sie eine schöne Stimme – wohlklingend und sanft – hinter sich vernahm.

„Du hast dich doch hoffentlich nicht verlaufen, mein Herzchen?"

Sie drehte sich um und sah eine Frau, an deren Aussehen noch nicht einmal ihre Mutter etwas zum Rumkritteln finden würde. Sie war hochgewachsen und mit einem smaragdgrünen Samtkleid bekleidet, welches sie zu umfließen schien, während es ihrem schlanken Körper gleichzeitig eine elegante Gestalt verlieh. Ihr Haar war auf geschickte Weise angeordnet, von ihrem Gesicht in feinen Locken zurückgeflochten, während der Rest ihr lose den Rücken herunterhing. Es dauerte eine Weile, bis Rosie ihre Stimme fand.

„Nein, gnädige Frau, ich habe mich nur gerade umgesehen, ob meine Tante mich schon eingeholt hat." Trotz ihrer Faszination mit der Schönheit der Frau oder vielleicht gerade deswegen, verspürte sie plötzlich ein großes Unbehagen. „Hüte dich vor Zauberinnen!", hörte sie praktisch Fridolins Flüstern im Ohr. Als sie aus der kurzen Grübelei herauskam, bemerkte sie, dass die Frau nähergetreten war und sie auf betörende Weise anlächelte.

„Möchtest du, dass ich dir die Zukunft vorhersage, mein Liebchen?"

Verwirrt den Kopf schüttelnd, hielt Rosie den Atem an, als sich eine kühle blasse Hand ausstreckte, ihren Ellenbogen ergriff und ihr nach oben gedrehtes Handgelenk in sich wiegte. Ein scharfer Atemzug erfolgte und Rosie bemerkte, wie die Frau auf ihr Geburtsmal starrte, welches sich direkt über den Venen ihres Handgelenks befand. Ihr Vater hatte immer gescherzt, dass es sich um einen zusammengerollten Drachen handelte, der aufs Erwachen wartete, aber plötzlich, als die Frau den Zeigefinger darüber hielt, hatte Rosie tatsächlich den flüchtigen Eindruck, als entrolle sich ein kleiner Drache aus dem Kreis. Zur gleichen Zeit verspürte sie auf ihrer Brust die Wärme des Anhängers und hatte einen Brandgeruch in der Nase.

Auf einmal verschwand die Umgebung. Sie befand sich wieder im Innenhof der Ruine, den dunklen mit einem kränklich grünen Licht erleuchteten Käfig vor ihr, während in ihrem Kopf Stimmen aufschrien. Sie hatte das Gefühl, als versuche sich etwas, tief in ihr aufzubäumen und hervorzubrechen. Sie ertrank, ohne einen Haltepunkt. Ihr Kopf ruckte zur Seite und ihre Wange berührte das Schultertuch. Der Nebel lichtete sich. Vor ihrem geistigen Auge sah sie Fridolins Augen und den Blick des Teichdrachens, die sie festhielten, sie sah das Lächeln ihres Vaters und spürte die Arme ihres Onkels um die Schultern, wie sie es vor ein paar Nächten getan hatte, als er sie im Halbschlaf aus der Bibliothek zu ihrem Zimmer getragen hatte. Sie zog die Hand aus dem Haltegriff der Frau heraus und gab einen kurzen erstickten Aufschrei von sich. Während sie sich wild umsah, entdeckte sie ein Gesicht, das sie nicht erwartet hatte, welches aber zügig näher kam.

„Rosie?", fragte eine Stimme und bevor sie sich dessen bewusst war, hatte Rosie sich in Lucindas Arme geworfen und brach in Tränen aus. Hände strichen ihr sanft den Rücken hinunter und sie vergrub den Kopf noch tiefer in der Jacke, während der Schock sie durchlief.

„Ich wollte ihr die Zukunft voraussagen, aber sie erregte sich ein bisschen zu sehr", brachte die schöne Frau mit einem leichten Lachen hervor. Aber da war ein harscher Tonfall in ihrer seidigen Stimme, der zuvor nicht da gewesen war.

„Ich kümmere mich jetzt um meine Kusine, Madame" und ohne ein weiteres Wort verspürte Rosie einen Arm um sich und Lucinda geleitete sie rasch fort. „Mit wem bist du hier und wo erwartet man dich?", fragte Lucinda leise, während des Gehens.

„Frau Baird", schluckte Rosie, bevor es ihr einfiel: „Meine Tante, bei dem großen Kaffeehaus am Markt. Wir wollten uns das Feuerwerk ansehen." Sie brach wieder in Tränen aus.

„Pscht", ein knappes Drücken, „Ich bringe dich dorthin", und dann: „Sie fangen erst in zehn Minuten an."

Frau Baird stand wartend vor einem der großen Fenster, während sie mit den Augen die Umgebung in wahnsinniger Verzweiflung nach ihrem Schützling absuchte. Als sie Rosie entdeckte, kam sie geradezu im Trab an.

„Du meine Güte, wohin um aller Welt bist du abhanden gekommen?" Dann nahm sie Lucindas Hand und wrang sie: „Haben Sie ganz vielen Dank. Für einen Moment dachte ich,..." sie hielt inne, „...aber jetzt ist sie hier. Lass uns sehen, dass wir dich nach Haus kriegen", aber Rosie schluchzte nur noch heftiger und schließlich, nach einen: „Pscht, Liebes!", und einer sehr knappen geflüsterten Diskussion machten sich die drei auf den Weg zum Hafen.

Der Zauber des Feuerwerks lenkte Rosie vollkommen ab und der warme Punsch, den Lucinda ihr in die Hand drückte, stellte sie bald wieder her. In den Farben verloren und als Teil einer großen Menge von Bewunderern, die mit Wertschätzung bei den verschiedenen, den Himmel zum Leuchten bringenden Feuerbällen aufschrien, bemerkte niemand die Seeschwalbe, die sich, außerhalb der für sie üblichen Jahreszeit an diesen Ufern eingefunden hatte und die drei mit einer stillen Intensität und Reglosigkeit beobachtete, die diesem eleganten Seevogel eher wesensfremd war.

# 36

## ENTHÜLLUNGEN IN DEN FRÜHEN MORGENSTUNDEN

Rosie war bereits mehr als nur im Halbschlaf versunken, als die Kutsche beim Schloss vorfuhr. Trotz der späten Stunde war König Edmar aufgeblieben und wartete auf ihre Rückkehr. Es hatte während des Abends einen Augenblick gegeben, in dem ihn eine unerklärliche Panik ergriffen hatte. Er hatte Visionen eines brennenden Innenhofes, eines Kindes in altmodischer Kleidung und der Dame Rosamund, die ihrem jüngsten Opfer nachstellte, vor Augen gehabt. Es hatte sich so wirklich angefühlt und wie an jenem Tag, als Daley Meredith ihn besucht hatte, verspürte er wieder die Woge von etwas, das versuchte, aus den Tiefen seines Körpers hervorzubrechen. Dann war es vorbei und er war schließlich die lange Galerie auf und ab gestreift, den Blick ständig zur Uhr und das Ohr in Richtung Auffahrt, auf das Geräusch von Rädern auf dem Kies ausgerichtet.

Seine Nichte war in ihrem Sitz zusammengesunken und in ein Tuch gehüllt, welches er nicht kannte, als er sich in die Kutsche hineinbeugte und sie vorsichtig in seine Arme zog.

„Da waren rote und orangefarbene Feuerkörper", murmelte sie, als er sie die Stufen hinauf zu ihrem Zimmer trug, wo er ihr die Stiefel auszog, bevor er Frau Baird erlaubte, alles weitere zu übernehmen und sie fürs Bett, fertig zu machen. Als er bei der Tür wartete, konnte er hören wie sie schläfrig vor sich hin murmelte und darauf bestand, das Tuch bei sich zu behalten. Glücklicherweise wandte Frau Baird nichts dagegen ein.

„Das arme Ding", sagte Frau Baird, während sie die Tür hinter sich zuzog und ihn dann den Gang entlang begleitete. Als sie sich ihm das nächste Mal zuwandte, war er von ihrem Gesichtsausdruck alarmiert. Er war plötzlich dabei, seine Taschen nach einem Taschentuch abzusuchen und reichte es ihr gerade noch rechtzeitig, bevor sie in Tränen ausbrach. „Es tut mir so leid, Eure Majestät!", brachte sie hervor. Er läutete das Glöckchen nach ein paar Erfrischungen. Dann geleitete er sie in die Bibliothek, wo sie sich in zwei Sesseln niederließen und es ihm langsam gelang, ihr die Geschichte zu entlocken.

„Ich weiß nicht, wie es passiert ist", wiederholte sie zum x-ten Mal. „Einen Moment war sie da und im nächsten Moment wird sie von einer Gruppe von Kindern davongetragen und verliert sich in der Menge."

König Edmar versuchte stark, ein Schaudern zu unterdrücken, da er Frau Baird nicht noch mehr erschüttern wollte, aber ebenfalls darum bemüht war, seinen Zorn auf sich selbst unter Kontrolle zu bringen. Er war es schließlich gewesen, der darauf bestanden hatte, dass es Rosie erlaubt wurde, zu gehen. Wäre ihr irgendetwas zugestoßen, hätte er nicht damit leben können. Es war seltsam, aber ihm fiel plötzlich auf, dass – in den Monaten in denen sie im Schloss wohnte – sich der Ort das erste Mal seit Jahren wie ein Zuhause anfühlte. In Grübelei darüber und in seinen Anteil an den Ereignissen des heutigen Abends vertieft, verlor er den Überblick über Frau Bairds Selbstgeißelungen bis zu: „Es ist nicht auszudenken, was ich getan hätte, wenn Amelia Grüns Mädchen sie nicht gefunden hätte."

„Frau Grüns Mädchen?", fragte König Edmar abgelenkt.

„Na ja, ihre Enkelin. Die rothaarige Dirne, die oben an der Küste in dem alten Künstlerhaus wohnt. Sie war vorletzte Woche zur Lieferung dieser Leinwände hier."

„Und sie war es, die Rosie fand?"

„Ja, kam mit ihr zum Turm, von dem ich zu Rosie gesagt hatte, dass sie hinkommen sollte, sollte irgendetwas passieren." Sie brach wieder in Tränen aus. „Ich hatte nicht vor, sie zu verlieren!", rief sie aus.

„Ich weiß das, Frau Baird. Sie ist in Sicherheit. Bitte beruhigen Sie sich", besänftigte er sie, bevor er fragte: „Wo hat sie sie gefunden?"

„Auf dem Zigeunermarkt. So eine Frau versuchte, ihr die Zukunft vorherzusagen. Anscheinend wurde Rosie völlig überreizt, in Schrecken versetzt, da sie es irgendwie in den Kopf bekam, dass diese Frau eine Zauberin sei", schweifte Frau Baird umher.

„Warum würde sie das annehmen?"

„Sie beide sagten, dass diese Frau atemberaubend und unglaublich schön war, vollkommen mit einem smaragdgrünen Stoff bekleidet und mit schwarzem Haar, das ihr den Rücken herunterlief."

König Edmar fühlte sich plötzlich, als hätte jemand einen Eisklumpen in seinen Magen fallen lassen. Er nahm schnell einen Schluck Tee, um seine Erregung zu verdecken. „Aber sie beruhigte sich?", brachte er leise hervor.

„Ja", sagte Frau Baird. „Stellt sich heraus, dass Rosie und diese Lucinda Adgryphorus sich kennen."

König Edmar verschluckte sich fast an dem Tee.

„Wie...?", begann er, aber Frau Baird preschte bereits voraus.

„Hat sie beim Seeblickhaus getroffen und vom Café her erkannt, in das ich sie am ersten Tag in der Stadt mitgenommen hatte. Oh, aber macht Euch keine Sorgen, Majestät,", hastete Frau Baird weiter, „die Kleine hat ihr nur erzählt, dass sie bei ihrem Onkel wohnt und meine Nichte sei." Sie beäugte ihn beunruhigt und fuhr fort: „Sie ist anständig, Meisterin Adgryphorus, hat dasselbe Feingefühl wie ihre Großmutter, sie würde nichts rumtragen."

„Das ist eine Erleichterung", antwortete König Edmar, noch immer damit beschäftigt, sich in den Griff zu bekommen. „Ich habe Sie viel zu lange wachgehalten Frau Baird. Etwas Schlaf wird uns allen gut tun." Er fing ihren besorgten Blick auf. „Es hätte jedem von uns passieren können Frau Baird. Es waren unglücklicherweise Sie, die einen solchen Schrecken erhielten." Er drückte ihr kurz sanft die Hand. „Das Wichtigste ist, dass Rosie sich in Sicherheit befindet. Es wäre vielleicht auch für sie das Beste, wenn wir sie darum bäten, sich in Zukunft auf die Anlagen zu konzentrieren, anstelle von Ausflügen zur See, denken Sie nicht auch?" Er lächelte ihr aufmunternd zu und sie nickte erleichtert.

Sie standen auf und verließen die Bibliothek, ohne zu bemerken, dass sie von einem Paar grasgrüner Augen beobachtet wurden, deren Besitzer unter einer großen Truhe verharrte, bis sie verschwunden waren, bevor er in die Bibliothek schlüpfte, um sich nach übrig gebliebenen Keksen umzusehen.

# 37

# GESCHENKE UND VORAHNUNGEN

Rosies Träume waren in jener Nacht zum Glück frei von Zauberinnen, aber voller Feuerwerk. Sie wachte durch in ihr Zimmer strömendes Sonnenlicht auf und noch mit dem Nachhang eines besonders spektakulären roten Feuerballs, der am Himmel explodierte, vor Augen. Ihr Schultertuch war halb über das Kopfkissen drapiert und ihr wurde klar, dass sie darauf geschlafen haben musste. Sie rekelte sich und machte sich zum Runtergehen bereit, wo ein spätes Frühstück in dem geräumigen, die Allee zur Auffahrt überblickenden, Zimmer serviert werden sollte. Das Geschenk für ihren Onkel war in selbst gemachtes Papier eingewickelt, dessen Muster sie dem geblümten Tuch, in welches *Maris Buch von Drachen und ihren Zauberkräften* eingewickelt gewesen war, nachgeahmt hatte. Als sie die lange Galerie entlangschritt, hatte sie für einen Augenblick den Eindruck, als bewegte sich etwas bei einer der großen Schmucktruhen. Als sie jedoch hinüberging, um eine genauere Untersuchung anzustellen, war dort nichts.

Ihr Onkel war bereits da. Er gab ihr zur Begrüßung ein breites Lächeln und bevor sie es recht wusste, war sie bereits durch das Zimmer auf ihn zugestürmt und dabei, ihn zu umarmen, während sie: „Frohes neues Jahr", in seinen Wollpullover murmelte.

„Frohes neues Jahr, Rosie", dann fragte er, während er sie ein wenig auf Abstand hielt und ihr einen prüfenden Blick gab: „Hat dir das Feuerwerk gestern gefallen?" Und sie legte los und erzählte ihm alles, während sie sich zum Frühstück auf ihren Plätzen niederließen. Ihr Onkel war ein guter Zuhörer, der ihr seine volle Aufmerksamkeit schenkte und genau die richtigen Fragen stellte. Rosie war so mit ihrer Erzählung beschäftigt, dass ihr nicht auffiel, wie er ihr vorsichtig alle kleinen Details, darüber was ihr zugestoßen war, entlockte. Es war erst, als sie ihm davon berichtete wie Frau Baird und Lucinda sie mit zum Feuerwerk genommen hatten, dass Unruhe bei ihr einsetzte.

Sie hatte sich plötzlich daran erinnert, wie ihr Lieblingskindermädchen verschwunden war. Es war genau einen Tag nachdem Rosie ihre Hand aus Versehen losgelassen und über den Saum ihres Kleides – vor versammelter Mannschaft und damit ihre Mutter bloßstellend – gestolpert und die Treppe hinuntergestürzt war. Sie starrte ihren Onkel mit weit aufgerissenen Augen an.

„Ist Frau Baird in der Küche?", fragte sie mit einem Herz, das ihr fast bis zum Halse schlug und brach beim ersten Teil ihres Onkels Antwort fast in Panik aus.

„Nein", schnell gefolgt von: „Ich habe ihr gesagt, dass sie sich ausruhen soll. Eines der Dienstmädchen bringt ihr ein Frühstückstablett und sie wird die Arbeit morgen wieder aufnehmen." Während er Rosie sanft das Gesicht streichelte, sagte er: „Dein Verschwinden hat uns einen Schrecken eingejagt, aber es geht ihr gut. Vielleicht wirst du sie später im Haus sehen, aber sie mag den Tag auch mit ihrer Familie verbringen. Viele von ihnen sind heute in der Stadt. Du kannst mir vertrauen, es geht ihr gut", fügte er hinzu, während er spielerisch ihre Nasenspitze anstupste. Rosie glaubte ihm.

„Ich habe ein Geschenk für dich", sagte sie und ohne auf eine Antwort zu warten, überreichte sie ihm das kleine Päckchen. Er öffnete es vorsichtig und bewunderte erst das Einwickelpapier und dann das Geschenk. „Das habe ich selbst gemacht", sagte sie stolz, als sie sah, wie er es umdrehte und im Licht betrachtete. „Es soll böse Zauberinnen fern halten", platzte sie heraus.

Er lachte. „In dem Fall werde ich es ganz sicher bei mir tragen, damit ich vorbereitet bin, sollte ich jemals welchen über den Weg laufen." Er drehte sich zur Seite, während er versuchte, seine Miene unter Kontrolle zu bekommen und lenkte Rosies Aufmerksamkeit geschwind auf das Fensterbrett, wo eine kleine hölzerne – mit einer roten Schleife versehene – Truhe stand. Während seine Nichte, die in das Holz geschnitzten Geschöpfe und Blumen untersuchte und vor Entzückung aufquietschte, als sie sah, dass ihr Name in den Deckel eingeschnitzt war, gelang es ihm, seine zitternden Hände ausreichend unter Kontrolle zu bekommen, um das Blatt, an das Lederband zu knoten. Er hatte die Form erkannt und wusste ebenfalls, was die Färbung bedeutete, konnte das Prickeln der Zauberkraft in die Fingerspitzen fließen spüren, als er es berührte. Er hatte es bereits vermutet, aber wusste es jetzt mit Gewissheit, dass zweifellos mehr an seiner Nichte dran war, als er bisher wahrgenommen hatte und das beunruhigte ihn zutiefst. Laut seiner Tante Eleanor hatte die Dame Rosamund bereits vor seiner Geburt Interesse an ihm gezeigt. Was, wenn sie begann, sich für seine Nichte zu interessieren?

Rosie war dabei, die kleine Truhe zu öffnen und den Inhalt, auf der Fensterbank aufzureihen. Ihm war nicht klar, ob sie sich mehr über Sir Rothügels winzigen gestrickten Pullover, der einen roten Hügel bei Sonnenuntergang zeigte, oder zur großen Schachtel Buntstifte mit dem dazugehörigen Skizzierblock und Papier freute. Dann verbrachte sie geraume Zeit damit, das Puzzle von der Nordspitze des Reiches, das anzufertigen er einen der besten Kartographen der Stadt engagiert hatte, zu untersuchen. Es zeigte eine Vogelperspektive vom Schloss zur Stadt, bis zu Seeblickhaus und der Drachenspitze. Er hatte den Eindruck, dass ihr Blick kurz an der alten Ruine hängenblieb, war sich aber nicht sicher. Das letzte, in dem mit Rosen bedeckten Papier eingewickelte Geschenk, unter einer großen Schachtel Schokolade verborgen, war sein eigenes Geschenk an sie und er hoffte, dass sie es mochte.

Rosie hielt den Pullover hoch. Der Grundton war ein ganz leichtes Beige und er war mit den Mustern des hohen Nordens versehen und aus allen möglichen schönen Farben zusammengewoben. Es erinnerte sie an ihren Vater, brachte aber auch Fridolin und all, die sich in der Stadt und ums Schloss herum befindenden verborgenen Muster, die man nur sah, wenn man genau hinschaute, in ihre Gedanken. Es war das schönste Kleidungsstück, welches sie je besessen hatte und während sie hineinschlüpfte, hatte sie das Gefühl, nicht nur von der Wärme der weichen Wolle umhüllt zu sein, sondern spürte eine Geborgenheit, die über Worte hinausging. Sie gab ihrem Onkel eine weitere Umarmung.

Er trug, die mit ihren Geschenken wieder aufgefüllte Truhe für sie in die Bibliothek, wo sie den großen Mitteltisch frei räumten und mit dem Puzzle begannen. Keiner von beiden bemerkte das Paar grasgrüner Augen, dessen Besitzer, halb in den Vorhängen des Fenstersitzes versteckt, sie mit heftigster Neugierde anstarrte.

# 38

## VERSPRECHEN UND TREFFEN

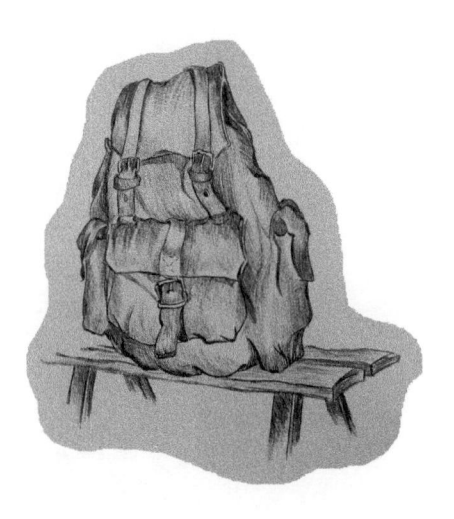

Fridolin war äußerst erfreut über die Samen und Blumenzwiebeln, die Rosie auf dem Jahrmarkt für ihn entdeckt hatte. Er staunte auch über das Lesezeichen, welches sie für ihn gemacht hatte.

„Ich hätte mir nie träumen lassen, dass meiner Mutter Bestehen auf Nadelarbeit mal einen wirklichen Nutzen haben könnte", grinste sie, während Fridolin die winzigen Blümchen untersuchte, die sie mit viel Sorgfalt auf den hellen Stoff gestickt hatte.

„So, dann erzähl mir von dem Jahrmarkt", sagte er, als sie sich niedergelassen hatten.

„Es war schön. Das Feuerwerk war unglaublich und...", sie hielt inne, als sie seinen Blick bemerkte.

„Und?", forderte er sie auf und sein Gesicht sagte ihr, dass er erraten hatte, das etwas passiert war.

„Und ich habe mich verlaufen." Sie hielt die Hand hoch, bevor er sie abmahnen konnte. „Da war eine Gruppe von Kindern und ich blieb irgendwie in deren Mitte hängen, aber die Dame von dem Haus bei der See, von der ich dir erzählt habe", eine weitere hochgezogene Braue brachte sie durcheinander, „na ja, sie fand mich und brachte mich zu Frau Baird zurück." Sie gab Fridolin einen verstohlenen Blick und wusste, dass sie nicht drumrum kam. „Da war diese Frau. Sie war schön und etwas unheimlich aber", versuchte sie ihm zuvorzukommen, „das hatte wahrscheinlich nur mit deinen Geschichten und den ganzen Zauberinnen, die du ständig heraufbeschwörst, zu tun. Sie hatte langes schwarzes Haar und die Art, wie sie sich bewegte, war hypnotisierend. Ihre Stimme war wunderschön, aber sie wollte mir nur die Zukunft voraussagen", machte sie schnell weiter, da Fridolins Stirnrunzeln tiefer war, als sie es in den letzten Monaten, wenn überhaupt, gesehen hatte.

„Schwarze Haare?", prüfte er, ein Nicken. „Hat sie sich das angeguckt?" Er deutete auf ihr Geburtsmal.

„Ja, das hat sie, aber das macht jeder. Es hat eine merkwürdige Form und meine Mutter sagte immer, es sei das Zeichen von...", sie schnappte nach Luft, als sie sich an die genauen Worte ihrer Mutter erinnerte, die ihr jetzt durch den Kopf gingen: ‚Ein klares Zeichen der Missgeburten in der Familie. Mein liebster Bruder hat auch so eins.' Sie biss sich auf die Lippe, bemüht, bei der Erinnerung nicht in Tränen auszubrechen. Dann dachte sie an ihren Onkel. Sie waren ihrer Mutter also gleichmäßig unliebsam. Vielleicht war das der Grund, warum sie miteinander auskamen?

„Lassen wir deine Mutter mal aus dem Spiel", sagte Fridolin in dem Tonfall, den er sich für unangenehme Menschen vorbehielt. „Was passierte danach?" Also erzählte Rosie es ihm und wünschte sich am Ende, dass sie es nicht getan hätte. „Das hört sich gar nicht gut an", wiederholte Fridolin mehrmals. „Was ist, wenn es sich um eine Zauberin gehandelt hat? Was, wenn sie beschließt, dir nachzustellen?"

„Fridolin, es war wahrscheinlich nur eine Zigeunerin auf einem Jahrmarkt."

Was sie ihm nicht sagte, war, dass sie bereits den ganzen Tag um diese Frage herumgetanzt war. Da war etwas an der Art, wie ihr Onkel sie heute Morgen befragt hatte, besonders in Bezug auf ihre Pläne, das ihr zu verstehen gab, dass er sich Sorgen machte. Und sie musste zugeben, dass ihr Onkel nicht einmal ansatzweise so pedantisch war wie Fridolin.

„Ich bleibe in den Anlagen, in Ordnung?", sie warf Fridolin einen Blick zu. „Und ich trage mein Schultertuch, na ja, zumindest den Winter über und ich verspreche dir, bis zur Sommersonnenwende nur jemals von einem Erwachsenen begleitet, in die Stadt oder außerhalb der Schlossanlagen zu gehen." Fridolin war nicht allzu überzeugt, aber er vermutete, dass dies das beste Angebot war, das er bekommen würde, also besiegelten sie es mit einem Handschlag. Bis zur Sommersonnenwende konnte sich noch viel ändern.

König Edmar hasste es, in jemandes Schuld zu stehen, auch wenn niemand es vermutete. In diesem Fall gab es nichts, was er tun konnte, um Meisterin Adgryphorus zu danken, das keine Aufmerksamkeit auf ihn lenken würde. Also verbrachte er, nachdem Rosie die Bibliothek verlassen hatte, die Zeit im Musikzimmer und versuchte, seine Gedanken zu sammeln. Nach einer Weile entspannte er sich beim Zuhören in die verschiedenen Stränge der Musik und, wie es in letzter Zeit häufiger vorkam, als er es sich eingestehen wollte, driftete er von jenem seltsamen Zwischenzustand, wo die Musik komplexe Gedankengänge aufzulösen begann, und Schlaf.

Lucinda hatte den Tag bei ihrer Großmutter verbracht und kehrte, mit einem Rucksack voller Backwaren, die sie nie ablehnen konnte, spät nach Hause zurück. Eine der Bauernfamilien, die in der Nähe von Seeblickhaus wohnten, hatte ihr in ihrem Karren eine Mitfahrgelegenheit bis zur Kreuzung angeboten und sie genoss die Möglichkeit, sich auf dem Heimweg ein wenig die Beine zu vertreten. Der Weg, mit zu beiden Seiten angrenzenden Feldern, die im Herbst durchziehenden Gänsen als Rastfläche dienten, war passierbar und man konnte das Haus in der Ferne ausmachen. Für einen Augenblick meinte sie, am Himmel – nahe der Drachenspitze – eine Silhouette auszumachen, aber es war zu weit draußen, um sicher zu sein.

Sie war fast beim Haus angekommen und dabei, durchs Seitentor einzutreten, als sie ihn bemerkte, wie er mit den Armen hinterm Rücken verschränkt auf der Anhöhe stand und auf die See hinaus starrte. Nachdem sie den Rucksack vorsichtig auf der Bank beim Haus abgestellt hatte, beschloss sie, auf ihn zu zu gehen. Als sie sich näherte, ergriff sie auf einmal eine widernatürliche Panik, als wenn jede Faser ihres Seins sie zur Flucht drängte. Sie dachte darüber nach fortzugehen, als er sich umdrehte und ihr nichts anderes übrig blieb, als zu bleiben.

„Ich wünsche dir einen guten Tag", brachte sie hervor, während sie innerlich von dem merkwürdigen grünen Schimmer in seinen Augen zurückwich. Er blinzelte und es war verschwunden.

„Ich wünsche dir ebenfalls einen guten Tag und alles Gute fürs neue Jahr." Dann nichts. Ein unbehagliches Schweigen breitete sich zwischen ihnen aus. „Wohnst du dort?", riskierte er schließlich.

„Ja", gefolgt von einem weiteren Schweigen. Lucinda bereute zutiefst, sich ihm genähert zu haben, als er wieder sprach.

„Ich habe gehört, dass du letzte Nacht ein kleines Mädchen von einer Wahrsagerin gerettet hast?" Es war genau gesehen keine Frage und der Blick, den er ihr zuwarf, gab ihr das Gefühl, das er sehr viel mehr Interesse an der Sache hatte, als er das tun sollte. Sie hatte keine Ahnung, wie er davon wusste, aber die Stadt war gestern voller Menschen und es wäre ein Leichtes gewesen, in der Menge ein bekanntes Gesicht zu übersehen.

„Es war nicht der Rede wert." Sie spürte, wie sie sich von diesem Gespräch loszumachen versuchte, als wäre es gefährlich. „Sie war die Nichte einer Bekannten. Ein ortsansässiges Mädchen und die Wahrsagerin schien ihr, Angst einzujagen, also habe ich sie von da wegbekommen. Du weißt, wie einige von ihnen sein können", sagte sie, während sie ihn eingehend beobachtete.

„O ja, das weiß ich", kam die Antwort, dann kaum hörbar: „Ich bin froh, dass du sie da losbekommen hast."

Teils, um das Thema zu wechseln und teils, weil sie sich ernsthaft dafür interessierte, fragte sie: „Was hat dieser Teil der Küste an sich, dass du dich hier so hingezogen fühlst? Ich habe dich hier schon mal gesehen." Der Ausdruck in seinen Augen wurde scharfsinnig und sie fragte sich, was er antworten würde.

„Ich vermute, mein Interesse zu verleugnen, würde nicht gut ankommen?", neckte er und Lucinda verspürte das vertraute Gefühl der Frustration und von etwas anderem, verschwommen und undefinierbar, in sich hochsteigen. Er schien, dies zu spüren und fuhr fort: „Ich habe mich schon immer von der Küste angezogen gefühlt. Die See scheint ein Teil von mir. Ich...", er zögerte, schüttelte den Kopf, schien, zu einer Entscheidung zu kommen und sprach weiter: „Ich finde den Rhythmus gleichzeitig furchterregend und besänftigend. Diese Leinwände, die du zum Schloss gebracht hast, fingen das ein. Die Wildheit und Schönheit, die Veränderlichkeit der See. Es gibt mir ein Gefühl des am Leben seins, das dieser Tage nur wenige Dinge tun." Er brach ab, nahm einen tiefen Atemzug und fuhr, während er auf die Ruine deutete, fort: „Siehst du die Insel dort?" Sie nickte. „Sie behaupten, sie sei verflucht. Man sagt, dass vor langer Zeit die Prinzen dieses Landes gegen ihre Verbündeten in den Krieg zogen und sich daraus eine Tragödie ergab. Sie sagen, dass, wer auch immer sie betritt, nicht wieder herauskommen wird. Ich glaube nicht gern an Flüche, aber ich fühle mich hier nicht wohl."

„Aber warum...?", brachte Lucinda neugierig hervor. Es schien, ihm nichts auszumachen.

„Aber warum komme ich hierher, wenn ich mich nicht wohl fühle?" Sie nickte. „Das ist eine angemessene Frage, aber ich fürchte keine, auf die ich eine Antwort habe." Die grauen Augen waren aufrichtig. „Da ist die Ruine, aber es gibt hier auch etwas anderes. Es fühlt sich an, als wäre dies ein Zentrum entgegengesetzter Kräfte. Am stärksten spürt man das in der Seehöhle. Du warst schon mal in der Seehöhle, oder?", erkundigte er sich.

„Natürlich. Es wäre schwierig, hier zu wohnen und noch nicht, dort gewesen zu sein."

„Oh, du wärst überrascht davon, wie viele sie verfehlen, aber ich kann die Anziehung spüren." Und die Art wie er das sagte, fand in ihr Anklang, denn sie wusste genau, wovon er sprach, hatte es selbst verspürt. Er sah zum Himmel auf. „Es würde mich nicht überraschen, wenn wir heute Nacht einen Sturm bekämen."

Er lächelte sie auf eine Art an, die dazu führte, dass ihr das Herz im Halse schlug. Es war schwindelerregend. Sie war sich nicht sicher, ob sie es mochte.

„Ich muss mich auf den Weg machen", sagte er rasch. „Vielleicht sehe ich dich im Garten, wenn du im Frühling mit der Arbeit beginnst?" Sie nickte verwirrt. Nach einer kurzen Pause verneigte er sich und ging und ließ sie mit den Gedanken in Aufruhr und seltsamen Bildern, die wie Wolken, die von böigen Winden über den Himmel gejagt worden, zurück.

# 39

# SEELANDSCHAFTEN UND EIN GESICHT AUS DER VERGANGENHEIT

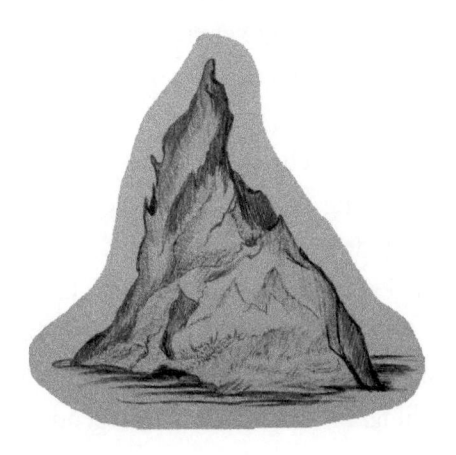

In jener Nacht gab es einen Sturm.

Lucinda schlief unruhig, in seltsame Träume verfangen. Sie ging den Küstenpfad entlang und es war ganz eindeutig Sommer. Grasnelken standen in voller Blüte und Papageientaucher, die orangefarbenen Füße nach außen gespreizt, setzten zur Landung an, bevor sie in ihre Bruterdlöcher verschwanden. Ein bisschen weiter die Küste hinauf, nahmen Basstölpel und Trottellummen verschiedene Felsvorsprünge in Anspruch und an diesem Morgen hatte sie sogar ein Paar Gryllteisten, deren weiße Ovale sich auf den schwarzen Flügeln des Brutgefieders deutlich abzeichneten, bei der alten, etwas im Innenland liegenden Felsenschlucht gesehen. Sie hielt an der Küste inne und beobachtete eine riesige aus Basstölpeln bestehende Kreisbewegung, die sich am Himmel umher drehte. Mit einem Fernglas wäre es ihr möglich gewesen, einzelne Individuen auszumachen, aber ohne war es lediglich ein gewaltiger, aus weißen Vögeln mit schwarzen Flügelspitzen bestehender, Wirbel, der sich in bestimmter Anordnung von dem strahlend blauen Himmel abhob. Es verschlug einem den Atem. Sie war mit dem Versuch beschäftigt, die Anordnung zu skizzieren, als eine Stimme in ihre Konzentration einbrach.

„Addie!", als sie den Kopf in Richtung der Stimme drehte, sah sie, wie Mari den Pfad heraufkam. „Ich wusste, dass ich dich in eine Skizze vertieft vorfinden würde", grinste er, mit vor Begeisterung sprühenden Augen. „Es ist Ebbe und du hast gesagt, dass du mitkommen wolltest." Sie brauchte einen Moment, um sich zu erinnern, was er meinte.

„Oh, die Seehöhle", atmete sie hörbar auf.

„Jetzt fällt es ihr ein. Es ist der Vorabend der Sommersonnenwende und man kann sie angeblich flüstern hören."

Die Szene veränderte sich, aber es waren nicht sie und Mari, die sich in der Höhle befanden. Da war ein Mädchen, mit verwuschelten Haaren wie ihr Freund, das die Wand der Höhle berührte. In dem Augenblick, in dem sie ihre Hand wegnahm, konnte Lucinda hören, wie das Flüstern begann. Es hallte von den Wänden, aber das Mädchen schien, es nicht zu hören. Nach einem letzten Blick auf ihre Umgebung verließ sie die Höhle, ohne dass ihr gewahr wurde, wie ein Auge sie von der gegenüberliegenden Wand, die sie berührt hatte, beobachtete.

Die Szene veränderte sich erneut und sie sah Mari am Strand stehen. Sein Gesicht war blass und abgehärmt. Er schritt auf die Ruine zu, aber in einer seltsam ruckartigen Weise, als versuche er, sich den Bewegungen, die seine Beine machten, zu widersetzen. Sie stand wie versteinert auf der Anhöhe der Klippe und kurz bevor sein Fuß den steinernen Meeresweg berührte, trafen sich ihre Blicke. Bevor er Zeit hatte, etwas auszurufen, verzehrte ihn ein dunkler smaragdgrün angefärbter Dunst und er entzog sich der Sicht.

Lucinda erwachte in Schweiß gebadet, die Augen ihres Freundes noch immer in ihre brennend. Ein Schluchzer durchriss ihre Brust und sie drehte sich um, griff fest nach der Decke und zog sie eng an sich, um die Kälte, die sie plötzlich verspürte, fernzuhalten. Sie schlief den nächsten Tag lange und sobald Ebbe herrschte, kletterte sie den Pfad entlang und betrat die Seehöhle. Das Wasser plätscherte sanft gegen die Felsen und das Geräusch erfüllte sie mit einer großen Ruhe. Als sie zum Haus zurückkehrte, begann sie sofort mit der Arbeit, ängstlich bestrebt, den Moment nicht vergehen zu lassen.

Ein paar Tage nach dem stürmischen Wetter, mit die Küste, das Schloss und seine Anlagen umwirbelnden Schnee, der kurzfristig alles unter einer gedämpften weißen Decke begrub, wurde die Tätigkeit in den unteren Gärten langsam wieder aufgenommen. Rosie und Fridolin hatten die Apfel- und Birnbäume in den Pflanzschulgärten zurückgeschnitten und hatten es – nach mehreren Wochen harter Arbeit – geschafft, die meisten Teile der Snogard, die sie vor dem Schneefall nicht bewältigt hatten, umzugraben. Zu ihrer Freude war der Großteil der Dahlienknollen in guter Verfassung und lag für die Sommerauspflanzung parat. Sie hatten ebenfalls mit dem Rhabarber, dem sie beide sehr zugetan waren, begonnen und die Töpfe und das Gewächshaus gesäubert. Die Drachenpflanzensamen, die sie im letzten Herbst eingesammelt hatten, keimten und bewegten sich langsam auf die Größe zu, wo man sie in etwas größere Pflanzschalen auspikieren konnte. Danach stand noch mehr zurückschneiden – von Glyzenie zu Sträuchern und Bäumen – auf dem Plan.

Ein paar Wochen vor Rosies Geburtstag, wurde der periodische Schnee und Frost etwas seltener und die ersten Hecken begannen mit der Andeutung eines Schleiers von hellem Grün unter all dem eintönigem Grau und Braun. Zusätzlich dazu hatten einige ihrer Blumenzwiebeln, von Schneeglöckchen zu frühen Krokussen und kleinen Schwertlilien, trotz des wechselhaften Wetters, tapfer zu blühen begonnen. Fridolin plante, bald die Rosen in Angriff zu nehmen und es war eine Freude zu sehen, wie die Gärten langsam erwachten. Ein weiterer Höhepunkt, zumindest für Rosie, war die wachsende Vertrautheit mit dem Teichdrachen. Obwohl er noch immer sehr auf der Hut war, erlaubte er Rosie, die sich danach sehnte, ihn zu berühren, aber wusste, dass sie sich in Geduld üben musste, mehr und mehr Blicke von sich zu erhaschen.

In einem ihrer Träume war sie im Garten gewesen. Als sie zum Mittelpunkt der Snogard vorgedrungen und am Ausgang des Glyzenientunnels ohne ersichtlichen Grund zum Stehen gekommen war, hörte sie es: Den Klang einer Flöte, die das Schlaflied auf die Art spielte, wie sie es vernommen hatte, als sie das eine Mal in die Augen des Teichdrachens gesehen hatte. Im dichten Blattwerk des Tunnels verborgen, sah sie ein Mädchen, ihr dickes Haar zu einem Zopf geflochten, das mit dem Rücken zum Eingang mit etwas auf dem Schoß da saß. Der Flötenspieler saß im Schneidersitz auf dem Brunnenrand und in seinem Schoß war der Teichdrache. Rosie verschlug es den Atem. Ihr Blick ruderte verwirrt in alle Richtungen umher und um dem Ganzen, noch etwas hinzu zu setzen, bemerkte sie, dass in einem Korbsessel in der Nähe, ein Drache – rot wie Fridolin – saß, der mit Stricken beschäftigt war. Rosie lehnte sich vor, ein Ast brach und sie purzelte in die Szene hinein. Sofort richteten sich vier Augenpaare auf sie. Dann grinste der Junge sie an: „Rosie! Wie schön dich zu sehen" und damit erwachte sie und fand den wuschelköpfigen Jungen, neugierig auf dem Fensterbrett sitzend und sie anlächelnd, vor. In dem Augenblick, in dem sie blinzelte, war er wie immer verschwunden.

In der Stadt war nicht viel los, aber Frau Baird ging offensichtlich kein Risiko ein. Sie hielt Rosies Hand den ganzen Weg durch die, sich windenden Straßen hindurch fest und ließ nicht los, bevor sie sich in einem Laden befanden, dessen Tür am besten noch durch ihren Körper versperrt war. Rosie hatte das Gefühl, dass dies zu erwarten gewesen war, aber es nahm dem Ausflug in die Stadt, früheren Gelegenheiten gegenüber, etwas von seinem Vergnügen. Sie grauste sich davor, wie es um ihre Fähigkeit herumzustreunen stehen würde, wenn Frau Baird je Fridolin kennenlernte.

„Waren es neue Schuhe hinter denen Sie her waren, Frau Baird?", kam eine Stimme aus dem Lager.

„Ja, bitte. Das Mädel ist ihren alten entwachsen."

„Sieht so aus, als hätte sie viel Nutzen aus ihnen geschlagen, bevor sie das tat", sagte die Frau lächelnd und nahm dabei Rosies schäbige Schuhe in Augenschein. Rosie seufzte. Sie hatte heute nicht wirklich mitkommen wollen, da sie und Fridolin geplant hatten, im Rosengarten der Snogard anzufangen. Das musste warten, da ihr Onkel – etwas unberechenbar – angeordnet hatte, dass, „bevor sie auseinander fallen", sie lieber neue Schuhe haben sollte und sie zu einer Einkaufsreise, ihrer ersten seit Neujahr, in die Stadt sandte. Normalerweise hätte sie das in Aufregung versetzt, aber nach Wochen des Grabens und Zurückschneidens und Saubermachens und dem Trennen von allen möglichen Blumenzwiebeln und Mehrjährigen, hatte sie sich darauf gefreut, endlich mit den Rosen anzufangen. Noch wäre es allzu schlimm gewesen, wenn Frau Baird nicht wie ein Schießhund jede Sekunde auf sie aufgepasst hätte.

Ihre Laune verbesserte sich etwas, als Frau Baird ihr, trotz des leisen Protestes der Ladeninhaberin: „Die sind mehr was für Jungen, Liebes", erlaubte, genau die Schuhe auszuwählen, die sie haben wollte. Ihre Stimmung hellte sich noch weiter auf, als Frau Baird, nachdem sie sich in noch ein paar weiteren Läden umgesehen hatten, ihr vorschlug, zu dem Café, welches sie an Rosies erstem Tag aufgesucht hatten, zu gehen. Es war auf dem Weg dahin, dass sie an einer kleinen Galerie vorbeikamen, welche Werke von Künstlern, die nicht der Gilde angehörten, ausstellte und Rosies Blick auf eine Seelandschaft fiel. Mittig, und weit draußen auf dem Meer heraus, war jene in die Höhe ragende Insel, die ihr Puzzle als Drachenspitze bezeichnete.

„Möchtest du reingehen und dich umsehen?", fragte Frau Baird mit einem wissenden Blick und ohne weitere Umstände stieg Rosie die Stufen herauf und betrat den Laden. Drinnen gab es noch weitere Seelandschaften und Rosie ließ sich Zeit, sie in sich aufzunehmen, bis sie wie angewurzelt vor einem Aquarell stehen blieb. Sie fühlte sich zu jenem Moment zurücktransportiert, an dem sie im Eingang der Seehöhle gestanden und auf genau diese Ansicht gesehen hatte. Sie hörte fast das Plätschern des Wassers gegen die Felsen und plötzlich vernahm sie Stimmen, die erfreut überall um sie herum flüsterten: ‚Willkommen, junges Wesen' und ihr traten Tränen in die Augen. Es fühlte sich an, als wäre sie zur gleichen Zeit bis zum Platzen mit Freude und Traurigkeit erfüllt, aber die Freude setzte sich durch. Sie starrte das Bild mit einem seltsamen Gefühl des Verlangens an. Sie wollte es so sehr, war aber zu schüchtern, darum zu bitten.

„Das ist ein hübsches Bild", sagte Frau Baird, während Rosie nur stumm nickte. „Bist du fürs Café bereit?", ein weiteres Nicken und sie gingen, während es in Rosies Kopf wirbelte.

Das Bild verweilte in ihr und sie bemerkte kaum, wohin sie ging. Es war erst, als sie beim Café ankamen und Frau Baird: „Oh, sieh, wer da ist, Rosie!", ausrief, dass sie zu sich kam und beim durch die Tür Spähen, Lucinda entdeckte, die an einem der Tische saß. „Möchtest du kurz rübergehen und guten Tag sagen?" und ohne, auf eine weitere Einladung zu warten, ging Rosie herüber, bevor sich plötzlich die Schüchternheit wieder ihrer bemächtigte.

Lucinda ging gerade ihr Bestandsverzeichnis durch. Ohne Mitgliedschaft in der Gilde war es nicht einfach, Orte ausfindig zu machen, die ihr Werk ausstellten und dass trotz eines Meisters und des Königs Auftrag. Glücklicherweise hatte sich eine kleine nicht weit entfernte Galerie bereit erklärt, einige ihrer Seelandschaften auszustellen und bereits zwei verkauft. Sie hoffte ebenfalls, dass nach der Ausstellung ihres Werkes zur Sommersonnenwende, sie endlich mit dem Aufnahmeprozess der Gilde beginnen könnte. Das würde es ihr erlauben, auf unbegrenzt in Seeblickhaus zu bleiben. Die sich ihrem Tisch nähernden Schritte brachten sie dazu, aufzusehen. Sie lächelte, als sie sah, dass es sich um Rosie handelte.

„Hallo Rosie", sagte sie und schüttelte ihr die Hand. „Wieder mit deiner Tante in der Stadt?", fragte sie in Frau Bairds Richtung nickend. „Setz dich. Ich mache etwas Platz" und als sie die Papiere einsammelte und sie aus dem Weg räumte, legte sie versehentlich ein Bild frei, von dem sie nicht vorgehabt hatte, dass irgendjemand es zu Gesicht bekam. Rosies nach Luftschnappen, sagte ihr, dass sie es bereits bemerkt hatte und schon in die Augen des Jungen starrte, die den ihren so vollkommen glichen.

„Wer ist das?", fragte sie atemlos.

Lucinda dachte, dass ihr vielleicht die Ähnlichkeit zwischen ihnen aufgefallen war, aber ihre Antwort: „Ein Freund, den ich hatte, als ich klein war", schien Rosie in große Aufregung zu versetzen.

„Was ist ihm zugestoßen?", stieß sie hervor und Lucinda verspürte einen scharfen Schmerz, als bestätigte das Mädchen ihre schlimmsten Albträume.

„Ich weiß nicht" und bevor sie die Klugheit der Antwort in

Frage stellen konnte, fügte sie ehrlich hinzu: „Er verschwand eines Tages und ich habe ihn seitdem nicht mehr gesehen." Schockiert von Rosies Reaktion – sie zitterte förmlich – fügte sie hinzu: „Es ist schon fast zwanzig Jahre her. Er ist wahrscheinlich nur weggezogen." Rosie nahm von dem kläglichen Versuch, die Sache zu schlichten keine Notiz. Anstelle dessen flüsterte sie: „Wie hieß er?" und trotzdem sie es besser wissen sollte, antwortete Lucinda ihr.

„Sein Name war Mari und er spielte Flöte." Sie hatte keine Ahnung, warum sie das hinzugefügt hatte. Bis zu diesem Augenblick hatte sie sich nicht einmal daran erinnert, aber jetzt wob sich eine Melodie in ihre Gedanken, schön und sehnsuchtsvoll, ein altes Schlaflied. Rosie war derweil kreidebleich geworden. Lucinda hätte sich treten können. Sie streckte die Hand über den Tisch, um ihren Ärmel zu berühren. „Geht es dir gut? Du siehst aus, als hättest du ein Gespenst gesehen."

„Vielleicht habe ich das", murmelte Rosie, während ihr die Tränen kamen. Mari! Diese Frau, Lucinda, hatte Mari gekannt. Es war natürlich möglich, dass es zwei von ihnen gab, aber wie viele Maris könnte dieses Fleckchen Erde tatsächlich haben, besonders welche, die Flöte spielten und jene Augen hatten. Frau Baird hatte anfangs, vermutlich aus Freundlichkeit, eine Bemerkung gemacht, dass Rosies Augen, denen ihres Onkels glichen, aber sie selbst hatte keine richtige Ähnlichkeit bemerkt. Dieser Junge allerdings, hatte genau ihre Augen, dasselbe Grün, dieselben Flecken von Haselnuss, denselben grauen Rand. Und mehr noch, er trat für sie in Erscheinung. Er jagte ihr keine Angst ein, aber ihr war aufgefallen, dass er nie blieb, dass er zu verschwinden schien, sobald sie auch nur blinzelte und mehr noch: Er kannte ihren Namen. Oder war das nur in ihren Träumen gewesen? Denn, wie sollte er das, wenn er ein Junge von vor zwanzig Jahren war? Und was war mit ihm passiert? Wenn er Lucinda gekannt hatte, wie kam es, dass sie sein Buch in dem Geheimversteck in ihrem Zimmer gefunden hatte?

Hatte Lucinda einst im Schloss gewohnt oder Mari in der Stadt? War er ein Gärtnershelfer in den Anlagen gewesen? Sie machte die Augen zu.

„Geht es dir gut?" Die Stimme klang jetzt sehr beunruhigt und sie öffnete die Augen und sah, wie Lucinda sie mit großer Besorgnis ansah.

Rosie tat einen tiefen Atemzug und entschied sich für das Offensichtlichste, da sie Lucinda nicht weiter erschüttern und auch keine Frage gestellt bekommen wollte, die sie nicht ehrlich beantworten könnte: „Seine Augen sind genau wie meine."

„Ja", stimmte Lucinda schlicht zu und zu Rosies Erleichterung, schob sie das Bild in den Stapel zurück, bevor sie sie alle in den Ordner legte. „Ich dachte das an dem Tag, als ich dich bei Seeblickhaus sah. Es hat mich ziemlich aus der Fassung gebracht. Ich hatte ihn für lange Zeit vergessen. Dann, dachte ich für einen Moment, dass du vielleicht seine Tochter bist", endete sie. Rosie schüttelte benommen den Kopf, aber bevor eine von beiden noch ein weiteres Wort über das Thema verlieren konnte, kam Frau Baird voller Betriebsamkeit an.

Nach einem: „Oh, Meisterin Adgryphorus, würden Sie uns die Ehre erweisen, sich uns anzuschließen?", war Rosies Aufmerksamkeit plötzlich von einer sehr eindrucksvollen Auswahl von Küchlein und Keksen in Anspruch genommen. Die nächste Stunde verbrachte sie damit, sich durch alles durchzuprobieren, während sie tiefstes Bedauern darüber empfand, dass sie nichts für Fridolin zur Seite schaffen konnte.

# 40

# ABWÄGUNGEN UND ERKENNTNISSE

König Edmar bemerkte Rosies in sich gekehrte Stimmung beim Abendessen.

Vor ein paar Tagen war er damit in Anspruch genommen gewesen, einige letzte Vorbereitungen für seinen ‚aus gesundheitlichen Gründen' kurzfristigen Rückzug, aus der Öffentlichkeit zu treffen und freute sich nicht darauf, bis zur Sommersonnenwende im Schloss eingesperrt zu sein.

„Wenigstens können die Zungen, der in Frage kommenden Familien nicht energischer gewetzt werden, als sie es schon seit Jahren tun", hatte Daley Meredith trocken bemerkt, als sie aus der Ratskammer heraustraten.

„Vielleicht hätte des Königs Auswahl einer Braut anstelle des Entschlusses, eine Reise anzutreten, dem ebenfalls ein Ende bereitet", hatte Ratsherr Bellescombe leise im Flüsterton vor sich hingemurmelt, dann aber den Mund sofort zugemacht, als er Ratsherrin Hargreaves' verachtenden Blick auffing. Ein paar im Rat wurden nervös. König Edmar war sich dessen bewusst, aber er wusste ebenfalls, dass keiner von ihnen, seinen Entschluss anfechten würde und dass sie alle hofften, die Sache nach der Sommersonnenwende hinter sich lassen zu können. Ihr Wissen um den Fluch, aber nicht sein konkretes Wesen, welches nicht einmal der König und seine Tante je genau verstanden hatten, machte sie pflichtverbunden und bereit dazu, den vorgeschlagenen Zeitrahmen zu akzeptieren. Es war die Ungewissheit dessen, was vor ihnen lag, das ihnen Sorge bereitete. Eine Königin oder ein direkter Nachfolger wären beruhigend gewesen, aber sie wagten keine Diskussion. Und wenn man seiner Majestät gegenüber gerecht war, so sah man, dass seine Planung stichhaltig war und die Risiken auf eine Art begrenzte, die es ihnen vielleicht gestatten würde, ihr großes Sommerfest – zwei Wochen nach der Sommersonnenwende – in dem Wissen zu begehen, dass sie das Schlimmste hinter sich hatten.

Während Frau Baird und Rosie aus waren, war König Edmar an der Küste gewesen. Er und Daley Meredith hatten beschlossen, dass es trotz des scheinbaren Schutzes, der bei Seeblickhaus wieder vorhanden zu sein schien, es nach der Frühjahrs-Tagundnachtgleiche zu riskant für ihn wäre, dorthin zu gehen. Für das erste Mal in vielen Jahren würde er die Ankunft der Seevögel, die zu ihren Brutgebieten zurückkehrten, um ihre Jungen aufzuziehen, verpassen. Lange Zeit stand er von der See gefangen da und atmete die frische Luft ein, während er inständig hoffte, nach der Sommersonnenwende zurückkehren zu können. Er machte die Schultern gerade und begab sich, nach einem letzten Blick, wieder auf den Weg zur Anhöhe hinauf.

Rosie versuchte sehr, sich ganz normal zu verhalten, scheiterte aber kläglich daran. Wieder und wieder kehrten ihre Gedanken zu dem Gespräch mit Lucinda zurück, bis all die Überlegungen sich völlig hoffnungslos verwirrt hatten.

„Rosie?", die Stimme ihres Onkels brach sehr sanft in ihr vor sich Hinbrüten ein. „Geht es dir gut?" Er klang besorgt und sah sie prüfend an.

„Mir geht es gut", antwortete sie etwas zu freudig und konnte auf Anhieb sehen, dass sie ihm nichts vormachen konnte. Er forschte jedoch nicht weiter nach und brachte das Gespräch stattdessen auf Kuchen und befragte sie, zu ihren Vorlieben und ließ sie sich zurückziehen, sobald die Mahlzeit beendet war. Der Stadtausflug war, zumindest in Bezug auf die Zielsetzung, die Rosies Geburtstag war, ein Erfolg gewesen. Sie hatte es nicht ein einziges Mal erwähnt, aber er wollte, dass es etwas Besonderes wäre, wenn auch nur mit einem kleinen Geschenk und einem Kuchen, den sie mochte. Vielleicht war es das einzige Mal, dass er das für sie tun konnte. Danach wusste niemand, was kam. Frau Baird war sich sicher, dass sie „genau das Richtige, Eure Majestät" gefunden hatte und er hatte sofort seinen Vorsteher in die Stadt gesandt, um es sicher zu stellen. Jetzt blieb ihm nur noch übrig, auf den Tag zu warten, an dem er von der Stadt Abschied nehmen musste und mit jeder Faser seines Wesens zu hoffen, dass der Plan des Rates gelingen würde.

Zurück in ihrem Zimmer, die Tür von innen versperrt, war Rosie direkt zu dem verborgenen Paneel gegangen und hatte *Maris Buch von Drachen und ihren Zauberkräften* aus dem Versteck hervorgeholt.

Sie hatte es offen auf dem Schreibtisch liegen und war dabei, sorgfältig die Seiten umzublättern, als ihre Hand bei einer Seite innehielt, der sie zuvor noch nie richtige Beachtung geschenkt hatte. Als sie sie genauer untersuchte, fiel ihr zum ersten Mal auf, dass die Illustration auf der Seite eine Illusion war und das, was sie für ein Bild einer offenen Tür gehalten hatte, in Wirklichkeit eine leicht erhöhte Klappe war. Als sie sie hochzog, berührten ihre Finger ein sehr dünnes Stück Papier, welches sie vorsichtig herauswand, wobei sie sich sehr bemühte, ihm keinen Schaden zuzufügen. Sie entfaltete es sorgfältig und ließ es vor Erschütterung fast fallen, als sie die Überschrift ‚Für den Nachfolger' sah, die diesmal ein kleines Drachenauge innerhalb des ‚o's hatte. Mit pochendem Herzen glättete sie es und begann mit dem Lesen. „Wenn du dies liest, werde ich verloren und sie wird gewonnen haben und damit ist unser Verhängnis heraufbeschworen". Zu dem Zeitpunkt, an welchem sie sich dem Ende näherte, fühlte es sich an, als sei ihr Magen mit einer großen Anzahl sich hin- und herwindenden Kreaturen vollgepfropft und der Kopf war so voll mit Gedanken, dass sie glaubte, er würde explodieren. Sie klammerte sich an die Seiten des Stuhls, um sich zu beruhigen und hörte plötzlich einen vom Fenster kommenden Schluchzer. Als sie aufsah, bemerkte sie, wie der wuschelköpfige Junge sie flehend anblickte. Sie verlor sich in seinen Augen, den ihren so ähnlich, hing an seinem Blick, wie ein Ertrinkender auf See an einer Planke hängen mochte, und brachte trotz der trockenen Kehle „Mari?" hervor und erhielt ein Nicken zur Antwort, während sich seine Augen mit Tränen füllten. Er streckte ihr die Arme entgegen und dort, auf seinem linken Unterarm, war ein Zeichen, das ihrem ähnelte. Aber anstelle der blassen Färbung, die ihres hatte, war seins ein eindringliches und kränkliches Grün und Schwarz, die Form nicht die, ihres in sich zusammengerollten Drachens, sondern die, einer winzigen, von Efeu umrahmten Rose, die langsam erdrückt wurde.

„Es tut mir so leid", flüsterte sie, während ihr Tränen in den Augen aufstiegen. „Ich wünschte, ich könnte dir helfen."

Er lächelte zur Antwort und indem er die Arme um sich schlang, als fröstelte ihn, verschwand er. Rosie schleppte sich zum Bett hinüber, zog Fridolins Tuch an sich und rollte sich zu einem kleinen Ball zusammen, bis sie einschlief. Am nächsten Morgen erwachte sie spät, mit einer dicken Wolldecke zugedeckt, aber der Tür noch immer von innen verschlossen.

# 41

## DER RUF DER HÖHLE

Das Frühstückszimmer war leer, aber das passte Rosie gut in den Kram. Es war ihr nicht entgangen, dass ihr Onkel ihr einen seiner forschenden Blicke gegeben hatte, als sie sich gestern Nacht zurückzog. Sie hatte große Angst, dass, sollte er sie befragen, alles was gestern passiert war, aus ihr heraussprudeln könnte. Seit dem neuen Jahr hatte sie den Eindruck, dass ihr Onkel, ihr etwas verschwieg. Manchmal war ihr aufgefallen, dass er sie auf eine Art ansah, die den Eindruck erweckte, als hätte sie sich in irgendeiner Weise verändert. Sie fragte sich, ob er etwas über Mari wusste. Nach Lucindas Reaktion im Café war sich Rosie nicht sicher, ob sie es wirklich wissen wollte. Trotz des Kommentars, dass er vermutlich weggezogen war, spürte sie instinktiv, dass Lucinda glaubte, ihm sei etwas Schreckliches zugestoßen. Es waren nicht so sehr die Worte, als ihr Gebaren, welches es preisgegeben hatte. Rosie griff sich ein Portionstütchen des Spezialtees, den Frau Baird ihr gestern gekauft hatte und machte sich auf den Weg zu Fridolin.

Die Anlagen waren mit frischem weißem Raureif bedeckt, der das Gras unter den Füßen knirschen ließ. Er war allerdings leicht und würde in ein paar Stunden verschwunden sein. Der Himmel war klar. Dort, wo die Sonne sich langsam hinter den Bäumen erhob, hatte man in Richtung der Snogard den Eindruck, als finge er Feuer. Sie war so von der Schönheit gefangen, dass sie nicht bemerkte, wie der Teichdrache ihr vom Schloss her folgte. Dementsprechend sah sie auch nicht, wie er einen Umweg zur Zeder machte und genau dort am Boden schnüffelte und herumkratzte, wo Mari normalerweise stand und sich anlehnte.

Fridolin war dabei, die Schubkarre zu beladen, als Rosie eintrat. Die Garten-, Hecken- und Astscheren, zusätzlich zu allen möglichen Werkzeugen zum Graben, verschiedene vermutlich mit Sommerblumenzwiebeln gefüllten Tüten, ihre Reiseflasche und Pausentüte, die wahrscheinlich mit Äpfeln voll war, befanden sich schon alle auf ihr. Bei den Äpfeln handelte es sich, um eine erst kürzlich zu Tage geförderte Wintersorte, die sie in einer bisher unerforschten Ecke der Snogard entdeckt hatten und der sie beide sehr zugetan waren. Als sie sich durch den Tunnel aufmachten, erzählte Rosie Fridolin von den Seelandschaften und den Kuchen. Sie war noch nicht bereit, ihm von dem Treffen mit Lucinda und ihrem wachsenden Verdacht, dass ein Junge namens Mari das Schloss und die Anlagen heimsuchte, zu berichten. Also sprach sie weitläufig von der Höhle und erwähnte sogar das Flüstern.

„Sie hat dich begrüßt?", fragte er neugierig und gab Rosie das Gefühl, dass sie nicht die Einzige war, die Dinge für sich behielt, da Fridolin plötzlich den Eindruck vermittelte, als sei ihm etwas herausgerutscht.

„Du kennst den Ort, oder?", mutmaßte sie. Verlegenes Schweigen.

„Fridolin?", sagte sie in einem Ton, der ihm zu Verstehen gab, dass sie ihm auf den Schlichen war und die Sache nicht auf sich beruhen lassen würde.

Er seufzte, stellte die Schubkarre im Tunnel ab und brachte raus: „Ich habe diese Höhle gesehen."

„Das hast du?"

„Na ja, nicht wirklich gesehen aber...". Er konzentrierte sich sehr auf den Boden vor ihm während sie wartete: „Sie hat mich hierher gerufen", endete er etwas lahm.

„Sie rief dich?"

„Es ist etwas kompliziert", fing er an und grinste, als er ihr gemurmeltes: „Sag mir was nicht ist", hörte und fuhr fort. „Ich war vorher noch nie hier unten." Sie nickte zustimmend, aber unterbrach ihn trotz ihres Wunsches, dass er sich beeilen würde, nicht. „Meine Familie hat schon in den Bergen gelebt, da war ich noch nicht einmal geschlüpft. Meine Großeltern sind in das verborgene Tal, für sich im Ruhestand befindende Drachen gezogen", fügte er, ihr Stirnrunzeln sehend, hinzu. „Aber ich war vorher noch nie hier. Meine Eltern beschlossen zu reisen und meine Großtante begab sich auf eine Art Pilgerreise. Das macht sie von Zeit zu Zeit, obwohl mein Vater immer sagt, dass das Spannendste mit dem sie je zurückkam, eine besondere Art von Wolle ist." Er kam langsam vom Thema ab und Rosie dachte, es sei besser, ihn wieder auf den Ausgangspunkt zurückzubringen.

„Die Seehöhle", regte sie an.

„O ja, tja, es war merkwürdig. Ich befand mich ein wenig im Leerlauf und war damit beschäftigt, ein paar Pflanzen zum Wachsen zu bewegen, die wachsen in der Höhe nicht wirklich gut", er fing ihren Blick auf und eilte mit dem Erzählen weiter: „Als ich es sah. Ich sah die Höhle und aus der Wand heraus starrte ein Paar Augen." Er schlurfte ein wenig umher bevor er leise hinzufügte: „Deine Augen." Sie schnappte nach Luft. „Es war merkwürdig, denn ich schien die Höhle zu verlassen, den Hügel hochzuklettern und zum Schloss zu gehen. Ich sah das Tor. Weißt du, das Tor, welches du im Schnee benutzt hast?" Sie nickte, die Hand gegen die Wand gestreckt. „Also packte ich meine Sachen zusammen und machte mich auf den Weg. Es war seltsam, da es sich anfühlte, als zöge mich etwas in diese Richtung, als folgte ich einem inneren Kompass und als ich ankam, hatte ich das Gefühl, hierher zu gehören und als ob ich einfach nur lange Zeit weggewesen war."

„Wie ein Zuhause", flüsterte sie.

„Ja." Und für eine lange Zeit standen sie im Tunnel, ohne etwas zu sagen.

Lucinda hatte schlecht geschlafen. In ihren Träumen war sie mit Mari zusammen gewesen. Sein offenes Lächeln neckte sie und er grinste noch breiter, nachdem er erfolgreich vor einem Papierball, den sie nach ihm geworfen hatte, in Deckung gegangen war. Er setzte die Flöte an und begann zu spielen, aber anders als die fröhlichen Melodien, die er meistens spielte, war dieses Stück sehnsuchtsvoll. Es griff in sie hinein und beschwor Bilder von Verlust und Traurigkeit hervor, rührte an einem tiefen Verlangen in ihr und einem Schmerz in ihrer Brust. Die Melodie umhüllte sie, bis sie in dem dunklen Raum erwachte mit, auf dem Wind geflüsterten Worten in der Luft: ‚Es tut mir so leid. Ich wünschte, ich könnte dir helfen.'

„Mari", sagte sie in die Dunkelheit hinein. Tränen – Jahrzehnte zurückgehalten – sprangen ihr schließlich in die Augen, liefen ihr die Wangen hinunter, geweint für den Freund, den sie verloren hatte.

„Also was hat es noch einmal gesagt?", fragte Fridolin. Rosie schloss die Augen. Sie hatten Stunden mit dem Zurückschneiden der Rosen verbracht und es gab, noch immer soviel zu tun. Über einer Tasse Tee und ein paar geteilten Äpfeln hatte Rosie Fridolin bezüglich des Briefes ins Vertrauen gezogen.

„Ich kann mich nicht genau erinnern, aber es klang nicht sonderlich ermutigend."

„Warum hast du ihn denn nicht mitgebracht?"

„Weil sie verschwunden war", sagte sie.

„Der Brief?"

„Nein, die Schrift", brachte sie verzweifelt hervor.

„Die Schrift verschwand?", wiederholte Fridolin ungläubig.

„Ich sag es dir doch!", platzte sie ungnädig hervor. „Irgendetwas stimmt mit dem Jungen nicht." Sie sah Fridolin direkt an und fuhr fort. „Ich habe ihn an verschiedenen Orten gesehen, aber jedes Mal, wenn ich kurz davor bin, ihn einzuholen, löst er sich auf."

„Aber er hat dich hierher geführt?"

„So in etwa, ich folgte ihm bis zur Grenze, die Grenze, die sich als Dach unseres Tunnels entpuppte. Und ich bin mir sicher, dass ich ihn, am Tag als wir die Snogard öffneten, bei der Tür gesehen habe. Für lange Zeit habe ich gedacht, dass meine Fantasie mit mir durchging. Meine Mutter hat immer gesagt, dass ich eine zu lebhafte Fantasie hätte." Sie hielt die Hand hoch, um dem Protest, der sich auf dem Weg zu Fridolins Zunge befand, Einhalt zu gebieten. „Aber dann sah ich gestern das Bild von ihm und diese Dame, Lucinda, erzählte mir, dass sie vor zwanzig Jahren mit ihm befreundet war und er eines Tages einfach verschwand. Sie sagte, dass er vielleicht weggezogen sei, aber das glaube ich nicht und sie, denke ich, auch nicht."

Fridolin zog das in Erwägung. „Also glaubst du, dass er verflucht wurde und in diesen Gärten gefangen ist?"

„Es klingt ein wenig albern, ich weiß."

„Nicht unbedingt", sein Ton ließ sie aufhorchen. „Erinnerst du dich, als wir die Gärten öffneten? Das Ding, das auf uns herunterstürzte...", sie erschauderte bei der Erinnerung. „Ich glaube, dass es dieser Junge und ein Drache gewesen sein muss, die die Gärten versiegelten. Vielleicht gibt es eine Verbindung zwischen dir und ihm und mir und dem Drachen." Rosie war verstummt, aber es machte keinen Sinn.

„Aber ich bin erst letztes Jahr hierher gekommen. Wie kann ich eine Verbindung zu diesem Jungen haben?"

„Hat in deiner Familie irgendjemand deine Augen?" Sie schüttelte den Kopf.

„Vielleicht ist die Sache etwas komplizierter, aber Tatsache ist, dass er von einem Fluch sprach und von einer ‚sie' die Unfrieden stiftet. Und du sagt, dass dort stand, dass wer, den Brief liest, als sein Nachfolger anerkannt werden würde. Seehöhlen sind oft voller Zauberkraft. Wenn dir die Höhle an der Küste zuflüsterte,..."

„Das war in einem Bild!", protestierte sie, aber er fuhr unbeirrt fort: „Wenn dir die Höhle zuflüsterte, dann liegt das daran, dass sie dich erkannt hat und das bedeutet,", grinste er sie triumphierend an, „dass ich Recht hatte und du Drachenzauberkräfte besitzt!"

Sie lachte darüber, um den Schock, den sie verspürte zu verdecken, und blinzelte wie verrückt, so dass er die Tränen, die ihr in den Augen hochstiegen, nicht entdeckte. Er drückte ihr kurz die Schulter, nahm die Gartenschere auf und schlenderte in den Rosengarten zurück, während er unmittelbar an dem Jungen, der mit Erstaunen in den Augen dastand, vorbeiging.

# 42

# DIE UNTERBREITUNG DER DAME ROSAMUND

Die Rahmen für die Mosaike waren bestellt worden und König Edmar beauftragte Werkleute mit der Messung und Schätzung des abschließenden Gewichtes. Es war erst im späten Frühling, dass sie im versunkenen Garten installiert werden sollten, aber nach dem morgigen Tag würde es ihm unmöglich sein, persönlich in die Stadt zu kommen. Herr Fortiscue versicherte ihm, dass Meisterin

Adgryphorus alles hatte, was sie benötigte. Es war, nachdem er überprüft hatte, dass sie – abgesehen von einem unscheinbaren schwärzlich grünen Vogel – allein waren, dass er sich anvertraute: „In ihrer Position hätten viele Eure Schatzkammer geplündert, Eure Majestät, aber sie ist sehr bescheiden und vorsichtig in der Kostenplanung. Die Materialien sind bester Qualität, aber nicht ausgefallen oder verschwenderisch. Eine sehr gute Wahl, Majestät, wenn es mir gestattet ist, dies zu sagen."

„Das ist es", lächelte König Edmar. „Und wenn es Ihnen am Tag der Sommersonnenwende in den Plan passt, wäre es mir eine Freude, Sie willkommen zu heißen, damit Sie die fertigen Werke mit eigenen Augen betrachten können. Bis dahin bin ich allerdings eher abergläubisch und bevorzuge es, wenn Meisterin Adgryphorus selbst entscheidet, wer sie sichtet."

Sie schüttelten einander die Hand und Herr Fortiscue hatte noch immer eine tiefe, von dem Kompliment der königlichen Einladung hervorgerufene Röte im Gesicht, lange nachdem der König seinen Abschied genommen hatte. Er schüttelte den Kopf, wenn er an die, in der Stadt kursierenden Gerüchte dachte. Sollte der König tatsächlich eine Hexe beleidigt und sein gutes Aussehen an sie verloren haben, so war er, Fortiscue, davon überzeugt, dass dies nichts mit Eitelkeit oder Arroganz vonseiten des Königs zu tun hatte.

Als nächstes suchte König Edmar die Rahmer auf und war erfreut darüber, dass der vergoldete Rosenholzrahmen und die Fassung fertig waren. Die Lieferung des gerahmten Bildes wurde für später am Tag vereinbart. Sobald er sich wieder draußen auf dem Pflaster befand, zog er die Kapuze hoch und machte sich auf den Weg zum Hafen.

Die Seeluft war frisch und die paar Möwen, welche sich im Fliegen versuchten, kämpften in den Luftströmungen stark um das Erhalten ihrer Position. Er schritt an den, auf dem sandigen Streifen zur rechten Seite der Bucht an Land gezogenen, Booten vorbei und las im Vorbeigehen die Namen. In der Ferne waren einige der kleineren Inseln sichtbar, aber es herrschte bewegte See. Die seegrünen Wellen türmten sich in großer Höhe auf, bevor sie sich ein paar Meter von der Uferlinie entfernt, brachen und ihm als weißer Schaum entgegen eilten. Für eine ganze Weile stand er da, nahm den Rhythmus in sich auf, atmete die frische Seeluft ein und fragte sich, ob er dies je wiedersehen würde. Der Ruf eines Vogels riss ihn aus diesem Nachsinnen heraus und er schalte sich für seinen Trübsinn. Wenn er bis zur Sommersonnenwende entweder im Schloss oder den Anlagen bliebe, hatte er, nichts zu befürchten. Die Umgrenzung war nicht nur intakt, sondern schien verstärkt. Nur wenn er sich zwischen morgen und der Sommersonnenwende herauswagte, ging er ein Risiko ein. Sie würde ihn holen kommen müssen. Er war am Ende, der in die See herausragenden Hafenmauer angekommen und am Überlegen, ob er umkehren sollte, als er hinter sich leichte Schritte vernahm.

„Ein letzter Blick, bevor Ihr Euch auf Eurem Familienstammsitz zu verstecken gedenkt, Eure Majestät?", fragte eine seidige, vor Geringschätzung triefende Stimme hinter ihm. Schweiß perlte auf seiner Stirn und sein Herz schlug schneller, aber er war entschlossen ihr dieses Mal, keine Genugtuung zu geben.

Er drehte sich um und mit der leichtesten Andeutung einer Verneigung, sagte er knapp: „Meine Dame Rosamund." Sie lüpfte in spöttischer Überraschung eine Augenbraue und machte mit dem Hauch eines Knickses eine Erwiderung.

„Es freut mich zu sehen, dass sich Eure Manieren mir gegenüber seit unserem letzten Treffen verbessert haben, gnädiger Herr." Sie lächelte kühl, was ihm einen Schauer den Rücken hinunter jagte.

„Wessen habe ich dieses Vergnügen zu verdanken, meine Dame?", brachte er hervor, dankbar darüber, dass seine Stimme fest blieb.

„Voller Höflichkeit", murmelte sie. Er wartete. „Ich komme mit froher Kunde, gnädiger Herr", sagte sie, während sie den überraschten Ausdruck auf seinem Gesicht mit eindeutigem Genuss betrachtete. „Ich bin gekommen, um Euch ein Angebot zu unterbreiten." Trotz des wachsenden Unbehagens bei diesen Worten, war er dennoch nicht völlig auf das gefasst, was als nächstes folgte.

„Es gibt in dieser Stadt ein Kind, welches Euren Platz einnehmen kann." Er hatte das Gefühl, als hätte ihn jemand einem Abgrund entgegen gestoßen.

„Ein Kind?", wiederholte er heiser, fast taumelnd vor Schock.

„Ja", lächelte sie heimtückisch. „Ein Kind, ist das nicht reizend?", antwortete sie und tat einen Schritt auf ihn zu und zwang ihn dadurch, eine größere Nähe zu ertragen oder sich gegen die Kaimauer gepresst zu finden. „Sie ist in einem guten Alter", sinnierte sie. „Nahe dem Alter, in dem Ihr wart, als Ihr mir erstmals zufielet."

Selbst wenn sein Mund, zum Reden nicht zu trocken gewesen wäre, hätte er nicht gewusst, was er darauf erwidern könnte.

Sie fuhr fort: „Hätte es jenes abscheuliche alte Weib nicht gegeben." Ohne Absicht schnellte sein Kopf hoch und er verfluchte sich dafür, dass er ihr die Genugtuung gegeben hatte. „Ach je", lächelte sie höhnisch: „Das hatte ich fast vergessen. Ihr liebt Euren Schatz von einer Tante, trotzdem sie Euch fast Euer gesamtes Erwachsensein in diesem altersschwachen Körper eingefangen hat." Als sie keine weitere Reaktion erhielt, klatschte sie, plötzlich geschäftsmäßig in die Hände. „Nun dann, das Kind und mein gütiges Angebot. Es sollte nicht schwer sein, sie Euch zu beschaffen. Sie ist die Nichte einer Art Dienerin und die Kusine dieses ziemlich ärgerlichen Rotschopfes in dem alten Haus an der Küste."

König Edmar war stark darum bemüht, sich aufrecht zu halten und – trotz der Tatsache, dass es sich anfühlte, als wäre ihm der Boden unter den Füßen weggezogen worden, während sein Inneres sich auflöste – keine Gefühlsregung zu preiszugeben. Was für ein Narr er gewesen war, sie zu dem Jahrmarkt gehen zu lassen! Unterstützt von einer wachsenden Verzweiflung, beschwor er die letzten Quäntchen Mut herauf, um zu sprechen.

„Wie könnt Ihr Euch sicher sein, dass sie *genügen* wird?", fragte er ruhig und ihre Augen leuchteten bei dieser scheinbaren Interessenbekundung auf.

„Sie hat genau Eure Augen und, es sei denn ich befinde mich vollkommen im Irrtum, dieselbe Art von Zauberkraft." Die nächsten Worte wurden mit einem garstigen Ausdruck gesprochen, der nicht zu ihren schönen Zügen passte: „Sie ist ebenfalls genauso wenig in der Lage, direkt auf sie zuzugreifen, wie Ihr es seid." Dann mehr zu sich selbst: „Ich frage mich, ob der Stamm sich nicht doch aufgespalten hat."

König Edmar hoffte, dass sie nicht auf den nahe liegendsten Schluss käme, als sie – noch immer zu sich selbst murmelnd – fortfuhr: „In der Schwester wäre, nichts mehr anzutreffen gewesen." Sie fing, von all dem sehr amüsiert, seinen Blick auf. „Oh, Eure lieben Eltern wussten nicht, dass ich sie ihr nahm. Die Spur verblieb, aber es hätte wirklicher unbefleckter Zauberkraft bedurft, um sie zu erwecken. Keines ihrer Kinder hätte je irgendwelche Kräfte erlangen können und Ihr, mit den Euren fast unversehrten, habt Euch nie vermählt. Wie kam es dazu, frage ich mich? Selbst wenn Ihr es nicht wusstet, hätte dem alten Weib klar sein müssen, dass ein Kind als Faustpfand von Nutzen gewesen wäre."

Sie betrachtete ihn eingehend und entnahm seinem angewiderten Gesichtsausdruck, dass er Bescheid wusste.

„Oh, das ist köstlich, Eure Majestät", sagte sie schmachtend: „Ihr wusstet davon, aber Ihr wart zu edel!" Sie lachte hämisch und für einen Augenblick erhaschte er einen flüchtigen Blick auf ihr wahres Wesen. Es war nicht hilfreich. „Na ja", sagte sie und kehrte zu ihrer vorherigen Forschheit zurück. „Lasst uns nicht bei dem verweilen, was hätte sein können, wenn Eure Tugend Eurer Selbsterhaltung nicht im Weg gestanden hätte, sondern lasst uns zu meinem Angebot zurückkehren. Ihr werdet mir zur Mittagsstunde des Vorabends der Sommersonnenwende das Kind bringen und im Gegenzug erlöse ich Euch von dem Fluch." Als er nicht antwortete, fuhr sie ungeduldig fort: „Ihr zögert wegen eines kleinen Bauernmädchens, wenn Ihr im Austausch dafür Euer Leben und Eure Jugend erhalten könntet? Denkt Euch nur, wie es sich anfühlen würde", murmelte sie, die Stimme plötzlich verführerisch, als äußere sie eine Liebkosung, aber er blieb standhaft.

„Und was, wenn ich Euer Angebot nicht verlockend fände?"

„Dann...", sagte sie, und zischte die nächsten Worte in sein Ohr: „werdet Ihr Euch am Vorabend der Sommersonnenwende wünschen, dass Ihr nie geboren worden wäret."

Sie bewegte sich etwas zurück und ließ dann die Finger seine linke Schulter hinuntergleiten. Sie zog seinen Arm widerstandslos nach vorne und, wie sie es vor so langer Zeit in dem Albtraum getan hatte, drehte sie sein Handgelenk nach oben. Dann berührte sie, fast spielerisch, ganz leicht, mit dem Finger das Zeichen auf seinem Unterarm. Ein furchtbarer sengender Schmerz riss durch ihn hindurch. Bevor er sich davon abhalten konnte, schrie er auf.

„Dies", flüsterte sie mit geschmeidiger Stimme: „ist ein nur ein Bruchteil von dem, was Ihr spüren werdet, wenn ich Euch am Vorabend der Sommersonnenwende einhole." Sie wartete etwas ungeduldig, bis er sich ausreichend erholt hatte, um ihre nächsten Worte aufzunehmen. „Ihr seid mein und mein werdet Ihr bleiben, es sei denn, Ihr findet einen Weg, den Fluch zu brechen. Und billiger Plunder wie dies", sie stieß mit der Hand auf seinen Mantel, unter dem Rosies hölzernes Blatt verborgen an seiner Brust ruhte: „wird Euch nicht retten. Mehr noch, ich werde mich nicht einfach nur damit zufrieden stellen, Euch das Leben zu nehmen. O nein. Ihr seid kostbar. Ich werde Euch Eure Zauberkraft nehmen und alles, was Euer wahres Wesen ausmacht, aber ich werde danach nicht von Euch ablassen. Ich werde Euch Eure Jugend zurückgeben und aus

Dankbarkeit dafür, für das Auflösen des Altersfluches, werdet Ihr Euch mit mir vermählen und Eurem Reich eine Königin geben." Sie konnte sehen, wie das Verstehen in seinen Augen dämmerte und das erfreute sie sehr. „Traurigerweise,...", fuhr sie mit einem tränenreichen Blick und perlenden Tropfen an den langen Wimpern hängend fort, „traurigerweise, werdet Ihr, nach Eures Nachfolgers Geburt, krank werden und sterben. Ich werde nicht in der Lage sein, Euch zu retten, aber anstelle dessen in Feierlichkeit für Euch herrschen." Sie lachte schrill auf, bevor sie zuckersüß hinzufügte: „Also mögt Ihr bezüglich des Kindes noch einmal überlegen. Ihr habt bis zur Mittagsstunde des Vorabends der Sommersonnenwende Zeit, sie hierher zu bringen. Und tut Ihr es nicht, werde ich Euch zur Abenddämmerung ausfindig machen."

Sie gab ihm einen theatralischen Knicks und verschwand. König Edmars Geist war in Aufruhr. Verzweifelt versuchte er, tiefe Atemzüge der frischen Seeluft einzuziehen, um die Übelkeit, die ihn zu überwältigen drohte zu bekämpfen, aber es war vergebens; bevor er sich davon abhalten konnte, erbrach er sich aufs Heftigste.

# 43

# GRÜBELEIEN UND EINE ENTDECKUNG IN DEN SNOGARD

Lucinda arbeitete gerade an der Anordnung eines der Mosaike, als Cal ankam und mit dem Abladen von ein paar Pflanzen begann.

„Deine Großmutter hat mich gescholten, dass ich mich nicht richtig um dich kümmere, also hab ich dir die hier für deinen Außenhof mitgebracht", rief er hoch.

„Ich bin gleich unten", und ein paar Minuten später, saßen sie hinten auf einer Bank und bewunderten beim Reden die Farbtupfer der Blumen, die er mitgebracht hatte. Schließlich gelang es ihr, das Thema auf etwas zu lenken, das sie schon lange Zeit im Hinterkopf hatte. „Erinnerst du dich an den Mann, von dem du sagst, dass er sich immer bei dem versunkenen Garten aufhält?"

Er nickte. „Ja, er tut mir leid. Es ist schrecklich, was ihm zugestoßen ist. Schon so frühzeitig gealtert. Ich frage mich, ob er sich so alt fühlt, wie er aussieht." Er nippte nachdenklich am Tee und, als er ihre offensichtliche Verwirrung wahrnahm, mutmaßte er: „Du hast eben gar nicht vom König gesprochen, oder?"

„Nein", gab sie verdutzt zu: „Ich bin ihm noch nie begegnet. Ich habe mir über den dunkelhaarigen jungen Mann beim Schloss Gedanken gemacht."

„Kenn gar keine dunkelhaarigen jungen Männer oben beim Schloss, aber ich liefere ja auch nur ab und zu Pflanzen. Ich kenne nicht jeden im Haushalt des Königs. Ich bin mir sicher, dass es da einige junge Männer gibt."

„Dieser scheint sich sehr, wie zu Hause zu fühlen."

„Ich vermute, das würde er tun. Dem König wird nachgesagt, dass er seine Bediensteten sehr gut behandelt." Sie verfiel ins Brüten.

„Spuk's aus, Mädel", lachte Cal vor sich hin.

„Ich habe ihn ein paar Mal gesehen." Er wartete. „Zweimal im versunkenen Garten, aber auch in der Stadt und – na ja – hier."

„Er war im Haus?"

„Natürlich nicht", sagte sie, leicht erhitzt, und erhielt dafür eine hochgezogene Augenbraue. „Die meisten Gespräche, die ich bisher mit ihm hatte, waren wunderlich. Er scheint, durcheinander zu kommen und ich bin mir nicht sicher, ob das etwas ist, wogegen er nichts tun kann oder ein absichtlicher Versuch, mich in die Irre zu führen. Er scheint zu wissen, wer ich bin. Wie dem auch sei, er schleicht um die Küste herum. Als halte er nach etwas Ausschau.

Als versuche er, etwas herauszufinden und als komme ihm etwas in die Quere."

„Hast du das Daley Meredith gegenüber erwähnt?"

„Nein, warum sollte ich? Er gibt nur je etwas preis, wenn er absolut nicht umhin kommt."

Cal brach in so fröhliches Gelächter aus, dass Lucinda, obwohl sie etwas angefressen war, es unmöglich fand, richtige Verärgerung mit ihm zu empfinden. „Ist dir je der Gedanke gekommen, dass es sich dabei vielleicht um einen Verehrer handeln könnte, meine Liebe?" Ihr schockierter Gesichtsausdruck war unbezahlbar und brachte eine erneute Salve von Gelächter mit sich. „Deine Großmutter wird entzückt sein", grinste er verschmitzt.

„Wag es nicht, ihr gegenüber irgendetwas davon zu erwähnen", stieß sie hervor. „Das ist mein Ernst, Cal, bitte."

„In Ordnung", stimmte er zu, noch immer hocherfreut.

Den erröteten Wangen nach zu urteilen, würde Amelia liebend gern hiervon hören, aber er wusste, dass es klüger war, dieses Thema nicht weiter zu verfolgen. Er verstand, wann er die Nase nicht in irgendetwas zu stecken hatte, aber die Erinnerung an Lucindas Gesichtsausdruck amüsierte ihn den ganzen Heimweg lang köstlich.

Rosie befand sich nach dem, was sie als einen zauberhaften Tag im Garten bezeichnen würde, auf dem Rückweg ins Schloss. Es hatte sie etwas traurig gestimmt, als die kleinen gelben Winterlinge mit den winzigen schicken Krausen langsam unter den Bäumen verschwunden waren, aber jetzt begannen, die ersten Magnolien zu blühen. Die kelch- und sternförmigen Blüten – rangierend von weichem Weiß zu zartem Rosa zu lebhaftem Purpur – waren umwerfend und trösteten einen über den Verlust der vorherigen Blüten hinweg. Es waren mehrere von ihnen über die Schlossanlagen hinweg gesprenkelt. Zusammen mit dem Teppich von hellgelben Primeln in den Wäldchen um die Gärten, den bunten Krokussen,

Hyazinthen, gelben und weißen Narzissen und kleinen Blausternen, die besonders in den Snogard, aber auch an anderen Orten hervorkamen, hatte Rosie das Gefühl, dass der Frühling wahrhaftig vor der Tür stand.

Zusätzlich dazu hatten sie und Fridolin die Entdeckung gemacht, dass fast alle Rosen der Snogard die Jahre der Vernachlässigung, überlebt zu haben schienen. Die vergangenen zwei Wochen waren ihre Anstrengungen besonders darauf konzentriert gewesen, die erstickenden Rosen vom Unkraut zu befreien und sie dann, wenn um sie herum alles ordentlich war, kräftig zurechtzustutzen. Dies war auf Beharren von Fridolin geschehen, der für jemanden mit einem so milden Gemüt, absolut gnadenlos war, wenn es darum ging, eine Rose zu stutzen. Rosie befand sich fast der Ohnmacht nahe, als er es am ersten Busch – einem riesigen und knorrigen Ding, welches sich fast über ihr auftürmte – demonstriert hatte, und ihn zu einer Größe heruntergenommen hatte, die ihr knapp bis zur Hüfte reichte. Dann hatte er ihr die Gartenschere überreicht und ihr Anweisungen gegeben, bei denen sich ihr der Kopf drehte und die den Rosenbusch als ordentlich gepflegtes Exemplar von ungefähr einem Drittel seiner vorherigen Größe hinterließen.

„Du musst sie richtig runter schneiden, damit sie nicht die ganze Energie auf ein paar erbärmlich weit ausufernde Zweige verschwenden." Um sie herum begannen die Rosen, ihm Recht zu geben. Die Augen an den braunen Strünken öffneten sich und sie entdeckten viele Wurzeltriebe, die hochkamen.

„Wir werden etwas warten, um zu sehen, ob sie Teil der richtigen Rose oder Wildtriebe sind, aber das zeigt sich nicht immer sofort und es wäre eine Schande, sie zu verlieren", hatte Fridolin glückselig erklärt. Sie war sich dem zuvor nicht bewusst gewesen, aber Rosen waren seine Leidenschaft. Ganz kurz huschten Maris Buch und das Bild des Drachens, über welches sie vor Monaten gespottet hatte, durch ihre Gedanken. Vielleicht sollte sie den Namen überprüfen.

Sie war gerade dabei, ihrem Freund und der Schubkarre zurück zu den Pflanzschulgärten zu folgen, als sie es, von ganz hinten im Garten kommend, hörte. Es war ein ungewöhnlicher Klang, zwischen einem Klimpern und einem Flüstern, und es zog sie den ganzen Weg zu der entferntesten Ecke der Mauer und zu dem Ort, den sie noch nicht angerührt hatten, hinüber. Nach einem Kampf mit dem Unkraut förderte sie schließlich einen sehr dornigen Rosenbusch mit bösartigen Haken an den Enden zum Vorschein. Sehr vorsichtig stutzte sie ihn auf die Art, die Fridolin ihr gezeigt hatte. Die Gartenschere winkelte sie so, dass sie gleichzeitig darauf Acht geben konnte, die Dornen von der schutzlosen Haut über den Handschuhen fernzuhalten. Als sie fertig war, hatte sie den Eindruck, als glänzte das sie umgebende Gebiet in einem weichen goldenen Licht. Sehr zufrieden damit, beschloss sie, Fridolin selbst die Entdeckung zu überlassen, wenn sie das nächste Mal hier waren.

Zu dem Zeitpunkt als sie sich im Tunnel auf halbem Wege befand, hatte die Rose bereits den ersten Bewunderer angezogen. Auf dem Boden, wo Rosie bei der Arbeit gekniet hatte, lag jetzt der vollkommen glückliche und friedlich in sich zusammengerollte Teichdrache, über dessen silber-bläulich-grüne Haut ein warmes Licht spielte.

## 44

# EIN WEITERES VERSPRECHEN

Sobald sie die Schwelle überquerte, sah Rosie zu ihrem Entzücken, dass die Anlagen nicht der einzige Ort waren, an dem sich der Frühling eingefunden hatte. In der gesamten Eingangshalle, auf den Fensterbrettern und auf Tischen war eine Ansammlung verschiedener

Gefäße aufgetaucht, die eine große Anzahl von Pflanzen enthielten. Der Duft von Hyazinthen lag in der Luft und die Blumen gaben dem Ort einen behaglichen und heiteren Eindruck.

„Dein Onkel hat sie heute aus der Stadt anliefern lassen, mein Liebes", sagte Frau Baird fröhlich, während sie mit einem Schlüsselbund in der Hand geschäftig durch die Halle eilte. „Er ist in der Bibliothek und hat uns gebeten, dich zu ihm zu schicken, falls du uns über den Weg läufst."

Äußerst verblüfft machte sich Rosie auf den Weg zur Bibliothek. In der ganzen Zeit, die sie schon im Schloss wohnte, war dies das erste Mal, dass ihr Onkel sie zu sich bestellt hatte. Furcht senkte sich in ihre Magengrube: Was, wenn er vorhatte, sie fortzuschicken? Sie hielt die Treppe hinauf auf halber Strecke inne, die Hand am Geländer, während Panik drohte, sich ihrer zu bemächtigen. Was, wenn er zu krank war, um sich weiter, um sie kümmern? Würde sie ein überzeugendes Argument anführen können, weder ihm noch Frau Baird, zur Last zu fallen und ihnen die Bitte abzunehmen, sie bleiben zu lassen? Oder könnte sie vielleicht zu Fridolin ziehen? Sein Häuschen war allerdings sehr klein. Die Gedanken in Aufruhr wusste sie, dass sie sich der Sache stellen musste. Wenigstens würde sie danach wissen, worum es sich drehte und konnte handeln. Sie machte sich gerade, nahm einen tiefen Atemzug zum Mutmachen und ging zur Bibliothek weiter.

Die Tür war zu und ohne zu wissen warum, klopfte sie und erhielt ein überraschtes „Herein?", zur Antwort. Ihr Onkel saß etwas von der Tür entfernt in einem der Sessel beim zweiten Kamin. Seine Augen verfolgten ihre Schritte durch den Raum, aber er schwieg bis sie bei ihm ankam.

„Bitte setz dich", sagte er, indem er auf den anderen Sessel deutete. Nachdem er sie eingehend überprüft hatte, bemerkte er: „Du hättest nicht klopfen müssen" und als sie errötete, aber noch immer nichts sagte, fragte er: „Hat dir niemand gesagt, dass du mich hier aufsuchen sollst?"

Sie nickte.

Er zögerte, tat einen tiefen Atemzug, als sammle er seine Kräfte und dann: „Ich habe dir, etwas Wichtiges mitzuteilen und ich würde es lieber so schnell wie möglich hinter mich bringen."

„Bitte schick mich nicht fort!", platzte sie heraus, bevor sie sich davon abhalten konnte.

Er runzelte die Stirn und sagte dann eilig: „Bitte, Rosie, denk nicht einmal an so etwas" und als er den feuchten Glanz ihrer Augen sah, fügte er rasch hinzu: „Niemand hat vor, dich fortzuschicken." Er beugte sich zu ihr hinüber und drückte ihre Hand. „Es ist eher das Gegenteil." Seine Worte und besonders die Art, wie er es sagte, erregten ihre Aufmerksamkeit. Als er zufrieden war, dass sie ihm zuhörte, fuhr er fort: „Ich muss dir ein Versprechen abnehmen, aber ich werde das nicht tun, ohne dir dafür den Grund zu nennen." Sie wartete, bis er seine Gedanken geordnet hatte. „Dir ist vermutlich klar, dass Frau Baird mir erzählt hat, was am Tag des Feuerwerks in der Stadt passiert ist." Er hielt die Hand hoch, um ihr zu verstehen zu geben, dass sie ihn ausreden lassen sollte. „Die Frau, die du getroffen hast, welche versucht hat, dir die Zukunft vorherzusagen, kam sie dir auf irgendeine Weise merkwürdig vor?" Und die Art wie er dies sagte, gab ihr zu verstehen, dass er die Antwort kannte und lediglich versuchte, die Umstände zu klären.

„Ja", gab sie zu.

„Auf welche Art?", fragte er sanft. „Ich werde nicht lachen. Das verspreche ich."

Also erzählte sie ihm von ihrem Eindruck, wobei sie jedoch die Bilder von Feuer und Fridolin und das Tuch herausließ. Sie beschrieb stattdessen das Gefühl des Ertrinkens, welches sie in ihrer Gegenwart gespürt hatte, als versuche etwas, aus ihr hervorzubrechen.

Ihr Onkel hörte ihr ohne Unterbrechung zu bis sie fertig war.

Dann sagte er leise: „Du musst mir diesbezüglich vertrauen, Rosie. Ich möchte dir nicht unnötig Angst einjagen, aber mir wäre es lieber, du bist auf der Hut, als der Gefahr blind entgegen zu stolpern. Diese Frau hat in Bezug auf uns beide keine guten Absichten und solltest du ihr je wieder über den Weg laufen, möchte ich, dass du – wie beim letzten Mal – so schnell wie möglich das Weite suchst." Sie war sprachlos, aber er fuhr fort, bevor sie überhaupt eine Frage formulieren konnte. „Ich kenne keine genauen Einzelheiten, aber meine Schwester – deine Mutter – tat etwas sehr Törichtes, das die Aufmerksamkeit dieser Frau anzog. Meine Eltern gingen einen Pakt mit ihr ein, ohne sich vollkommen bewusst zu sein, was genau er beinhaltete. Langer Rede kurzer Sinn; keiner von uns ist bis zur Sommersonnenwende außerhalb der Schlossanlagen in Sicherheit. Ich möchte, dass du mir versprichst, die Anlagen ab morgen nicht mehr zu verlassen." Seine Stimme war von einer solchen Intensität erfüllt, dass sie es ihm sofort versprach. Damit anscheinend zufrieden, lenkte er das Gespräch auf die Pflanzen in der Halle und bald darauf ging sie auf ihr Zimmer.

Erst als sie in, dem die Anlagen überblickenden Fenstersitz saß, fiel ihr ein, dass sie ihren Onkel zu jener Frau hätte befragen können. Sie hatte das Gefühl, dass er dieses bestimmte Thema nicht wieder anschneiden würde. Etwas in seinen Augen hatte ihr verraten, dass er – wie sie – die Macht dieser Frau gespürt hatte. Er hatte so erschöpft und alt ausgesehen. Was, wenn Fridolin Recht hatte und diese Frau eine Zauberin war? Und was würde mit ihnen geschehen, wenn ihr Onkel sich in Bezug auf den Schutz des Schlosses und die Anlagen irrte?

# 45

# DIE FRÜHJAHRS-TAG-UNDNACHTGLEICHE

In jener Nacht träumte Rosie. Sie war in einem Garten, den sie nicht erkannte und stand ein wenig von der Szene, die sie beobachtete, entfernt. Ein Mädchen in einem hellblauen Kleid und mit luxuriösem goldenem Haar war am Rande eines dekorativen Teiches in die Hocke gegangen. Er befand sich im Zentrum eines

Gartens, der von hohen, mit Kletterrosen und Klematis berankten Mauern umgeben war. Hohe gelbe Iris wuchsen nahe des Teiches und das Mädchen hielt sehr vorsichtig das Gleichgewicht, während sie mit einer Hand den Rock festhielt und mit der anderen ins Gras vor sich griff. Einen Augenblick später richtete sie sich triumphierend auf, ließ den Rock zurück auf die Füße fallen und bewunderte etwas, das sie offenbar gerade aus dem Gras beim Teich gezogen hatte. Neugierig tat Rosie einen Schritt nach vorne und schnappte überrascht nach Luft. Umschlossen von der Hand des Mädchens war ein schönes goldenes Ei, dessen Oberfläche von grünem Serpentin durchlaufen war.

Bevor Rosie richtig begriffen hatte, was sie vor sich sah, steckte das Mädchen das Ei in ein kleines Damentäschchen, drehte sich um und stieg die Stufen, die aus dem Garten führten, empor. Ein kaltes Grauen bemächtigte sich Rosies, aber sie stand wie angewurzelt da. Sie vernahm das Scharren von Klauen und bemerkte einen Teichdrachen, der wie wahnsinnig zwischen den Gräsern um eine seichte Mulde, bei der es sich mit Sicherheit um ein Nest handelte, herumsuchte. Es war leer. Tränen sprangen Rosie in die Augen, als sie verstand, was gerade geschehen war.

Sie wachte weinend auf, das Bild des trostlosen Teichdrachens in ihrem Geist eingebrannt. Ein Schluchzer durchschüttelte sie, als ihr auf einmal bewusst wurde, dass ihr das Mädchen bekannt vorkam. Hatte sie gerade ihre Mutter beim Diebstahl eines Teichdracheneis beobachtet? „Es ist nur ein Traum", murmelte sie leise und schlief wieder ein.

Eine Tür öffnete sich in einem Zimmer. In einem sehr eleganten Himmelbett, von mehreren Kissen gestützt, ruhte das, nicht mehr wirklich atemberaubend schöne Mädchen. Das Gesicht und jeder sichtbare Teil ihrer Haut war mit seltsamen und hässlichen Schwielen bedeckt. Das Haar hatte seinen Glanzton verloren und ihre ehemals kornblumenblauen Augen, waren ein wässriges und trübes

Blau geworden. Sie sah sehr krank aus. Anstatt zu verweilen, spürte Rosie, wie sich ihre Lippen kräuselten und sie zog sich zurück und schritt rasch den Flur hinunter. ‚Es ist nicht möglich', murmelte sie, während sie tief Luft holte. Sie öffnete die Tür in ein lichtdurchflutetes, mit allem möglichen Luxus, den ein verwöhntes Kind haben könnte, gefülltes Zimmer.

Ohne einen Gedanken, an die abwesende Bewohnerin zu verschwenden, begann sie mit der Suche. Verborgen unter viel kaltem Schmuck fand sie, was sie befürchtet, aber gleichzeitig nicht wirklich für möglich gehalten hatte: Ein schönes silbernes Ei mit Blau durchzogen. Sie hielt es ans Ohr und hörte von innen einen ganz schwachen Laut, die verzweifelten letzten Zuckungen von etwas, das im Sterben lag. So schnell sie konnte, wickelte sie es in ihren Rock und trug es in ihr eigenes Quartier. Dort schürte sie ein Feuer, sprenkelte ein paar Kräuter darüber und legte das Ei aufs Feuerrost. Sobald sie zurücktrat, tanzten rote und orangefarbene Flammen um es herum. Das Ei schien, einen stummen Seufzer auszustoßen. Das Silber wechselte etwas ins Gold, aber nicht völlig. Das Blau nahm eine leicht dunkelgrüne Färbung an. Unglauben, Schock und schließlich Zorn flossen durch ihre Adern. Wie hatte das elende Gör dies in ihre Hände bekommen?

Eine Eule schrie draußen und Rosie tauchte aus den Träumen auf. Erschöpft und weinend schlug sie mit der Hand um sich, bis ihre Finger den Saum von Fridolins Tuch berührten. Ihre Atmung wurde gleichmäßig und sie fiel in einen erholsamen und traumlosen Schlaf. Sie erwachte zum ersten Frühlingslicht des Jahres, welches in ihr Zimmer strömte und einem Strauß Rosen, der von einer großen Karte begleitet, auf ihrem Schreibtisch stand.

Rasch schob sie die Decke zur Seite und tanzte zum Tisch hinüber, während sie das Schultertuch um sich zog, um sich warm zu halten. Die Rosen dufteten sogar und die große runde Glasvase, in der sie standen, zeigte die Stiele. Das Arrangement war völlig umwerfend. Die Karte, mit dem Bild eines Gartens auf der Vorderseite, sagte: ‚Alles Gute zum Geburtstag Rosie! Mit den allerbesten Wünschen und im Frühstückszimmer auf dich wartend, mit Liebe, dein Onkel Edmar'.

Rosie bemerkte, dass jemand Kleidung für sie auf dem Liegesofa vor dem Bett bereitgelegt hatte. Die cremefarbene Bluse mit den winzigen Blümchen, der rote Rock und die wollweiße Strumpfhose, die dazu passten, waren zwar zum Gärtnern nicht gerade ideal, eigneten sich aber perfekt für ein Geburtstagsfrühstück. Sie passten ebenfalls sehr gut zu ihrem Schultertuch und der Baskenmütze.

Als sie die Stufen hinunter hüpfte, kam sie an einer kleinen unscheinbaren Tür in der Nähe des Musikzimmers vorbei, die ihr vorher noch nie so richtig aufgefallen war. Nicht in der Lage, ihr zu widerstehen, drückte sie die Klinke hinunter und befand sich auf einmal in der verborgenen Bibliothek. Sie konnte sich an keine Tür erinnern und ihr wurde klar, dass sie inmitten einer Bücherwand herausgekommen war. Licht strömte durch die Fenster und erzeugte einen solchen Widerschein, dass sich das Bild eines Drachens auf der Lehne des Sofas vor ihr abzeichnete. Ein Geräusch hinter ihr brachte sie zu sich. Während sie sich rasch zurückzog, wunderte sie sich noch immer, warum ihr die Tür noch nie zuvor aufgefallen war.

Ihr Onkel wartete im Frühstückszimmer auf sie. Er war sehr viel eleganter als üblich gekleidet, aber die Erschöpfung von gestern zeichnete sich noch immer in seinem Gesicht ab. Er wünschte ihr alles Gute zum Geburtstag und sie nahmen für ein opulentes Frühstück Platz. Nachdem sie die zwölf Kerzen auf dem Pistazien- und Orangenkuchen, der eindeutig vom Café kam, ausgepustet hatte, führte er sie zu einer, beim Fenster aufgestellten Staffelei.

„Ich hoffe, dass es dir gefällt", sagte er leicht nervös. „Aber tut es das nicht,...", er hob die Hände auf eine versichernde Weise, „können wir nach der Sommersonnenwende etwas anderes für dich aussuchen."

Rosie hatte einen Kloß im Hals, als sie die Hand ausstreckte, um die Umhüllung von etwas, das mit Sicherheit ein Bild war, herabzuziehen. Zu Hause hatten Geburtstagsgeschenke, die nicht von ihrem Vater kamen, oft das Ziel verfehlt. Es war nicht, dass sie – zumindest bis zum letzten Jahr – nicht luxuriös waren, aber es war immer etwas Kostbares gewesen, von dem es ihr nicht erlaubt war, damit zu spielen oder es bei sich zu behalten, sondern es wurde in Abständen immer zum Bewundern herausgebracht und die andere Zeit in Verwahrung gegeben. Die Umhüllung glitt von der Staffelei und als sie die zitternden Finger zurückzog, fiel ihr Blick auf die Seehöhle. In dem Augenblick hörte sie, wie das Wasser sanft gegen die Felsen plätscherte und vernahm ein Tropfen etwas tiefer in der Höhle. Undeutliches Flüstern drang an ihre Ohren und eine Träne lief stumm ihr Gesicht hinunter.

„Danke", brachte sie, von Gefühlen überwältigt und nicht in der Lage sich zu rühren, hervor.

Die Hand ihres Onkels drückte sanft ihre Schulter, während er mit rauer Stimme sagte: „Du hast einen guten Geschmack." Sie lächelte ihn an und sah, dass auch seine Augen vor Tränen glänzten. Sie fragte sich, ob er hören konnte, was sie vernahm, war aber zu schüchtern, um ihn danach zu fragen. „Überleg dir, wo du es hinhängen möchtest." Das hatte sie befürchtet, aber bevor sie etwas sagen konnte, fuhr er schon fort. „Es gibt in deinem Zimmer eine Stelle, wo es sich gut machen würde, aber wenn du die Bibliothek vorziehst, lässt sich das ebenfalls arrangieren." Er nahm sie, deutlich besorgt von ihrer Reaktion, in Augenschein. „Geht es dir gut?"

Sie nickte. Dann sagte sie: „Ich hätte es bitte gern in meinem Zimmer."

Das Lächeln ihres Onkels weitete sich. „Das werden wir heute veranlassen."

Sie standen noch etwas länger da, während sich eine etwas

unbeholfene Pause zwischen ihnen ausbreitete, bis ein Klopfen an der Tür sie erlöste.

„Sie sind eingetroffen, Eure Majestät", kündigte der junge Vorsteher an und ihr Onkel entschuldigte sich und ließ Rosie allein zurück. Nicht ganz allein, wie es sich herausstellte; denn als sie sich umdrehte, um das Bild noch einmal zu untersuchen, sah sie, dass – nicht weit entfernt – der wuschelköpfige Junge stand und wie gebannt auf die Höhle starrte. Tränen rannen seine Wangen hinunter, aber Rosie hatte das Gefühl, dass sie, wie die ihren vorher keine von Trauer waren.

„Mari?"

Er hob den Kopf, lächelte und verschwand langsam.

„Das ist köstlich, aber ich hoffe doch wirklich sehr, dass du keinen Ärger dafür bekommen wirst, dass du es mitgenommen hast", sagte Fridolin ein wenig besorgt, während er sein Stück Kuchen verdrückte. Sie saßen auf einem Läufer der, zu Ehren von Rosies Aufputz, wie er es nannte, auf der Bank vor dem Häuschen ausgebreitet war.

„Ich habe dir gesagt, dass es für mich war, also kann ich soviel nehmen, wie ich möchte", sagte sie, während sie mit den Augen rollte. Das Stück war sehr großzügig gewesen, aber sie war sich sicher, dass niemand etwas dagegen hätte. Als sie die Arme über den Kopf ausstreckte, fiel ihr Blick auf einen, auf einer Distel sitzenden Stieglitz, der Samen herauspickte. Das Aufleuchten des Sonnengelbs erinnerte sie an das Licht, welches die Rose in den Snogard umspielt hatte.

„Fridolin!", sagte sie mit einer Dringlichkeit, die sofort seine Aufmerksamkeit auf sich zog. „Ich muss dir etwas zeigen. Bitte, jetzt?" und sie machten sich auf den Weg zum Tunnel.

Die Atmosphäre in den Snogard hatte sich spürbar verändert.

„Was ist das?", fragte Fridolin und ohne, eine Antwort abzuwarten, machte er sich auf den Weg zum Tunnel, der in den Rosengarten führte. Rosie folgte ihm, aber er bewegte sich diesmal so schnell, dass es schwierig war, mit ihm Schritt zu halten. Als sie ihn endlich eingeholt hatte, stand er, wie angewurzelt, ein paar Fuß von der Rose, die sie gestern freigelegt hatte, entfernt. Sie schnappte nach Luft, aber Fridolin rührte sich nicht; er war vollkommen versteinert.

„Ich habe sie erst gestern zurückgeschnitten", brachte sie völlig verwirrt hervor.

Die Rose hatte sich über Nacht verändert. Anstelle der kahlen Strünke, die sie am Vortag übrig gelassen hatte, waren mehrere rundliche und glänzende bronzegrüne Blätter gesprossen. Zusätzlich war sie noch immer von dem seltsamen Licht umgeben und vor ihr zusammengerollt, lag der, sich im tiefen Schlaf befindende Teichdrache. Fridolin tat einen Schritt nach vorne und der Teichdrache öffnete seine großen Augen und begutachtete ihn. Ausnahmsweise sah er nicht so aus, als spränge er gleich los. Stattdessen streckte er sich langsam und kam dann, während Rosie und Fridolin regungslos dastanden, auf sie zu und stupste mit dem Kopf sanft gegen Rosies Fußgelenk. Ganz vorsichtig beugte sie sich vor und berührte seinen Nacken. Er stieß seinen Kopf in ihre Hand und sie hielt sie dort, während ihr die Tränen kamen. Fridolin befand sich irgendwo zwischen der Notwendigkeit einer Kinnstütze, um seinen Kiefer hochzuhalten und der Gefahr, dass ihm die Augen aus dem Kopf springen könnten.

„Er mag dich", hauchte er. „Die freunden sich nicht schnell an."

Rosie dachte an ihren Traum, von dem sie nicht wusste, wie lange es her war, in welchem sie den Teichdrachen in jemandes Schoß ausgestreckt gesehen hatte, während er es erlaubte, dass man ihn streichelte. Irgendwo in der Ferne krächzte eine Krähe und der Teichdrache ergriff die Flucht. Rosie fühlte sich, als wäre ihr Innerstes geschmolzen.

Als sie wieder zu sich kam, bemerkte sie, wie Fridolin sie beobachtete und bevor er die Frage stellen könnte, sagte sie: „Ich habe es gestern gehört." Sie war sich nicht sicher, ob seine Augen noch größer werden konnten. „Da war dieses Geräusch, wie ein Klimpern und Flüstern." Und plötzlich fiel es ihr ein. „Es klang ein bisschen wie in dieser Seehöhle. Undeutlich, aber wie ein Ruf, dem man sich nicht entziehen kann."

„Hier geht auf jeden Fall etwas Ungewöhnliches vor."

Sie hielt den Atem an und wartete darauf, dass er es ihr sagen würde und das tat er.

„Es gibt eine Prophezeiung über eine erwachende Rose und eine Kluft, die geheilt wird. Ich dachte immer, dass es ein altes Drachenmärchen sei aber,...", er sah sie forschend an, machte eine kurze Pause und fuhr dann fort, „sie spricht von einem Mädchen, welches die Macht hat, eine uralte Bindung wieder zu knüpfen und einen Fluch zu brechen." Keiner von beiden rührte sich. Der Bann brach, als er zu murmeln begann: „Es sagt natürlich nichts genaues über die Art der Bindung oder den Fluch oder wie, das alles zu bewerkstelligen sei, aber", er grinste, als ihr der ehemals ehrfürchtige Gesichtsausdruck langsam entglitt und schloss nüchtern ab, „es gibt eine sehr detaillierte Beschreibung der Art von Rose."

Rosie stupste ihm mit dem Finger in die Seite, bevor er sich davonmachen konnte.

Die morgendliche Sitzung war abgeschlossen und nur Daley Meredith und Ratsherrin Hargreaves blieben zurück. Sobald die Schritte der anderen verklungen waren, schloss König Edmar die Tür und gab ihnen das Zeichen, ihm ins Nebenzimmer zu folgen, wo ein leichtes Mittagsmahl bereit stand. Als sie fertig waren, die Speisen fortgeräumt und mit Kaffee ersetzt worden waren, sprach König Edmar:

„Ich danke Euch, dass Ihr so kurzfristig dableiben konntet. Es gibt da eine eher delikate Angelegenheit, die ich mit Euch besprechen möchte."

Während der König von dem Treffen auf der Hafenmauer berichtete, hielt Daley Meredith seine Tasse in der Luft hängend fest, während Schock und Ekel über sein Gesicht rasten, während die Stirnfalte von Ratsherrin Hargreaves sich auf alarmierende Weise vertiefte.

„Dich heiraten?", wiederholte Daley angewidert, als König Edmars Geschichte sich dem Ende neigte.

„Sie hat das Kind verlangt?", hauchte Ratsherrin Hargreaves in Verwunderung.

Alles was König Edmar tun konnte, war nicken. Plötzlich spürte er die Hand von Ratsherrin Hargreaves auf der seinen, wie sie sie auf die Art drückte, wie seine Tante Eleanor es immer getan hatte, wenn er sich mit Problemen an sie wandte und ihm kam eine Idee.

„Ihr wisst nicht zufällig, wo sich meine Tante derzeit aufhält, oder?"

„Letztes Mal befand sie sich noch immer auf einer Reise die Ostküste entlang, auf der Suche nach Spuren des Vaters des Kindes. Es ist mir vielleicht möglich, ihr eine Nachricht zukommen zu lassen, aber selbst wenn das gelingt, gibt es keine Garantie, dass sie es vor der Sommersonnenwende hierher zurück schaffen würde."

„Bitte versucht es dennoch." Sie gab nickend ihr Einvernehmen.

„Aber warum glaubt sie, dass du darauf hereinfallen würdest?", schüttelte Daley Meredith ungläubig den Kopf.

„Überheblichkeit? Wer weiß. Ich mache mir mehr Sorgen darüber, dass was auch immer sich in Rosie im Entstehen befindet, weit über ihre Person hinaus strahlt. Sie hat sie nur für eine ganz kurze Zeit getroffen und war sofort an ihr interessiert."

„Ist Euch an Eurer Nichte irgendetwas Ungewöhnliches aufgefallen?", fragte Ratsherrin Hargreaves mit Neugierde und einem

Scharfsinn, der ihm zu verstehen gab, dass sie Bescheid wusste, aber eine Bestätigung wollte.

Er seufzte unglücklich auf: „Es scheint, als flüstere die Seehöhle ihr zu."

Ein kurzes Klirren folgte, als Ratsherrin Hargreaves die Tasse etwas abrupt absetzte. „Entschuldigt", sagte sie und gab ihm einen eindringlichen Blick: „Was veranlasst Euch zu dieser Vermutung?"

„Es ist ihre Reaktion auf das gemalte Abbild, aber ich habe Grund zu der Annahme, dass das nicht alles ist. Frau Baird erzählte mir, dass sie beobachtete, wie sie seltsam auf Dinge reagiert hat und zwar nicht nur auf das Bild der Höhle, sondern auch auf das Wandgemälde im Café. Mir sind keine Einzelheiten bekannt, aber es besteht eine Verbindung zwischen ihr und der Künstlerin, Lucinda Adgryphorus, in dem Haus da oben."

Sie nickten, um ihm zu verstehen zu geben, dass sie ihm folgten.

„Das Drachenzimmer ließ Rosie ein. Es wacht über sie. Ich kann es spüren. Niemand, außer mir, war vor ihrer Ankunft überhaupt auch nur in der Lage, die Tür zu finden, ganz zu schweigen davon, eingelassen zu werden. Meine Tante sagte immer, dass das Zimmer sich nur Flüsterern öffnet. Sie behauptet, dass ich einer sei, obwohl ich das bezweifle. Aber das Zimmer hat Zauberkräfte, die jene übersteigen, die sogar sie kontrollieren kann und es ist sehr eindeutig Rosies."

Es gab ein kurze Pause bis Daley Meredith fragte: „Wie ist es eindeutig ihres?"

„Ich kann mich nicht erinnern, wie es in meiner Kindheit aussah, aber in der Bibliothek gibt es eine Mappe mit Zeichnungen aus den alten Tagen und meiner Zeit und es hat sich verändert. Man sagt, es sei für jeden Bewohner anders. Im Moment hat es eine warme Wandtäfelung den unteren Teil der Wände entlang und darüber eine sehr filigrane geblümte Tapete. Die Vorhänge um das Himmelbett, der Fenstersitz und der Überwurf sind ebenfalls geblümt, ein

zartes Muster, welches zu Rosie passt. Es ist schwierig, es haargenau festzulegen, aber es war kahl bevor sie kam und veränderte sich an dem Abend, an dem sie ankam."
Es herrschte ein fassungsloses Schweigen.
„Was möchtest du, das wir für dich tun?", fragte Daley schließlich.
„Versucht meine Tante ausfindig zu machen", und mit einem schweren Atemzug brachte er zwei Pergamentrollen hervor und reichte jedem eine: „Und macht von diesen Gebrauch, sollte sich mein Verhalten Rosie gegenüber nach Einbruch der Dämmerung am Vorabend der Sommersonnenwende in irgendeiner Weise ändern. Versprecht mir, dass ihr sie in Sicherheit bringt. Vor mir, sollte das notwendig sein."

# 46

# EIN ANFANG WIRD GEMACHT

Lucinda verspürte beim Losfahren am nächsten Morgen einen Anfall von Beklommenheit. Der Karren war mit Materialien beladen und sie war aufgeregt, aber auch ziemlich nervös darüber, den Anfang zu machen.

Ein paar Diener hatten ihre Ankunft erwartet und ihr dabei geholfen, alles in den versunkenen Garten hinunter zu tragen. Zu ihrer großen Überraschung war im unteren Teil eine zeltartige Struktur errichtet. Die Diener hatten einen der Mosaikrahmen auf einer stabilen, auf Stützblöcken ruhenden Platte abgelegt, die sich auf perfekter Höhe für sie befand. Nachdem sie sich innerlich auf

Knochenarbeit am Boden vorbereitet hatte, war Lucinda ziemlich verblüfft, aber auf keine unangenehme Weise. Bei der Begutachtung des Ortes, nachdem die Diener fort waren, verlor sie sich in Erstaunen über die Einzelheiten, denen man Aufmerksamkeit geschenkt hatte und registrierte deswegen die Ankunft des Fremden erst, als seine Stimme sie begrüßte.

„Guten Morgen. Ich hoffe, dass du dort drinnen alles hast, was du brauchst?"

Sie drehte sich um und sah, dass er ein wenig außerhalb ihres Arbeitsbereiches zum Stehen gekommen war. Er lächelte sie an und sie war nicht nur darüber entsetzt, wie sein Gesicht sich dabei aufhellte, sondern empfand es zutiefst besorgniserregend, welche Wirkung es auf sie hatte. Ungebeten kehrten ihre Gedanken zu Cals scharfsinnigen Blick zurück und sie spürte, wie sich eine tiefe Röte auf ihren Wangen ausbreitete.

So was Dummes, schalte sie sich und dann: „Ja", während sie innerlich vor dem leichten Quietschen in ihrer Stimme zusammenfuhr, welches sie schließlich unter Kontrolle brachte, indem sie sich auf die Fakten konzentrierte. „Danke, ja." Sie begegnete seinem Blick. „Ich hatte das nicht so erwartet, aber es ist perfekt."

Er legte den Kopf auf eine Art schief, als erwartete er eine weitere Ausführung.

„Ich wollte vor Ort arbeiten, aber wenn ich wirklich ehrlich bin, hatte es mir bereits davor gegraut, die nächsten Monate auf den Knien zu verbringen. Dies hier ist unglaublich." Sie hielt inne: „Richte dem König bitte meinen Dank aus?"

Er gab ihr ein leichtes Nicken, sagte aber nichts. Was hatte dieser Mann nur?

„Ich vermute, dass ich anfangen sollte", sagte sie und als er noch immer dort stand, nahm sie einen tiefen Atemzug und sagte auf keine unfreundliche, aber eine aufrichtig direkte Weise: „Ich weiß die Mühe, die in all dies gegangen ist zu schätzen, aber ich arbeite am liebsten allein."

Sie wartete, aber noch immer verweilte er, als wisse er nicht, was er als nächstes tun sollte. Dann seufzte er, etwas niedergeschlagen, auf. „Na gut, vermute ich...", sagte er, dann: „...ich lasse dich allein. Aber gib bitte im Haus Bescheid, falls du irgendetwas benötigen solltest" und er wandte sich zum Gehen.

Seine Stimme enthielt wieder diesen verlorenen Klang und plötzlich, so heftig, dass es ihr fast den Atem verschlug, brach eine Woge von Elend über sie hinweg. Bevor sie wirklich wusste, was sie tat, hatte sie ausgerufen: „Ich habe belegte Brote und eine Reiseflasche dabei. Es ist nicht viel, aber bitte schließ dich mir zum Mittag an, wenn du möchtest?"

„Wenn du dir sicher bist", sagte er zweifelnd.

„Ja", bestätigte sie nachdrücklich: „So gegen ein Uhr, wenn das passt?"

Er nickte etwas verlegen. Dann ging er und nahm beim Treppensteigen gleich zwei Stufen auf einmal und ihr wurde klar, dass sie jetzt einen Gefährten zum Mittag hatte, ohne das sie weiterhin irgendeine Ahnung davon hatte, wer er überhaupt war.

In den unteren Gärten genossen Rosie und Fridolin gerade eine Tasse Kamille-Orangentee, der von den letzten Resten des, sorgfältig in zwei gleich große Stücke geschnittenen, Pistazienkuchens begleitet wurde. Sie saßen auf einer Bank im Rosengarten, von wo sie die kleine Rose, das Bild vervollständigt von dem dösenden Teichdrachen vor ihr, bewundern konnten und sprachen über den einen Garten, den Rosie nie wieder betreten wollte.

Gestern, am späten Nachmittag, auf dem Weg zum Abendbrot, hatte sie den Zwang verspürt, in den versunkenen Garten, von dem sie geträumt hatte, zu gehen. Sie war nur ein einziges Mal dort drin gewesen und das war an ihrem ersten Tag, während des Rundgangs durch das Schloss und seine Anlagen und selbst dann, hatte sie dort nicht verweilen wollen. Der Augenblick, in dem sie ihren Fuß auf die erste Stufe setzte, hatte sich so angefühlt, wie der, mit dem sie die Ruine betreten hatte. Es war fast, als zöge sie etwas in eine andere Zeitschicht. Das Mädchen war dort und wie in dem Traum hob sie das Ei auf und rannte damit fort. Anstatt sich aufzulösen, blieb die Szene, nur dieses Mal sah Rosie einen Teichdrachen, ein wenig größer als der, den sie kannte, zurückkehren und verzweifelt um das Nest herum nach dem Ei suchen. Plötzlich hielt er inne; hob den Kopf und schien, die Luft herum zu erschnüffeln. Ein durchstechender wehklagender Klang folgte. Rosie kamen die Tränen und es fühlte sich an, als wolle ihr Herz entzwei brechen. Noch immer unfähig, sich zu rühren, vernahm sie auf den Garten zueilende Schritte und eine hochgewachsene grauhaarige Frau in ungewöhnlicher Kleidung ging an ihr vorbei. Die Frau kniete beim Teich nieder und Rosie sah, dass der Teichdrache, den sie früher gesehen hatte, auf seinem Nest zusammengerollt und kaum in der Lage war, auch nur den Kopf zu heben. Sehr vorsichtig schob die Frau dem Geschöpf etwas zu. Es war das Ei, welches Rosie zum letzten Mal im Schloss auf dem Feuerrost gesehen hatte. Der Drache seufzte und ein kleines Netz breitete sich von seinem Rücken her aus und umhüllte ihn und das Nest. Die Frau richtete sich vor Zorn bebend auf.

„Das elende Mädchen!", schnaufte sie: „Drachengürtelrose lässt sie noch zu ungeschoren davonkommen!"

Die Welt schien, sich zu schütteln und Rosie starrte in den Garten vor sich, während eine Woge von Traurigkeit über sie hinweg rollte.

„Ich werde nie wieder einen Fuß an den Ort setzen!", verkündete sie jetzt, während sie ihre Teetasse abstellte.

„Sag niemals nie", murmelte Fridolin abwesend und hielt inne, als er ihren Blick auffing. „Es ist eine Redensart", bot er an.

„Das weiß ich, aber ich kann sie nicht ausstehen. Wie dem auch sei", gab sie etwas ruhiger hinzu, „alles was ich sage ist, dass mich keine wilden Pferden dorthin zerren könnten. Er ist verflucht", schloss sie entschieden ab.

Fridolin wartete und fragte dann: „Weißt du, was es ist? Drachengürtelrose?"

„Nein?" Sie schüttelte den Kopf und sah ihn neugierig an. „Gibt es das wirklich?"

„Na ja, der Drachenlehre entsprechend ja." Durch ihre Aufmerksamkeit ermutigt, fuhr er fort. „Drachen und ihre Eier sind von starken Zauberkräften umgeben. Drachengürtelrose ist eine Krankheit, die du dir zuziehst, wenn du mit diesen Zauberkräften herumhantierst. Wenn du sie dir einfängst, kann sie dich innerlich und äußerlich verunstalten. Deswegen sollte man Drachen lieber keinen Schaden zufügen."

Rosie war nicht wirklich überzeugt, sagte aber nichts. Wenn sich ihre Mutter als Mädchen tatsächlich eine Drachengürtelrose zugezogen hatte, dann musste sie sich ziemlich gut davon erholt haben. Es sei denn, ihre Träume und Tagträume waren nur das: Phantasmen überreizter Nerven.

Lucindas Morgen war gut verlaufen. Morgen würde die Grundfläche des ersten Rahmens ausgehärtet sein und sie könnte mit dem eigentlichen Mosaik anfangen. Die Kartons mit den farbigen Steinchen und Stücken, die Lappen und der Holzhammer für die nächste Schicht waren alle aufgereiht. Die großzügige Aufstellung würde es ihr erlauben, gut zu arbeiten.

Die Turmuhr schlug eins, als sie sich bei der Pumpe gerade die Hände fertig abtrocknete und trotz ihrer früheren Bedenken, bemerkte sie, dass sie der Klang von den, in den Garten kommenden Schritten, erfreute. Als sie bei der Bank ankam, hatte er bereits damit begonnen, den Inhalt eines kleinen Korbes, auf einem Leinentischtuch auszubreiten.

„Eines der Küchenmädchen hat mich in der Speisekammer erwischt und bestand darauf, dies für mich zusammenzustellen, obwohl ich ihr beteuerte, dass ich für mich selbst sorgen könnte." Sie musste angesichts seiner nervösen Aufregung ein Lächeln verbergen. Er sah auf und seine Augen – so schön – waren dunkler als am Tag auf der Anhöhe. Es ließ sie aufschrecken, denn, als sie den Blick auffing, hatte sie wieder das Gefühl, als enthielten sie etwas, das sie nicht richtig ergründen konnte. „Geht das so?", fragte er, während er sich eine vereinzelte Haarsträhne aus der Stirn strich und seine Stimme sie wieder in die Gegenwart rief.

Der Umfang der Speisen vor ihr war vielfältiger, als das, was sie normalerweise innerhalb einer Woche essen würde. Es gab einen Teller mit Obst, eine Käseauswahl, Aufschnitt und verschiedene Kleinbackwaren und Brötchen und, etwas davon entfernt, winzige Kuchen und Feingebäck. Die Schlossküche konnte scheinbar, kurzfristig ein prächtiges Picknick zusammenstellen. Sie setzte sich und streckte ihr Mittagspäckchen aus.

„Hättest du noch immer gern ein belegtes Brot?", fragte sie ungewiss.

„Ja bitte." Er nahm eins und biss hinein.

Sie saßen da, aßen ihr Mittag und lobten die verschiedenen Speisen. Er hatte sogar Leinenservietten, irdene Becher und eine kleine Flasche des Gärtnertrunkes, ein Kräutergebräu, welches köstlich schmeckte, dabei. Lucinda fand, dass es überraschend einfach war, mit ihm dazusitzen und die nächsten Phasen, der Mosaike zu besprechen, während er aufmerksam zuhörte, Fragen stellte und überhaupt alles sehr natürlich anfühlen ließ. Es war erst auf dem Heimweg, als ihr bewusst wurde, dass – obwohl er jetzt viel über ihre Arbeit wusste – sie noch immer kein bisschen klüger in Bezug auf seine Stellung am Hofe war oder ansatzweise wusste, woher er kam.

# 47

## DIE LEERE STELLE

Der Frühling schritt zügig voran und die Gärten verwandelten sich wieder in ein Meer von Farben. Die Bäume waren mit Blüten von Pflaume und Kirsche, Apfel und Birne bekleidet, die den Boden mit einer Bedeckung zurückließen, die buntem Schnee glich. Die Blumenzwiebeln, die Rosie und Fridolin gesetzt hatten, erblühten überall und die Lücke zwischen ihnen und den ersten Rosen wurde mutig von Schwertlilien überbrückt, die an allen möglichen Orten hervorkamen. Eine wunderbare Überraschung war in Form eines Teppichs aus blauen Glockenblumen gekommen, die den Boden in dem Wäldchen um die Snogard mit einem dunstigen Blau durchzogen hatten und zwischen deren zarten Blüten hier und dort vereinzelt, eine Waldanemone oder etwas Waldmeister durchschimmerte.

Die Atmosphäre im Schloss war etwas gedämpft, denn: „Um ehrlich zu sein Rosie, gibt nur eine begrenzte Anzahl von Wegen, die man in den Anlagen nehmen kann, bevor alles beginnt, sich zu wiederholen", hatte ihr Onkel ein wenig niedergeschlagen kommentiert.

Der Drang, ihn aufzumuntern war stark gewesen und Rosie war fast mit allem herausgeplatzt, was sie und Fridolin über die ganzen Monate hinweg für sich behalten hatten, aber etwas hielt sie davon ab. Die Snogard kamen mit Fridolin und sollte wirklich eine Zauberin, die keine Drachen mochte, frei herumlaufen, dann wollte Rosie, dass sich ihr Freund – mit ihr gemeinsam – in den Anlagen in Sicherheit befand. Und ihr Onkel schien ohnehin viel Zeit, in der Orangerie und den Ziergärten zu verbringen und außerdem, durch den sehr weitläufigen Park zu spazieren, also war es nicht so, dass er vollkommen leer ausging.

Sie war allerdings über den Tunnel froh, da sie ihm nicht unbedingt in Gesellschaft von Fridolin über den Weg laufen wollte. Je näher sie der Sommersonnenwende kamen, desto mehr Sorge bereitete es Rosie, wie sie das Thema Fridolin anschneiden sollte. Sie konnte sich das Schloss ohne ihn nicht vorstellen und was sie von den anderen Gärtnern oben beim Haus gesehen hatte, hatte sie davon überzeugt, dass keiner von ihnen, ihrem Freund das Wasser reichen konnte.

Eine weitere Sache, die ihr auffiel, war, dass ihr Onkel ziemlich viel Zeit, in seine Gemächer zurückgezogen, zu verbringen schien. Hin und wieder entstand ebenfalls der Eindruck, als verließen eine Reihe von mysteriösen Päckchen das Schloss. War er in eine Art Handel verwickelt?

Sie konnte regelrecht hören, wie ihre Mutter sich über ihn lustig machte. „Mein Bruder ist ein Sonderling", hatte sie einmal einer Großherzogin gegenüber beim Tee bemerkt. „Man schenkt ihm am besten keine Beachtung."

Sich daran zu erinnern, machte Rosie jetzt wütend. Sie hielt in dem Korridor, in dem sie sich gerade befand inne und ihr wurde klar, dass sie auf Höhe einer bestimmten Tür war. Nachdem sie um sich gespäht hatte, um zu sehen, dass die Luft rein war, trat sie ein. Die geheime Bibliothek hatte ihr übliches Gefühl von Freundlichkeit, aber ihr Herz pochte, als sie sah, dass sie nicht allein war. In der Hocke auf dem Boden vor ihr, mit Fingern, die sichtbar ohne irgendeine Wirkung durch die Seiten vor ihm glitten, saß Mari. In dem Moment, als ihre Blicke sich trafen, verschwand er.

König Edmar blinzelte. Er hätte schwören können, dass gerade jemand die Flüstererbibliothek betreten hatte, aber das schien aus der Luft gegriffen. Die Worte seiner Tante kamen ihm wieder in den Sinn: „Ihr mögt gemeinsam eintreten, aber sie wird dir nicht erlauben, auf einen Ort Zugriff zu nehmen, der bereits besetzt ist. Sie lässt das nicht zu." Er stieß einen Seufzer aus und stellte den Schlossgeschichtsband an seinen Platz hinter dem Gleitpaneel zurück. Er überprüfte die Stelle noch einmal und ging dann hinaus. Eines Tages würde er Rosie von diesem Ort erzählen, aber noch nicht jetzt. Es war sicherer, alles Grundlegende nach der Sommersonnenwende zu besprechen. Er wollte ihr keine Angst einjagen.

Worüber er gebrütet hatte, war ebenfalls verschwunden. Rosie richtete sich auf und bemerkte, wie das Licht auf eine Stelle im Holz fiel, vor welcher sich keine Bücher befanden. Es war honigfarben und als sie hinüberging, um es einer genaueren Untersuchung zu unterziehen, entdeckte sie, unten eingeritzt, einen kleinen Drachen. Sie drückte ihn sachte, aber nichts passierte. Als sie ihre Hand gegen das Paneel lehnte, begann es, sich langsam zur Seite zu bewegen. Innen drin war ein riesiger, in Leder gebundener, alter Wälzer. Ihre Finger prickelten. Einer Regung folgend griff sie danach und zog ihn hinaus. Mit großer Sorgfalt legte sie ihn auf den Lesetisch in der Nähe und begann, ihn durchzublättern.

Die Schrift war schwer zu entziffern und sie war gerade dabei, ihn zu schließen, als sie auf einen Abschnitt mit Einsätzen stieß, die einem Stammbaum glichen. Sie war mit denen vertraut, da ihr Vater ihr den ihren gezeigt hatte und sie gemeinsam die Einträge bis zu ihrem ungenannten Vorfahren hin zurückverfolgt hatten. Die früheren Ahnen in diesen hier schienen jeweils nur ein oder zwei Kinder gehabt zu haben und oft ging nur eine der Linien weiter. Von dieser Linie vermutete sie, dass es sich um die königliche Linie handelte.

Bei einer Seite schnappte sie nach Luft. Dieser König und seine Königin hatten vierzehn Kinder und dreizehn von ihnen waren im selben Jahr gestorben. Das letzte Kind in der Reihe war ein Mädchen, das ein Jahr älter als Rosie selbst war. Zumindest glaubte Rosie, dass es sich um ein Mädchen handelte, da der Name wie ihr eigener aufhörte; vielleicht war das aber auch nicht der Fall. Bei alten Namen konnte man sich nie gewiss sein.

Es war, als sie bei der letzten Seite ankam, dass die Verwirrung einsetzte. Dort stand der Name ihrer Mutter, der sich durch eine dünne Linie mit dem ihres Vaters verband. Da war auch ihr Onkel, aber auf der Seite darunter war nur eine leere Stelle. Das war aber nicht alles. Unter dem Namen ihrer Mutter befand sich ein kleines Zeichen, ein Zeichen das sie auf vorherigen Seiten erspäht hatte und an welches sie sich auch von dem Stammbaum ihres Vater erinnerte. Es schien, meist, neben Leuten aufzutauchen, die kinderlos waren. Das Datum neben dem furchtbaren Zeichen war eins von vor über dreißig Jahren. Ihr schwirrte der Kopf und sie schloss das Buch. Als sie glaubte, dass ihr die Beine nicht mehr wegklappen würden, stellte sie es wieder in sein Versteck zurück. Bedeutete jenes Zeichen, dass diese Leute keine Kinder haben konnten? Hatte ihre Mutter die ganze Zeit über damit Recht gehabt, dass sie nicht wirklich ihre Tochter war? Und wenn das stimmte, was war dann mit ihrem Vater? Und was machte das aus ihrem Onkel?

# 48

## GESPRÄCH IN DER ORANGERIE

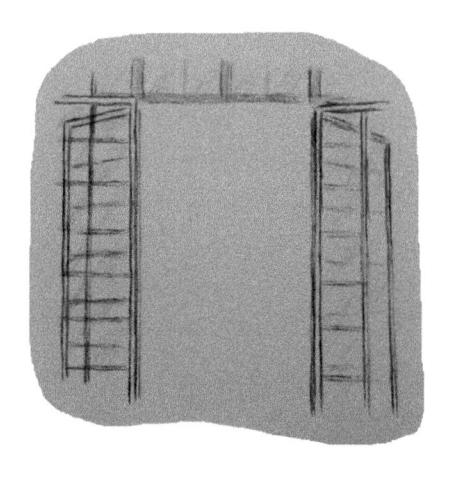

In den Tagen, die der Entdeckung des Stammbaumes folgten, wurde Rosie von Albträumen geplagt. Jedes Mal erwachte sie schweißgebadet und wünschte sich erneut, das Buch nie gefunden, nie das Zeichen neben dem Namen ihrer Mutter erspäht und niemals vergebens nach einer Linie, die von den vereinten Namen ihrer Eltern bei ihr ankam, gesucht zu haben. Das Schreckliche an ihren Träumen war, dass sie nicht unwirklich erschienen und leicht vom Licht des Tages zerstreut wurden, sondern wie grausam sie zum Innersten der Sache vordrangen.

In einem von ihnen hatte ihre Mutter hoch über ihr geragt, Zorn in jedem Zug ihres schönen Gesichtes, während sie: ‚Du bist nicht mein Kind!', gekreischt hatte, aber das war nicht der schlimmste Moment gewesen. Das war der, in welchem sie sie mit furchtbarer Verachtung rauf und runter angesehen hatte, als röche sie etwas Unangenehmes mit ihrer hübschen Nase. ‚Ich denke noch immer, dass die Hebamme meine Tochter bei der Geburt gegen ein gemeines Balg ausgetauscht hat. Sie dachte offenbar, dass mir der Unterschied nicht auffallen würde.'

Rosie erwachte aus diesen und zahllosen anderen Träumen mit Tränen in den Augen, während sie Sir Rothügel fest an sich drückte. Was es alles noch schlimmer machte, war, dass sie sich nicht sicher war, ob es sich tatsächlich um Träume handelte. Sie fühlten sich eher wie Bruchstücke von Erinnerungen an, die hochkamen, nachdem sie lange Zeit vergraben gewesen waren und sie fragte sich, ob sie weglaufen sollte. Vielleicht war es nur eine Frage der Zeit, bis ihr Onkel herausfand, dass sie gar nicht seine Nichte war und sie sowieso fortschickte. Wäre es nicht besser zu gehen, bevor man sie davon in Kenntnis setzte? Aber wohin könnte sie gehen?

Sie begann, immer weniger zu essen und trotz Fridolins Versuchen, es ihr zu entlocken, konnte sie sich nicht einmal ihm anvertrauen. Was würde er davon halten, wenn er wüsste, dass sie die ganze Zeit über gedacht hatte, dass sie eine Prinzessin war – eine Art von Mensch, die er so verabscheute – und es ihm nur mitteilte, wenn sie seine Hilfe brauchte? Würde er noch immer ihr Freund sein wollen? Und so ging es weiter im Kreis herum, bis eine Idee in ihr aufkeimte.

König Edmar hatte nicht der Andeutung Frau Bairds mit: „Das Mädchen kränkelt, Eure Majestät", bedurft, um zu verstehen, dass etwas mit seiner Nichte absolut nicht stimmte. Sie ging noch immer in die unteren Gärten, aber was mit einer angeschlagenen Anmutung begonnen hatte, entwickelte sich beunruhigend rasch zu einem abgehärmten Aussehen, das den Eindruck erweckte, als schwand sie vor seinen Augen dahin. Er ließ die Gedanken über die letzten Wochen schweifen, konnte aber außer dem Bild nichts ausmachen. War die Seehöhle in ihrem Zimmer ihr zu viel? Bereitete das Flüstern ihr Sorgen? Konnte es Albträume verursachen? Er erinnerte sich an ihre Reaktion, aber sie war ihm eher glücklich als verängstigt vorgekommen. Oder waren ihr die Gerüchte, die jetzt in der Stadt umgingen, ans Ohr gedrungen? Er seufzte elendig und versuchte, den Gedanken abzuschütteln. Er war sich sicher, dass keiner seiner Bediensteten diesen Tratsch hier verbreiten würde. Es bezog sich ebenfalls hauptsächlich auf ihn, aber dennoch. Es gab, nichts daran zu rücken; er würde mit ihr sprechen müssen. Sein Instinkt sagte ihm, dass, was auch immer von ihr Besitz ergriffen, keine körperliche Ursache hatte.

Rosie war an diesem Morgen mit einer tief in ihr verwurzelten Entschlossenheit erwacht. Nach dem Frühstück würde sie fortlaufen. Als erstes würde sie es bei Seeblickhaus versuchen. Vielleicht war ja Lucinda geneigt, ihr zu helfen. Wenn das keine Alternative war, würde sie es in der Stadt versuchen. Vor Jahren hatte ihr Vater ihr von einem entfernten Vetter erzählt, der irgendwo im Osten lebte. Irgendwie würde Rosie diesen Vetter ausfindig machen. Ihm würde es nichts ausmachen, dass sie nicht das Kind ihrer Mutter war. In der Küche könnte sie sich mit Proviant versorgen, was nur noch – sie hielt abrupt inne, während ihr die Tränen kamen – Fridolin übrig ließ! Sie musste von ihm Abschied nehmen. Er würde sich Sorgen machen, wenn sie plötzlich nicht auftauchte. Sie hatten für heute das Pflanzen der Einjährigen geplant. Sie würde ihm beim Häuschen einen Zettel hinterlassen, wo er ihn mit Sicherheit fände.

Sie war gerade dabei, Wechselkleidung und den kleinen Geldbeutel in ihren Rucksack zu packen, als es an der Tür klopfte. Sie schubste den Rucksack geschwind unter das Himmelbett und begrüßte das Dienstmädchen mit einem angespannten Lächeln.

„Euer Onkel wünscht, dass Ihr Euch zum Frühstück in der Orangerie einfindet, mein Fräulein." Rosie starrte sie an. Dies war, abgesehen von ihrem Geburtstag, was nicht wirklich zählte, das erste Mal, dass ihr Onkel sie darum bat, an einem bestimmten Ort mit ihm zu frühstücken.

Sie sagte: „Ich bin in einer Minute da", während sie widerwillig akzeptierte, dass sie ihre Pläne auf später verschieben musste. Die Orangerie befand sich gleich neben den Fahrradschuppen. Es wäre ihr unmöglich, das Fahrrad direkt unter der Nase ihres Onkels hinweg herauszuschmuggeln. Im Prinzip sollte sie die Anlagen nicht verlassen, aber wenn er vielleicht doch nicht ihr Onkel war? Dieser Gedanke hatte ihr in den letzten Tagen am meisten Übelkeit und einen scheußlichen Knoten im Magen verursacht, dann war diese Frau vielleicht doch gar nicht an ihr interessiert. Sie stieß einen tiefen Seufzer aus und machte sich auf den Weg, ohne den Jungen zu bemerken, der von Panik ergriffen auf die Stelle starrte, wo ihr Rucksack jetzt versteckt lag.

Ihr Näherkommen war zaghaft, als erwarte sie gewichtige Nachrichten. Seine Nichte trug sehr zweckdienliche Kleidung und ordentliches Schuhwerk, als hätte sie vor, eine lange Reise anzutreten. Es war auf jeden Fall die falsche Ausstaffierung für einen bereits warmen Frühlingsmorgen. Als sie eintrat, erhaschte er den kurzen Blick in Richtung der Fahrradschuppen und eine Erinnerung stieg plötzlich in ihm auf. Aufgeschreckt versuchte er an ihr festzuhalten, aber sie verlor sich fast in demselben Moment, in dem er es versuchte. Hatte er einmal vorgehabt, wegzulaufen? Er war sich nicht sicher, denn jeder Versuch, sich an sein Leben vor dem mit seiner Tante zu erinnern, schlug fehl. Es war, als existierte eine Barriere, die ihn daran hinderte, auch nur irgendetwas vor ihrem gemeinsamen Leben auszumachen. Beunruhigt wie er hiervon war, gab es ihm die Gewissheit, dass die Zeit, den Problemen seiner Nichte auf den Grund zu gehen, ran war.

„Guten Morgen", begrüßte er sie mit einem fröhlichen Lächeln. Ein erwiderndes Lächeln blitzte kurz auf, bevor es auf dem Gesicht erstarb. „Setz dich", sagte er nach ihrem gemurmelten: „Morgen."

Ihre Haltung war die von jemanden, der die Welt auf den Schultern trug. Auch wenn er gern, gleich auf den Punkt gekommen wäre, hatte er instinktiv das Gefühl, dass er sich langsam rantasten sollte. „Ich dachte, uns würde ein Tapetenwechsel gut tun" und als dies nur ein kleines Nicken hervorlockte, fügte er hinzu: „Ich bin hier nicht gern eingesperrt."

Er bemühte sich, ein Gespräch in Gang zu bringen, aber sie machte es ihm nicht leicht. Letzten Endes beschloss er deswegen, das Frühstück, welches sie kaum anrührte, einzunehmen, bevor er einen weiteren Versuch machte, sie in ein Gespräch zu verwickeln.

Das Frühstück schleppte sich dahin wie keines je zuvor. Es war ruhig, aber nicht ihr übliches geselliges Schweigen. Für Rosie fühlte es sich geladen an. Sie war durchaus in der Lage, den Unterschied zwischen einem Tapetenwechsel und dem Beginn eines heiklen Gespräches festzustellen. Sie erinnerte sich daran, wie ein alter Anwalt sich in dem großen Salon mit ihr hingesetzt und ihr erzählt hatte, dass den ausführlichen Wünschen ihres Vaters zufolge, sie zu ihrem Onkel ziehen würde. Und jetzt hatte ihr Onkel, ihr etwas Schwerwiegendes mitzuteilen. Auf einmal fühlte es sich an, als sei ihr Kopf mit Watte vollgestopft und sie fragte sich, ob es nicht leichter wäre, einfach aufzugeben. Erst als sie die Hände ihres Onkels spürte, die sie an den Schultern auffingen, wurde ihr bewusst, dass sie gerade Gefahr lief, vom Stuhl abzugleiten. Sie versuchte, sich auf seine Stimme zu konzentrieren, aber alles war eine zu große

Anstrengung. Nach zahllosen schlaflosen Nächten und Mahlzeiten, die sie kaum angerührt hatte, fing sie an, sich ausgesprochen seltsam zu fühlen. Es war, als ertränke sie oder sei betäubt und leer.

„Bitte Rosie, sprich mit mir." Der Ton, mehr als die eigentlichen Worte, drang zu ihr durch, wie nichts anderes es tun konnte. Die Stimme ihres Onkels enthielt eine eindringliche Bitte. Er klang so unglaublich bestürzt und das wollte sie nicht.

„Ich weiß, dass dich etwas quält. Bitte sag mir was." Sie öffnete die Augen und fing seinen Blick auf. Er war voller Sorge. „Hat es etwas mit dem Nichtrausgehen zu tun?", fragte er sanft, als sie fort sah. „Ich habe gesehen, wie du auf die Fahrräder geblickt hast. Vermisst du die Ausflüge in die Stadt?"

Sie schüttelte elendig den Kopf.

„Bringt dich das Bild in deinem Zimmer durcheinander? Wir können es woanders hinhängen, wenn es dich bedrückt."

Sie riss die Augen auf und schrie: „Nein!", bevor sie sich zurückhalten konnte: „Bitte häng es nicht woanders hin" und ihre Augen füllten sich mit Tränen.

Er versuchte, sie zu beruhigen und zog sie an sich, wo er sie sanft wiegte. „Ich werde es nicht umhängen, wenn du das nicht möchtest, aber bitte sag mir, was los ist. Ich kann sehen, wie es an dir nagt." Er hielt inne und flüsterte kaum hörbar: „Und ich mache mir schreckliche Sorgen."

Diese letzten Worte sandten einen kalten Hauch ihren Rücken hinunter. Sie machte sich seit Tagen schreckliche Sorgen.

Bilder rasten durch ihren Geist: Das Mädchen, welches das Ei an sich nahm, die verzweifelte Suche des Teichdrachens, die Furcht davor, Fridolin zu verlieren, die Träume, in denen ihre Mutter sie anfuhr, das Zeichen unter dem Namen ihrer Mutter und die Tatsache, dass ihr Name auf dem Stammbaum fehlte. Sie, Rosie, gehörte wieder einmal nirgendwo hin.

Sie war eine Schwindlerin, aber sie hatte es nicht gewusst, hatte nicht vorgehabt, irgendjemanden zu täuschen.

„Es tut mir so leid", flüsterte sie mit abgerissener Stimme. Und dann begann sie, richtig zu weinen, während sie sich wieder und wieder entschuldigte und ihr Onkel sie festhielt.

Als sie sich schließlich ausgeweint hatte, sagte er leise: „Erzähl es mir, Liebes, ich verspreche dir, nicht wütend zu werden."

Und weil einfach alles zu viel war und weil es sowieso nichts mehr ausmachte, stieß sie hervor: „Ich weiß, dass ich nicht deine Nichte bin" und bevor sie wieder erneut in Tränen ausbrach, wiederholte sie noch einmal, wie leid es ihr tat.

Die Arme ihres Onkels versteiften sich. Er hielt sie ein wenig von sich und fragte dann mit aufrichtiger Verblüffung: „Was in aller Welt bringt dich dazu, so etwas zu sagen?"

„Ich habe es gesehen", sie zwang sich, zu Ende zu reden: „Auf dem Stammbaum. Ich bin nicht drauf."

# 49

# ABWESENHEIT UND FAMILIENGESCHICHTEN

An den meisten Tagen arbeitete Lucinda allein im versunkenen Garten. Der König hatte alles so arrangiert, dass ein Diener zur Verfügung stand, sobald sie jemanden brauchte, aber keiner von ihnen verweilte. Oft traf sie sehr früh am Morgen ein, wenn der Himmel noch rosa war und blieb bis Mittag. An den Nachmittagen saß sie oft an der Küste, jetzt von den Rufen der Seevögel und dem Schwirren der Flügel erfüllt und machte Skizzen. Einige dieser Skizzen hatte sie zu Aquarellen ausgearbeitet.

Die kleine Galerie, die zu Beginn ihre Bilder ausgestellt hatte, machte mittlerweile einen flotten Umsatz mit ihren Werken. Es war ein bescheidenes, aber stetiges Einkommen. Sie war zuversichtlich, dass damit und der Bezahlung der Auftragsarbeit des Königs die Aussicht, im Haus bleiben zu können, gut standen. Diese Tage, besonders wenn sie von vorbeifliegenden Trottellummen, Basstölpeln, Eissturmvögeln und den gelegentlichen Raubmöwen umgeben da saß, war sie sich nicht einmal mehr sicher, ob sie überhaupt noch einen Mitgliedsantrag an die Gilde stellen wollte. Die Dinge hatten sich ohne sie gut ergeben und die Mitglieder waren nicht gerade auf sie erpicht. Die Verbitterung war tief. Mehr als einmal hatte sie im Vorbeigehen laute Kommentare gehört, dass es nur ihr ‚hübsches Gesicht' war, welches den König dazu hingerissen hatte, sie einzustellen.

Sie trat jetzt einen Schritt von ihrem jüngsten Mosaik zurück. Es war das vierte, welches sie fertiggestellt hatte. Morgen plante sie, das Versieglungsmittel aufzutragen und dann würden ihr zwei Diener bei der Installation behilflich sein. Sie war sich nicht sicher, was sie von diesem Mosaik hielt. Es hatte etwas Unheimliches an sich, aber der König selbst, in Absprache mit ihr, hatte die endgültigen fünf Fassungen aus den sieben Entwürfen, die sie ursprünglich eingereicht hatte, ausgewählt. Er hatte keine Erklärung abgegeben, aber seine Auswahl faszinierte sie. Zusammengenommen brachten sie einige der älteren Aspekte des Königreiches zum Ausdruck und enthielten Geschichten, die sie langsam mithilfe von Büchern, die Daley Meredith ihr lieh, zu entwirren begann.

Ein Geräusch hinter ihr, brachte sie dazu, sich umzudrehen. Zu ihrer Enttäuschung war der Garten leer. Ein Rascheln kam aus dem Gestrüpp in der Mitte und sie vermutete, dass es sich um einen Vogel handelte.

Obwohl er sie sehr durcheinander brachte, hatte sie gehofft, dem Fremden wieder zu begegnen. Bei ihrem jüngsten Treffen war es ihr endlich gelungen, ihm zu entlocken, dass er hauptsächlich mit Dokumenten beschäftigt war und viel Zeit damit verbrachte, Sachen für Ratstreffen nachzuschlagen. Ihm war es allerdings –

wieder einmal – gelungen, ihr den Skizzenblock abzuluchsen. Dann verbrachte er mehrere Minuten in die Betrachtung der Küste vertieft, der Flora und Fauna und der Ruine, fragte sie über bestimmte Orte der Zeichnungen aus und zog sie in ein Gespräch über ihr Leben in Seeblickhaus.

Wieder vernahm sie das scharrende Geräusch und dieses Mal sah Lucinda eine Schwanzspitze im Gebüsch verschwinden. Sie blinzelte, als ein Bild vor ihr aufstieg. Bevor sie sich versah, saß sie da und skizzierte eine verbesserte Version der Einfassung für das letzte Mosaik.

Ihr Onkel bestand darauf, dass Rosie wenigstens eine Tasse Kamillentee trank, bevor sie zum Schloss aufbrachen.

„Das werden wir uns ansehen", hatte er nach ihrem Ausbruch bezüglich des Stammbaumes gesagt und ihr versprochen, sie ohne Umschweife zu seinen Gemächern mitzunehmen, um ihn ihr zu zeigen. Rosie vermutete, dass das ausreichend war, da er keine Zeit hätte, irgendwo etwas hinzuzufügen, ohne das sie es sah. Aber sie war noch immer verwirrt, warum er so unnachgiebig darauf bestand, dass sie seine Nichte war und besonders, warum er sie wollte.

„Du solltest dankbar sein, dass du mich hast", hatte ihre Mutter oft gesagt. „Niemand anderes als ein Elternteil würde so ein linkisches, gewöhnliches, unverschämtes, kleines Ding wie dich ertragen." Ihre Augen füllten sich mit Tränen.

„Rosie?"

Sie sah auf. Ihr Onkel stand da, die Arme an der Seite, als hatte er sie zu ihr ausstrecken wollen und sich dann aber umentschieden und sah sie merkwürdig an. Mit großer Mühe gelang ihr ein kleines Lächeln. Sie stellte die Tasse ab. Fridolin hatte ihr einmal gesagt, dass er glaubte, dass sie alles schaffen konnte. Also stand sie auf, machte die Schultern gerade und folgte ihrem Onkel ins Schloss.

Seine Gemächer befanden sich unweit der Bibliothek auf der ersten Etage, aber am gegenüberliegenden Ende zu Rosies Zimmer. Wo sie bei sich die Anlagen und die Linie zu den Snogard sehen konnte, gingen die Fenster ihres Onkels auf die Anlagen und den, etwas hinter den Bäumen zur Rechten versteckten versunkenen Garten hinaus. Rosie erschauderte hiervon und konzentrierte sich auf die Begutachtung des Zimmers, während sie ihren Onkel gleichzeitig wie ein Schießhund im Auge behielt.

Das Zimmer fühlte sich freundlich an mit der honigfarbenen Wandtäfelung, den großen Fenstern, den hübsch gemusterten Vorhängen und den großen satten Teppichen, die den Holzboden fast völlig bedeckten. An der Wand hingen ein paar gerahmte Bilder, eines davon ein Aquarell von der See mit der Drachenspitze in der Ferne, und des weiteren gab es hier viele Bücher. Es erweckte den Eindruck einer Kombination von einer kleinen Bibliothek, einem Arbeits- und Wohnzimmer. Neben einem der Sessel stand eine kleine Truhe, die aussah, als enthielte sie Wolle, aber ihr Onkel machte sie im Vorbeigehen zu, bevor sie mehr als nur einen Blick erhascht hatte. In diesem Zimmer gab es kein Bett, aber durch eine große Doppeltür am hinteren Ende hindurch, war ein Himmelbett zu sehen.

„Ich weiß, dass es hier irgendwo ist", sagte ihr Onkel, während er einen kleinen Wandschrank durchstöberte und Bündel von Dokumenten und Papieren hervorholte. „Ach, hier ist es!", rief er triumphierend aus und hielt eine Schriftrolle und ein wunderschön eingebundenes Buch empor. „Lass uns hier drüben einen Blick darauf werfen."

Er gab ihr ein Zeichen, ihm zu einem großen Schreibtisch zu folgen, wo er die Schriftrolle ausbreitete, indem er die Ecken und mittleren Abschnitte mit großen weißen, von kleinen Stücken glänzenden Steines, in verschiedenen Gelb- und Grüntönen, getüpfelten Kieselsteinen beschwerte. „Marmor, der Serpentin enthält, eine Art von Mineral", erklärte er, als er ihren Blick auffing.

„Ein bisschen die Küste hoch gab es einmal einen Steinbruch. Er ist schon seit Jahrzehnten geschlossen, aber es gibt da in der Nähe eine Bucht, wo du diese mit gewöhnlichen Kieselsteinen, die den Strand bedecken, vermischt finden kannst. Wenn du möchtest, nehme ich dich nach der Sommersonnenwende mit dort hin." Er lächelte ihr zu, aber angesichts ihres zweifelnden Gesichtsausdruckes, wandte er seine Aufmerksamkeit schnell wieder der Schriftrolle zu, die in kühnen Strichen schwarzer Tinte, den Familienstammbaum enthielt.

„Dies ist keine vollständige Aufzeichnung,...", fing er an, während er auf den unteren Teil deutete, „unsere Linie beginnt mit Osyrgr, dem jüngsten Kind eines sehr unglückseligen Königs und seiner Königin."

Rosie schielte nach unten, zu den Wurzeln des Stammbaumes. „Warum waren sie unglückselig?"

„Der Legende nach, und nimm das bitte nicht ganz für bare Münze, wurde er an dem Tag, an welchem ein großer Herbstmond im Himmel hing, zu genau dem Zeitpunkt, geboren, als sein letztes Geschwisterteil, seine Schwester, die jetzt in Ruinen liegende Festung an der See betrat und in der Schlacht der Bösartigen umkam."

Rosie wurde kreidebleich und ihr Onkel schüttelte, um Entschuldigung bittend den Kopf. „Ich möchte dir keine Angst einjagen und ich bin mir auch nicht sicher, ob ich das wirklich glaube. Wie dem auch sei, wenn du diese Linie verfolgst, siehst du, dass viele von ihnen auslaufen, bis nur noch die deines Urgroßvaters, wieder ein jüngerer Sohn, übrig ist und dann kommst du zu deinem Großvater – meinem Vater – und deiner Großtante. Meine Tante hat sich nie vermählt und mein Vater heiratete sehr spät. Meine Mutter, deine Großmutter, war eine sehr schöne Frau aus einer, um die Wahrheit zu sagen, nicht gerade angenehmen Familie. Ich glaube, das entzückende Temperament meiner liebreizenden Schwester kommt von dort", brummelte er vor sich hin, bevor er innehielt und ihr ein betretenes Lächeln gab. „Das tut mir leid. Ich sollte dir gegenüber so etwas nicht sagen. Sie mochte mich nicht und ich sie auch nicht. Wir hatten sehr unterschiedliche Ansichten darüber, was es bedeutete, von königlicher Abstammung zu sein und sie war bereits dreizehn Jahre alt, als ich geboren wurde. Meine Mutter hatte nicht mit mir gerechnet und fand es eher schwierig, damit klarzukommen. Also wurde ich in einem anderen Flügel des Hauses privat unterrichtet und machte, laut meiner Tante, die Anlagen und die Küste unsicher, wann immer ich konnte. Und dann diese Linie", sie folgte seinem Zeigefinger, „verbindet deine Mutter mit deinem Vater. Er tauchte eines Tages aus dem Nichts auf, mit einem guten Aussehen, welches zu ihr passte, einem sehr guten Vermögen und der Aussicht auf ein Schloss, also heiratete sie ihn und dann hatten sie dich." Er stupste sie sanft mit dem Ellenbogen an, während sein Finger auf ihren Namen deutete: „Rosalind oder abgekürzt: Rosie."

Er lächelte sie an und sie sah, dass er Recht hatte. Ihr Name war da und unter ihm befand sich ein kleines Zeichen. Sie legte die Stirn in Falten, während sie versuchte, auszumachen, ob es noch woanders auftauchte und sah, dass es sich unter dem Namen ihres Onkels und ihrer Großtante wiederholte, obwohl ihres aufwendiger war.

„Was bedeutet das?", fragte sie mit einem leichten Zittern in der Stimme.

Ihr Onkel stieß einen etwas unglücklichen Seufzer aus. „Laut unserer Tante Eleanor, die diesen Familienstammbaum aufgezeichnet hat, bedeutet es, dass wir mit in unserer Linie wieder hervortretenden Zauberkräften gekennzeichnet sind." Er schloss die Augen.

„Aber das ist nicht alles, oder?", flüsterte sie und dachte plötzlich an Fridolins Warnungen vor Zauberinnen, die Zigeunerfrau auf dem Jahrmarkt und das Beharren ihres Onkels, auf das Versprechen bis zur Sommersonnenwende die Anlagen nicht zu verlassen, ein Versprechen, welches sie heute fast gebrochen hätte.

„Nein", gab er auf elende Weise zu, während er sich sichtbar zwang, fort zu fahren: „Das ist nicht alles. Unsere Tante glaubt, dass die Zauberkräfte in unserer Linie Übel, in Form einer Bösartigen anziehen. Diese Bösartige nimmt meist die Gestalt einer wunderschönen Frau an, die die Menschen umgarnt. Man sagt, dass die Brüder von Osyrgr ihrem Zauber verfallen waren und somit fast ihr eigenes Königreich zerstörten. Seiner Schwester wird nachgesagt, dass sie sich aufgeopfert hat, um das Gleichgewicht wieder herzustellen. Die Geschichten behaupten, dass es diese Frau, eine Zauberin, seit Jahrhunderten gäbe und sie Jagd auf die Zauberkräfte von Menschen und ihre Seelen macht und Leben und Kraft aus ihnen herauszieht."

Rosie schluckte und ihr wurde klar, dass sie plötzlich Schwindel und Benommenheit verspürte. Bevor sie etwas sagen konnte, war ihr Onkel bereits dabei, sie auf einen Stuhl zu bugsieren und die Glocke nach ein paar Erfrischungen zu läuten.

„Es handelt sich um Mutmaßungen Rosie." Er blickte sie prüfend an, aber seine Augen drückten eine Besorgnis aus, die er nicht ganz verbergen konnte. „Dessen ungeachtet, wäre es mir dennoch lieber, wenn du kein Risiko eingingest."

Er dankte dem Diener, der das Tablett brachte und kehrte wieder zu ihr zurück, während er einen Stuhl ihr gegenüber heranzog. „Ich weiß nicht, wo du den Stammbaum ohne deinen Namen gesehen hast, aber er muss unvollständig gewesen sein."

Sie stimmte dem mit einem Nicken zu, aber es verblieb ein quälender Zweifel.

„Glaubst du mir?"

Sie wollte es, war sich aber nicht sicher und er schien, das zu verstehen. Sehr vorsichtig griff er nach vorne und zog ihren linken Arm hervor und drehte ihn sachte nach oben, sodass ihr Mal mit dem zusammengerollten Drachen über dem Handgelenk sichtbar war. Dann wand er den Siegelring von seiner rechten Hand und reichte ihn ihr.

„Dies ist das königliche Siegel", sagte er leise. „Sieh es dir an", was sie auch tat und fast sofort verstand sie, warum er das gewollt hatte: Umgeben von einer sehr feinen Umrandung aus winzigen Rosen und ihren Blättern, in der Mitte des Ringes, war ein zusammengerollter Drache, ein Abbild von dem auf ihrem Unterarm. Sie starrte ihn an und als sie das tat, gab der Anhänger an ihrer Brust eine sanfte Wärme ab.

„Danke", sagte sie, während Erleichterung sie durchflutete. Sie reichte ihrem Onkel den Ring zurück und sah, dass seine Augen feucht waren. Er fing sich, steckte den Ring wieder an den Finger und zerraufte ihr das Haar.

„Versprich mir, dass du die Anlagen bis zur Sommersonnenwende nicht verlässt", sagte er und sie nickte und – plötzlich vollkommen ausgelaugt – stürzte sie sich auf den Teller mit belegten Broten, den er ihr zuschob mit einem Appetit von dem selbst Fridolin höchst beeindruckt gewesen wäre.

## 50

# EINE ERINNERUNG VON VOR LANGER ZEIT

Lucinda erwachte mitten in der Nacht vom Klang der See. Draußen schien der Mond matt durch einen Wolkenschleier, welcher ihn zum Teil verdeckte. In seinem Licht war allerdings der Flug von Vögeln, geradeso auszumachen. Sie öffnete das Fenster, um die frische Nachtluft einzuatmen und vernahm den Ruf der Sturmschwalben, die im Schutz der Nacht um den stockigen Rundturm flatterten. Es gab zu diesen Vögeln eine Geschichte, die Daley Meredith ihr versprochen hatte, ausfindig zu machen, aber bisher hatte er noch kein Glück gehabt.

Sie setzte sich in den Fenstersitz und lauschte den Wellen. Ihre Gedanken blieben wieder an dem kurzen Aufblitzen des Geschöpfes im Gebüsch hängen. Sie holte den Skizzenblock hervor und öffnete ihn auf der Seite mit dem revidierten Entwurf. Es hatte den Eindruck, als hätten ihre Hände sich vor ihr erinnert. Unmöglich, wie es ihr vor einigen Monaten vorgekommen wäre, war ihr jetzt klar, dass es sich bei dem, was sie gestern erspäht hatte, um einen Teichdrachen handelte.

Eine Erinnerung zupfte ganz weit zurückliegend an ihren Gedanken. Sie konzentrierte sich auf den Wellengang im Brandungsbereich, die Rufe der Seevögel in der nächtlichen Luft und erlaubte ihnen, sie auszufüllen. Und als hätte sie es gewusst, löste sich ein Gesicht heraus.

„Du wirst es niemals glauben, Addie, aber ich habe einen Weg gefunden, ihn zu beruhigen!"

Das Grinsen ihres Freundes war breit und er war zu aufgeregt, um zu warten. Er hielt ihre Hand fest, während er sie mit sich durch den blühenden Bogengang und in den Rosengarten zog.

„Guck", flüsterte er, als sie dort ankamen. Ausgestreckt am Fuße eines Rosenbusches, im Tiefschlaf und der Inbegriff von Zufriedenheit, lag der kleine freche Teichdrache.

„Ich habe sie im Frühling gepflanzt", sagte er rasch, als er ihren verletzten Blick auffing. „Alfred hat sie für mich gezogen. Er hat letztes Jahr einen Steckling vom königlichen Rosenbusch gemacht und ihn mir im Frühling gegeben. Er war sich nicht sicher, ob die Rose blühen würde, aber sieh!"

Und er hatte sie mit sich hinüber gezerrt und voller Entzücken auf die vielen roten Knospen und die Blüten, mit denen der Busch bedeckt war, gezeigt. Eine der Blüten befand sich in jenem Stadium der Öffnung, wo sie in einer Vase aufblühen würde. Bevor sie Protest einlegen konnte, hatte er sich vorgebeugt, sie mit der Gartenschere abgeschnitten und sie ihr mit viel Fanfare überreicht. Ihre Wangen röteten sich und seine Augen funkelten schelmisch auf, als er es bemerkte.

Er machte eine kunstvolle Verbeugung und sagte: „Holde Dame, ich fordere Euch hiermit zum ersten Tanz des Sommerfestes auf" und sie hatte aufgelacht, als sie sich an seine neckenden Kommentare zu ihren zwei linken Füßen erinnerte, die gemacht worden waren, während er sich bemühte, ihr das Tanzen beizubringen.

Die Rose hatte bei ihrer Großmutter Nervosität hervorgerufen.

„Sie ist aus dem Garten der Königin", hatte sie unglücklich gemurmelt, aber es dann vergessen, als sie sich zu einem satten mit Orange durchzogenen Goldgelb und rot gerändert geöffnet hatte.

Der Duft hatte das kleine Wohnzimmer tagelang erfüllt, bis sie nach einer Woche, langsam ein Blütenblatt nach dem anderen fallen ließ.

Als das Sommerfest allerdings anstand, war es eine gedämpfte Angelegenheit. Es hatte einen Skandal um die Prinzessin, die man schnell außerhalb des Königreiches verheiratet hatte, gegeben und eine große Trübsal hatte sich über die Schlossanlagen gelegt.

Weitaus schlimmer, zumindest für Lucinda, war Maris spurloses Verschwinden gewesen und es gab niemanden, bei dem sie sich nach ihm hätte erkundigen können. Er hatte weder seine Familie, noch wo genau er wohnte, je erwähnt. Und es hatte sich, nicht sicher angefühlt zu versuchen, sich in die Anlagen oder durch das Seitentor in die Gärten zu schleichen, nachdem er erst ihr Treffen im Hafen und dann das in der Stadt versäumt hatte.

Tränen liefen Lucindas Wangen hinunter und um den Schmerz zu lindern, zeichnete sie. Einige Zeit später zeigte die Seite einen

Teichdrachen, der auf eine Rose, wie die, welche ihr Freund ihr bei ihrem letzten Treffen gegeben hatte, starrte und sie wusste, dass sie es so in ihr letztes Stück im königlichen Garten hineinarbeiten musste. Sie gehörten dort hin und sie war sich – nach seinen Briefen zu urteilen – sicher, dass es dem König nichts ausmachen würde, wenn sie ein geringfügiges Detail änderte.

# 51

# BLÜTEN UND GESPRÄCHE

„Du erzählst mir ernsthaft, dass du ans Weglaufen gedacht hast?", fragte Fridolin erneut. Sie waren dabei, die Einjährigen zu pflanzen, nachdem die gestrigen Gespräche und die sich daraus ergebende Erschöpfung, die Dinge etwas in Leerlauf gesetzt hatten. Rosie war am Nachmittag bei Fridolin gewesen, aber es war schwer, etwas vor ihm zu verbergen. Also hatte sie ihm heute Morgen fast alles erzählt.

„Ich sag's dir doch. Ich hätte vorher noch jemanden aufgesucht", verteidigte sie sich.

"Jemand, der an der Küste in der Nähe der verfluchten Ruine wohnt, die eine ebenso schlechte Wirkung wie jener versunkene Garten, von dem du mir erzählt hast, auf dich hat. Stimmt das?", forderte er sie heraus.

Sie stöhnte auf: „Bei dir klingt das alles so dramatisch."

„Das wäre es, wenn du einer Zauberin in die Hände fielst!", platzte er raus.

Danach hatten sie in einem grantigen Schweigen gegärtnert, bis der Teichdrache unabsichtlich eingeschritten war, indem er eine Pflanze wieder ausgrub und von Fridolin davon gescheucht wurde. Danach hatten sie beschlossen, dass es Zeit für einen Tee war. Fridolins Augen hatten sich geweitet, als er die Serviette voller kleiner Küchelchen in Augenschein nahm.

„Es tut dir also wirklich richtig leid, dass du mir einen solchen Schrecken eingejagt hast?", hatte er, nicht in der Lage zu widerstehen, gegrinst, und die Stimmung war getaut. „Wenigstens ist dein Onkel vernünftig", sagte er etwas später. „Also was stand nochmal in dem Brief, den er dir gezeigt hat?"

„Er bat ihn darum, sich immer an sein Versprechen, sich um jedwede Kinder meines Vaters zu kümmern, zu erinnern und sich daran zu halten und er enthielt eine kleine Zeichnung hiervon." Sie zeigte ihm das Mal auf ihrem Arm. „Es ist ein solcher Schlamassel", sie nippte an ihrem Tee.

„Wenigstens weißt du jetzt, dass dein Onkel wirklich möchte, dass du bleibst", was ein wahrhaftiges Lächeln in ihr Gesicht brachte. „Es sieht danach aus, oder?"

König Edmar war froh, dass er sich nicht auf das Gespräch mit Rosie hatte vorbereiten können. Er zweifelte stark, dass er soviel der Familiengeschichte mit ihr geteilt oder ihr den alten Brief gezeigt hätte. Aber sie hatte ein Anrecht auf dieses Wissen. Da war etwas anderes, das ihn verwirrte. Frau Baird hatte ihm mit einem breiten

Lächeln mitgeteilt, dass er „das Mädel verwöhnte". Völlig verdutzt hatte er sich, nach dem Wie erkundigt und mitgeteilt bekommen, dass die Rose im Zimmer seiner Nichte vor Jahren zur Blumenschau eingereicht und nicht einfach an ein kleines Mädchen zur Aufhellung ihres Zimmers gegeben worden wäre. Es hatte sich allerdings gutheißend angehört.

Neugierde hatte ihn zu Rosies Zimmer getrieben. Seine Nichte war aus, aber das Zimmer ließ ihn ein. Der Duft erreichte ihn, bevor er auch nur einen Schritt ins Zimmer getan hatte. Er war stark, zur selben Zeit fruchtig und zart, und brachte das Bild eines Paares blauer Augen in einem sommersprossigen Gesicht mit sich, das ihn mit Verwunderung anblickte. Dann war es fort. Auf dem Tisch, in einem Glas, welches direkt, aus den Gärten zu stammen schien, befand sich eine einzelne goldgelbe Blüte. Hier und da war ein Hauch von Orange sichtbar und ein roter Rand umrahmte die Blütenblätter. Er atmete tief ein und für einen Augenblick vernahm er ein Klimpern in der Luft um sich herum, gefolgt von einem zufriedenen Schnurren. Ein Gefühl von tiefer Ruhe, welches er schon lange nicht mehr verspürt hatte, senkte sich über ihn.

„Hat sie sich geöffnet?", fragte Fridolin später, als sie wieder im Rosengarten waren.

„Ja, das hat sie", grinste sie triumphierend.

„Wird es wirklich niemanden auffallen, dass du eine ungewöhnliche Rose dort hast?" Dies kam etwas besorgt hervor.

„Der Einzige, der davon wissen würde, ist mein Onkel und ich glaube nicht, dass es ihm etwas ausmacht."

„Dein Onkel klingt nett."

„Das ist er,...", gefolgt von einem zögernden: „...vielleicht kannst du ihn eines Tages kennenlernen?" Sie hielt den Atem an, als sie sein wachsendes Unbehagen verspürte. „Natürlich nur, wenn du dazu bereit bist."

„Und er es ist", kam die gebrummelte Antwort, die offensichtlich Fridolins aufsteigende Panik verbergen sollte. Sie hatten schon seit Monaten darüber gesprochen und Rosie hatte mehr und mehr das Gefühl, dass es ein Treffen zwischen ihnen geben sollte. Trotz der Tatsache, dass ihr Onkel ein Mensch war, hatte sie den leisen Verdacht, dass er von ihnen beiden besser mit einem Bekanntmachen klarkommen würde, als Fridolin.

## 52

# HROS-LIND

Die Szene war eine der Dämmerung und erinnerte an jene Nacht, in der Lucinda vom Meer geweckt worden war. Das fahle Licht eines abnehmenden Mondes erleuchtete den Strand, die See und den Broch – jene gedrungene rundliche Struktur unbekannter Herkunft – der wie ein Wächter auf der Gezeiteninsel etwas unterhalb der alten Burgruine stand und viel älter als sie war. Um ihn herum schienen, kleine Gestalten zu flattern.

Die Umrahmung des Mosaiks war der einzige Teil, der subtile Farbtöne von Grün, hellem Gelb, Silber und Blau in diese Zwielichtlandschaft hinein fügte. Sie beobachtete, wie er den Meeresweg untersuchte. Als hätte er sich nicht unter Kontrolle, streckte er die Hand aus, hielt aber kurz vor dem Berühren der winzigen Steine, welche das Bild ausmachten, inne.

„Sturmschwalben", flüsterte er, ehrfürchtig aber mit Trauer in der Stimme. Er wandte sich ihr mit vor Tränen glänzenden Augen zu. Er blinzelte rasch. Ein Aufblitzen von Smaragdgrün tanzte durch die Feuchtigkeit, aber bevor Lucinda registrieren konnte, was passiert war, war es verschwunden. Wieder hatte sie das Gefühl, als sei er sehr fern, fast, als wäre er gefangen und unerreichbar. Aus bloßer Regung legte sie ihre Hand auf seinen Arm, zog sie aber binnen weniger Sekunden zurück. Ihre Fingerspitzen kribbelten schmerzhaft. Wo sie seine Haut berührt hatten, fühlte es sich an, als jagte ein Stromschlag durch ihren gesamten Körper. Sie stolperte und setzte sich rasch auf die Bank in der Nähe, während sie ihre Hand anstarrte, auf der ein schwacher Schimmer von Grün bereits schwand.

„Das tut mir so leid." Sie hörte die Qual in seiner Stimme und sah, dass er herübergekommen war. Es bedurfte einer enormen Anstrengung, nicht zurück zu weichen. Seine Augen waren dunkel und er bebte sichtbar. „Macht es dir etwas aus, wenn ich mich setze?" Er zeigte auf die Bank und als sie den Kopf schüttelte, ließ er sich behutsam am entferntesten Ende nieder, wobei er so viel Platz wie möglich zwischen ihnen ließ.

„Was war das?", hauchte Lucinda.

„Ich habe wirklich keine Ahnung", kam die unglückliche Antwort. Seine Stimme war so leise, dass sie kaum hörbar war. „Wie geht es deinen Fingern?", fragte er zaghaft, der Schrecken, den sie verspürt hatte, in seinen Augen kaum verhüllt.

„Ich denke, dass es ihnen gut geht." Sie strich sie über die Oberfläche der Bank, beugte sie und gab ihm, wovon sie hoffte, dass es ein rückversicherndes Lächeln war.

Eine Stille war über ihn gekommen. Er saß mit dem Kopf so geneigt da, als lausche er nach etwas. „Kannst du das hören?", fragte er schließlich.

Es gab viel, das sie hören konnte: Das Summen von Bienen in

der Nähe, das Vogelgezwitscher um sie herum und etwas weiter entfernt, Stimmen. „Du müsstest schon ein bisschen genauer sein", sagte sie mit einem kleinen Lächeln, darum bemüht, ihn aus sich heraus zu locken.

„Ich meinte die Melodie." Sie strengte ihr Gehör an, vernahm aber nichts. „Es klingt, als spiele irgendwo eine Flöte und ich kenne die Melodie."

Sie schüttelte den Kopf, aber bevor sie etwas sagen konnte, begann er zu summen. Es war eine Melodie, die sie kannte, aber schon seit Jahren nicht mehr gehört hatte. Sie beschwor eine Erinnerung herauf, die so heftig war, dass sie froh war zu sitzen, da ihr ansonsten wahrscheinlich die Beine weggesackt wären. „Sie ist verstummt", sagte er und mit dieser einfachen Feststellung setzte die Normalität wieder ein. Lucinda tat einen beruhigenden Atemzug und sah ihm direkt in die Augen.

„Ich weiß nicht, was gerade passiert ist und ich weiß nicht einmal, ob ich darüber sprechen möchte." Er nickte, hielt aber ihren Blick. „Was ich allerdings wissen möchte, wenn du es mir erzählst, ist warum dich die Sturmschwalben erschüttern."

Er atmete auf unglückliche Weise aus, sprach aber nicht. Sie fing an zu glauben, dass er nicht antworten würde, als er begann: „Du weißt von der ungefähren Geschichte, oder vielleicht sollte ich Legenden sagen, über die Anfänge des Königreiches?" Sie nickte, sagte aber nichts, damit er fortfuhr. „Ich weiß nicht, wie weit ich zurückgehen sollte, aber es gibt eine Geschichte, über den beinahen Untergang des Königreiches, die sich auf jene alte Ruine auf der Gezeiteninsel und den Broch bezieht." Er deutete auf das Mosaik. „Vor langer Zeit war jene Ruine eine Burg. Es war ein geschäftiger und wohlhabender Ort. Sie war auf der felsigen Insel beim Strand erbaut worden, weil sich vor langer Zeit ein Prinz des Hauses in jenen Küstenabschnitt verliebt und beschlossen hatte, dort zu wohnen. Der Broch, den wir heute sehen, befand sich bereits dort, von Menschen hinterlassen, die vor ihm lebten und der Prinz sah dies als gutes Omen an und ließ ihn stehen. Im Sommer war es der Brutort der Sturmschwalben und der Prinz erließ eine Anordnung, dass sie nicht zu stören seien. Also wurde die Insel für sie berühmt. Die Leute glaubten, dass sie die Seelen ertrunkener Seeleute oder Vorfahren des Reiches waren und ließen sie in Frieden. Die Sturmschwalben waren sowieso hauptsächlich nachtaktiv. Schweife ich zu sehr ab?"

Sie schüttelte den Kopf und gab ihm, mit einer Geste zu verstehen, dass er fortfahren solle.

„Wie dem auch sei, das ist Geschichte. Die Sturmschwalben kehren später wieder."

„Die Burg oder Ruine?", regte sie an, bevor er abgleiten konnte. Es war fast, als senkte sich, jedes Mal, wenn er von jenem Küstenstreifen zu sprechen versuchte, ein Schleier über ihn. Es war unangenehm.

„Die Burg wurde in einer der letzten und schrecklichsten Schlachten des alten Königreiches zerstört. Die Manuskripte sprechen von einem mächtigen Zauber, der die königlichen Prinzen vereinnahmte und ihre Seelen verdarb, was diese Söhne des Königs dann dazu verleitete, eine Armee gegen ihre engsten Verbündeten aufmarschieren zu lassen und damit, ein uraltes Abkommen zu brechen. Das spielte direkt in die Hände einer unbekannten Bösartigen. Die Burg bei der See war das Hauptschlachtfeld, während das alte Schloss im Inland...", er deutete hinter sich, „intakt und unversehrt blieb."

Lucinda war kaum noch, in der Lage zu atmen. Sie konnte vor ihrem inneren Auge Bilder sehen.

„Wie dem auch sei, trotz all dieser Schlachten und des Feuers und des Verrates ist die Geschichte in Wirklichkeit, die der Tochter des Königs und der Königin, Hros-lind Griphera."

Sollte ihm aufgefallen sein, wie Lucinda sich hierbei versteifte, so ließ er sich nichts anmerken und fuhr fort.

„Diese Prinzessin was das jüngste Kind des königlichen Paares und ihre Mutter war, da sie ein weiteres Kind erwartete an dem Tag, an welchem sich die Tragödie ereignete, ans Haus gebunden. Die Quellen sind zu mangelhaft, um alles richtig zu rekonstruieren, aber es scheint, als wurde das Mädchen mit mächtigen Zauberkräften geboren. Man sagt, dass ihre Begabung so sonderbar war, dass sich Magier von überall her, darum rissen, sie die Künste zu lehren. Man sagt, dass dies es war, weswegen das königliche Haus die Aufmerksamkeit der Zauberin auf sich zog." Er erschauderte und hielt kurz inne, bevor er sich zwang fortzufahren. „Man sagt, das Mädchen sei einem mächtigen Ruf folgend aus dem Schloss gelockt worden und verschwand in der brennenden Ruine, die um sie herum einstürzte und sie vermutlich begrub und ihre Zauberkräfte auf immer in jenen Ruinen gefangen hielt. Der Legende nach, setzten in dem Augenblick, in welchem sie starb, bei der Königin die Wehen ein und sie gebar ein Kind, Osyrgr genannt, mit seltsamen Augen, die seitdem immer wieder mal in der königlichen Linie aufgetaucht sind und welche Zauberkräfte signalisieren. Der Verlust all ihrer Kinder, aber besonders der ihrer Tochter, die jedermanns Augapfel gewesen war und die die Verzauberung ihrer Brüder zu bekämpfen versucht hatte, ohne dass ihr jemand zuhörte, brachte den Krieg zu Ende. Man ging ein neues, wenn auch sehr zaghaftes, Abkommen mit den alten Verbündeten ein. Auf der Gezeiteninsel errichtete man in Hros-linds Andenken eine Steinsäule, aber der Name wurde hiernach für Prinzessinen des Reiches vermieden. Man glaubte, dass er Unglück brächte."

Lucinda schüttelte den Kopf, die Gedanken in Aufruhr, während Verwirrung durch sie raste. Sie klammerte sich an die einzigen Dinge, die sie herauspicken konnte und konzentrierte sich auf sie.

„Es gibt dort draußen kein Denkmal. Ich sollte es wissen. Ich habe die Insel jeden Tag vor Augen."

„Man sagt, dass es vor über dreißig Jahren in einem furchtbaren Sturm zerstört wurde und dass damit auch die Sturmschwalben verschwanden und den Broch verließen. Sie sind seitdem nicht zurückgekehrt."

Sie schüttelte den Kopf.

„Oder so glaubt man?"

„Sie waren letzten Sommer da und sind auch dieses Jahr bereits zurückgekehrt", flüsterte sie.

Als er das nächste Mal sprach, bebte seine Stimme vor unterdrückter Gefühlserregung. Sie blickte ihn an und konnte sehen, dass die Farbe aus seinem Gesicht gewichen war. „Man sagt, die Sturmschwalben verschwanden, als ein weiteres Verbrechen gegen die Verbündeten des Reiches begangen wurde."

Sie starrte ihn an, wagte es aber nicht, ihn zu unterbrechen.

„Man sagt, dass ihre Rückkehr zu ihrer vorherigen Brutstätte die Rückkehr von Hros-linds Lebenshauch im Reich verkündigen wird. Aber damit wird auch die Zauberin das Land wieder heimsuchen, um endlich, ihr uraltes Bestreben zu erfüllen. Wenn sie zurück sind, bedeutet dies, dass das letzte Kapitel des derzeitigen Königreiches angebrochen ist und dem Königshaus die Zeit davon läuft." Er flüsterte jene letzten Worte so leise, dass sie sie kaum hören konnte.

Tränen liefen ihm stumm die Wangen hinunter, ohne dass er es bemerkte. Mitleid stieg in ihr auf. Sie fühlte sich so unglaublich hilflos; der Drang ihn zu trösten, überwältigte sie fast, aber sie wollte, nach dem was vorher passiert war, nicht das Risiko eingehen, ihn zu berühren. Schließlich setzte die Zweckmäßigkeit sich durch und sie griff in die Tasche und reichte ihm ein Taschentuch, wobei sie sich vorsah, nicht mit seiner Haut in Kontakt zu kommen. Sie versuchte, ihre Aufmerksamkeit wieder auf das Mosaik zu lenken, während er sich die Augen trocknete und sich schnäuzte. Sie konnte sich nicht erinnern, je zuvor einen Mann weinen gesehen zu haben. Es rührte sie auf eine Art an, wie sie es seit zwanzig Jahren nicht gespürt hatte. Es war während sie dort saß, dass sie gewahr wurde, wie er wieder wegrutschte und langsam hinter jenem Schleier verschwand.

# 53

## DER SICH NÄHERNDE SOMMER

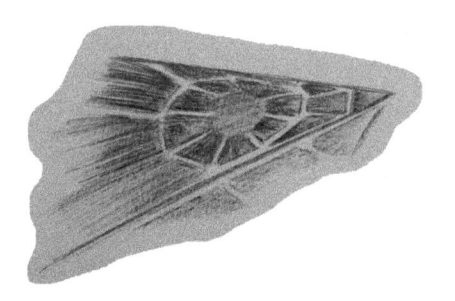

Im Verlauf der nächsten Wochen pendelten sich die entsprechenden Rhythmen wieder ein.

Rosie und Fridolin gärtnerten und der Teichdrache, an seinem neuen Lieblingsort vor der Rose ausgestreckt, beobachtete, was vor sich ging. Manchmal geriet er ihnen unter die Füße, aber sie wurden immer besser, ihm gekonnt aus dem Weg zu gehen.

König Edmar ging im Park und in den Ziergärten spazieren und nutzte die Zeit, in der er nicht mehr geschäftlich unterwegs sein konnte, um sich in seinen Gemächern zu verbarrikadieren und nach Herzenslust zu stricken. Er hatte mit einer neuen Kollektion begonnen, von der seine Kontakte im „Verzaubertes Stricken" Wollladen ihm mitteilten, dass sie sich trotz des annähernden Sommers sehr großer Beliebtheit erfreute. Aber hier oben waren Stricksachen ja selten eine reine Wintersache und immer etwas für jede Saison.

Lucinda arbeitete im versunkenen Garten ohne auch nur Blicke, auf jemand anderen als die Diener zu erhaschen, aber das passte ihr glücklicherweise gut in den Kram. Mit weniger Ablenkungen konnte sie sich in der Welt der kleinen Steine und Farben verlieren, anstatt ständig über die Geschichte, die ihr der Fremde erzählt hatte, nachzudenken und sie, mit Rosies Erfahrung in der Ruine zu vergleichen. Bei den seltenen Gelegenheiten, zu denen sie sich in der Stadt befand, hatte sie nach dem Mädchen Ausschau gehalten, sie aber seit dem letzten Treffen im Café nicht mehr gesehen. Sie hatten damals über Mari und die Ähnlichkeit zwischen seinen und Rosies Augen gesprochen. Sie schüttelte leicht den Kopf und konzentrierte sich auf das Mosaik, dem sie langsam das Bild eines Gartens von vor langer Zeit entlockte.

In der Stadt brodelte es unterdessen. Das Gerücht ging um, dass der König, bis zur Sommersonnenwende in seinem Schloss zu bleiben gedachte. Einige Leute glaubten ihn, an der Schwelle zum Tode zu wissen. „In seinem Alter...", nickte man klug, mit einem: „Er ist gerade Mal Anfang dreißig!", das von denjenigen eingeworfen wurde, die von all dem Tratsch genug hatten.

Anderer Art Gerüchte begannen sich, ebenfalls auszubreiten, aber diese waren unangenehm, da sie die Gedanken der Leute trübten und befleckten. Daley Meredith kamen sie an dem Tag, als er zu der Reise aufbrach, von der er hoffentlich, mit der Tante des Königs zurückkehren würde, zu Ohren und sie gefielen ihm überhaupt nicht. Er hoffte inbrünstig, dass zur Zeit des Sommerfestes, zwei Wochen nach der Sommersonnenwende, dies alles vorbei sein würde und die rachsüchtigen Zungen wieder verstummten.

# 54

# BÖSE ZUNGEN UND UNTERSTELLUNGEN

„Die sprechen über ihn, als hätte er eine widerliche Art von Krankheit und wäre ansteckend, ich sag es euch."

Frau Bairds Stimme war auf eine Weise die Treppe herauf hörbar, wie Rosie sie noch nie zuvor vernommen hatte. Auf einmal wurde ihr klar, dass sie nicht nur verärgert, sondern geradezu wütend und gleichzeitig völlig empört, klang. Ohne Absicht, aber nicht in der Lage, sich davon abzuhalten, blieb sie auf den Stufen oben, außer Sichtweite der Küche stehen.

„Also, sagte ich zu Daley Meredith, dass Seine Majestät nie jemanden zwingen würde, mit ihm zu tanzen, die es nicht wollte."

„Und was hat Herr Meredith gesagt?"

„Er zwinkerte mir zu, als das Fräulein Bellescombe vorbeiging und sagte, dass sie sich vor ein paar Jahren noch darum gerissen hätten, ihn an der Angel zu haben und er hat Recht. Hingen ständig vor dem Schloss herum, strömten in Scharen auf die königliche Kutsche zu. Er konnte ja nicht einmal zum Hafen herunter schlendern, ohne dass ihm nicht irgendein Mädchen oder ähnlich auflauerte", brachte Frau Baird hervor.

„Die Bellescombes waren noch nie sehr nett", warf eines der Küchenmädchen ein. „Ich sollte es wissen, denn ich habe mal für die Familie gearbeitet. Ritten andauernd auf irgendetwas herum, als seien sie so großartig."

„Na ja", ermahnte Frau Baird, die sich offensichtlich an ihre Position erinnerte: „sie sind entfernte Verwandte der verstorbenen Königin, was bedeutet, dass sie mit Seiner Majestät verwandt sind."

„Wenn deine Familie so über dich spricht, na dann gute Nacht", brummelte eine andere Stimme trotzig.

„Seine Majestät ist der König", tschilpte die vorherige Sprecherin wieder ein, „und er behandelt uns besser, als irgendjemand von den Bellescombes mich je behandelt hat. Er ist liebenswürdig", endete sie in einem Ton, der die Sache, der gemurmelten Zustimmung nach, abzuwickeln schien.

„Habt ihr gehört, was sie von Meisterin Adgryphorus behaupten, der Künstlerin, wisst ihr?"

In dem Augenblick verspürte Rosie ein Kitzeln in ihrer Nase. In Panik verfallen, schlüpfte sie ein paar Stufen hoch und hatte es gerade nach oben geschafft, als sie einen lauten Nieser ausstieß. Die Stimmen in der Küche verstummten wie eine Hecke voller Spatzen, neben der gerade jemand in die Hände geklatscht hatte.

Ein paar Sekunden später streckte Frau Baird den Kopf zur Tür heraus.

„Gesundheit Rosie!", rief sie aus, „du wirst doch hoffentlich nicht krank Mädel, oder?"

„Staub in der Nase."

„Komm runter und iss etwas zum Frühstück. Dein Onkel hat heute Morgen zu tun."

Rosie war, mit so vielen Augenpaaren auf sich gerichtet, von Schüchternheit überkommen, also nahm Frau Baird sie mit in die Speisekammer und füllte einen kleinen Picknickkorb zum Mitnehmen für sie.

„Mitternachtsfestmahl heute Abend, mein Liebes", erzählte Frau Baird ihr verschwörerisch: „Deine Großtante Eleanor hat in einer Nachricht mitgeteilt, dass sie annimmt, heute anzukommen. Ich habe deinen Onkel gefragt und er hat bestätigt, dass du aufbleiben darfst, wenn du das möchtest."

Rosie dankte ihr und machte sich auf den Weg in die unteren Gärten. Das Herz schlug ihr bis zum Hals, als sie sich an die Worte ihres Onkels erinnerte, nach Mitternacht konnten sie die Schlossanlagen wieder verlassen. Und was noch wichtiger war, sie würden in Sicherheit sein.

Morgen würden der König, sein Rat und ausgewählte Gäste zur Enthüllung der Mosaike anwesend sein. Lucinda hatte die letzten Steine für die Blüteneinfassung in der unteren Ecke des Randes erst vor zwei Tagen erhalten. Die Qualität der unglasierten Steine hatte Betroffenheit in ihr hervorgerufen, aber ohne sie, wäre es unmöglich gewesen, das Herzstück zu vollenden. Der Morgen dieses Vorabends zur Sommersonnenwende, mit Tau, der das Gras benetzte, war kühl und als sie fertig war, pochten ihr die Finger. Als sie zurücktrat, fiel ihr die bloße Schönheit der Rose, die sie geschaffen hatte, ins Auge: Ein leuchtendes Goldgelb mit Schimmern von Orange, umrahmt von Rot und umgeben von kunstvollem Grün und bronzenem Blattwerk. Ein Bild regte sich tief in ihr, aber es war zu ungenau, um es auszumachen.

„Ich bin froh, dass du ihn mit eingearbeitet hast", sagte eine

Stimme hinter ihr und sie verspürte den vertrauten Schauer, der ihr den Rücken hinunterlief.

Es war Wochen her, seit sie ihn zuletzt gesehen hatte. Sie fragte sich, ob er sich vielleicht seiner, in ihrer Gegenwart vergossenen Tränen, geschämt hatte, aber als sie sich ihm zuwandte, lächelte er, ein neckendes Funkeln in den Augen. Ausnahmsweise verärgerte es sie nicht.

„Es hatte sich ohne ihn unvollständig angefühlt", sagte sie schlicht. Sie standen nebeneinander und betrachteten den kleinen, an den Boden gedrückten, Teichdrachen, der sich der Rose auf neugierige Weise gegenüber befand.

„Jene Steine?", er deutete auf sie.

„Das war alles, was sie hatten, aber ich besorge heute in der Stadt eine Glasierung und komme zur Versieglung zurück. Es wird nicht auffallen, wenn es fertig ist." Er nickte. Befangenheit nahm sie beide in Besitz. Dann schien er sich, auf etwas zu besinnen und holte zwei Briefe aus dem Wams hervor.

„Die letzte, heute zu beziehende Rate und die offizielle Einladung für morgen Abend." Er verzog bei letzterem das Gesicht und sie musste lachen.

„Du tust so, als wäre es eine Tortur."

„Man kann nie wissen", murmelte er düster.

„Na ja, dann sehe ich dich morgen, hübsch ausstaffiert", zwinkerte sie ihm zu.

Ohne nachzudenken, streckte sie die Hand aus, um die seine zu schütteln. In dem Augenblick als ihre Haut sich berührte, fühlte es sich an, als durchfuhr sie ein Stromschlag und sie ließ schnell los. Dem scharfen Atemzug nach zu urteilen, hatte auch er es gespürt. Sie sah ihm in die Augen und wich fast zurück. Sie waren noch immer dunkel, fast schwarz, aber um die Iris herum war ein unheimlicher grüner Schimmer sichtbar. Dann war es vorbei.

Plötzlich wollte sie nichts mehr, als von ihm wegzukommen. „Ich muss los", sagte sie schnell und stolperte fast. Hastig wünschte sie ihm einen guten Tag und ohne, auf eine Antwort zu warten, eilte sie aus dem Garten. Von der oberen Stufe aus warf sie noch einmal einen Blick zurück und sah, wie er das letzte Mosaik wieder in Augenschein nahm, ohne es aber zu berühren. Ihr klopfte das Herz.

Es gab, einige Dinge zu erledigen, bevor sie zurückkehren und die letzte Schicht auf das Mosaik auftragen konnte. Die Entscheidung, das Unangenehmste zuerst hinter sich zu bringen, führte sie dazu, mit dem Textilgeschäft anzufangen. Für morgen lag ein Satz Kleidung bereit, aber sie hatte ihrer Großmutter versprochen, sich für die Sommerfeier und den Tanz in zwei Wochen, ein Kleid nähen zu lassen. Es war unangenehm, sich in dem Laden zu befinden, umgeben von einer großen Anzahl von Frauen, die hierin aufgingen, die modische Kleidung trugen und Lucinda häufig bemitleidende Blicke wegen ihres ‚exzentrischen' Geschmacks in Bezug auf Kleidung zuwarfen. Sie befand sich im hinteren Teil des Ladens, als sie ein scharfes Nach-Luft-schnappen vernahm.

„Das ist sie!"

„Wer?" Die Frage kam etwas zu laut hervor, bevor sie rasch zum Verstummen angeleitet wurde. Das Problem war, dass Lucinda die nächsten Worte noch immer hören konnte, obwohl sie dringlich von der ersten Sprecherin geflüstert wurden. Es war unmöglich dies nicht zu tun.

„Diese eigenartige Künstlerin, der nachgesagt wird, dass sie hinter dem König her ist."

„Weiß sie denn nichts von dem Fluch?", kam die ungläubige Antwort.

„Vielleicht macht es ihr nichts aus. Mein Vater sagt, Künstler sind fast nie in der Lage, sich selbst zu ernähren, also..." Die Stimme verlief sich auf zweideutige Weise.

Lucindas Wangen standen in Flammen. Sie spielte stark mit dem

Gedanken, dieser dummen Frau zu sagen, was sie hiervon hielt, als die andere fortfuhr.

„Aber was ist mit seinem, du weißt schon, *Mündel*? Glaubst du nicht, dass ihr das etwas ausmachen würde?"

„Das Wort ist, soweit mir bekannt ist, Bastard und sie mag verzweifelt sein."

Lucinda stand wie angewurzelt da, während sie Ekel durchfloss und sie sich allein vom Zuhören dieser boshaften Worte schon beschmutzt fühlte, während sie wie Gift von jenem Mund tropften, aber sie konnte nicht aufhören. Da war etwas, das ihr entging und dann hörte sie die zweite Sprecherin.

„Also glaubst du die Geschichte mit der Nichte der Haushälterin nicht?"

„Ich bitte dich, natürlich nicht." Dann, ohne Ermutigung, konnte Lucinda hören wie die erste Sprecherin fortfuhr: „Jeder weiß, dass die Bairds nicht reich sind. Dennoch kommt sie, mit ihrer sogenannten Nichte, an und gibt die Anfertigung eines Satzes von Kleidung nach dem anderen in Auftrag? Und das Mädchen lebt bei ihr im Schloss."

„Aber der König ist für Güte seinem Haushalt gegenüber bekannt. Einer von meinen Brüdern war für eine Weile ein Unterstaatssekretär und er sagte..."

„Es schert mich nicht, was dein Bruder sagt", fiel die andere Stimme ihr scharf ins Wort: „Yvette hat das Mädchen gesehen. Sie hat seine Augen." Lucinda erschauderte und bemerkte, dass sie trotz ihrer Abscheu der Sprecherin gegenüber, angestrengt zuhörte.

„Was meinst du?"

„Sie hat jene seltsamen Augen, die sie in der königlichen Familie haben, grün, getüpfelt und grau. Die Augen der alten Magierin und...", sie hielt dramatisch inne: „des Königs!"

„Aber warum würde er nicht sagen, dass er eine Tochter hat?"

„Oh, red doch keinen Unsinn! Denk an die Schande. Das Mädchen ist etwa zwölf Jahre alt." Sie wartete, aber als ihre Gefährtin, genauso verwirrt zu sein schien, wie Lucinda sich fühlte, fuhr sie ungeduldig fort und vergaß dabei fast zu flüstern: „Er wurde vor dreizehn Jahren von jener Hexe verflucht!"

„Du meinst also...?"

„Ja! Ich denke, dass er sich das alles selbst zuzuschreiben hat. Er war zu stolz, sich zu vermählen, reiste umher, hatte eine Liebelei, ließ sich verfluchen und bekam dann das Ergebnis präsentiert", schloss sie triumphierend ab. „Was hast du gesagt?"

„Es könnte seine Nichte sein. Er hatte eine Schwester."

„Und er würde sich gütigst ihrer Göre annehmen? Hör doch damit auf. Es ist Allgemeinwissen, dass die beiden sich gehasst haben."

Es folgte etwas, dass Lucinda nicht hören konnte und dann vernahm sie, wie eine leise Stimme sagte: „Er hätte dich sowieso nicht geheiratet." Dies ward gefolgt von einem missbilligenden Knurren und dann stolzierte die erste Sprecherin mit einem hochmütigen Blick an Lucinda vorbei und verließ, von ihrer Begleiterin gefolgt, den Laden.

Lucinda war übel und unglaublich verärgert. Sie fühlte sich auch beschmutzt. Es schien, als sei sie ziemlich glimpflich davongekommen, aber König Edmar? Es war eine gnadenlose Verleumdung. All ihre Interaktionen mit ihm hatten sich über Briefe ereignet, aber in ihnen war er stets höflich, offen und freundlich gewesen. Er hatte sich zu ihrer Arbeit und dem Vorankommen auf eine Art geäußert, die ihr das Gefühl gegeben hatte, dass er sie verstand oder zumindest, sehr zu schätzen wusste. Ihn endlich, persönlich kennenzulernen, war die einzige Sache, die die morgendliche Enthüllung zu einem Ereignis machte, auf das sie sich freute. Normalerweise war sie lieber abwesend, wenn man ihr Werk beurteilte, selbst wenn das Publikum sorgfältig ausgewählt war.

Jetzt allerdings versuchte in ihrem Hinterkopf etwas, die

Aufmerksamkeit auf sich zu ziehen. Was war es, was diese Frau über jene seltsamen Augen gesagt hatte? Grün, getüpfelt und grau? Zwei Bilder stiegen auf: Augen wie jene die beschrieben worden waren, die aus blassen Gesichtern heraussahen, eines Rosies am Tag der seltsamen Ereignisse in der Ruine und eines Maris. Sie schüttelte den Kopf. Nichts hiervon machte Sinn.

# 55

# DAS BILDNIS DES KÖNIGS

Lucinda würde nie wissen, wie sie es ihr gelungen war, das Textilgeschäft – sogar nach dem Bestellen der für sie anzufertigenden Stoffe – zu verlassen, aber als sie sich erst einmal in der Ecke des Kaffeehauses niedergelassen hatte, fühlte sie sich gleichzeitig ausgelaugt und rastlos. Ihre Hände zitterten, als sie sich Tee eingoss und langsam daran nippte.

Sie schloss die Augen und dachte an Rosie, an ihre Reaktion auf die Zeichnung von Mari. Es war ihr wieder danach dass, so verrückt es klang, das Mädchen ihn vielleicht schon zuvor gesehen hatte. Vielleicht war ihr nicht so sehr die Ähnlichkeit aufgefallen, sondern vielleicht hatte es sich mehr um ein Wiedererkennen gehandelt.

Die Art, wie sie gefragt hatte, was ihm zugestoßen war, hatte Lucinda zweifelsfrei das Gefühl gegeben, dass sie wusste, dass seine Geschichte kein gutes Ende genommen hatte.

Aber was hatte es mit dem gemeinen Tratsch über den König auf sich? Lucinda wusste nicht, wie seine Augen aussahen. Und dann fiel es ihr ein. Die Bank! Als königliche Bank der Stadt, mochten sie da nicht vielleicht ein Bild des Königs irgendwo haben? Plötzlich fühlte es sich an, als sei es wichtig, es zu wissen.

Vordem müsste sie allerdings eine Antwort aus Daley Meredith herauszerren. Sie traf eine rasche Entscheidung und skizzierte den Fremden aus dem Garten. Ihn umgab etwas zutiefst Verstörendes. Sie fühlte sich sehr zu seiner Person hingezogen, aber die gelegentlichen Schimmer in seinen Augen und dieser seltsame Schatten, welcher über ihm zu hängen schien, stieß sie ab.

Und ein zweites Mal hatte das Berühren seiner Haut ihr Schmerz verursacht. Es war an der Zeit, aufzuhören, um den heißen Brei herumzureden und Daley Meredith, auf den Kopf zu zu fragen, wer dieser Mann war. Er musste es wissen. Sie hatte das quälende Gespür, dass er die Verbindung war, die all dem einen Sinn geben würde. Oder vielleicht auch nicht. Sie seufzte, rollte die Skizze zusammen und bezahlte. Sie sammelte ihre Sachen ein und machte sich auf den Weg zum Künstlerbedarfsgeschäft.

Sie war in zu großer Eile, um die, vor dem Kaffeehaus sitzende Elster zu bemerken oder überhaupt mitzubekommen, dass sie ihr zu folgen schien.

Herr Fortiscue war hocherfreut, als er sie sah.

„Meisterin Adgryphorus!", strahlte er sie an, bevor er sich unter den Ladentisch beugte und ihr eine kleine Schachtel überreichte. „Wir haben sie endlich gefunden!"

Verblüfft öffnete sie die Schachtel und fand einen Wirrwarr kleiner glasierter Mosaiksteine vor. Als er ihren fragenden Blick auffing, sagte er mit einem zögerlichen Lächeln: „Wir bitten um

Entschuldigung, dass sie bei der letzten Bestellung nicht dabei waren. Um die Wahrheit zu sagen,", vertraute er ihr leise an, „ist eine streunende Katze eingedrungen und hat unten alles durcheinander geworfen, bevor wir sie herausscheuchen konnten. Diese müssen dabei runtergefallen sein, da Ihre Stiegen bereits zusammengestellt waren." Ohne Sinn und Verstand breitete sich ein kalter Schrecken in ihrer Magengrube aus. „Also können Sie es noch heute fertigstellen?", fragte Herr Forticue mit Sorge in der Stimme.

Sie atmete tief ein und lächelte ihn auf rückversichernde Art an. „Das ist in Ordnung Herr Fortiscue. Ich habe die benutzt, die ihr Lehrling in dem kleinen Samtbeutel beigefügt hatte. Ich werde sie hiermit glasieren", sagte sie, indem sie den Lack hochhielt.

„Unser Lehrling...", begann er, bevor er von einem von draußen kommenden Tumult abgelenkt wurde. Als er zurückkam, war er zu sehr durcheinander, also wartete Lucinda, bis er den Topf verzeichnet hatte und verließ dann leicht verwirrt das Geschäft, wobei sie noch immer die Schachtel mit den Steinchen in der Hand hielt. Es war unmöglich, sie jetzt noch auszuwechseln. Es machte jedoch nichts aus, denn wenn sie erst einmal fertig war, würde es, überhaupt nicht zu sehen sein. Sie steckte sie in ihre Tasche und machte sich auf den Weg zum Buchladen.

Im Schloss betrachtete König Edmar die Mosaike. Sie waren einfach atemberaubend. Er lächelte, als er sehr vorsichtig den kleinen Teichdrachen mit dem Finger nachzog. Er sah so echt aus, dass er fast den Eindruck hatte, er würde jederzeit aus dem Rahmen springen und mit der Erkundung des Gartens beginnen. Er konnte es fast sehen; spürte wie ein kleiner Kopf auf spielerische Art gegen seine Fersen stupste. Da war ein Aufblitzen von Rot und Gold aus der Ecke des Mosaiks und die Rose glänzte im Mittagslicht, gefolgt von einem grünen Schimmer des Blattwerks. Dieser verursachte ihm Übelkeit. Es erinnerte ihn an die Dame Rosamund. Als die

Glocke im Turm zwölf Uhr anschlug, verließ er den Garten in der Hoffnung, Rosie über den Weg zu laufen, einfach nur um die Bestätigung zu erhalten, dass sie noch immer gesund und munter war.

Er hätte sich diesbezüglich keine Sorgen machen müssen. Rosie und Fridolin hatten zu tun, aber begannen sich langsam über den Teichdrachen aufzuregen, der am heutigen Tag keine Gelegenheit auszulassen schien, sie ins Stolpern zu bringen.

„Was ist nur in ihn gefahren?", jammerte Rosie, während sie sich schon wieder an einer Bank festhielt, nachdem sie fast über ihn gefallen war.

„Man sagt, dass es einst eine bösartige Prinzessin gab, die einen Teichdrachen in einen verzauberten Schlaf versetzte", sagte Fridolin.

„Na ja, um ganz ehrlich zu sein, könnte ich mich ihr heute vielleicht knapp anschließen. Er treibt mich schon den ganzen Tag in den Wahnsinn."

Was sie nicht preisgab war, dass er sie nervös machte und das war nicht das Einzige. Die Atmosphäre im Schloss schien geladen. Etwas sehr Merkwürdiges ging vor sich und es hatte nichts mit der Vorfreude ihres Onkels, in Bezug auf die Ankunft seiner – ihrer – Tante zu tun. Diesen Morgen hatte sie die Nachricht erreicht, dass sie unterwegs war und annahm, zur Mitternacht bei ihnen zu sein. Rosie wusste nicht viel über diese Tante, aber sie klang, auf bestmögliche Art und Weise, geradezu furchteinflößend. Die Stimme ihres Onkels nahm einen bestimmten Ton an, wenn er von ihr sprach und Rosie war neugierig darauf, jemanden kennenzulernen, der auch ihre Eltern gekannt hatte. Was sie jedoch, abgesehen von dem umherspringenden Teichdrachen beunruhigte, war dass, wo immer sie heute auch hinsah, sich Mari aufzuhalten schien. Zu einem Zeitpunkt um die Mittagszeit herum, hatte er sich über ihre besondere Rose, jetzt voller Blüten, gebeugt und den Eindruck erweckt, als wolle er sie berühren. Er hatte so fest umrissen ausgesehen, dass sogar Fridolin innegehalten und verwirrt in die Ecke geschielt hatte.

„Lass uns eine Teepause machen", hatte er vorgeschlagen und sie waren durch den Tunnel zurückmarschiert, wo das Geräusch von kleinen Klauen ihnen wenigstens die Möglichkeit einräumte, Unfälle zu vermeiden.

Die Fensterläden waren zu und die Vorhänge in den oberen Fenstern zugezogen, aber Lucinda klopfte trotzdem. Die Straße war still, als suchten alle drinnen nach Schutz. Sie wartete zwischen dem Klopfen und kritzelte schließlich eine Notiz auf ein Stück Papier, rollte die Skizze hinein und schob sie durch den Türschlitz von „Merediths Bücherhandelszentrum". Damit fertig war es an der Zeit, sich auf den Weg zur Bank zu machen. Die Zahlungsanweisung war deutlich, die Gelder sollten mit sofortiger Wirkung auf ihr Konto eingezahlt werden, von wo sie sie dann, wann immer sie wollte, ziehen könnte.

Als sie am „Verzaubertes Stricken" Wollladen vorbeikam, erinnerte sie sich auf einmal an ihr Aufeinandertreffen mit dem Fremden aus dem Garten des Königs. Es war der Tag an dem sie ihn, um ihn aus ihrem Kopf zu bekommen, das erste Mal gezeichnet hatte. Seine Augen, so fiel es ihr jetzt ein, waren ein klar durchschaubares Hellgrau gewesen. Kälte durchzog ihr Inneres. Sie dachte über ihre verschiedenen Treffen mit ihm im Verlauf der vergangenen Monate nach und darüber, wie seine Augen immer dunkler und dunkler geworden waren und ab und zu mit jenem schrecklichen Schimmer von Smaragdgrün geglänzt hatten. Dieselbe Farbe, die sie heute Morgen im Garten gesehen hatte. Panik stieg in ihr auf. Wenn es auch nur einen Funken von Wahrheit an den garstigen Verleumdungen der Klatschbase gab, so befand sich Rosie im Schloss und von dem, was sie ausmachen konnte, hatte dieser Mann ungehinderten Zugang zu dem gesamten Ort. Und dann berief sie sich darauf, wie er manchmal innehielt, als verliere er sich in einer Trance. Was, wenn er ihr Schaden zufügen wollte? Eine Amsel stieß in der Nähe einen Alarmschrei aus und Lucinda schüttelte sich. Ihre Vorstellungskraft machte sich selbständig. Was wusste jene Frau denn schon? Wenn überhaupt klang sie verbittert, als hätte sie mit Absicht, all diese Dinge konstatiert, damit Lucinda sie zu hören bekam. Es erinnerte sie an die Männer der Gilde und ihr Gebrummel darüber, dass der König eine Frau für einen ordentlichen Auftrag engagiert hatte und wo die Welt hingekommen war. Sie gab sich einen Ruck und machte sich auf den Weg zur königlichen Bank, bevor noch etwas dazwischen kommen konnte. Es wurde langsam spät und wenn sie die Stelle noch heute versiegeln wollte, würde sie sich beeilen müssen, da sie sonst von der Dämmerung erwischt werden würde, bevor sie den Weg zurück nach Seeblickhaus schaffte.

Der Teichdrache hatte beim Hineineilen ins Häuschen das Samenlagerbehältnis umgeschmissen. Selbst Fridolin war langsam mit der Geduld am Ende. Sie hatten Glück, dass alle Behälter ordentlich verschlossen gewesen waren. Aber außer ihn einzufangen, „und das wird uns nichts bringen, da sie wahrhafte Entfesslungskünstler sind", sagte Fridolin verschnupft, gab es nichts, was sie tun konnten, bis Rosie bemerkte, dass er im hinteren Teil des Häuschens, wo sie die Wintersachen verwahrt hielten, auf und ab rannte.

„Guck", sie deutete auf einen weichen von der Ecke ausgehenden Schimmer.

„Es sieht aus, als fingen die Fäden das Licht ein", murmelte Fridolin, „aber das können sie nicht."

Es war dann, dass ihnen auffiel, dass der Teichdrache sich vorsichtig balanciert auf der Werkzeugkiste aufgestellt hatte und offensichtlich versuchte, so nahe wie möglich an den Drachenpflanzenmantel heranzukommen. Sobald Fridolin den Mantel herunternahm, fing das Scharren wieder an.

„Er möchte dem Mantel nahe sein", hauchte Rosie.

Sie falteten ihn sorgfältig zusammen. Kaum hatten sie ihn auf das niedrige Regal bei der Tür platziert, sprang der Teichdrache darauf, drehte sich kurz und schlief ein. Fridolin brachte den Tee zur Bank nach draußen, ließ aber die Tür zum Häuschen offen.

„Also, was hat es mit diesem großen Plan, den du für morgen hast, auf sich?", fragte Fridolin, was dazu führte, dass sie begann, herumzuzappeln.

„Na ja", sagte sie, dabei versucht den Moment, wo sie es sagen musste, hinauszuzögern.

„Spuk's aus", grinste er sie an. Sie schluckte. „So schlimm?", neckte Fridolin sie.

„Na ja...", begann sie wieder und dann, weil es einfacher war, es in einem Ruck hinter sich zu bringen: „Ich dachte, dass wir meinem Onkel morgen die Snogard zeigen könnten", brachte sie im Eiltempo hervor, während sie feuerrot anlief.

„Du möchtest deinem Onkel die Snogard zeigen?", fragte er zweifelnd.

„Ja!", sagte sie entschlossen. „Er mag Pflanzen und er wohnt im Schloss und ich glaube wirklich nicht, dass er versuchen würde, sie zu versiegeln."

„Aber was wäre, wenn er dem König etwas verriete?", fragte Fridolin mit besorgtem Ton. „Und was, wenn es im Schloss eine Prinzessin gibt?" Rosie rutschte mit etwas Unbehagen hin und her und hatte gerade den Mund zum Sprechen aufgemacht, als etwas vollkommen Unerwartetes passierte.

„Das ist alles für Sie erledigt Meisterin Adgryphorus", sagte der Bankangestellte liebenswürdig. „Gibt es noch etwas Anderes, womit wir Ihnen heute behilflich sein könnten?"

Lucindas Kehle war plötzlich ganz trocken und sie fragte sich, ob sie noch ein Wort herausbekäme. „Das gibt es", fing sie in einem Ton an, der sofort sein Interesse erweckte. Er neigte ihr höflich den Kopf entgegen. „Da dies die königliche Bank ist,..." fuhr sie fort.

„Ja?"

„...habe ich mich gefragt, ob Sie vielleicht ein Bildnis des Königs beherbergen würden. Von König Edmar meine ich."

„Ich verstehe nicht,...", begann der Angestellte, „...hat Seine Majestät Ihnen dies heute Morgen nicht überreicht?"

„Nein." Sie schüttelte unglücklich den Kopf. „Es war sein Stellvertreter, glaube ich, ich – ich bin dem König in Wirklichkeit noch nicht begegnet."

„Aber Sie haben die ganze Zeit über im Schloss gearbeitet", kam die erstaunte Antwort. „Es ist nicht Majestäts Art, sich von Jenen, die für ihn arbeiten, fernzuhalten."

Lucinda lief rot an. „Ich scheine die Ausnahme zu bilden", brachte sie hervor, beschämt darüber, wie sehr es sie erschütterte.

„Meine liebe Dame,...", er ergriff ihre Hand. „Es tut mir unendlich leid. Ich hatte nicht die Absicht, Sie zu demütigen. Bitte kommen Sie hier entlang", während er über die Schulter hinweg ausrief: „Ich geleite Meisterin Adgryphorus zur Königengalerie" und sich dann auf den Weg den Gang hinunter machte, sodass Lucinda nichts übrig blieb, als ihm zu folgen, obwohl sie es nicht mehr wollte, obwohl sie sich wünschte, einfach nur auf der Stelle verschwinden zu können und dabei die Frau und ihr Gerede von heute Morgen verfluchte.

Das Licht war sanft. Bis zur Dämmerung war es noch mehr als eine Stunde hin. Es würde nicht richtig dunkel werden. Das tat es im Sommer nie. Statt dessen wurde das Licht nur ein wenig verschwommen und abgedämpft. König Edmar atmete die Abendluft ein. Sein Geist war heute überall gewesen. Die Gedanken waren zu

Rosie, dem versunkenen Garten, jetzt auf eine Art schön, wie er es seit Jahrzehnten nicht gewesen war, und seiner Tante geschweift. Er bemühte sich auch sehr, nicht an die Künstlerin, Lucinda Adgryphorus, zu denken und an den Zauber, den ihre Finger an jenen Rahmen gewirkt hatten.

Um dem Schloss einen Fokus zu geben, hatte er für heute Abend ein Mitternachtsmahl angeordnet. Am Stundenschlag zur Mitternacht würde der Dame Rosamunds Anrecht auf ihn erlöschen und er würde endlich in Sicherheit sein. Es fühlte sich fast zu gut an, um wahr zu sein. Wenn er den heutigen Abend überlebte, würde er frei sein. Befreit von dem Fluch, mit dem sie ihn belastet hatte, bevor er überhaupt geboren worden war, als Genugtuung für ein Verbrechen, das seine Schwester vor langer Zeit begangen hatte.

Das Gemälde war ziemlich klein, lediglich ein Porträt des Kopfes und den Schultern eines alten Mannes, seine Augen, das einzige Merkmal, welches Lebendigkeit ausstrahlte, kamen ihr vertraut vor, aber die Lackfarbe war zu sehr nachgedunkelt, als dass man die Augenfarbe deutlich sehen konnte. Es war eine unglaubliche Enttäuschung. Irgendwie hatte sie erwartet, die Augen zu erkennen, aber da war kein Funken der Erinnerung.

„Wenn Sie hier entlang kommen, bringe ich Sie zum Krönungsbildnis", sagte der Angestellte verschwörerisch. Die Neugierde geweckt, folgte sie ihm ans Ende des Ganges und schloss sich ihm vor einer Wandnische an, wo er sich mit Lampen beschäftigte. „Unsere Anweisung war, es abzuhängen, da es keine wahre Repräsentation mehr war, aber das Kunstwerk an sich war zu kostbar, um ihm zu erlauben, einfach zu verschwinden."

Licht leuchtete auf und Lucinda fand sich dem lebensgroßen Bildnis eines sehr kostbar gekleideten Mannes gegenüber. Sein Gewand war elegant; die schlanken Finger umschlossen das Zepter in der einen und den Reichsapfel in der anderen Hand. Sofort waren ihre Augen von den Einzelheiten auf dem Reichsapfel angezogen. Kleine Drachen und Greifen waren auf ihn herum mit Blättern verflochten. Es erinnerte sie an ihre alte Truhe. Sie blickte zu seinem Gesicht auf und konnte ein erschrockenes Aufkeuchen nicht unterdrücken. Auf sie zublickend waren die Augen, welche sie in Rosies Gesicht gesehen hatte, die Augen die Mari gehabt hatte, aber das war es nicht, was den Schrecken verursacht hatte. Auf die Augen war sie vorbereitet gewesen.

Was sie wie angewurzelt an der Stelle verharren ließ, war das Gesicht mit den hohen Wangenknochen, der geraden Nase und dem lächelnden Mund umrahmt von zerzaustem dunklem Haar. Sie blickte auf eine jüngere Darstellung des Fremden aus dem Garten des Königs. Jedes Merkmal war dasselbe mit Ausnahme der Augenfarbe.

„Meisterin Adgryphorus? Geht es Ihnen gut?" Ohne Vertrauen darauf, sprechen zu können, nickte sie. „Hier, bitte, lassen Sie mich Ihnen einen Stuhl bringen." Aber sie widersetzte sich. In ihrem Kopf herrschte ein Tosen.

„Ich muss gehen", hauchte sie und stolperte.

Er fing sie am Arm auf und stützte sie. „Bitte, gnädige Dame, lassen Sie mich helfen. Sie sind in keinem richtigen Zustand, um allein zu sein. Lassen Sie mich Ihnen wenigstens eine Kutsche rufen, um Sie nach Hause zu bringen." Er stand mit einer solch besorgten Miene da, dass sie sich fügte.

Als die Kutsche da war und der Kutscher sie nach dem Ziel fragte, fing sie sich. „Zum Schloss des Königs, so schnell wie möglich."

# 56

# DIE DAME ROSAMUND

Er konnte sich keinen Reim darauf machen, wie es geschehen war, aber plötzlich fand er sich auf der oberen Stufe, welche in den versunkenen Garten führte, wieder. Die Erinnerung war schemenhaft.

Seine Füße mussten ihn hierher getragen haben, ohne dass er sich dessen gewahr geworden war. Er konnte die See hören, das Flüstern der Seehöhle und die Wellen, die in der Dämmerung über den Meeresweg plätscherten. Der untere Teil des Gartens erglühte von einem rotgoldenen Licht, aber während er es betrachtete, fiel ihm auf, dass die Farbe schwand, als würde sie langsam verschluckt. Es war in jenem Augenblick, dass es begann: Das Schlagen einer Trommel, schwach, aber beharrlich, dem sich Trompeten anschlossen, der Aufruf zur Schlacht. Die Augen auf den Nadelstich des Lichtes gerichtet, betrat er langsam den Garten und schritt auf das letzte Mosaik zu, als folge er einem Ruf, der durch sein Blut pulsierte und jede Faser seines Seins zum Vibrieren brachte.

Der Umriss des Jungen war fast stabil. Rosie hatte ihn noch nie zuvor so deutlich gesehen und er bewegte sich wie in einer Trance.

„Was ist er?" Fridolins Stimme machte sie stutzig.

„Du kannst ihn sehen?"

„Natürlich, warum klingst du so komisch? Wo kommt er her?" Da war Ehrfurcht in seiner Stimme, aber auch ein wenig Unbehagen, das Rosie zuvor nicht gehört hatte.

„Sein Name ist Mari. Er ist schon vorher hier gewesen. Ich habe dir von ihm erzählt, aber du läufst immer an ihm vorbei."

„Der Grund dafür ist, dass ich ihn noch nie zuvor in den Gärten gesehen habe,...", atmete Fridolin aus, „aber ich kenne sein Gesicht."

„Was?", sprudelte es aus Rosie hervor und sie starrte, kurzfristig von dem Jungen abgelenkt, Fridolin an, dessen Gesicht sich jetzt zwischen Verwunderung und Trauer befand.

„Meine Großtante Grismelda hat ein Bild von ihm auf dem Kaminsims." Rosie blickte, ohne zu verstehen. „Sie sagte immer, dass er ihr Liebling und ihr allerbester Schüler war."

„Ihr Schüler?", wiederholte sie heiser. „Aber, aber, du sagst ständig, dass alles was sie je tut, Stricken ist?" Bevor Fridolin jedoch noch ein weiteres Wort sagen konnte, war der Teichdrache bei ihren Füßen aufgetaucht und fauchte etwas, das sich ein paar Schritte entfernt befand, an. Sein Rücken formte einen Buckel und er versuchte, zwischen was auch immer es war und dem Jungen Stellung zu beziehen.

Lucindas Gedanken rasten im Einklang mit den Hufen der Pferde dahin. Sie erinnerte sich an ihr letztes richtiges Gespräch mit dem Fremden. Sie hatten über die Rückkehr der Sturmschwalben und von Hros-lind und über das letzte Kapitel des Königreiches, wie er es genannt hatte, gesprochen. War es der König gewesen, mit dem sie bei all diesen Gelegenheiten gesprochen hatte? Aber seine Augen. Er hatte vollkommen andere Augen. Aber er war schließlich auch verflucht, also war es vielleicht das, aber ein winziges Stimmchen im Hinterkopf förderte das erste Bildnis, welches sie in dem Gang gesehen hatte zu Tage, das Bild eines alten Mannes mit tiefen Falten. So sah der König dieser Tage aus. Warum in aller Welt hatte sie nicht besser aufgepasst? Und die Erinnerung an ihr Gespräch bei der See am Neujahrstag stieg auf. Er hatte ihr dafür gedankt, sich um Frau Bairds Nichte gekümmert zu haben. Sie hatten über die Seehöhle gesprochen und ihr wurde mit einem Mal bewusst, dass sie ihn seit der Frühjahrs-Tagundnachtgleiche nicht mehr dort in der Nähe gesehen hatte und auch, wie voll die Stadt von Neuigkeiten über den Halbruhestand des Königs bis zur Sommersonnenwende gewesen war. Man hatte über den Fluch geredet. Sie näherten sich jetzt dem Schloss. Zwielicht setzte ein und dem auf den Fersen begann, die Dämmerung heran zu kriechen.

Ganz plötzlich fingen ihre Finger an zu pochen. Als sie hinunterblickte, sah sie, dass – so unmöglich es schien – sie wieder grün schimmerten, dasselbe Grün, das die Augen des Fremden heute Morgen gehabt hatten, dasselbe Grün, wie das jener unglasierten

Steinchen. Steinchen, so entsann sie sich jetzt, die sie nicht hatte haben sollen.

Er kam vor dem letzten Mosaik zum Stehen und das Licht verschwand. Grüner Efeu hatte die Rose erdrückt. Der dunkelgrüne Wuchs bedeckte den Großteil des unteren Abschnittes des Bildes. Er kroch langsam über den kleinen Teichdrachen hinweg und begann, ihn auszulöschen. Ein Schluchzer brach sich aus seiner Kehle und er versuchte, den Efeu zur Seite zu wischen. Während er dies tat, strichen seine Finger über ein paar eiskalte Steine und er stieß einen Schmerzensschrei aus. Seine Finger pochten, als hätte er sich verbrannt. Er wiegte gerade seine Hand, als er es sah; smaragdgrüner Nebel strömte langsam, aber stetig aus den winzigen grünen Steinen, die im letzten Mosaik eingesetzt waren, hervor. Und vor seinen vor Schreck geweiteten Augen verfestigte sich der Nebel zu der Gestalt einer Frau, mit grünem Samt bekleidet und rabenschwarzem Haar, welches ihre Schultern umfloss und ihren Rücken hinunterlief.

Kein Laut entwich ihm, aber da war Schmerz in seinen Augen. Der Junge wiegte seine rechte Hand, als täte sie ihm weh. Der Teichdrache bemühte sich verzweifelt, seinen Kopf gegen seine Beine zu stupsen, aber trotz der scheinbaren Festigkeit, traf er nur auf Luft. Er legte den Kopf zurück und stieß einen lauten wehklagenden Ruf aus.

Lucinda hörte den Ruf, als sie von der Kutsche auf den Kies trat. Im Schloss brannte Licht, aber ihr Instinkt drängte sie, zu dem versunkenen Garten zu gehen. Also wandte sie sich ab, schlang ihre Tasche über die Schulter und rannte los, im Spurt über die Schlossanlagen.

„Wie reizend, dass Ihr Euch eingefunden habt, Majestät", sagte die Dame Rosamund seidig. „Ich danke Euch höflichst für Eure Einladung."

König Edmar sagte nichts. Der Schmerz in seiner Hand war noch immer kaum auszuhalten.

„Ich hatte natürlich gehofft, dass Ihr es mir etwas leichter machen würdet, aber so ist es auch ganz nett, oder?" Sie warf den Kopf zurück und lachte. „Oh, es ist köstlich, gnädiger Herr. Ich kann ihre Anwesenheit spüren. Sie sind beide hier."

Sein Kopf schnellte hoch.

„Ihr wusstet nicht davon, oder? Ich wage zu behaupten, dass Ihr noch immer ein wenig durcheinander seid. Es hat mich lange Zeit gebraucht, daraus schlau zu werden." Sie ging gemessenen Schrittes vor ihm auf und ab. „Das Kind verblüffte mich in hohem Maße. Warum war sie Euch so ähnlich und dennoch, als ich ihr begegnete, so anders? Ihr Geburtsmal war das eines in sich zusammengerollten Drachens, kaum abgehoben, genauso wie das Eure es gewesen wäre, wenn Eure Eltern und Eure Schwester sich nicht eingemischt und Euch als meines gekennzeichnet hätten." Sie lächelte auf gehässige Weise. „In dem Moment, indem das Kind im Sicherheitsnetz Eures Schlosses verschwand, wurde mir klar, was ich bisher für unmöglich gehalten hatte, dass sie das Kind Eurer Schwester ist. Ich holte Erkundigungen ein und sie alle schienen, dies zu bestätigen. Ihr seht, ich hatte nie den Vater des Kindes in Betracht gezogen. Was für ein Narr dieser Mann war", bemerkte sie höhnisch. „Seine einzige Tochter nach ihrer berühmten Vorfahrin zu benennen. Die Vorfahrin, die ihre Nachkommen gedrängt haben muss, ihre Herkunft geheim zu halten. Ich gebe zu, dass es eine Hilfe war. Und plötzlich ergab es Sinn, dass die alten Schutzlinien wieder intakt waren. Es muss das Kind und nicht ihre rothaarige Kusine, wie ich zuerst glaubte, gewesen sein, die sie auslöste. Nicht das es jetzt noch viel ausmacht. Da die Drachen fort sind, von Eurer liebreizenden Schwester davon getrieben, wird es heute Abend ein Ende nehmen.

So hilfreich", sie lächelte heimtückisch. „Und letztendlich, nach all Euren Ausweichversuchen werde ich Euch und das Kind bekommen und vielleicht sogar...", sie hielt inne, als sammle sie ihre Gedanken, bevor sie plötzlich rege fortfuhr: „Zum Geschäftlichen: Ihr, Eure Majestät, werdet mir dabei behilflich sein, das Kind herbeizubringen."

Sie bewegte sich auf ihn zu und, als er versuchte, einen Schritt nach hinten zu machen, bemerkte er, dass der Efeu sich ausgebreitet hatte. Seine Beine waren von grünlich-schwarzen Schwaden gefesselt, die es ihm unmöglich machten, sich zu bewegen. Ein Netz breitete sich über dem Garten aus, wo es eine dunkle Kuppel formte und ihn langsam abriegelte. Er vernahm den Klang von sich nähernden Schritten, drehte sich um und sah wie Lucinda Adgryphorus wenige Zoll von den Stufen des Gartens entfernt zum Stillstand kam. Sie begutachtete die Szene vor ihr mit Grauen und bereitete sich eindeutig darauf vor, sich hineinzustürzen. Er fing ihren Blick auf, schüttelte langsam den Kopf und sie zögerte. In dem Augenblick riegelte sich der Garten von der Außenwelt ab und er war allein mit der Dame Rosamund.

Lucinda starrte. Sie erkannte die Frau. Es war die Zigeunerin, von der sie Rosie am Silvesterabend wegbekommen hatte und sie stand dort mit dem Fremden oder dem König oder wer auch immer er wirklich war. Sie sahen nicht wie Verbündete aus und dann bemerkte sie den Efeu in der Ecke des Mosaiks und ihr wurde bewusst, was sie getan hatte. Die Steine mussten vertauscht worden sein. Es hatte nie einen Lehrling gegeben. Es war die ganze Zeit über sie gewesen und ein alter Name hallte durch Lucindas Gedanken: Die Dame Rosamund, die Bösartige für alles, das gut war und alle Geschöpfe mit Zauberkräften.

Unten im Garten nahm die Dame Rosamund ihn in Augenschein. Er war nicht in der Lage, sich zu rühren, schien aber dazu entschlossen, ihr nicht zu helfen. Nun ja, sie würde ihn eben etwas bearbeiten müssen, denn sie wusste, dass das Kind für ihn kommen würde. Langsam begann sie, ihre Finger sehr sanft, in Nachahmung einer Liebkosung, über verschiedene Teile seiner Haut zu streichen; während sie sichtbar Gefallen daran fand, zu sehen welche Schmerzen sie ihm dabei verursachte und seine verzweifelten Versuche, nicht aufzuschreien.

Schmerz, wie er ihn nie zuvor erfahren hatte, durchzog König Edmars gesamten Körper. Sie hatte nicht gelogen, als sie ihm mitteilte, was sie plante, ihm zuzufügen, wenn er sich ihren Wünschen nicht beugte. Ihre kalten dunklen Augen waren auf ihn gerichtet. Sie ließ ihre langen Finger durch sein Haar gleiten, ruhte die Fingerspitzen gegen seine Kopfhaut und er wurde fast ohnmächtig. Als sie das bemerkte, wurde ihr langweilig.

„Ich habe genug Zeit verschwendet", sagte sie gedehnt. Dann beugte sie sich vor und flüsterte ihm ins Ohr: „Ihr werdet Euch für eine Weile halten." Und wie sie es im Hafen getan hatte, zog sie seinen linken Arm nach vorne und schob den Hemdsärmel nach oben. Er versteifte sich. Süßlich sagte sie: „Lasst uns den kleinen Schatz herbeirufen." Mit diesen Worten drückte sie ihren Daumen hart auf das Geburtsmal über seinem Handgelenk. Seine Welt explodierte. Dies ging über Todesqualen hinaus. ‚Lass es aufhören', dachte er, aber das tat es nicht. Anstelle dessen baute sich ein sengender Schmerz, der alles verschlang, in ihm auf bis sich seine Stimme aus seiner Kehle in einem so lauten und durchdringenden Schrei erhob, dass er über die gesamte Fläche des Schlosses und die Anlagen hinaus hallte.

Vor Rosies und Fridolins schreckerfüllten Augen brach der Junge zusammen, das linke Handgelenk umschlungen, sein Mund zu einem wortlosen Schrei weit geöffnet. Er war in Schweigen gefangen, aber etwas entfernt, schrie wirklich jemand. Es durchdrang

Rosies Knochen, bettete sich in ihr ein und im selben Moment begann ihr Anhänger, am Hals zu pulsieren. Der Teichdrache verlor die Starre als Erster. Er raste in Richtung des Häuschens davon und kehrte mit dem Drachenpflanzenmantel im Schlepptau zurück. Ohne ein Wort zu wechseln, als hätten sie es die ganze Zeit über vorgehabt, bündelten Rosie und Fridolin den Mantel zusammen und folgten dem Teichdrachen rasch aus den Pflanzschulgärten. Sie sichteten ihn weiter oben auf dem Rasen, bevor er in Richtung des Ortes verschwand, von dem Rosie gewusst hatte, dass sie ihn betreten musste, sobald sie den Schrei gehört hatte; sie befanden sich auf dem Weg in den versunkenen Garten, in Erwiderung auf den Ruf ihres Onkels.

Lucinda warf sich gegen das Äußere der Kuppel, aber es hatte keinen Zweck. Sie schob sie ständig zurück. Der Fremde war auf die Knie gesunken, den Kopf nach vorne geneigt, sichtlich erschöpft. Sie fragte sich, wie lange er noch bei Bewusstsein bliebe. Die Dame Rosamund hatte vorerst von ihm abgelassen und umkreiste ihn, während sie zufrieden lächelte. Hin und wieder streckte sie die Hand aus und strich ihm über die Wangen, während sie es genoss, wie er zusammenzuckte. Es war furchtbar, wie machtlos er war. Und es gab nichts, was sie dagegen tun konnte.

Auf einmal vernahmen ihre Ohren Geräusche, die sich wie die eines kleinen Tieres, begleitet von zwei weiteren Fußpaaren, die aus dem unteren Teil der Anlage zu kommen schienen, anhörten. Befanden sich zu dieser Zeit noch Diener im Garten? Bevor sie überhaupt versuchen konnte, dem Rätsel noch weiter auf den Grund zu gehen, sauste ein kleiner Teichdrache an ihr vorbei und prallte von der Kuppel ab. Für den Bruchteil einer Sekunde lag er nach Luft schnappend dort, erholte sich aber fast sofort und begann, mit den Klauen an dem Schild zu kratzen. Kurze Zeit später trafen Rosie und ein roter Gärtnerdrache, von ungefähr derselben Größe wie das

Mädchen, im Laufschritt ein. Sie hielten bei der Kuppel an und der rote Drache zischte.

Die Frau im Garten blickte auf und ließ ein triumphierendes: „Sie ist hier!" vernehmen. Grünlich-schwarze Ranken sickerten aus dem Rauch am oberen Teil der Treppe hervor und machten sich verstohlen auf den Weg zu Rosie.

„Nein, das denkst du dir so", brummelte der rote Drache und breitete das Kleidungsstück, welches er bei sich hatte vor sich und Rosie aus, bis es wie ein Umhang über dem Boden schliff und dann, es zwischen sich haltend, näherten sie sich gemeinsam den Stufen. Zu Lucindas Erstaunen erzeugte es eine Lücke in der Kuppel, die sich über die Breite des Materials hin erstreckte. Rosie und der Drache rannten die Stufen hinunter, den Teichdrachen auf den Fersen. Die Lücke begann, sich wieder zu schließen, also stürzte Lucinda schnell nach vorne und befand sich im selben Augenblick, in dem die Kuppel sich wieder versiegelte, innerhalb des Gartens.

König Edmar nahm dunkel wahr, dass die Dame Rosamund nicht mehr lachte. Sie entfernte sich von ihm, zurück zum Mosaik. Sie fletschte die Zähne: „Bleibt von mir zurück!" und hielt die Hände hoch, als bereite sie einen Zauber vor, aber ihre Angreifer waren schneller. Es gab ein kurzes Aufblitzen von Rot, welchem ein warmer rotgoldener Glanz folgte.

Rosie und Fridolin hielten den Drachenpflanzenmantel vor sich hin und, nach einem Nicken von Fridolin, warfen sie ihn über den Kopf der Zauberin, die einen erstickten Schrei ausstieß und vor ihren Augen zu schrumpfen begann. Der Teichdrache bewegte sich mit immer größerer Aufregung, als er den ganzen Tag schon gezeigt hatte, hin und her und brachte die Frau zu Fall. Dann schien der Mantel, seine Form zu verlieren und sank langsam nach unten, bis er auf dem Boden zum Liegen kam.

„Glaubst du, dass sie verschwunden ist?", fragte Rosie mit leiser Stimme.

Sie waren alle so vor Schreck erstarrt, dass aufs Erste keiner von ihnen den grünen Nebel bemerkte, der langsam unter dem Mantel hervorquoll. Er wirbelte auf Rosies Onkel zu. Der Junge, dem sie in diesen Garten gefolgt waren, erhob sich zwischen dem König und dem Nebel. Er verblieb dort, die Handflächen ausgestreckt, als versuche er, ihn zu verteidigen. Bis der Nebel ihn vollständig einhüllte und er in genau dem Augenblick verschwand, in dem das erste Flackern das linke Handgelenk des Königs berührte. Er schnappte nach Luft und einen Herzschlag später begannen seine Augen, mit einem unnatürlichen Licht zu leuchten. Er zuckte mit dem Kopf und konzentrierte sich auf Rosie. Er stand auf und bedeutete ihr, zu ihm zu kommen. Sie machte einen vorsichtigen Schritt nach vorne.

Urplötzlich verkrümmte sich sein Körper. Er brachte ein ersticktes: „Nein!", hervor und ohne, lange zu fackeln, griff Fridolin nach vorne und zog Rosie hinter sich.

Es war Lucinda, die als nächstes verstand. Ihre Augen trafen auf die des Fremden, dunkel aber mit jenem furchtbaren smaragdgrünen Schimmer erleuchtet. Sie weiteten sich in Schock, als sie ihrer ansichtig wurden und dann hörte sie es, sehr schwach, als kämpfe er darum, die Worte herauszubekommen: „Bitte Addie, du musst sie aufhalten. Bitte lass es nicht zu, dass ich...", er verlor sich.

Mari!

Sie warf sich auf ihn, hielt ihn fest und brachte sie beide zu Boden. Es fühlte sich an, als versuche er gleichzeitig, sie zu bekämpfen und ihr zu helfen. Sie war dabei, zu versuchen, seine Arme gegen den Boden zu drücken, als ihr Ring aus ihrem Hemd heraus schwang und aus Versehen seine Haut berührte und ihn mit gequältem Zorn aufheulen ließ. Sie hörte die Worte: „Rosie, der Mantel, jetzt!", hinter sich und bevor sie noch ihre Bedeutung entwirren konnte, spürte sie wie das Kleidungsstück über ihren Kopf fiel und sich über sie und den, noch immer gegen ihren Halt ankämpfenden Mann herunter senkte.

Sobald sie bedeckt waren, erschlaffte der Körper ihres Onkels. Rosie blinzelte heftig, kämpfte mit Tränen und atmete schnell, als sie sah, wie ein grünes Licht, den linken Arm ihres Onkels, den einzigen Teil, den sie und Fridolin unbedeckt gelassen hatten, hinauf schoss und das Geburtsmal aufleuchten ließ. Das Mal gewann mehr und mehr an Substanz. Eine grüne Rose formte sich, löste sich langsam aus der Haut ihres Onkels heraus, als erblühte sie. Rosie versuchte seinen Arm unten zu halten, aber es gab nichts, was sie tun konnte, um das Wachstum der Rose aufzuhalten.

„Du bist nur ein nutzloses kleines Mädchen!", schrie eine Stimme in ihrem Kopf und sie wusste, dass es zwecklos war. Sie konnte ja nicht einmal sich selbst helfen, wie sollte es ihr dann möglich sein, ihren Onkel zu retten.

„Bitte, irgendjemand, helft", flüsterte sie in die unheimliche Stille, die unerwartet von dem wilden Scharren von Klauen durchbrochen wurde. Der Teichdrache strich gegen sie, als er vorbei huschte. In dem grellen Grünschimmer, der das Geburtsmal ihres Onkels umgab, sah sie wie er die Schnauze öffnete und die messerscharfen Zähne in den Arm ihres Onkels senkte, und zu saugen begann. Und langsam wich das grüne Licht zurück. Als der Teichdrache sich schließlich wegbewegte, war die Wunde sauber, aber blutete stark. Der Klang von kleinen Füßen auf Blättern brachte sie dazu, den Kopf zu drehen und sie sah, wie er die Mischung aus Blut und grünlichem Nebel auf den auf dem Mosaik wachsenden Efeu ausspie. In dem Augenblick, in dem er fertig war, trat Fridolin zu ihm hinzu. Der grüne Nebel hatte, wieder zu wirbeln begonnen, in dem eindeutigen Bemühen, wieder Gestalt anzunehmen, als ihr Freund einen Ausbruch von Drachenfeuer hervorbrachte, der in den Nebel und den Efeu brannte. Ein weiterer Feuerstoß folgte und der Efeu war eingehüllt. Brennendes Brutzeln drang an Rosies Nase und in all dem hörte sie die Schreie und Seufzer zahlreicher Geschöpfe – von Menschen und Tieren und Drachen – die davon strömten und sich spurlos auflösten – bis endlich alles still war. Als sie hochblickte, war die Kuppel über ihnen und der Efeu verschwunden und die Steine des Mosaiks sahen wie frisch glasiert aus.

Es war dann, dass sie sich der klebrigen Substanz, die ihre Finger bedeckte, gewahr wurde. Zu ihrem Erschrecken bemerkte sie, dass das Handgelenk ihres Onkels noch immer stark blutete. Sie starrte es an, nicht in der Lage, durch den Nebel der ihr Gehirn umgab, hindurch zu denken.

„Du musst die Blutung hemmen", flüsterte eine Stimme ihr dringlichst zu, aber wessen Stimme es war, konnte sie nicht ausmachen. Das beruhigende Plätschern von Wasser drang an ihr Ohr und in ihm war mehr Geflüster, noch mehr Stimmen, die ihr zusprachen.

„Benutze deinen Anhänger", drängte eine von ihnen und Rosie spürte seine Wärme gegen ihre Brust. Mit zitternden Fingern löste sie ihn von ihrem Hals und brachte ihn auf die Wunde nieder, direkt auf das Geburtsmal ihres Onkels. Ein Netz entsprang ihm und glühte mit einem weichen, von hellgrünem Serpentin durchzogenen Gold. Es weitete sich über die Wunde aus und sank in die Haut ein, bis die Blutung aufhörte. Der Anhänger leuchtete auf und rutschte aus ihrem Halt heraus. Wo die Wunde gewesen war, befand sich jetzt ein blasser zusammengerollter Drache in genau derselben Form, wie der auf ihrem Arm, fast ohne sich abzuheben, wie eine alte Narbe. Sie hob den Anhänger auf und machte ihn wieder um ihren Hals fest. Ein kleiner Kopf stupste sie an und dankbar zog sie den Teichdrachen auf ihren Schoß und hielt ihn dort fest.

Fridolin war dabei, den Mantel von Lucinda und ihrem Onkel, der kreidebleich war, während sein dunkles Haar seinen Kopf in einem Wirrwarr umgab, herunter zu heben. Lucinda lauschte an seiner Brust, hielt offensichtlich auf der Suche nach einem Puls sein Handgelenk. Der kleine Spiegel, den sie ihm vor den Mund hielt, benebelte sich leicht und sie schenkte Rosie ein erleichtertes Lächeln: „Er atmet."

„Was in aller Welt ist dort unten geschehen?", durchbrach Frau Bairds Stimme die stille Luft. Eine Anzahl von Bediensteten befand sich oben auf den Stufen zum Garten und blickte verängstigt hinunter.

„Er wurde angegriffen", rief Lucinda hoch. „Wir müssen ihn zum Schloss herauf bekommen, damit ihn sich jemand ansehen kann."
Diener wurden zum Holen einer Trage losgeschickt.

Frau Baird näherte sich und stand vollkommen verblüfft da – während ihr Atem schnell ging – und betrachtete den Mann auf dem Boden, bevor sie vorsichtig: „Eure Majestät?", mit einem unsicheren Stocken in der Stimme hervorbrachte.

Lucindas Kopf schnellte hoch. Rosie saß, den Teichdrachen noch immer umklammert, da und tätschelte den Arm des Mannes, während der Gärtnerdrache ihr die Schulter rieb und Lucinda nicht mehr wirklich wusste, mit wie viel mehr sie noch klarkommen konnte. Es gab da allerdings eine Sache, die sie wissen musste. Behutsam streckte sie die Hand aus und berührte den Hals des Mannes. Dieses Mal erhielt sie keinen Schlag, sondern spürte nur die klamme Haut unter ihren Fingern.

Sie lehnte sich vor und flüsterte ungewiss: „Mari?"

Die Augenlider des Mannes öffneten sich flatternd und er gab sich große Mühe, sich auf sie zu konzentrieren. Seine Augen waren nicht mehr das dunkle Grau der vorherigen Monate, noch enthielten sie eine Spur des grauenvollen Smaragdgrüns; sie waren ein weiches Grün, mit Flecken von Haselnuss, grau umrandet.

„Addie", atmete er auf und versuchte zu lächeln, bevor er

„Danke", flüsterte und die Augen von völliger Erschöpfung überwältigt, wieder schloss.

Lucinda blinzelte heftig; dann brach sie in Tränen aus.

# 57

# DAS ENTSCHLÜSSELN DER ANHALTSPUNKTE

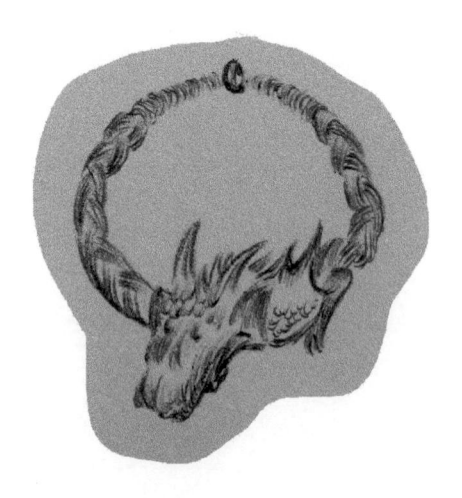

Es war ein seltsamer Zug, der sich zum Schloss hoch bewegte. Die meisten Diener waren bereits voraus gesandt worden. Dies ließ nur die Diener, die König Edmar auf der Trage trugen, Rosie mit dem schlafenden Teichdrachen im Arm neben Fridolin und Frau Baird und Lucinda, die das Schlusslicht bildeten, übrig. Es hatte für den aller kürzesten Augenblick gekriselt, als Frau Baird laut überlegt hatte, was sie „mit den Drachen anstellen" sollten und Rosie fast der

Hysterie verfallen war. Also war eiligst die Entscheidung getroffen worden, sie beide, mit aufs Schloss kommen zu lassen.

„Ich hätte nie gedacht, dass ich nochmal einen davon zu Gesicht bekäme", hatte Frau Baird Lucinda anvertraut, während sie sich noch immer von dem ursprünglichen Schock erholte. „Es gab früher ziemlich viele von ihnen, bis sie eines Tages alle verschwanden und jeder, sie zu vergessen schien."

Lucinda nickte, hörte aber nur halb zu; ihr Blick ging zwischen den drei Gestalten vor ihr hin und her. Sie rang noch immer mit dem, was passiert war. Vorläufig hatte ihr Geist sich größtenteils abgeschaltet, um sie vor dem, wessen sie Zeugin geworden war, zu schützen.

Eine Kutsche stand bei den Stufen des Schlosses. Drei Gestalten warteten dort auf sie. Es war ein scharfes Einatmen zu vernehmen. Lucinda erkannte den Arzt und Daley Meredith, aber nicht die groß gewachsene, Achtung gebietende, ältere Frau, die bei ihnen stand. Sobald die Diener bei ihr ankamen, beugte sie sich über den König, untersuchte ihn rasch und erteilte die Anordnung, ihn ins Physikuszimmer zu bringen.

„Ich werde sobald ich kann kommen", rief sie ihnen und dem Arzt nach, bevor sie sich wieder der Gruppe zuwandte. Ihr Blick drückte keine sichtbare Überraschung aus, als sie Rosie, Fridolin und den Teichdrachen in Augenschein nahm.

„Frau Baird, bitte begleiten Sie das junge Volk in die Bibliothek, damit sie sich dort niederlassen können. Tragen Sie bitte Sorge, dass sie etwas Kamillentee erhalten."

„Natürlich, meine Dame Eleanor", sagte Frau Baird mit einem Knicks und begleitete ihre Schützlinge ins Schloss.

„Sind Sie die Künstlerin von der Daley mir erzählt hat, jene, die an den Mosaiken arbeitete?", sprach sie Lucinda an. Die nickte.

„Und haben Sie dort unten irgendetwas gesehen?", fragte sie, indem sie in Richtung des versunkenen Gartens deutete.

Wieder nickte Lucinda. Sie begann, eine große Ermüdung zu verspüren.

„Ich bitte um Entschuldigung, da ich weiß, dass Sie erschöpft sein müssen, aber bitte gestatten Sie uns einen Augenblick Ihrer Zeit, Meisterin?"

„Adgryphorus", antwortete Lucinda und sah, wie die Frau ihr einen scharfsinnigen Blick zuwarf.

„Eleanor Griphera", stellte sie sich vor und reichte ihr die Hand, welche Lucinda schüttelte. Verwirrt regte sich in ihrem Hinterkopf etwas, aber sie war zu ausgelaugt, um darüber nachzudenken.

„Ich muss Ihnen ein paar Fragen zu meinem Neffen, das heißt zu Edmar, stellen und darüber, was sich heute Abend ereignet hat."

„Natürlich", antwortete Lucinda und ließ es zu, dass man sie in die willkommen heißende getäfelte Eingangshalle des Schlosses und eine Treppe hinauf zu einer schlichten Tür, welche die Dame Eleanor öffnete, und wohin sie und Daley Meredith hineingeführt worden, geleitete.

Unter normalen Umständen hätte Lucinda sich liebend gern umgesehen, aber die Ereignisse der Nacht hatten ihren Tribut gefordert. Sie ließen sich auf einer kleinen Gruppe von Stühlen mit hoher Lehne nieder und Lucinda begann mit dem Bericht der Ereignisse, soweit sie sie miterlebt hatte.

„Sie kamen also gerade an, als der Garten sich versiegelte?"

„Ja."

„Und die Dame Rosamund war bereits dort, mit ihm?"

„Ja", sagte Lucinda zögerlich, dann fügte sie hinzu: „Ich denke, dass sie durch die grünen Steine im Mosaik kam. Sie waren nicht glasiert, wissen Sie, aber ich fand erst heute Nachmittag heraus, dass ich sie überhaupt nicht hatte haben sollen."

Es war Daley Meredith, der als nächster sprach: „Sie hat also ein Portal geschaffen, aber wie hat sie Edmar dazu gebracht, es für sie öffnen?"

„Sie wird ihn irgendwie dorthin gezogen haben. Ich vermute, dass sie ihren Haken, an dem Tag, als sie sich auf der Hafenmauer trafen und sie sein Mal berührte, in ihn reingesetzt hat."

„Ich hätte wissen sollen, dass etwas Seltsames vor sich ging, als ich jene Steine gesetzt habe!", platzte Lucinda auf einmal hervor.

„Was bringt Sie dazu, so etwas zu sagen?"

„Sie taten meinen Fingern weh, aber ich machte die Kälte dafür verantwortlich."

„Die Steine verursachten Ihren Fingern Schmerzen?"

„Ja, sie pochten noch eine ganze Weile danach und als ich zur Dämmerung im Schloss eintraf, und während ich mich auf dem Weg von der Stadt hierher befand, leuchteten sie mit demselben grünen Schimmer, den sie heute Morgen gehabt hatten, nachdem ich versucht hatte, Ma- König Edmar die Hand zu schütteln. Das tat auch weh. Das Berühren seiner Haut, meine ich. Das hatte es, jetzt, wo ich darüber nachdenke, das andere Mal ebenfalls getan, aber nicht davor und jetzt ist es vorbei. Der Schmerz, meine ich, wenn ich seine Haut berühre", sie plapperte und sie wusste es; hörte auch, wie schlimm es sich anhören mochte, aber sie war nicht der Lage, sich Einhalt zu gebieten, bevor es alles raus war. Daley Meredith und die Dame Eleanor tauschten erstaunte Blicke aus.

„Aber ich dachte, Sie hätten Edmar noch nicht kennengelernt", sagte Daley Meredith langsam. „Sie erzählten mir das und ich fand es seltsam, da er nicht die Neigung hat, sich fernzuhalten und an Ihrem Werk mit Sicherheit äußerst interessiert war."

„Ich wusste nicht, dass er es war. Ich dachte der König wäre ein alter Mann, aber der Mann, auf den ich traf und mit dem ich sprach, war in meinem Alter", jammerte sie fast auf. „Ich kam heute vorbei, um Sie über ihn zu befragen und Ihnen eine Skizze zu zeigen, aber Sie waren nicht da. Und dann sah ich das Krönungsporträt in der Bank und fing an, mir Sorgen zu machen und kam direkt hierher."

„Daley, lassen wir das jetzt erst einmal beiseite", warf die Dame

Eleanor ein. „Konzentrieren wir uns auf die Sache mit den Händen und der Berührung." Sie wandte sich Lucinda zu: „Beide Male vor heute Abend, als Sie versehentlich seine Haut berührten, empfanden Sie Schmerzen?"

„Ja."

„Und Edmar? Verspürte er es auch?"

„Nicht das erste Mal, Anfang Frühling, denke ich, aber auf jeden Fall heute Morgen. Es fühlte sich an, als durchzöge einen ein kräftiger Schlag und seine Augen hatten gleich danach diesen furchtbaren smaragdgrünen Schimmer. Das war der Grund, warum es so hart war, zuzusehen, was die Dame Rosamund ihm heute Abend antat. Ich konnte förmlich den Schmerz spüren. Sie hat ihn gefoltert", brachte sie heiser hervor, ‚und genoss es', fügte sie in Gedanken hinzu, konnte sich aber nicht dazu bringen, es laut auszusprechen.

„Natürlich wird sie das getan haben. Er hat sich ihr widersetzt. Es klingt allerdings, als waren Sie genauso wenig in der Lage, seine Berührung auszuhalten, wie er die ihre ertragen konnte. Ich frage mich warum." Sie brach ab, sah in die Ferne und Lucinda fiel auf einmal etwas anderes ein.

„Dies verursachte ihm – oder eher ihr, als sie versuchte, von ihm Besitz zu ergreifen, ebenfalls Schmerzen. Es strich aus Versehen gegen seine Haut, als ich auf dem Boden mit ihm rang." Sie hielt ihr Andenken in die Höhe und sah wie sich die Augen der beiden vor Schock weiteten. „Es gehörte meiner Mutter. Sie gab es mir, als ich ein Kind war. Sie sagte, es sei ein Familienerbstück, das durch die weibliche Linie weitergereicht würde. Es ist zu klein, um an irgendeinen meiner Finger zu passen, also...", sie verstummte.

Die Dame Eleanor war ganz offensichtlich darum bemüht, ihre Selbstkontrolle zurück zu gewinnen, während Daley Meredith förmlich darauf brannte, weitere Fragen zu stellen. Die Dame Eleanor warf ihm einen Blick zu.

„Wenn es Ihnen nichts ausmacht, würde ich unser Gespräch gern morgen früh fortsetzen, Meisterin Adgryphorus. Ich werde anordnen, dass man eines der Gästezimmer für Sie herrichtet. Es ist zu spät, um zu den Klippen aufzubrechen." Ihre Augen verweilten auf Lucindas Kleidung. „Ich werde eines der Dienstmädchen darum bitten, diese einzusammeln und für den Morgen zu reinigen, wenn Sie heute Abend zu Bett gehen" und bevor Lucinda Protest einlegen konnte, hatte sie das Zimmer bereits verlassen.

Daley Meredith führte sie zur Bibliothek. „Sie ist also wirklich verschwunden", sinnierte er leise, während er neben ihr ging.

„Rosie scheint, das zu denken und ich glaube die Dame Eleanor ebenfalls."

„Ich frage mich, warum Sie es nicht sehen konnten", grübelte er laut vor sich hin.

„Was sehen?"

„Den Zauber."

Sie verengte die Augen.

„Den Alterszauber meine ich", fuhr er rasch fort. „Abgesehen von Eleanor, die den Zauber aussprach, denke ich nicht, dass irgendjemand Edmar, so wie er wirklich ist, seit mehr als einem Jahrzehnt gesehen hatte." Und mit diesen Worten öffnete er die Tür zur Bibliothek und wünschte ihr eine gute Nacht.

# 58

# GESPRÄCH IN DER BIBLIOTHEK

Die Bibliothek war ruhig, als sie eintrat. In einem Kreis weichen Lichtes im hinteren Teil saß Rosie auf einem Sofa und lehnte sich an den Gärtnerdrachen, der seinen Arm beschützend um ihre Schultern gelegt hatte. Der Teichdrache lag auf dem, in Falten gelegten Mantel gekuschelt auf einem gepolsterten Hocker. Es war ein ungewöhnlicher Anblick, aber heute Abend würde nicht mehr vieles sie überraschen. Frau Baird löste sich aus dem Schatten heraus und kam herüber.

„Sie hatten etwas Tee, aber ich gehe jetzt und organisiere für Euch alle etwas zum Essen." Sie lächelte und deutete auf das Sofa – dem anderen gegenüber – und sagte: „Setzen Sie sich", bevor sie sich Rosie zuwandte: „Mit ihm wird alles gut sein, Liebes, seine Majestät, meine ich. Er ist in den besten Händen" und damit verließ sie energisch das Zimmer. In dem Augenblick, in dem sie weg war, sah Rosie zu Lucinda auf und fixierte sie mit jenem seltsamen Blick, zu alt für sie, den sie auch schon am Tag bei der Ruine gehabt hatte.

„Was ist mit Mari geschehen?", brachte sie wehklagend hervor, während sie versuchte, ihre Tränen zurückzuhalten.

Lucinda bemühte sich, soviel Überzeugung wie nur irgend möglich in ihre Stimme zu legen: „Sie denken, dass es ihm gut gehen wird." Rosie gab ihr einen gekränkten Blick. Sie hatte nicht erwartet, dass Lucinda ihr mit diesen Binsenweisheiten kommen würde, mit denen andere Erwachsene, mit Ausnahme ihres Onkels, sie so oft versuchten, abzuspeisen.

„Aber wie kann es das?", verlangte sie. „Ich sah wie der Nebel ihn verzerrte! Er ist fort." Dabei kullerte eine dicke Träne ihre Wange hinunter.

Es dauerte ein paar Sekunden, bis Lucinda ihren Schnitzer erkannte. Sie hätte sich treten können. „Rosie", sagte sie sanft und lehnte sich nach vorne um die Hände des Mädchens in ihre zu nehmen: „Mari war ein Junge, als ich ein Kind war." Sie sah, wie sich die Augen des Gärtnerdrachens mit aufkommendem Begreifen weiteten. „Er würde jetzt kein Junge mehr sein, oder? Der Mann unten im Garten,...", sie schluckte mit Schwierigkeit, noch immer in Anstrengung darum, dieses letzte Detail zu verdauen, „...der König ist er." Rosies Augen wurden rund.

„Du meinst, dass mein Onkel Mari ist?", brachte sie fassungslos hervor.

Lucinda nickte. Sie konnte sich vorstellen, was für ein Durcheinander das alles für Rosie sein musste.

„Also haben wir nur je ein Echo von ihm wahrgenommen?", fragte der Gärtnerdrache leise und Lucinda nickte.

„Ich denke nicht, dass er sich an vieles von seiner Kindheit erinnert, mein Onkel, meine ich." Sie wurde still und platzte auf einmal hervor: „Mari hatte aber meine Augen und mein Onkel hat sie nicht. Alle sagten, ich hätte seine Augen, als ich hier ankam, aber das habe ich nicht. Seine sind irgendwie grau", beschloss sie schließlich.

Lucinda starrte sie an. Sie war also nicht die Einzige gewesen, die das gesehen hatte. Darum bemüht, ihre Stimme beständig zu halten, fragte sie: „Kam er dir heute Abend irgendwie anders vor? Nachdem der Mantel von ihm abgenommen wurde, meine ich?"

Rosie schüttelte den Kopf. „Sein Haar war unordentlicher, aber abgesehen davon sah er nicht sonderlich anders aus. Er ist schon seit Anfang Frühling krank. Das konnte man sehen. Er denkt, dass es mir nicht aufgefallen ist, aber das ist es."

Lucinda schloss die Augen und holte tief Luft. Also hatten sie und Rosie denselben Mann gesehen. Warum war das der Fall, fragte sie sich, aber bevor sie diesen Gedankengang nachverfolgen konnte, öffnete sich die Tür zur Bibliothek. Ein Dienstmädchen kam mit einem Servierwagen voller Essen und Trinken hinein.

„Meisterin Adgryphorus? Ihr Zimmer steht bereit. Bitte läuten Sie die Glocke, wenn Sie es wünschen hinaufzugehen."

# 59

# DIE ANDEREN NACHFAHREN

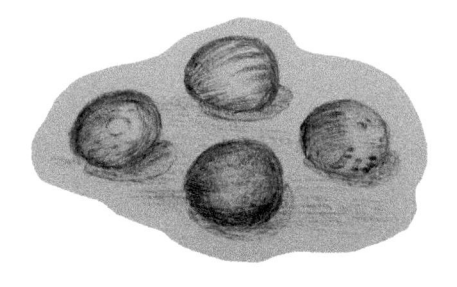

Während sich einer nach dem anderen zu Bett begab, nachdem mehrere Bäder eingelassen worden waren, um den Schmutz der Ereignisse des Tages fortzuwaschen, saß die Dame Eleanor da und betrachtete ihren schlafenden Neffen. Er hatte ein ganz kurzes Mal das Bewusstsein wiedererlangt und war Rosies wegen in einem solchen Zustand gewesen, dass der Arzt sich veranlasst gesehen hatte, ihm sofort einen Schlaftrunk zu verabreichen. Seine Augen bewegten sich unter den geschlossenen Lidern rasch hin und her und sie konnte nur versuchen, sich eine Vorstellung davon zu machen, was in seinen Gedanken vor sich ging. Sie hätte früher zurückkehren sollen, anstelle diesen Spuren und Hinweisen zu folgen. Dem Klang nach hätte ein bisschen mehr konzentrierte

Aufmerksamkeit um die Stadt, das Schloss und seine Gärten herum, sich als wahre Fundgrube von Informationen erweisen können. Sie gab dem Kammerdiener ihres Neffen ein Zeichen, die Nachtwache zu übernehmen und begab sich zu Bett.

König Edmar träumte, aber trotz allem was geschehen war, plagten ihn keine Albträume. Stattdessen träumte er von der Küste, die Luft von Basstölpeln erfüllt, die – weit draußen bei der Drachenspitze – eine riesige Kreisbewegung aus Tausenden von Vögeln bildeten. Ein Mädchen stand neben ihm, lose Strähnen ihres roten Haares von der Brise umspielt, ihre Augen voller Staunen während sie ihn anlächelte. Und es gab auch Drachen, weit draußen bei der Drachenspitze. Das Blau von, sich im Flug befindenden Seedrachen, die ins Wasser ein- und auftauchten, während sie fischten.

Die Szene veränderte sich zu einem Strand voller Kieselsteine, mit den Köpfen von Seehunden, die aus dem Wasser hervorlugten und sie beide am Strand beobachteten, wo sie mit Serpentin getüpfelte Marmorkiesel einsammelten.

Er sah ein Paar blauer Augen in einem sommersprossigen Gesicht, in bissiger Konzentration verengt, während die Füße ihrer Besitzerin ihm wieder einmal auf die Zehen traten, während er versuchte, ihr das Tanzen beizubringen. „Tschuldigung", grinste sie zerknirscht und er spürte wie sich etwas in ihm verrückte. Und so ging es weiter bis er schließlich in einen tiefen traumlosen Schlaf fiel.

Lucinda erwachte spät, aber erfrischt, mit ihren gewaschenen und gebügelten Sachen am Fuß des Bettes. Das Letzte, woran sie sich vor dem Einschlafen erinnert hatte, war ein Paar, durchs Lachen faltig gewordene Augen gewesen. Mari. Irgendwo in ihr war noch immer die Furcht, dass sich dies als Traum entpuppen würde, aber als sie aufstand, wusste sie, dass sie sich auf gar keinen Fall in

Seeblickhaus befand, sondern in einem wohlproportionierten Zimmer mit weichen Teppichen unter den Füßen. Sie machte sich fertig und hatte den Weg in die Eingangshalle gefunden, als ein Dienstmädchen ihr mitteilte: „Die Dame Eleanor ist im Frühstückszimmer und hat mich gebeten, Sie zu ihr zu geleiten."

„Guten Morgen", wurde sie begrüßt: „Setzen Sie sich." Lucinda sah, dass die Klatschbase in der Stadt zumindest in Hinblick auf die Augen Recht hatte. „Meine Großnichte ist bereits in den Gärten, wird aber bald hier sein, wenn ihr Onkel zu sich kommt. Sie hat vor, ihm Fridolin, den Gärtnerdrachen, den Sie gestern Nacht kennengelernt haben, vorzustellen. Anscheinend haben sie seit Monaten, direkt unter aller Nase, in den alten Pflanzschulgärten gearbeitet, ohne dass irgendjemand davon Kenntnis hatte. Wussten Sie davon?", fragte sie, aber bevor Lucinda überhaupt damit fertig war, den Kopf zu schütteln, fuhr sie bereits fort: „Bitte bedienen Sie sich", sagte sie, während sie auf den Tisch deutete.

Die Auswahl erinnerte Lucinda an den Tag, an welchem sie und der Fremde im Garten ihr Picknick gehabt hatten. Sie holte tief Luft, während Tränen drohten, ihr in die Augen zu treten. Wie nahe sie daran gewesen war, ihn wieder und dieses Mal endgültig zu verlieren.

„Ich hoffe doch, Sie beunruhigen sich nicht noch immer über Ihren Anteil an all dem", sagte die Dame Eleanor streng.

„Aber ich hätte wissen sollen, dass etwas nicht stimmte. Meine Finger pochten so fürchterlich."

„Es war ein kalter Morgen oder etwa nicht?"

Sie nickte.

„Es ist im Nachhinein leichter, über all diese Dinge nachzudenken. Wenn ich nicht oben an der Küste gewesen wäre, um nach Hinweisen von Rosies Vater zu suchen, sondern stattdessen hier gewesen wäre, mag es vielleicht auch nicht passiert sein. Und Rosie, na ja Rosie hat seit fast einem Jahr mit einem Drachen gegärtnert und kein einziges Wort darüber verloren, während Edmar hätte wissen sollen, dass die Dame Rosamund einen Weg finden würde, um an ihn heranzukommen, selbst wenn er sich in die Verzauberung des Schlosses zurückzog. Und hätte Daley Meredith auf ein Treffen zwischen Ihnen und Edmar bestanden, um zu besprechen, was Sie alle einzeln herausgefunden hatten, hätten Sie schon früher über Edmar Bescheid gewusst. Aber dann,...", sie machte eine Pause, „würde die Dame Rosamund vielleicht noch immer auf der Suche nach neuem Leben und Zauberkräften umherstreifen. Und da wir gerade von jenen sprechen, es hat den Eindruck, dass mein Zauber keine Wirkung auf Sie hatte." Sie sah sie eindringlich an.

„Nein, es scheint, als ob Rosie und ich dieselbe Person gesehen haben, mit grauen Augen."

„Es hat allerdings den Anschein, als wenn Edmar Rosie berühren konnte, ohne einem von ihnen Schmerzen zu verursachen."

Lucinda blickte überrascht auf.

„Ja, das mag Sie verwundern, aber dann sagten Sie, dass auch Sie das konnten, nach dem Angriff, als der Fluch gebrochen war."

Sie nickte.

„Hätten Sie etwas dagegen, mir den Ring, den Sie tragen zu zeigen?"

„Natürlich nicht", sie nahm die Kette ab und überreichte ihn ihr, während sie die Dame Eleanor bei der Untersuchung beobachtete. Schließlich reichte sie ihn ihr zurück. „Wie vertraut sind Sie mit den Archiven der königlichen Galerie in der Stadt?"

„Überhaupt nicht, es ist mir nie gelungen, einen Termin zu bekommen."

„Darum werden wir uns kümmern, aber in der Zwischenzeit lassen Sie mich Ihnen Mitteilung machen, dass es in den Archiven der königlichen Galerie ein Bildnis von Hros-lind Griphera, der Prinzessin, die die Ruine betrat, gibt." Lucindas Herz schlug schneller und sie glaubte zu wissen, was kommen würde. Sie wurde nicht enttäuscht. „In jenem Bildnis trägt die Prinzessin einen Ring genau wie diesen und einen Anhänger, der Rosies vollkommen gleicht. Sie zeigte ihn mir heute Morgen, als sie mir erzählte, wie es ihr gelungen war, die Blutung zu hemmen. Sie erzählte mir ebenfalls, dass sie ihn am Strand gefunden hatte. Die Prinzessin in dem Bild ist ebenfalls, wie Sie es vielleicht bereits erahnen, mit Rosies Augen dargestellt, aber ihr Haar, seine Farbe und Beschaffenheit, gleicht dem Ihren in jeglicher Hinsicht."

Lucinda hatte Schwierigkeiten, ihren Tee runterzuschlucken.

„Ah,", lächelte die Dame Eleanor. „Dies ist anscheinend nicht völlig neu für Sie?"

Lucinda atmete tief ein. „Es gab in unserer Familie eine Geschichte, dass wir, Jahrhunderte her, von einer königlichen Linie abstammten. In der Regel wurde außerhalb der Familie nicht darüber gesprochen, da unsere Vorfahrin uns gewarnt hatte, dass es unerwünschte Aufmerksamkeit mit sich zöge. Meine Mutter glaubte, dass es irgendwo einen Vetter gab, der in Geld eingeheiratet hatte und dessen Sohn zu einem Forscher geworden war. Aber sie hat jene Linie nie nachverfolgen können."

Ein scharfsinniger Ausdruck hatte sich in die Augen der Dame Eleanor gestohlen.

„Der Mann, der Rosies Mutter heiratete, gab sich als Botaniker aristokratischer Abstammung aus, aber ich glaube, dass dort mehr dahintersteckte. Er war reich, gebildet und nichts gab einen Hinweis darauf, warum ein Mann wie er, eine Frau wie sie heiraten würde. Es sei denn, man glaubt an Liebe auf den ersten Blick." Sie verzog das Gesicht, was deutlich machte, dass sie dies nicht tat. „Das Interessante an der Sache war, dass sie sich an dem Strand in der Nähe der Seehöhle begegneten und er hat nie gesagt, was er dort getan hat. Nachdem, was mit den Drachen geschehen war, wurde Rosies Großeltern zu spät bewusst, dass ihr geliebtes Mädchen die Handlungen vollzogen hatte, die die Macht des Fluches auf ihren

Bruder herunterbringen würden. Also wollten sie sie, schließlich nicht mehr im Reich haben, aber niemand wollte sie ihnen abnehmen, trotz ihres Aussehens und der Mitgift."

„Also meinen Sie, dass Rosies Vater...?"

„Ja, ich glaube, dass Rosies Vater nach Drachen suchte und – vielleicht noch wichtiger – nach seinem Familienstammsitz. Die Höhle, ich bin mir sicher, dass Sie sich dessen bewusst sind, flüstert einigen Menschen etwas zu." Lucinda nickte, während sie sich daran erinnerte, dass sie das noch immer tat. „Ich glaube, dass er an jenem Tag, als er sie erforschte, etwas hörte, das ihn zu Rosies Mutter führte und dass er sie, wegen ihrer Abstammung heiratete. Er würde weder von der Drachengürtelrose noch dem Fluch etwas gewusst haben. Vor zwei Jahren verschwand er. Ungefähr ein Jahr danach, wurde Rosie in Edmars Obhut gegeben. Es hat mir die ganzen Jahre hinweg ein Rätsel aufgegeben, warum er Edmar aufsuchte, der ein noch gerade dem Kindesalter entwachsener Jüngling war und bei mir lebte, nachdem die Drachen verschwanden, um ihm das Versprechen abzunehmen, sich um jedwede seiner Kinder zu kümmern, sollte ihm je etwas zustoßen. Nach dem Verschwinden ihres Mannes, verschlechterte sich der Gesundheitszustand von Rosies Mutter, der nach ihrer Drachengürtelrosenerkrankung immer sehr heikel gewesen war, derart, dass man sie an einen Ort bringen musste, wo man sich besser um sie kümmern konnte und wo sie recht bald darauf verstarb. Wenn man den Berichten, die mir ans Ohr drangen, Glauben schenken darf, war sie ihrer Tochter gegenüber nie nett oder freundlich und vernachlässigte sie völlig, als ihr Mann nicht zurückkehrte."

Sie saßen eine Weile in Schweigen gehüllt da, bis Lucinda leise sagte: „Er liebt sie aber, Mari, ich meine König Edmar." Ihr standen Tränen in den Augen.

„Und so wie es sich anhört, sie ihn und jetzt sind sie wenigstens beide in Sicherheit", sagte die Dame Eleanor mit rauer Stimme.

Lucinda nickte. Sie dachte an das Grauen in seinen Augen letzte Nacht, die flehentliche Bitte, ihn aufzuhalten und später Rosie, die neben ihm kniete, verzweifelt darum bemüht, ihn zu retten. Sie brauchte eine Weile, bis die nächsten Worte der Dame Eleanor, mit einem Lächeln in ihrer Stimme gesprochen, richtig zu ihr durchdrangen.

„Ich denke nicht, dass ich irgendjemanden ihn Mari habe nennen hören, seitdem die Drachen verschwanden. Alfred und Grismelda, beides Gärtnerdrachen wie Fridolin, haben ihn so genannt."

„Rosie sah ihn", sagte Lucinda.

„Ja, das hat sie mir heute Morgen erzählt. Der Zauber, den ich bei seiner Geburt wob, um ihn zu beschützen, wurde als er dreizehn war, auf störende Weise beeinflusst. Mir war es nie möglich herauszufinden, ob dies von seiner ruchlosen Schwester, die den Teichdrachen in einen Versteinerungsschlaf versetzte oder von Edmar und Alfred beim Versiegeln der Snogard, um deren Zauberkräfte zu bewahren, hervorgerufen wurde. Aber es hat den Eindruck, als spaltete sich ein Teil meines Neffens ab und blieb gefangen, von wo aus es dann als Nachhall an jenen Orten, an denen er einst gewesen war, agierte. Das Brechen des Fluches letzte Nacht scheint, all dies aufgehoben zu haben." Sie atmete aus und blickte dann nach draußen. „Ich sehe gerade, wie Rosie und Fridolin aus den Gärten zum Schloss kommen. Sollen wir vielleicht nach draußen gehen, um ihnen etwas Zeit zu geben?"

# 60

## DIE SOMMERSONNENWENDE

König Edmar hatte seit den Ereignissen im versunkenen Garten bereits dreimal das Bewusstsein wiedererlangt, aber abgesehen vom ersten Mal, als er gleich nachdem er Lucinda erkannt hatte, wieder ohnmächtig geworden war, hatten sich seine anderen Bewusstseinsverluste nicht auf natürliche Art und Weise ereignet. Er war sich durchaus im Klaren, dass es sich bei dem Schlaftrunk, den der Arzt seine Kehle hinunter gezwungen hatte, wahrscheinlich um den richtigen Schritt gehandelt hatte, aber der ‚Stärkungstrunk', den seine Tante ihm über ihren Hausdiener gesandt hatte, als er es gerade aus der Badewanne und in ein trockenes Gewand geschafft hatte, hatte sich etwas überflüssig angefühlt.

Mit den Gepflogenheiten seiner Tante wohlvertraut, hatte er darauf bestanden, es sich in seinem eigenen Himmelbett bequem zu machen, bevor er eine forschende Augenbraue in Richtung des Gefäßes in Therons Hand lüpfte und „Wie lange?" fragte. Theron, mit dem Tauziehen von Tante und Neffen seit langem vertraut, hatte wenigstens den Anstand besessen, etwas beschämt auszusehen, als er ihm mit: „Für ungefähr zwei bis drei Stunden, Majestät", geantwortet hatte.

„Teile bitte meiner Tante mit, dass sie im Gegenzug dafür, dass ich dies hier zu mir nehme, Rosie und ihren Gärtnerfreund heraufschicken soll, für dann, wenn ich wieder zu mir komme."

„Natürlich, Majestät."

Und hier war er jetzt, wieder wach und von reger Neugierde erfüllt. Ein zaghaftes Klopfen kam von seiner Tür und nach einem „Herein", trat Rosie, von beiden Drachen begleitet, ein. „Rosie", lächelte er und hob den rechten Arm, um sie fest zu umarmen.

Sie waren in den versunkenen Garten spaziert, der jetzt von Dienern für die Enthüllungszeremonie am Abend vorbereitet wurde. Lucinda hatte die grünen Steinchen berührt, um ganz sicher zu gehen, aber nichts anderes als die glatte Glasur unter den Fingern gespürt. Als sie nach einem ausgedehnten Spaziergang durch den Park und die Ziergärten bei den Gemächern des Königs ankamen, trafen sie eine mitgenommen wirkende Frau Baird an. „Ich weiß nicht, was da drinnen vor sich geht. Ich erhielt Berichte von seltsamen Klick- und Zischgeräuschen von dem Mädel, das ihnen das Mittagessen gebracht hat und jetzt erzählt er mir, dass Rosie und der Drache ihm von den Gärten erzählt haben. Ich hoffe doch..." Sie berührte mit der Hand die Schläfe, schüttelte den Kopf und ging.

Die Dame Eleanor und Lucinda traten ein und waren erfreut zu sehen, dass der ‚Invalide' im Bett von einer Unmenge von Kissen aufgestützt saß.

„Tante", begrüßte er sie mit einem Lächeln. „Sie sagten mir, dass du gestern Abend eingetroffen bist und ich hatte auch schon das Vergnügen, deinen Zaubertrank schlucken zu dürfen."

Sie lehnte sich über ihn und berührte kurz seine Wange, bevor sie einen Kuss auf seine Stirn drückte. Sein Lächeln weitete sich.

„Rosie und Fridolin haben mir alles über die Gärten erzählt."

Seine Tante legt den Kopf auf eine forschende Art schief.

„Sie haben sie geöffnet." Er schaute suchend um sie herum nach Lucinda, die sich etwas im Hintergrund hielt und sich mit einem Mal fehl am Platze fühlte. „Du erinnerst dich doch an die Snogard oder, Addie?"

Lucinda, so angesprochen, wagte sich zaghaft ans Bett heran. Sein Gesicht war noch immer ziemlich blass und er hatte sicherlich einiges einstecken müssen, aber seine Augen, so vertraut, glänzten. Er war von derselben Begeisterung erfüllt, an die sie sich aus ihrer Kindheit erinnerte. Ihre Kehle fühlte sich plötzlich wie zugeschnürt an und sie musste schnell blinzeln, um die Gefühle, die sie durchliefen, unter Kontrolle zu bekommen.

Schließlich gelang es ihr: „Die Snogard?"

„Ja. Sie sagen, dass sie wieder auf sind."

„Aber du und Alfred habt sie versiegelt...", warf seine Tante mit Erstaunen ein, „...und nur...."

„Ja, ich weiß, nur dieselbe Konstellation kann sie unwissentlich wieder entsiegeln." Er wedelte geringschätzig mit der Hand, während er sehr offensichtlichen Gefallen daran fand. „Ich habe sie mit Alfred verschlossen und jetzt haben unsere Nichte und unser Neffe sie freundlicherweise für uns geöffnet."

Sein Lächeln war noch immer breit, aber Lucinda konnte sehen, wie die Farbe langsam aus seinem Gesicht wich und die Erschöpfung einsetzte. Es war ganz eindeutig nur seine Begeisterung, die ihn bis jetzt aufrecht gehalten hatte. Bevor sie allerdings etwas sagen konnte, hatte sich die Dame Eleanor bereits der Sache angenommen. Sie hob das Gefäß, welches mit demselben Stärkungstrunk gefüllt war, den er zuvor schon getrunken hatte, an seine Lippen und brachte ihn, trotz seines Protestes, dazu daran zu nippen und wartete dann, bis es Wirkung zeigte. Es dauerte nicht lange. Dann ordnete sie die Kissen in eine gemütlichere Position für den Schlaf an und bedeutete Rosie und Fridolin, ihr aus dem Zimmer zu folgen. Als sie bei der Tür angekommen waren, hatte sich Lucinda bereits auf einem Stuhl bei seinem Bett niedergelassen und hielt Wache während er schlief.

Sie sah, nach dem Setzen der letzten Striche der Skizze von Rosie und Fridolin, die sich aneinander lehnten, wie sie es gestern Abend in der Bibliothek getan hatten, hoch und fand sich einem Paar grüner mit Haselnuss gefleckten Augen, die sie genau beobachteten, gegenüber. Sie ließ vor Schreck fast den Stift fallen und vernahm ein sehr leises in sich Hineinlachen.

Sie errötete. „Ich wollte dich nicht wecken."

Er lächelte sie an. „Das hast du nicht. Ich war trotz der größten Bemühungen meiner Tante wieder dabei, zu mir zu kommen." Auf einmal hellwach fragte er: „Darf ich?" und wie sie es in den letzten Monaten so oft getan hatte, reichte sie ihm den Skizzenblock und verfolgte aufmerksam, wie er ihn eingehend untersuchte. „Die beiden sehen so behaglich miteinander aus, oder?"

Sie nickte, sprach aber nicht. Ihre Gedanken befanden sich seit letzter Nacht in Aufruhr und auf einmal, ohne dass sie vorgehabt hatte, dass es anklagend herauskäme, sagte sie: „Warum hast du mir nicht gesagt, dass du es bist?" Beschämt von der Schroffheit sah sie nach unten und verpasste fast seine Antwort.

„Weil ich es nicht wusste." Sie blickte ihn an, aber sein Gesichtsausdruck war kein bisschen neckend.

„Du konntest dich wirklich nicht erinnern?"

„Ich konnte auf nichts zurückgreifen, was sich vor meinem

Fortgehen ereignet hatte. Jedes Mal, wenn ich es versuchte, war es, als senkte sich ein Nebel herab und ich kam durcheinander. Es ist ein paar Mal passiert, als wir im Garten miteinander sprachen." „Ja, ich habe bemerkt, dass etwas nicht stimmte."
„Ich erinnerte mich noch nicht einmal an die Drachen. Stell dir das vor, obwohl Daley mir erzählte, dass auch er sich erst seit dem letzten Sommer in Bezug auf sie wieder vollkommen sicher gefühlt hat. Etwas geschah, was alles erweckte. Sie...", ein Schauer durchlief ihn und es war offensichtlich, wen er meinte. „Sie sagte, dass es Rosie war, die dafür verantwortlich war, aber sie hatte ursprünglich dich im Verdacht." Er schüttelte den Kopf und versuchte, seine Gedanken zu sortieren. „Ich hatte keine Erinnerung an die Snogard oder die Küste oder die Seehöhle oder dich. Alles was ich verspürte, waren vage Eingebungen. Das bisschen, was ich herausfand, kam durch Instinkt oder zufallsbedingtes Suchen in der Bibliothek." Er schloss die Augen, als versuche er, sich an mehr zu erinnern und schluckte schmerzlich. Sie bestand darauf, dass er etwas Wasser trank, bevor sie ihm erlaubte fortzufahren.

„Aber warum hast du mir nicht erzählt, dass du der König bist?", fragte sie, ohne den leichten Ton der Entrüstung aus ihrer Stimme heraushalten zu können.

Er lachte und gab ihr ein so breites Grinsen, dass sie nicht umhin konnte, ihn anzufunkeln, was ihn nur noch mehr amüsierte. „Ich hatte es nicht vor", sagte er, als ihre verengten Augen ihn ein wenig ernüchtern ließen. „Mir wurde erst bei unserem zweiten Treffen im Garten vollends bewusst, dass du nicht einmal ansatzweise eine Ahnung hattest, wer ich war. Ich hatte vor, es dir zu sagen, aber dann erhaschte ich einen Blick auf die Reflektion in deinen Augen und es war die eines jungen Mannes, denselben den ich sah, wenn ich ohne andere um mich herum in einen Spiegel schaute. Aus deiner Reaktion folgerte ich, dass der Alterszauber bei dir nicht wirkte." Er zögerte, ein wenig verlegen: „Ich wurde neugierig." Sie war erstaunt, von der leichten Röte, die sich ganz langsam in seinem noch immer blassen Gesicht ausbreitete.

„Fahr fort." Sie stupste ihn spielerisch an und vergaß dabei, wer er war und sah für einen Moment nur ihren alten Freund.

„Ich war noch sehr jung, als ich den Thron bestieg, aber plötzlich scharwenzelten all diese Frauen und ihre Mütter und ihre Tanten und alle möglichen Anderen um mich herum. Das Schloss fühlte sich belagert an. Ich lief ständig irgendjemandem über den Weg, der gerade zufällig in der Gegend war und ‚ach würde ich nicht gern zum Tee, zum Abendessen, zu einem Picknick kommen'. Es trieb mich in den Wahnsinn."

„Das würde es", sagte sie zustimmend und er sah auf, nicht ganz sicher, ob sie es ernst meinte oder nicht. Da war wieder jene Verletzlichkeit, die sie im Verlauf der vergangenen Monate ab und zu flüchtig zu Gesicht bekommen hatte. Sie legte zur nochmaligen Rückversicherung kurz die Hand auf seinen Arm.

„Wie dem auch sei, einige Mitglieder meines Rates, besonders die Verwandten von in Frage kommenden jungen Frauen, dachten, dass ich mich vermählen sollte, aber das wollte ich nicht, nicht zu dem Zeitpunkt und nicht mit einer von jenen Frauen." Er fing an, aufgewühlt zu wirken. „Also begann ich zu verzweifeln." Sie wartete. „Durch Debatten mit meiner Tante kannte ich den ungefähren Zeitpunkt, an dem ihr Zauber mich in einen anscheinenden Greis verwandeln würde, also täuschte ich eine Reise vor und brachte die Geschichte von der Hexe, die mich verflucht hatte, in Umlauf. Der Teil entsprach mehr oder weniger der Wahrheit, aber ich fügte hinzu, dass jede Frau, die mich heiratete ebenfalls damit belastet werden würde, was nicht stimmte." Er sah so unglaublich beschämt aus, aber Lucinda konnte nicht an sich halten. Sie brach in Gelächter aus.

„Nur zur Klarstellung", sagte sie, noch immer kaum in der Lage, sich zu beherrschen, „du brachtest ein Gerücht in Umlauf, welches die Behauptung aufstellte, dass jedwede Frau, die dich heiratet, in ein altes Weib verwandelt werden würde, um sie dir vom Leibe zu halten?" Der schüchtern verschämte Ausdruck und die leichte Farbe in seinem Gesicht reichten als Bestätigung aus.

„Na ja, es hat funktioniert", murmelte er sich verteidigend.

„Bis jetzt", betonte sie, aber es tat ihr fast sofort leid, als das bisschen Farbe, das es geschafft hatte, sich zu etablieren, wieder aus seinem Gesicht wich, als er sich, der in ihren Worten enthaltenen Folgen bewusst wurde. „Du hast allerdings meine Frage noch nicht beantwortet."

„Warum habe ich dir nicht gesagt, dass ich der König bin?"

„Ja."

„Ich hatte erst darüber nachgedacht, aber dann wurde ich, wie gesagt, neugierig. Ich hatte ein Jahrzehnt damit zugebracht, dass die Leute mich in Anbetracht meiner Zwangslage entweder mit Ehrfurcht oder Mitleid, oder im Fall der Verwandten meiner Mutter sogar mit sichtlichem Genuss darüber behandelten. Für dich war ich lediglich jemand in deinem Alter, auf ähnlicher Ebene, mit dem du ganz normal umgingst. Es war eine angenehme Abwechslung und", er sah sie direkt an: „Ich fand Vergnügen an deiner Arbeit, unseren Gesprächen und deiner Gesellschaft. Es hat mich schon immer angezogen", fügte er leise hinzu. In dem Schweigen, das folgte, hielt sie den Atem an, unsicher in Bezug darauf, was sie tun oder sagen könnte, während die vertraute Röte ihren Hals hochstieg, bis er neckend ergänzte: „Viel mehr als deine Tanzkünste es konnten", bevor er, noch immer mit einem Lächeln, wieder die Augen schloss und zuließ, dass die Erschöpfung und der Schlaf ihn überwältigte.

Eine Kutsche brachte Lucinda, Rosie, Fridolin, den Teichdrachen und die Dame Eleanor am frühen Nachmittag zu Seeblickhaus, um Lucindas Kleidung für den Abend einzusammeln. Es gab den Anderen die Gelegenheit, sich die Seehöhle, den Strand – wo Rosie ihnen zeigte, wo der Anhänger gelegen hatte – und die alte Ruine anzusehen. Es herrschte Ebbe und dieses Mal war es ihnen möglich, den Meeresweg entlangzugehen und die Gezeiteninsel ohne Probleme zu betreten. Lucinda hatte Edmar am Nachmittag dazu befragt und er erzählte ihr, dass es ihm nie gelungen war, auch nur einen Fuß auf sie zu setzen, sondern jedes Mal, wenn er es versuchte, zurückgeschoben wurde. Sie kehrten weit vor der erwarteten Ankunft der geladenen Gäste und den Mitgliedern des Rates ins Schloss zurück. Lucinda konnte allerdings sehen, dass Fridolin von der kläglichen Ausrede für einen Garten in ihrem Hinterhof völlig empört gewesen war. Sie rechnete in naher Zukunft fest mit einem Besuch.

Sie hatten sich im versunkenen Garten eingefunden. Jegliche Spur des Kampfes von letzter Nacht war entfernt worden. Lucinda stand in der Nähe von Daley Meredith und Herr Fortiscue und einem Mann, der sich als Kurator der königlichen Galerie vorgestellt hatte. Sie war sich bewusst, dass einige der Ratgeber sie einer Einschätzung unterzogen, besonders einer von ihnen, Bellescombe, den sie nicht im Geringsten ausstehen konnte. Sie alle drehten sich um, als sie das Nahen des Königs vernahmen. Die Erschöpfung zeichnete sich noch immer sehr deutlich auf seinem Gesicht ab. Lucinda bemerkte, wie sein Kammerdiener sich unauffällig in seiner Nähe aufhielt, für den Fall, dass seine Unterstützung notwendig war. Die Dame Eleanor, Rosie und zwei Diener folgten. Ein überrachtes Gemurmel durchlief den Rat, als sie des Königs ansichtig wurden. Er begrüßte sie herzlich und bedeutete Rosie, sich zu ihm zu gesellen.

„Von ihr gehört, haben Sie bereits, aber ich denke nicht, dass Sie schon die Bekanntschaft meiner Nichte Rosalind gemacht haben."

Ratsherrin Hargreaves war sichtlich entzückt, während Ratgeber Bellescombe aussah, als hätte er in eine Zitrone gebissen.

König Edmar wandte sich zuerst an den Kuratoren und danach

an Herrn Fortiscue mit einen angenehmen: „Ich freue mich sehr, dass Sie kommen konnten, Herr Forticue und danke Ihnen nochmals, für all die Unterstützung, welche Sie Meisterin Adgryphorus haben zukommen lassen."

„Das Vergnügen lag ganz bei mir", strahlte Herr Fortiscue.

Als er bei Lucinda ankam, stockte ihr fast das Herz.

„Meisterin Adgryphorus, ich bin so froh, dass Sie erwählten, hier zu sein" und – wie er es an jenem Tag vor so langer Zeit in diesem Garten getan hatte – verneigte er sich und drückte einen leichten Kuss auf den Rücken ihrer Hand. Ratgeber Bellescombe gab ein etwas ersticktes Geräusch von sich, das so gar nicht glücklich klang. Abgesehen von einem kleinen Lächeln, welches nur sie seine Lippen umspielen sah, gab König Edmar keinen Hinweis darauf, es gehört zu haben. Er gab den Dienern das Zeichen für die Enthüllung des ersten Mosaiks, der Seehöhle, und genoss die Ausrufe von Staunen und Bewunderung.

Das Abendmahl war vorüber und fast alle nach Hause zurückgekehrt, als Lucinda wieder den versunkenen Garten betrat. Er war allerdings nicht leer. Rosie und Fridolin untersuchten das Mosaik mit der Drachenspitze und die Dame Eleanor, Ratsherrin Hargreaves und Daley Meredith waren in die eingehende Prüfung der Burgruine vertieft. König Edmar saß auf der Bank, die Beine überkreuz vor sich ausgestreckt, sein Gesicht der Sonne entgegen, fast genauso wie er es beim ersten Mal, das sie ihn gesehen hatte, gewesen war. Er öffnete die Augen und lächelte sie an, als sie sich zu ihm gesellte.

„Man hat mir für morgen einen Rundgang durch die Snogard versprochen. Fridolin hat mich endlich als vertrauenswürdig eingestuft." Er zwinkerte Rosie hierbei zu. „Die Einladung schließt meine Tante und dich mit ein."

„Dann kann man unmöglich ablehnen", lachte sie und erlaubte es sich, in der Schönheit des Gartens und dem sie umgebenden Abend aufzugehen.

# EPILOG

Es war gut, dass das Fräulein Bellescombe vor der Sommersonnenwende überall kundgegeben hatte, dass sie nicht mit dem König tanzen würde, selbst wenn er sie aufforderte. Wäre dies nicht ein solches Allgemeinwissen gewesen, hätte sie es als Brüskierung empfinden können, dass er an jenem Tag fast jeden Tanz, mit einer großen Anzahl hoch erfreuter und vollkommen verzauberter Partner tanzte, ohne auch nur einen Blick in ihre Richtung zu werfen.

Das Sommerfest war eine äußerst erfreuliche Angelegenheit. Es gab Stände mit Essen und Trinken, Handarbeiten und Blumen und eine Großzahl von Spielen und Veranstaltungen für groß und klein. Einige der interessantesten von diesen waren unter anderem die Strickmeisterklasse, die von einer ehrwürdigen und schrecklich geschickten alten Drachin geleitet wurde, für die Rosalind, die Nichte des Königs, als Dolmetscherin fungierte und eine Einführung in die Kunst des Mosaiks, die zur Folge hatte, dass all ihre Teilnehmer mit hübschen kleinen Werken von Tieren, Blumen, Miniseelandschaften oder schlichtergreifend netten und bunten Bildern ihren Abschied nahmen. Der König selbst hatte kleine Runden des Geschichtenerzählens mit Gänsehaut herbeiführenden Geschichten über das alte Königreich, Zauberkraft und uralte Flüche abgehalten.

Der Höhepunkt für Rosie war allerdings der gewesen, als Fridolin, während der offiziellen Zeremonie der Amtsernennungen, über die ihr Onkel waltete und die vor der Eröffnung des Tanzes stattfand, hervorgetreten war, um den Titel des Königlichen Hauptgärtners der Snogard entgegen zu nehmen.

Die Feierlichkeiten zogen sich bis spät in die Nacht hinein, aber keine Zunge, oder zumindest keine von irgendwelcher Bedeutung, war gewetzt worden, als König Edmar den Leuten schließlich eine gute Nacht wünschte und sich, noch immer Hand in Hand mit Lucinda, die er auf anmutigste Weise durch den Abschlusstanz des Abends geleitet hatte, zum Schloss aufmachte.

Rosie und Fridolin folgten ihnen, während sie sich breit und verschwörerisch zu grinsten, im völlig zufriedenen Einklang mit der sie umgebenden Welt.

# Danksagung

Schreiben kann eine unglaublich frustrierende Angelegenheit sein. Manchmal gelingt es einem, eine bestimmte ‚Ader' zu treffen, aus der Worte, Bilder und Ideen einfach nur zu fließen scheinen, aber ein Großteil der Zeit wird oft damit verbracht, eine leere Seite anzustarren und die Überlegung anzustellen, ob sich eine Tasse Tee zu machen oder ein Buch zum Lesen aufzunehmen, nicht eine bessere Zeitnutzung wären.

Mein Dank gilt deswegen hauptsächlich jenen Menschen, die mich – direkt oder indirekt – dazu ermutigt haben, nicht aufzugeben, eine Geschichte zu erzählen. Deswegen, in keiner bestimmten Reihenfolge, vielen Dank an:

Mary Horbury, die darauf bestand, dass ich in die Puschen komme und damit anfange zu schreiben, anstelle immer nur darüber zu reden, dass ich es gern tun würde. Vielen Dank auch fürs Zuhören und die Liebe für Bücher und Geschichten.

Tina, die mich herausforderte, zu hinterfragen, ob der Grund, warum ich keine Zeit zum Schreiben hatte, vielleicht der sei, dass ich es nicht als wichtig genug erachtete, meine Zeit darin zu investieren...

Die, Clare, John, Ravi, Michelle, Fliss und Suzanne dafür, dass ihr Rosie und Fridolin mochtet. Euer Interesse ermutigte mich, ihre Geschichte zu erforschen.

Sue Shortt fürs Zuhören, das Rausziehen des verbleibenden Giftes und die Hilfe, meine Gedanken zu durchsieben und mehr Klarheit zu schaffen. Der Vorschlag des Wortes ‚quirky' war ein wahrhaftes Geschenk.

Sandra Phillips für all die Hilfe und Unterstützung als sie am wichtigsten waren.

Stephanie Dahn für eine sehr lange Freundschaft des Geschichtenteilens, Lesen von Entwürfen, Enthusiasmus in Bezug auf Drachen und auch die unglaubliche Ermutigung während dieses gesamten Projektes.

Sarah Makinson für die Gespräche übers Schreiben und all die Ermutigung und Unterstützung im Allgemeinen und das Angebot die Geschichte Korrektur zu lesen. Besonderen Dank dafür, dass das Angebot nicht zurückgezogen wurde, als die Geschichte sich als länger herausstellte, als wir beide angenommen hatten!

Chris Howard fürs Zuhören und die Ermutigung für mein ‚Pst-Pst' Projekt, bevor er überhaupt wusste, was genau es war. Danke für die Rückmeldung und den Ghiblikommentar.

Christine für das Lesen der Geschichte und die Ermutigung, sie nicht aufzugeben.

Heleen dafür, dass sie mir gesagt hat, dass eine andere Herangehensweise keine Niederlage ist!

Feodora und Helena, die für das Umschlagsbild Modell gestanden haben und Anja, die das Foto gemacht hat. Es ist eine Freude euch alle und auch Leander in meinem Leben zu haben.

Bernd Nienkirchen für die unglaublich tollen Zeichnungen und das Umschlagsbild!!! Ich habe deine Bilder und Werke schon immer gemocht und bin hocherfreut darüber und fühle mich geehrt, dass du zugestimmt hast, mich bei diesem Projekt zu unterstützen. Es war ein Erlebnis!

Richard und Barry, die sichergestellt haben, dass die Zeichnungen bei mir ankamen.

Viktor von Stenglin, Buchhändler der absoluten Sonderklasse, für das Auffinden von Büchern und der Ermöglichung die Welten zwischen den Seiten zu entdecken. Ich schätze unsere Freundschaft.

Rob und Lin für das Anhören von Plänen, Rückschlägen und die Ermutigung zu neuen Strategien.

Salley Vickers für die, zur Verfügung gestellte Zeit während eines Gespräches in Mirfield in Yorkshire vor einigen Jahren und die Emails, die du einem Leser geschickt hast und die Worte, die sie enthielten.

Die Musik, die mir Halt gegeben hat: James Ehnes und Andrew Armstrong mit ihren phänomenalen Versionen von Beethovens Violinensonaten, Andrew Manze beim Dirigieren der RLPO bei ihrer Version von Vaughan Williams' Orchestral Works und Lorne Balfes A Musical Anthology of *His Dark Materials*.

Cécile Giraud dafür, dass sie mich über Rosie und die Frustration beim Herausfinden ihrer Geschichte hat sprechen lassen und im Allgemeinen für unsere Gespräche. Unsere Freundschaft bedeutet mir sehr viel.

Kim, Maddie, Ana (und noch einmal!) Chris und Sarah für die Ermutigung, die Rückmeldung und Vorschläge, als es in den Endspurt ging. Ich weiß eure Unterstützung und die Begeisterung wirklich zu schätzen.

Meine Eltern für alles, was sie für mich getan haben. Es ist zu viel, um es alles aufzuzählen.

Marc dafür, dass er mir gesagt hat, dass ich nicht aufgeben soll; für sein Interesse an Rosie, Fridolin, Lucinda und Edmar and dafür, dass er sich geduldig ein Kapitel nach dem anderen angehört hat, während sie Form annahmen. Deine Ermutigung und deine Rückmeldung, manchmal unwissentlich gegeben, gaben mir unglaublich wertvolle Einblicke, was funktionierte und was geändert werden musste. Deine Liebe der Geschichte hat mich die beiden Male, bei denen ich nah dran war das Handtuch zu schmeißen, zum Weitermachen veranlasst. Danke für alles.

Und schließlich Dank an alle, die diese Geschichte gelesen oder gehört haben. Ich hoffe, dass sie euch gefallen hat.

Anmerkung zur deutschen Ausgabe:

Aus dem Englischen übertragen von Eva Nienkirchen

Mit besonderem Dank an Regina Dahn, ohne deren Hilfe, Zeit, Begeisterung und zahlreiche wertvolle Anmerkungen und Vorschläge diese Ausgabe nicht möglich gewesen wäre.